幕后猎手

·上册·

羲和清零——著

羊城晚报出版社
·广州·

目录

CONTENTS

序言

PREFACE

被编辑要求为这本书写一篇序时，我有点诚惶诚恐。因为一直觉得“序言”的分量极重，它不但占据着一本书最好的位置，还会给所有第一次接触作品的读者一个先入为主的印象。

作为一个还不那么成熟的小说作者，我原想尽量将自己藏起来，让故事本身去说话。“不过，也许有读者想知道我创作这本书的时候是什么心情呢？不管好坏，也算是当下的一个记录。”——抱着这样的心理，我开始写接下来的文字，但比起称之为“序言”，主体内容上我觉得这篇东西更倾向于“后记”。

《幕后猎手》讲述了一个腹黑青年在另一个腹黑老师的教导下逐渐成长为成熟、知性、有魅力的商人的故事。

既是“商人”，故事不可避免会有一些商业背景。为了更好地表现角色，我在写作前期做了不少功课，但由于我在这方面并非专业人士，相关内容仍可能存在不恰当的表述，希望读者海涵。

这部小说主要是写人的，比起商战内容，在创作时我更注重刻画两个主角的情感与心理变化。

先说说戚屿。戚屿是《与他的神秘约定》中男主角戚枫的双胞胎哥哥，兄弟俩的父母早年离异，戚枫跟着主持人妈妈生活，戚屿跟着富商爸爸生活。作为本书的主角之一，戚屿有着与弟弟截然不同的成长背景以及性格。父亲是百亿集团公司的大股东，视他为掌上明珠和唯一继承人，精心培养。他聪明又骄傲，年少老成的外表下偶尔才泄露出一丝孩子气的狡黠。由于剧情与经历复杂，戚屿也比戚枫展现出更丰富的人物层次，是我个人非常喜欢的角色。

小说的第二主角傅延昇是一位百科全书式的商业精英，他年长戚屿七岁，还是个数学天才，十三岁就上了大学，博学多知、深沉睿智。连载时看到好几个读者说，傅延昇有点像我另一本书《助理建筑师》里的顾逍，都是强大完美的人物。我倒觉得傅延昇比顾逍要更难被“驯服”一点，毕竟他是带着双重身份登场的。

戚屿和傅延昇相互博弈、相互征服的过程是我写得最开心、最兴奋的，但连载有连载的弊病——在长达半年的写作过程中，我的状态时好时坏，写“嗨”时信马由缰，导致废话连篇，写“萎”时磕磕绊绊，漏洞百出。

出版书不同于网络连载，无论是从作品审美角度还是环保角度，都是要好好精修一番的。

我很喜欢的一位作者曾说，修文就像“尸体美容”，我觉得再没有比这句话更贴切的形容了。修这本书的出版稿时，我感觉自己面对的还是一具“车祸现场的尸体”……

明明我有大纲、细纲，怎么还写成这幅鬼样？这边的心理描写是怎么回事？他到底想表达什么啊？那边的剧情推进怎么这么生硬？一件事就不能放在一起先写完吗？啊！我怎么用了这么多“一怔”“一惊”和“震惊”，就没有其他能描写惊讶的形容词了吗？——诸如此类的自我反省和自我抓狂是修文过程中的常态。

六十四万字的原文，我删掉了整整十五万字（将分上下两册出版），但请读者不用担心，删掉的都是我认为与主线情节无关的内容以及大篇幅的赘述，主角的情感与心理描写部分我都重新做了润色与打磨，个人反而觉得删减后更加精炼流畅，就像是做SPA时被按摩师用力推开身上打结的经络，虽痛但爽。

不过，即便修文时我删删补补，想尽力将它修饰得更好看一些，但此文的内涵在我去年写出第一句话时就定型了，它不会因为修文提升太多。就好像一个人可以在几个月间靠锻炼瘦身，但思想以及内涵上的进步则需要更多的学习、积累以及觉悟。对我来说，《幕后猎手》和此前所有作品一样，是反映我当下想法和写作状态的一个印记。

前不久，我把专栏里的介绍改成了“写作是对自我和世界的探索”，它让我学会更好地自我反思，观察世界，理解形形色色的人。写作十年，从瞎码胡写到渐入门道，我仍热爱它，我仍有很长的路要走。

最后借这页宝地感谢所有陪伴我的读者，也谢谢在连载过程中就签下这本书、给了我非常多鼓励的编辑小兆。

一如既往地希望这个故事能带给大家温暖、向上的力量。

羲和清零
2021年3月30日于上海

第1章 青玉佛珠

四月的海城，天气刚开始回暖。

晚上九点，金融区丰贸大厦里“996”的上班族们才陆陆续续结束这一天的工作，但这些年轻人脸上丝毫不显疲态，仿佛美好的夜生活才刚刚开始。

大厦顶层的全景酒吧里，随处可见西装革履的男士和妆容妥帖的女士。戚屿和许敬也约在这个地方见面，因为戚屿爸爸戚源诚手中的一家投资公司就坐落于这幢大厦，而许敬是戚源诚委任的CEO。

戚屿去年才上大学，目前在斯泰福大学商学院念大一，接手他父亲的事业对他而言还早了点，而许敬早年在美国给戚源诚当秘书，也顺带着照顾过戚屿，两人颇有些亦兄亦友的情分。戚屿难得回国，许敬自然会约他见面，聊聊近况。

“见过你妈妈和弟弟了？”许敬问。

戚屿“嗯”了一声，他父母在他们兄弟俩十岁那年离了婚，弟弟戚枫跟妈妈留在国内，他则随爸爸去了美国，至今已经有九年。

这九年间，戚源诚和姜莹都没有再找另一半，戚屿作为哥哥，懂事地充当着离异家庭的润滑剂以及分手父母的传话筒的角色，可小枫却对爸爸积怨颇深，逢年过节连句问候都没。去年戚枫高考，戚源诚本打算让他也去美国念书，好借此拉近父子的关系，可戚枫却坚持考国内的大学。戚屿春节没能回来，这次是特地抽空回来探望他们的。

“他们怎么样？”许敬问。

“都挺好的，我弟的大学生活有滋有味，还在学校里交了个好朋友。”戚屿说。

“什么样的好朋友？”

“一个挺帅气的男孩子。”

“能有你们兄弟俩帅？”许敬笑着反问。

戚家兄弟的外表继承了戚源诚和姜莹双方的优点，远高于平均线的颜值外加一米八七的身高让他们在人群中总是最扎眼的存在。

戚屿轻笑：“这个人跟以前戚枫交的那些朋友都不大一样，他不是什么富家子弟，而且性格内向，安静沉稳——我都没想到小枫还会跟这样的人成为好朋友。而且，这人居然能分得清楚我和小枫，第一次见面，我还特地穿了小枫的衣服，他都认出来了。”

许敬失笑：“那还真是蛮特别。”

虽然戚源诚和姜莹离了婚，但姜莹和戚枫仍有司源集团的股份，许敬作为戚源诚在海城的商务代言人，偶尔也会因公事去找他们。他见过戚枫，不得不说，戚家这两兄弟真像是一个模子刻出来的，别的双胞胎多少还有一些区别，但九年的异地生活都没能让戚家兄弟出现什么外貌差异，如果他们一同出现在他面前，许敬都不能保证自己能一眼分辨出来。

正说着，许敬的手机振动起来，他接通后答了两句，对戚屿做了个抱歉的手势："公司那边有事找我，我得下去一趟，一会儿就回来。"

戚屿无所谓地"嗯"了一声，将胳膊略微往后一撑，身子倚在沙发靠上，继续沉浸在自己的思绪里。

说实话，戚屿还挺羡慕弟弟的，能念自己喜欢的学校和专业，交自己想交的朋友，生活得无忧无虑，不像他……

"……你好。"

在戚屿沉思之际，边上一个声音打断了他。

戚屿抬头一看，只见一个陌生男人站在自己边上。那人戴一副银丝细框眼镜，嘴唇微抿着，似有些拘谨，但熨帖的定制款衬衫和左腕上的名表让他看上去气质不凡。

"什么事？"戚屿问。

男人用拳头抵着嘴唇，清了下嗓子，才道："请问，能不能要一下你的联系方式？"

对方的声音有一丝金属的质感，清清冷冷的，带着一种克制的疏离。他说着还侧了下身，往身后一指，解释道："我一个朋友关注你很久了。"

戚屿顺着他的视线看去，见那边的圆沙发桌四周围坐着一些年轻人，有男有女，都兴味盎然地望着这个方向。

因为长相出挑，戚屿早就对各种搭讪见怪不怪，他很快想到，那群人可能是在玩什么游戏，而眼前这个人大概是被支使过来要电话的。但他莫名有点不爽自己在不知情状态下成为他人游戏桌上的赌约，而且这人看上去很不情愿，仿佛这是件多么尴尬的差事。

见戚屿没有回应，男人又瞥了一眼戚屿手边那杯仅喝了两口的麦卡伦威士忌，认真道："你这杯酒，一会儿我来买单吧？"

戚屿微微扬眉，心说你是觉得我缺那个喝酒的钱还是觉得凭一杯酒就能搞定我？

像是故意刁难对方似的，戚屿端起眼前的酒杯，凑到唇边，慢吞吞地抿了一口，那酒液在他的唇齿间绕了一圈，又流回杯中，做这个举动时，戚屿还调笑般看了对方一眼。

"买单不劳您费心，"他将酒杯重新放下，指着杯中的酒道，"你要是能把这杯酒喝了，我就告诉你。"

那人的表情有一瞬间的错愕，戚屿勾嘴一笑，体会到了一把久违的恶作剧的快感——并不是每个人都能若无其事地喝下被别人漱过口的酒，何况，这家伙只是帮人来搭讪的。

那人站在边上居高临下地望着戚屿，像是在审视这个提出无理要求的对象——青年有着近乎完美的五官比例，一双桃花眼懒洋洋地睁着，骄傲得好像什么都看不上。

可他刚刚说出来的那句话，偏又带着十足的挑衅，让人不想就这样认输。

镜片后那双眼睛慢慢褪去犹豫和挣扎，变得认真起来，男人往前一步，随即弯腰，直接端起了那只酒杯。

奇怪，这一刻戚屿的注意力居然落在了对方的手腕上，因为袖口上缩，那里露出了一串青玉色的佛珠，而这串玉佛珠恰好让戚屿想起了很多年前发生的一件事……

出神间，对方的嘴唇已经对上了戚屿刚刚喝过的位置，当着戚屿的面，将那杯酒一点点喝了下去。

戚屿整个人有些发愣——真喝了？恶作剧不成，尴尬的反而成了自己！

“行了行了……”眼看那杯酒将要见底，戚屿忍不住制止道，“开个玩笑而已。”

可那人还是将那杯酒喝完了，“我叫傅延昇……”他将空杯子轻轻地摆在戚屿面前，直起身子，一边自我介绍，一边从兜里掏出钱包，抽出一张珠光白的名片递过来。

不知是不是戚屿的错觉，感觉对方此刻的眼神、语调、态度都和之前不大一样了。

戚屿瞄了一眼那名片，心说这个姓傅的有病吧，让他喝就喝？就为了要个电话，这么没骨气？

傅延昇似乎不以为意，追问道：“你叫什么名字？”

见对方仍专注地望着自己，戚屿忽然急中生智道：“我叫‘戚枫’。”

傅延昇问：“蛋糕那个‘戚风’？”

戚屿面不改色：“枫叶的枫。”

傅延昇莞尔，拿出手机示意戚屿兑现诺言：“微信还是电话？”

戚屿娴熟地报出了弟弟的电话号码，还故作镇定地解释了一句：“这是我的私人电话，不过我今天没带那部手机。”

傅延昇意味不明地瞥了他一眼，说：“好，有机会联系。”

戚屿也不晓得自己有没有成功把人忽悠过去，生怕对方当场验证，见他回去，坐了两分钟也起身离开。

结账时被服务员告知，他的酒水已经有人买过单了，戚屿下意识地往傅延昇那桌瞄了一眼，却见对方也正好看过来，隔着那么远的距离，眼神还直勾勾的，像是要把他的样子深深记住。

戚屿在心里骂了一声“见鬼”，转身就走。

出了酒吧，他给许敬打了个电话：“酒账你结了？”

“嗯？”许敬反应过来，“你说Skyline酒吧吗？对，我是那儿的会员，点单时划过卡，自动结账的……怎么，你要回去了？”

戚屿松了口气，找借口道：“时间也不早了。”

“等一下，”许敬那边的声音有些嘈杂，过了几秒才回复戚屿，“你还在丰贸吗？在的话去B3层，我让小李送你。”

戚屿坐电梯到丰贸大厦的地下三层停车场，独自等人时，忍不住又想起刚刚那个男人手腕上的佛珠……到底是在哪儿见过呢？

“在想什么？一出电梯就见你站这儿发愣。”许敬的声音由远及近。

“你怎么也下来了？”戚屿回过神来。

“会差不多开完了，就一起走吧，先让小李送你。”

身后跟着的年轻人恭敬道：“你们在这儿等我吧，我去把车开过来。”

许敬把车钥匙丢给他，向戚屿解释了一句：“国内酒驾查得严，本来我可以自己开车。”

“没耽误你正事吧？”戚屿问。

“没有，”许敬笑笑，向他解释道，“我们最近打算投资一家网红经纪公司，这两年电商发展很快，网红带货变现可观，签下这家公司能为‘美薇’做联动推广。之前法务说投资意向书上有几个条款还存在争议，他们讨论了几个方案，叫我下去拍板，说连夜给那边发过去。”

“美薇”是司源集团控股的另一家子公司，主营服装饰品贸易，旗下四个品牌在国内外都有一定的知名度。

戚屿虽未涉足父亲公司的具体事务，但身处这个环境，成天耳濡目染，对这些情况也基本有些了解。

“怎么不明天再发？”戚屿问。

“不瞒你说，这家网红公司就是美薇的CMO跟我力荐的，说美薇的竞争对手也想拿，所以才催着我谈合同。我这边都来不及做完整的评估，就先让底下的人出了个风险报告，谈初步投资意向，要是不赶着，也许明天就轮不上我们了。”

说起投资，戚屿不由得想到傅延昇那张名片上的头衔，问道：“你知道明泰证券吗？”

许敬：“明泰证券？它们的海城分公司总部好像就在这幢大厦……”

戚屿打断他：“明泰证券的投资副总监是什么级别？”

这问题有点让许敬摸不着头脑：“这个怎么说呢……”

戚屿：“就和你比。”

许敬忽的一笑：“大少爷，这可不好比，如果你非要找个对标对象，就差不多是美薇销售部经理的级别吧。”

“哦？就这样啊。”戚屿心说好歹没惹到什么了不得的人物，正想松口气，却又听许敬谦逊道：“不过经管投资这一行，收入不看级别，而是看个人能力和对接的资源，明泰是国内最大的券商之一，有国资背景，能做到投行VP这个级别，在业内也算是上层人士了，没准收入比我还高呢。”

小李把车开到了他们跟前，戚屿上车落座，手指在裤兜里捻着那张有着特殊质感的名片，问：“如果我毕业自己找工作，能应聘到同等职位吗？”

许敬斜了戚屿一眼，又笑了：“你啊？”那揶揄的口吻，就好像他问了一个多么小白的问题。

戚屿：“不行？”

许敬耐心地给他科普：“明泰这样的公司对人才的要求还是蛮高的，你现在的学校和专业倒是对得上，但本科毕业不够，起码再念个硕士，然后先进去做个分析师，熬个五六年，才可能做到这个位置。”

戚屿皱眉：“照你这么说，没有三十岁都不可能了？”他看那个傅延昇，顶多就二十四五岁的样子。

“不然呢？你以为在金融业打拼这么容易啊？”许敬笑了笑，想到什么，又道，“当然，要是你在里头对接的外部资源是你爸爸和他的朋友们，那升职速度就另说了。”

许敬见他沉着一张脸，似是觉得好笑：“你问我这些干什么？难道还真想自己找工作？”

戚屿从裤兜里伸出手，手肘抵着车窗沿：“没有，就随便了解一下。”

许敬：“我就说，以你的身份，只要你爸一句话，我都得叫你一声‘小戚总’。”

戚屿被逗笑了：“别叫我这个，听着像是‘小气总’……”

许敬也是“呵呵”一笑：“别想这些有的没的，先好好珍惜大学几年吧，这估计是你最后能恣意逍遥的日子了，你爸要真让你开始管事，你可就没现在这么轻松咯。”

戚屿不以为然地“嗯”了一声，看向窗外。车子上了内环高架，正驶离灯火辉煌的金融区——已近午夜，这个城市的金融中心依然灯火辉煌，像是永远充满生机。

他倒是想快点帮着爸爸做事，这些年，爸爸一个人太辛苦了……

回到戚家在南郊的别墅，戚屿下了车，穿过庭廊，见客厅里亮着灯。

“回来了？”姜莹独自靠在客厅的沙发上，脸上覆着一张漆黑的面膜。

戚屿“呃”了一声：“妈，你搞什么？”他常年和爸爸两个人生活，在美国的家里除了保姆都没个女人，难得见这情景，不免大惊小怪，反应过来后，又问：“你怎么还不睡？”

姜莹把面膜小心翼翼叠起来敷在额头上，露出保养得当的面庞：“本来打算去睡了，许敬半个小时前给我发消息，说你一会儿就到家。我就敷个面膜，顺便等你。”

“用不着等的，我带了钥匙，”戚屿环视一圈，问，“小枫走了？”

姜莹起身替戚屿倒水：“他和凌可明天一早有课，傍晚就回学校去了。”

戚屿接过水杯，瞥见姜莹腕上的翡翠玉镯，猛地想起自己是在哪里见过那个傅延昇手腕上的玉佛珠。

“对了，妈妈……”他捏着杯子沉吟片刻，问道，“我小时候是不是被人绑架过？我记得当时，好像有个叔叔救了我？”

姜莹轻轻“啊”了一声：“这都快有十多年了吧，你还记得？”

戚屿："嗯……"

那件事发生在戚屿小学二年级的时候，有天晚上放学，他没等到家里的司机，而是被一个佯称他爸朋友的人接走了。

中间的很多细节戚屿都没有印象了，因为绑架的人给他用了迷药，他昏了过去，只记得自己有一阵醒来时身处一个废弃厂房，四周又破又黑，充满了灰尘和化工塑胶的臭味。

当时年纪小，被陌生人带到那种荒无人烟的地方，他受了极大的惊吓，以至于后来很多年他回忆起这一幕，还是会感到难以抑制的恐惧。

戚屿眉心微拧，追问道："所以，当时到底发生了什么事啊？"

姜莹犹豫了一会儿才开口道："那天你失踪后，就有人带话给你爸爸说，如果想要你平安回来，就让他取消次日的所有活动——你爸原本有个重要的私募招资会在第二天召开，他不敢拿你的安全冒险，事发当晚就紧急终止了所有会议。夜里我们几乎发动了所有资源去找你，都一无所获，一直到第二天傍晚五点，警察才通知我们说，有市民报警，声称在市北郊一个废弃塑胶厂里发现了你。"

戚屿："是那个叔叔吗？"

姜莹点头："绑匪去外边买东西时碰上了他，他听见他们讲电话，觉得可疑，一直跟踪人家到了塑胶厂，同时报了警。不过，等我们赶过去的时候，绑架你的人已经跑了，后来就是那个人把你从里边抱出来，上了救护车。"

除了那破厂房，戚屿记得的就是这一段，但可能是时隔太久，他想不起那个叔叔的样子，唯独记得对方手上戴了一串玉佛珠。

那珠子的颜色像是奶奶家那套墨绿色的釉瓷碗，表面有温润的光泽，用一条暗红色的线穿着，和今天他在傅延昇手上看到的那串极为相似。

戚屿回过神来，问道："那些绑匪后来抓到没有？"

姜莹遗憾地摇头："其实在那人报警半个小时后，你爸爸也收到了你的所在地位置信息，他们的目的已经达到了，也不想把事情闹大，就在警察赶到之前跑了。不过，听警察说，绑匪出来时发现了跟踪他们的那个人，两方有过正面碰撞，那人还受了点伤……"

"受伤严不严重？"

"还好，他头上被什么东西砸了一下，流了点血，手臂也破了道口子，后来一块儿去医院做了检查，所幸都只是些外伤。"

戚屿松了口气："那个叔叔现在怎么样了，我们和他还有联系吗？"

"事后你爸打算拿十万块现金酬谢他，但他没要，还跟我们说，孩子平安就好。起初你爸还以为他看不上这点钱，又托人查了他的背景，结果发现他只是个普通的中学数学老师……"姜莹笑了笑，接着说，"你爸就给他所在的学校送了面'见义勇为'的锦旗，本来头两年还时常差人送礼品过去，后来你爸去了美国，我们俩工作都忙，慢慢就失去他的音讯了。当年我们还给他留了联系方式，说有需要尽管找我们，可这么多年过去了，他从来没找我们帮过什么忙。”

戚屿心中感慨，现在这样的好人估计打着灯笼都难找了。

姜莹抬头看向已高出自己一大截的儿子，道：“这事以前爸妈没告诉你内情，就是怕你有压力，你现在长大了，妈妈也不再瞒着你，不过，你听了可别多想，事情都已经过去了。”

“嗯，我知道。”戚屿放下水杯。随着时间的推移，他的记忆也已经褪色，要不是今天看见傅延昇手腕上那串玉珠子，他也想不起来问。

上楼洗漱，戚屿一摸裤兜，又摸出傅延昇给的那张名片，他看了两眼，本想丢了，手才移到垃圾桶边，一顿，转而拉开写字台下一个不常用的抽屉，把那张小纸片塞了进去。

戚屿原计划在海城待两周，见妈妈和弟弟都还安好，也没什么继续停留的心思，便让许敬提前给自己买了返程的机票。

出发前给小枫发了航班信息，本没想着他来送自己，因为那天不是休息日。但弟弟还是来了，还带着他新交的那个朋友凌可。

分别前，戚屿忽然想起还有一件事没交代，叫住戚枫道：“诶，你都上大学了，可别像以前玩QQ、微信那样，什么乱七八糟勾搭你的人都加，要学着冷酷拒绝，知道吗？”

戚枫翻了个白眼，不耐烦道：“又不是当初跟你合用一个账号的时候了，我加那些人自找麻烦吗？”

戚屿放了心：“那我走了。”

目送哥哥进安检后，戚枫松了口气：“总算把这尊活佛送走了。”

凌可笑道：“我看你哥来了你还挺高兴的。”

“高兴个鬼哦，这家伙每次来总没个好事，走了才省心！”戚枫拿起手机，口嫌体正直地给他哥发了句“一路平安”。

结果刚发完，他就看见“新朋友”的图标上有一个红点。

好友申请留言——“我是傅延昇。”

戚枫对这个名字毫无印象，想都没想就无视了。

两人晃回了学校，美滋滋地赶上了三食堂的晚餐时间，吃饱喝足到了宿舍，戚枫摸出手机，发现“新朋友”的图标上又出现了一个红点。

点开一看，还是之前那个人，但申请留言变了。

——“戚枫？”

咦？这人认识我？戚枫好奇地点开对方的头像，见是一个对着XY坐标轴的放大镜。

数学系的？性别图标还是个蓝色小人。可他想了半天也没想起自己认识哪个学数学的男生姓傅，又无视了。

两天后的中午，戚枫接到了一通陌生来电，“请问你是戚枫吗？”电话那头传来一个清洌的男声。

彼时戚枫刚上完文学概论课，一群学生推推搡搡地往教室外走，戚枫边与凌可说笑边答："啊，我是，您哪位啊？"

那人说："我是傅延昇。"

戚枫一愣，加他两次微信的那个？

听对方声音还挺一本正经的，戚枫礼貌道："不好意思啊，我好像对你没什么印象，你自我介绍一下？"

那边沉默了一瞬间，说："我们之前在丰贸的Skyline酒吧见过面。"

"……哈？"戚枫一头问号，"我没去过什么酒吧啊。"

这下对面沉默的时间更长了，戚枫把手机凑耳朵近了些，不耐烦地催了一声："喂？"

"你再想想，"那人像是生怕戚枫听不清楚似的，一字一句道，"在酒吧，你还让我喝了你的酒……"

戚枫急着辩白道："不是，我说哥们儿，你搞错人了吧？"

边上的凌可眸光一闪，斜眼看向戚枫……

"你……"对方还想说什么。

嘟——

戚枫把电话挂了，对着屏幕骂了句"有病"，然后果断拉黑。

戚屿坐了十来个小时的飞机才回到纽城，到了家，戚源诚一见到他就问："你弟弟怎么样？"

"挺好的。"戚屿将弟弟的现状告诉了爸爸，"他新认识的那个朋友学习很不错，听说，两人是小学毕业那年一起去考级的时候认识的，现在考到同一所大学，成了同学。"

戚源诚不高兴道："国外好好的名校不来念，偏偏要上国内的大学，还读什么新闻，以后难不成想像他妈妈那样上班做新闻？能赚几个钱？"

戚屿把衣服和行李递给保姆Anne，反驳道："赚不了钱又如何，既然你跟妈妈已经离婚了，弟弟又归妈妈管，你就别强迫他做不愿做的事了。"

这句话成功让戚源诚噤了声。破碎的婚姻是他身上的原罪，和小枫多年的隔阂也是他心中难以言说的痛，他知道自己的确没资格要求什么，忧愤地叹了声气。

次日戚屿要坐飞机回学校，和父亲道别，戚源诚才又提起这事："戚屿，爸爸不是强迫小枫，爸爸只是希望你以后身边能多一个帮手，否则爸爸这么大的事业，你一个人……"

戚屿打断爸爸道："我这不是有敬哥帮忙吗？"

戚源诚叹了口气："算了，现在说这些也还早，今年放暑假如果没什么安排，就早些回来，我看也是时候安排你进公司接触些实务了。"

戚屿微微敛目道："好。"

第2章 确定目标

五月。立夏已过，小满未至。

周末的午后，天蓝风轻，空气里飘着淡淡的白玉兰香。

傅延昇难得休息，被曾在港城工作时结识的客户约出来喝茶。

“小傅，来海城了怎么也不跟我们说一声？要不是那天王栋在裕府酒店碰上你，我还不知道你跳槽了。”

约见他的是一家互联网公司的老总，姓刘，去年对方公司在港城的上市项目正是由傅延昇的团队经手。

“呵呵，才过来一个月，主要是没空下来。”

“你怎么会想到去明泰？我记得明泰还不如你之前所在的桓盛规模大吧。”刘总给他递了根烟。

傅延昇接过烟，也不着急点，唇角勾着，淡淡道:“只是换个城市待待，在哪儿都一样。”

“都一样？”刘总笑着摇头，“这样的话也就你敢说。”

在场还有其他商界人士，刘总和边上的朋友们介绍傅延昇，说起他当初如何帮助自己的公司抬高估值，翻倍融资，语气是毫不掩饰的感激与赞赏。

在对方滔滔不绝之际，傅延昇却被窗外的一幕吸引了注意力——他们所在的茶馆位于市南区的星月港七层，从包间的落地窗看出去，几乎能俯视整个星月港中庭的人流。

茶馆对面的下方一层有一家男装店，两个青年正在新品展示架边挑挑拣拣。其中一个个子稍微高点儿的，好看到几乎有些耀眼，就是一个月前在Skyline酒吧撩过傅延昇的“戚枫”。

傅延昇将烟衔在唇间，缓缓地抽了一口，眼睛微微眯起。

身边的刘总还在说:“我出他在桓盛双倍的薪酬请他来给我做董秘，结果他拒绝了，我还当他心高气傲，看不上我提供的这个职位呢，哪想到他扭头去了明泰……”

另一人打圆场道:“明泰也不差嘛，傅总现在在明泰做什么？”

傅延昇:“带着几个内部团队，还是做发股承销收并购之类的事。”

“傅总来，我们换个名片，以后有什么优质公司上市，记得提前通知我们买股啊。”

“行……”傅延昇一边与他们周旋，一边分心观察窗外的动静。

只见那青年正抓着一件T恤往同伴身上比试，又凑过去在那人耳边说了什么，傅延昇忽然感觉有些烦躁，他拿下烟，喝了口眼前的银眉白牡丹，仍未觉得好受。

过了一会儿，他把还剩半支的烟往烟灰缸里一摁，偏头对刘总道："不好意思，刚得知有个朋友也在星月港，刘总介不介意我先下去打个招呼？"

临近换季，戚枫打着"买新衣服"的旗号骗凌可出来陪自己逛街，凌可见戚枫挑选柜子上的一件白色T恤，忍不住吐槽道："你有这么多T恤了还买？"

"我不买，可以给你买嘛。"戚枫拿起衣服就想往凌可身上比。

"我不需要！"凌可往后退了退。

"你不觉得这件有点特别？"戚枫把衣服面朝他展开，露出上头"皮卡丘"的图案。

凌可嘴角一抽："你不会是想让我穿这种衣服上学吧？"

戚枫："不想穿出去，在家里当睡衣也蛮好的，你这人平时太一丝不苟了，就得穿这种活泼风格的衣服中和一下内在气质。"

凌可失笑："简直胡扯……"

两人正相互打趣，忽闻身后有人叫道："戚枫？没想到会在这里见到你。"

戚枫扭过头去，看向眼前的陌生男人，有一点茫然："你是？"

傅延昇也是一怔，这家伙还真叫"戚枫"?！事实上，自从给"戚枫"打过电话后，傅延昇就怀疑酒吧里的青年给了自己虚假的名字和联系方式。因为那个号码的主人根本不承认见过他，而且对方在电话里的声音也和他记忆中的不大一样。

由于最近刚换工作，事情多，而有关这个人的信息又太少，傅延昇一直搁着没有动作，直到今天看见"本尊"，才下决心亲自过来验证。

可是近距离看着这个人，明明和记忆中那人长相吻合，傅延昇又觉得哪里不大对劲。他一边冷眼观察戚枫，一边将脑内编好的剧本演下去："你不记得我了？我叫傅延昇，我们在Skyline酒吧见过。"

"……啊？"戚枫也在打量对方，心里甚至还有点紧张，担心自己是不是把什么重要的人忘了，毕竟这人衣冠楚楚，气质翩翩，看着一点不像是来找碴儿的。

傅延昇又问："你当时给我留了你的电话号码，但怎么一直不接我电话？"

这句话直接把戚枫给问懵了，他傻眼道："你……你在乱说什么啊?！什么酒吧，什么不接电话？"

与迟钝的戚枫不同，敏感的凌可早已察觉到傅延昇"来者不善"，他立在边上一脸冷静地打量着对方。

一时间，戚枫像是想到了什么，忽然指着对方脱口而出道："啊！你是那个……"

傅延昇眸中的温度微微下降，笑了一声："想起来了？"

凌可蹙眉道："怎么回事，你到底认不认识他？"

"我不认识啊！"戚枫立即向凌可解释，"这个人一个月前就加过我的微信，我没通过，后来他又给我打电话，也是说什么Skyline酒吧，可我压根就没去过那地方，觉得他认错人了，就直接拉黑了！”

傅延昇架着手臂，几乎有点怀疑眼前的青年是不是有双重人格了，否则怎么能演得这么生动逼人？

凌可看了看无措的戚枫，又看了看冷眼旁观的傅延昇，肃然道：“请问这位先生，您能不能说一下是什么时候和戚枫见的面？”

傅延昇一顿，快速给出答案：“上个月十七日，晚上九点半左右。”

“四月十七日？”凌可回忆了一番，还翻出手机看了看日历，才奇怪地抬头看傅延昇，“你确定？”

傅延昇：“嗯。”

凌可：“那天好像是周一，如果我没记错，那天我和戚枫回学校后一直待在宿舍，你怎么可能见到他呢？”

戚枫闻言如释重负，连连点头：“就是啊！我真没见过你！”

出于对记忆的自信，傅延昇本能地倾向于凌可在帮着戚枫说谎，但凌可的神情和语气都太坚定，且为了证明自己所言非虚，他又补充了一句：“除了我，我们宿舍的另外两位室友也可以为戚枫作证。”

这时，戚枫也被凌可的冷静感染，开始思考：“上个月十七日？那会儿我哥好像在国内啊，该不会是他吧？”

说完他自己就是一怔，立即跟对方确认：“你当时真的在酒吧见到了一个和我长得一样的人？他告诉你他叫‘戚枫’？还给了你我的电话？”

见傅延昇点头，戚枫的表情扭曲了一下，跟傅延昇解释：“那你碰上的估计是我哥！……不，肯定是我哥！”

傅延昇纳闷：“你哥？”

凌可跟戚枫对视了一眼，尴尬地在边上补充：“戚枫有一个双胞胎哥哥。”

傅延昇这才恍然发觉自己从一开始就有的不对劲感到底从何而来！之前他无法分辨，是因为他根本没想到有“双胞胎”这个可能性，真人和名字一对上就以为是同一个人，现在被戚枫一提醒，他立即察觉出两人的不同——

眼前这个戚枫的头发是偏棕褐色的，好像染过，之前在酒吧里见到的那个假戚枫却是一头黑色短发；这个戚枫左耳上有耳钉，那个假戚枫好像没有；还有声音和气质，假戚枫嗓音要稍微低沉一些，神情还透着点儿狡黠，而这个戚枫看上去似乎要单纯很多……

“所以你的意思是，你哥当时借用了你的身份来骗我？”傅延昇拧眉。

“肯定是！这是他惯用的把戏了，反正你见到的不可能是我！”戚枫表现得有些愤然。

傅延昇似乎是信了，问道：“你哥叫什么名字？”

“他叫戚屿，岛屿的屿！”因为先被哥哥坑了一把，所以现在戚枫卖哥也卖得毫无压力，报完名字还附上了他哥的电话，“这是他的微信号，冤有头债有主，你直接去找他吧，可别再认错人了！”

傅延昇记下号码，伸出手道：“抱歉，刚刚是我唐突了。”

“没关系，你之前也不知道嘛……”两人握了握手，戚枫忽又想起什么，叮嘱道，“诶对了，你到时候可不要跟我哥说这号码是我告诉你的啊！”

傅延昇：“行。”

待傅延昇逐渐远去，凌可才好奇道：“你刚说，盗用你的身份骗人是你哥惯用的把戏，他经常这样做？”

“对啊，从小就喜欢假扮我到处招摇撞骗，你现在知道我那些奇奇怪怪的绯闻是哪里来的了吧？”戚枫气呼呼道，“我就知道他一来准没好事！”

凌可：“你哥为什么不用自己的身份？”

戚枫：“可能是怕爸爸说他，爸爸管我哥管得还挺严的，学习啊，社交啊，反正要求特别多，而且，我爸妈离婚后也没给我哥找什么小妈，现在我爸就他这么个法律上认定的儿子，事业做这么大得有人继承吧……”

凌可失笑：“你哥看上去比你成熟这么多，想不到私底下还有这么孩子气的一面。”

戚枫闻言也是一愣，的确，虽然哥哥那些恶作剧常常让他郁闷无比，但从未对自己造成过什么实质性的伤害，而且，这两年哥哥变得越来越成熟，连妈妈都说他行事作风越来越有爸爸的风范，所以这次被找碴儿，他也没有及时反应过来可能是哥哥坑了自己……

想了一会儿，戚枫的情绪便平静下来，稍稍为自己刚才的举动而感到不安。

他低声道：“诶算了，我哥也挺不容易的，今天这事儿咱们就当没发生过吧……”

凌可问：“那你刚刚把你哥的号码告诉那个人，会不会给你哥添麻烦？”

戚枫不爽地嘀咕道：“他自己招惹的麻烦当然要自己解决，总不能每次都让我给他背锅吧？”说着又轻哼了一声道，“你放心吧，我哥对待这种事可比我心狠手辣多了，他要真铁了心不想搭理人家，谁都没法骚扰到他。”

拿到戚屿的联系方式后，傅延昇回想起在Skyline那晚对方的恶作剧，忽然有些啼笑皆非——真想不到，自己居然会被那样一个小孩骗得团团转。

不过这一次，傅延昇没有再贸然去联系对方。既然戚屿之前骗了他，就是摆明了不想再与他有瓜葛，他也得好好琢磨一下，该怎么让那家伙尝一尝欺骗自己的后果。

夜晚九点，城市健身房还有不少注重身材保养的年轻人在挥洒汗水。

一台跑步机的手机架上传来了消息振动的声音，而手机的主人却依然迈着规律的步伐，心无旁骛地放空着自己。直到健身屏幕上的公里数达标，他才慢下脚步，调整着略微有些急促的呼吸走下跑板。

傅延昇取回手机，见江晓在十分钟前给自己发了消息：“有空吗？帮我查一下司源集团的董事长戚源诚。”

傅延昇：“查这人干什么？”

江晓：“你先查，我一会儿电话跟你说。”

傅延昇打开微信，在“桓盛2000信息交流群”里发了条消息——

“请问各位同行，哪位了解司源集团的情况？有谁接触过和这家企业相关的融资或并购类项目吗？”

群里很快就围绕他的问题展开了讨论——

“司源集团？是不是那家卖衣服的？”

“对，是美薇，ME·WE、E'lite都是这家公司的牌子，还蛮出名的。”

“大公司啊。”

“搜了一下，司源集团九年前就在纳斯达克上市了，不止做服装，还有各类纺织品和首饰，从生产到销售有全产业链。”

“还挺牛……”

“刚去瞄了眼美薇的财报，是不是这两年受电商冲击，经济效益在持续下滑啊。”还附了一张图片。

傅延昇扫了眼那人发的图，眉头一皱，上面的数据好像有点不太对劲。

不过，很多上市公司为了一些私人目的都会对自家的财报做手脚，也没什么值得奇怪，傅延昇权当自己是职业病犯了。

他这次的目标可不是公司，而是背后的人，便跳过那些表格继续看有没有其他有用的信息。

……

“@傅，问到一个目前在CAT基金工作的学姐，说之前有接触过司源集团在美国的上市项目，你要加一下吗？”

这一句吸引了傅延昇的注意，他回复道：“OK，麻烦推送给我。”

“好，不过她说司源集团的上市项目是很多年前的了，有些资料可能不具有参考性了。”

“没关系。”

傅延昇加了那位同行介绍的学姐Selina，等对方通过验证了，便询问道：“您好，请问司源集团股东戚源诚的个人情况，你了解吗？”

Selina：“你想要软情报？”

傅：“是。”

Selina：“戚源诚是美薇服饰的创始人，后来接受司氏注资成立了司源集团，但据我所知，公司的实际控制人仍然是戚源诚，这人挺低调的，常年在纽城定居。”

傅：“司源的注册地在国内，他这个大股东为什么会定居在国外？”

Selina：“因为九年前的美薇主要销售市场在美国，戚源诚既是司源集团的董事长，同时也是美薇的运营总监，后来ME·WE这个牌子在国外打响了知名度，才转战国内，现在在国内也算得上是一线轻奢品牌了。”

傅：“曲线救国？”

Selina：“也不算，美薇早年在国内拓展市场时遭受了恶意竞争和打击，戚总觉得心灰意冷，才大力发展海外市场，后面估计是顺势而为吧。听说他当年还因为出国跟妻子离了婚，他前妻是一个很漂亮的主持人，也有自己的事业，两人还有一对双胞胎儿子，离婚后各自带了一个，戚总还蛮疼他儿子的……”

看到这段消息，傅延昇微微有些出神。

不怪他敏感，实在是“戚”这个姓氏比较少见，而且不但姓戚，还刚好有一对双胞胎儿子，这概率更低了，难不成这戚屿是……

傅延昇甩甩头，担心是自己身为调查员的直觉作祟，想太多了。

他看向屏幕，见Selina又道：“不过这都是八九年前的情况，现在有没有再婚什么的，我都不清楚。”

傅：“没事，戚源诚身边都有些什么朋友，你知道吗？”

Selina：“我知道的有两个，一个海外亚洲连锁超市老总，孟家和，还有一个是做零售的，齐世峰，两个都是出了名的美籍华裔商人。”

傅：“都在国外？”

Selina：“国内估计就是司氏了吧，就是早年投资美薇的司氏资本，听说美薇当年遇到过危机，是司氏伸出援手扶了一把，所以后来他们成立的集团公司名字就叫司源集团……”

……

傅延昇将这些情报一一转发给江晓，一周后的晚上，他下班回家路上，接到江晓的电话，对方问他：“新公司适应得怎么样？”

“还不错，”傅延昇问，“对了，你之前让我查司源集团干什么？”

“上面派任务下来了，让我们调查司氏。”

“司氏控股？”

“换专机说吧，我建了任务小组。”

“好，我还在路上，等我到家。”

傅延昇的居所在距离金融区仅三公里远的江景花园，附近商区健身公园等设施一应俱全。每平方米均价十五万元的公寓绝对配得上他的职业和身份，但住这房子他却无需花一分钱。因为这一切，都是被提前安排好的。

指纹解锁进门，他把健身包随手放在玄关处，换了拖鞋走向书房。书房里放着一张金属架写字台，傅延昇从右手边的第二个抽屉里取出一部手机，按下了开机键。

屏幕亮起，上面显示着寥寥数个图标，他点开屏幕中那个红色的狙击图案，通过面部识别，然后从容地往跳出来的方框中输入了一长串密码。

层层验证后，傅延昇进入了一个聊天群，群里已有七八个人，每个人都以一个数学名词命名，里头已有不少讨论。

平方："这次搞这么大？"

对数："这么大的调查体量，估计得潜伏不少时间。"

极限："是不是司家那个小儿子最近太招摇，老任终于看不下去了？"

奇点："别瞎猜了，这种大财团要不是真动了人民的利益，老任是不会出手的。"

对数："看来司氏这次危险咯。"

……

与此同时，江晓也发了条消息给傅延昇："据线人反映，司氏在经营中涉嫌贪污受贿、内幕交易和破坏市场经济秩序等重大问题，状况已持续数年，但其内部有相当专业的智囊团，很多事情都做得极其隐蔽，不易检举，所以老任才让我们进行深度调查。司氏全名司氏控股，是海城首屈一指的投资集团，注资的公司和企业遍布全国，司源集团也是其中一家。关于这家集团大股东的详细资料我刚刚已经发给你了，你先看一下。"

傅延昇回了个"好"，点开资料一扫，不知看到什么，原本还懒懒地倚在落地窗边的他瞳孔就是一缩。

——那戚屿居然真的是司源集团董事长戚源诚的儿子！

资料上不仅有司源集团的公司发展史，还有主要股东戚源诚的详细个人信息，包括他社交圈里来往最密切的朋友、离异的妻子和所生的孩子，身为戚源诚唯一带在身边的事业继承人，情报人员并没有错过收集戚屿的资料。

那上头附了一张戚屿的照片，是对方的高中毕业照，大概从国外学校的官网截图下来的，看上去有些模糊，但这丝毫不妨碍傅延昇把对方和记忆中的青年对应上。

伸手抚过戚屿在照片里略显青涩的面庞，傅延昇回想起那天晚上，戚屿在Skyline里那种骄傲又满不在乎的神态，几天前，他还绞尽脑汁想着要通过什么方式联系上这个人，对那个恶作剧给予小小的"教育"或是"惩罚"，没想到这一刻，对方会以这种方式出现在自己面前。

傅延昇迅速浏览完所有的资料，问江晓："司氏和司源集团牵扯很深？"

江晓："不错，司氏在司源集团控股比例高达17.6%，是仅次于戚源诚的第二大股东。由于司源是海外上市公司，所以我们也需要调查一下司氏有没有通过司源集团洗钱。"

傅延昇想起前几日对美薇财报匆匆一瞥时察觉到的不对劲，不由眉头一紧。

江晓："老任这次调你来明泰，也是为了让你收集与司氏相关的情报，他同时还想让你去对接司氏的一个关键人物。"

傅延昇："谁？"

江晓："司泽。"

傅延昇听过这个名字，司氏控制人司厉的长子，和燕城首富林振东之子林焕并称国内最有前途的财团二代，这两人年龄相当，又都是各自家族里名正言顺的太子爷，行事极为张扬，在圈内可谓是无人不知无人不晓。

江晓："之前我们安排在司泽身边的人是阿心，但他有个人原因说做不了了，正在申请换岗。"

傅延昇回忆了一下资料里的介绍，分析道："司泽已经帮助他父亲管理司氏四年，这四年时间足以让他身边的人员稳定下来，我初来海城恐怕没那么轻易打入内部。"

江晓："老任给了我们两年潜伏时间。"

傅延昇犹豫片刻："我可以指定一个目标吗？也是调查名单里的重点人物。"

江晓："你想调查谁？"

傅延昇在对话框里输入了一个名字，江晓有点意外："他在国外，你在海城，而且他已经是个非常成熟的企业家，你确定你可以接触得到？"

傅延昇："我想试试。"

江晓："行，那我先报上去。"

傅延昇放下手机，转身走到窗边。书房的落地窗正对着海城最著名的蒲江，江对面霓虹闪耀的摩天大楼尽收眼底。

那里还有人在夜夜笙歌，还有人在纸醉金迷……

此时傅延昇的眼眸里已不见一小时前的轻松，只剩下了深沉的凝重。

倘若，戚源诚真的牵扯其中，那么这就不再是一场属于他对戚屿的私人游戏了。

而是会变成，真正意义上的——猎捕。

第3章 全能秘书

六月底，放了暑假的戚屿听从爸爸的安排早早地从学校回来，当晚戚源诚特地让Anne做了戚屿喜欢的菜，为他接风洗尘。

“学校里都还好吗？”戚源诚吃饭时问他，“有没有遇上不错的同学？”

“还行，比高中的时候忙一些，”父子俩吃饭比较随意，戚屿也不讲究什么礼仪，边吃边道，“同学各地方来的都有，还碰上两个国内的。”

“哦？都是什么样的人？”戚源诚打听道。

“都是女生，关系一般。”

“那你平时除了上课，还做些什么？”

“在宿舍看看书，拉拉琴，”戚屿尝了一口Anne烧的清蒸鲈鱼，眼睛亮了亮，“有时出去听个音乐会，健个身……”

“一个人不无聊吗？”戚源诚奇怪道。

“无聊啊。”

戚源诚一时都不知道要怎么跟儿子聊天了，过了一会儿，他还是忍不住道：“你好像都不怎么和你的同学交朋友。”

从戚屿十岁那年转学来美国就这样，起初戚源诚以为他只是不适应，过阵子就会好，但小学、中学，到现在大学……他好像从没见戚屿提起过自己和哪个同学关系特别好，也没见他带什么同龄的朋友回过家。

“爸爸……”戚屿垂着眼睛边慢条斯理地挑鱼肉，边问，“如果我说，我觉得我的同学都有点幼稚，你会不会觉得我高傲？”

戚源诚一愣：“幼稚？”

“就是感觉他们单纯，没经历过事儿，”他抬了下眼睛，眸子里闪着一丝无奈，“我跟他们都没什么共同话题，怎么交朋友？”

戚源诚回想起九年前，戚屿随他来美国，他生怕儿子一个人在家孤单，几乎做什么事都带着他，上班开会也好，出去应酬也好，甚至去世界各地谈生意，见朋友，只要戚屿愿意，他从不避忌携他同行。

现在听戚屿这么一说，想想这孩子从小见过这么多世面，确实可能比同龄人成熟一些。

戚屿接着说：“我喜欢跟比我年长点的人交往，比如许敬哥，他懂得多，我和他在一起就很聊得来。”

戚源诚颔首道：“难怪。”

许敬是六年前来司源的，本来那个年轻人刚硕士毕业，只是应聘到美薇的营销部当副经理。一次戚屿去公司，不知怎么就和对方认识了。

戚源诚很少见戚屿跟什么人能聊这么久，不免就对许敬多了份关注，后来又见戚屿每次去公司都跟许敬在一块，索性就提了他当董秘，也方便戚屿找他。

许敬也没辜负他的期待，那几年几乎是把戚屿当亲弟弟在照顾。当时戚屿才念中学，许敬年长他足足十二岁，又是名校硕士，无论是在学习上还是在生活上，都能给他很好的建议与帮助。

周末有空了，许敬还会主动带戚屿出去看电影，看展览，两人除了各自的工作和学习，可以说是形影不离……

现在听了戚屿的解释，戚源诚才明白，并非许敬在戚屿心中特殊，而是这人刚好投了儿子的择友喜好。

戚源诚放下筷子，沉吟道：“你说的我明白了，爸爸不觉得你高傲，只是戚屿啊，你以后要做管理，就得跟各种各样的人打交道，许敬是很出类拔萃，但这世界上更多的是一般优秀的人，甚至平平无奇的人，只有把平平无奇的人也用得恰到好处的，才能成为优秀的企业家……”

听着他爸喋喋不休的说辞，戚屿迟钝地“嗯”了一声，继续埋头对付桌上的半条鲈鱼。

戚源诚又提着筷子，吃了口饭，道：“斯泰福已经是顶尖的学校了，能去那里念书的，我想也不是什么平庸之辈，你可以多留意一下身边的同学，如果觉得不错，就试着结交结交，他们很有可能会成为你今后重要的人脉和资源，碰上家境一般的，也可以招揽，看他愿不愿意以后跟着你做事情……”

戚屿忽然打断他道：“爸，帮我夹一下。”

戚源诚一愣，又听戚屿说了声：“鱼。”只见戚屿正用筷子剃中间的鱼脊骨，从尾部掀起来，到鱼头那儿被卡住了。

戚源诚帮忙夹断了鱼骨，看着戚屿把大片底下的鱼肉兜进碗里时那一脸满足的神情，不由叹了口气，不再继续说教。

等吃过晚饭，戚源诚才把戚屿叫到自己的书房，把一叠打印好的资料递给他：“你学完会计课了吧？”

“嗯。”戚屿接过瞄了一眼，见是美薇服饰公司去年的财报。

“正好，四月的时候美薇的CFO拿这个给我过目，我已经看过一遍了，觉得今年美薇那边的财务报表有点不大对劲。”

“哪里不大对劲？”戚屿看向他爸。

“美薇的利润已经连着三年下滑了，我直觉公司的经营是有点问题的，但具体哪个环节出了问题，我还没查出来。”戚源诚拿起茶杯喝了口水，道，“不过，我也不指望你帮我找出问题来，你就对照学校里学的知识看一看——财报数据反映的是一家公司的真实经营状况，学会看财报能让你对公司有进一步的了解。”

“哦?”听他爸爸一说，戚屿反而被激起了好胜心，“那我要是帮你找出问题来了呢?”

“呵呵，财务的职责是把账做平，而有能力的财务能把账做漂亮，如果谁都能轻易看出来问题，我就不需要花钱请高级人才做账了。”戚源诚笑看了他一眼，像是在笑他的自不量力，但为了鼓励儿子，他还是缓了语气道，“这样，你要是看出来……”

戚屿掀起眼皮，打断他爸爸：“我要是帮你找出问题来，你以后能不能别老管我交什么朋友了?”

戚源诚一噎，心中苦笑，原来这小子在这儿等着他呢。

成功呛到爸爸后，戚屿嘚瑟地拿着财报往外走：“那我就在家看，不用去公司了?”

“随你喜欢吧，反正公司你以前也常去，对各部门情况都了解，在家看也一样……”戚源诚说着，忽又想起什么，叫住他道，“对了，下周我要去趟日本出差，司航刚好要来美国，你招待他一下。”

“司航？谁?”戚屿停下脚步。

“就是你司伯伯的小儿子，你们小时候见过面的。”

戚屿回忆了两秒，想起来了：“哦……那个‘淘气包’啊。”

司伯伯是爸爸的生意伙伴，也是司源集团的另一位股东，早年他们还在国内的时候，两家经常走动。

司伯伯也有两个儿子，大的叫司泽，比他年长了八九岁，小的那个叫司航，和他与小枫的出生日期就差了没几个月。

这个司航特别特别淘气，第一次去他们家里玩就打碎了妈妈最喜欢的一只珐琅彩瓷瓶，还抢走了戚枫的变形金刚，把戚枫气得呜呜直哭。为此他差点跟司航打了一架，后来是大人出面把他们分开，然后司伯伯又不痛不痒地教训了司航一顿，几个孩子才假装握手言和。

多年过去，虽然戚屿已经不记得对方的样子了，但那家伙骄纵捣蛋的性格可是给他留下了深刻的印象。

“他来美国干什么?”戚屿问。

“我听他爸说，司航爱玩游戏，他哥给他开了家游戏公司，然后还组了个什么队伍，要来这边参加比赛……”戚源诚当时听得也是稀里糊涂的，这会儿想表述也表述不完整，“你们年轻人的东西，我也不大懂，你回头自己问他吧。我看你司伯伯的意思，是想让你们小一辈趁这个机会聚聚，叙叙旧，还说让司航好好跟你学习学习。”

戚屿笑了：“我俩一样大，他能跟我学什么?”

戚源诚道："司伯伯听说你在斯泰福念书，对你很是夸赞。司航的学习不大行，你司伯伯去年把他送进了好学校，但他也有点不务正业。"

"这种事得看个人觉悟，靠别人说有什么用？"戚屿随口评价了一句，但他知道这任务推不掉，也不再多说什么，"行吧，你到时候让他直接联系我，我带他在这边玩玩。"

几天后，司航就加上了他的微信，客气地问："屿哥，你在美国哪里啊？"

屿："纽城。"

司航："啊，我是去西城，那儿距离你远吗？"

屿："……"

司航："怎么了？"

屿："没什么，你哪天来？"

司航："十二日。"

屿："把航班信息告诉我，要我给你订酒店吗？"

司航："不用不用，我秘书都给我订好了，我就是想顺便过去见你一面，很多年没见了。"

戚屿挑了下眉，这家伙居然还有秘书？

司航给他发了航班和酒店位置，也不用他去接机，只说让戚屿到时候去找他玩。省心倒是省心，但西城和纽城也实在离得太远了，几乎横跨一整个美国了，"顺便"个鬼啊！

司航抵达美国那天，戚屿也坐了足足五个小时的飞机前往西城，两人约在司航入住的酒店房间见面。

"你是戚屿？"司航一见他就呆住了，"怎么几年不见，你长这么高这么帅了！"

"你也高了不少啊，淘气包。"戚屿同样在打量对方，眼前的青年只是比他矮了半个头，目测也有一米八，一张微圆的脸还稍显稚气，但那双丹凤眼让他看上去透着股机灵劲儿。

"哈哈，你刚叫我啥？"司航乐了。

"不是淘气包？"戚屿笑睨着他，"我还没忘记你八岁那年砸坏我家的那只花瓶呢。"

"这点破事你还记到现在？"司航哭笑不得地招呼他进房间，戚屿进去一看，客厅里还有七八个人，有几个正聚精会神地抓着手机玩着什么，听见有人进来头也不抬，兀自嚷嚷着："舒克你后退点，小心对面绕后！""诶诶诶，他过来了！""干他！干他——!!"

司航潇洒地抬手往那边一挥："介绍一下哈，这我的FTD战队，他们正练习呢，"接着又指了指边上站着的两位，"这个是战队经理老黄，那个是我秘书徐一舟。"那两人的年龄明显要大一点。

说着，一个漂亮的女孩也从边上贴过来，长着一张巴掌大的精致小脸，眼睛又大又圆，好看得像是用PS软件处理过的。

"我女朋友贝贝，"司航简单介绍了一句，对戚屿道，"我再带你去隔壁见我几个朋友。"

"朋友？"

原来司航不止带了战队的人来，还有他两个发小，一个叫秦寒，一个叫朱麟，和司航一样是不折不扣的富二代，也都各自带着女朋友。

“来，认识一下，”司航勾着戚屿的肩膀热情道，“这是我兄弟戚屿，Me·We那牌子就他家的。我俩从小穿一条裤子长大的，后来他来美国这边上学了，很多年没见了！”

戚屿心里吐槽说谁跟你穿一条裤子长大的了？小时候见面的次数明明一只手都能数得完！

几人一下嚷嚷开了：“我的妈呀！司航，你哪找的这么个帅的兄弟？”

“就是啊，也忒好看了吧，跟大明星似的！”

“嘿，那些卖脸的能跟我兄弟比吗？”司航拍拍戚屿的肩膀，“我这哥们可是妥妥的高才生，斯泰福大学的，听过没有？”

“牛呀，自己考的？”

“可不是嘛！从去年他上了这所学校开始，我爸就天天在我耳边叨叨说戚屿怎么怎么厉害，我去，听得我耳朵都生茧了，我这不也好奇吗，特地把他叫过来，让哥们几个都见识见识18K真金学霸是长啥样的。”

戚屿眯了下眼睛，难怪他说怎么都这么多年没联系，司航就忽然想见他了。他不动声色地笑了笑，谦虚道：“什么高才生不高才生，司航，你这么说就见外了，我们这些人又不靠学历吃饭，大家有谁比谁差的吗？”

司航一愣，猛拍了两下他的肩膀：“你这话我爱听！”

相互认识完后，司航便招呼着大伙儿去吃午饭，徐一舟已为他们找了餐馆，就在酒店附近。

路上戚屿问：“他们玩的是什么游戏？”

“‘英雄战塔’啊，风靡全球的MOBA手游！”司航意外地看着他，“你刚进去不是看到他们玩了吗？别跟我说你不知道！”

戚屿一点不避讳说自己不玩游戏，司航听了却怪叫一声：“不是吧！这年头还有不玩英雄战塔的人？你也太落伍了！”他又拼命推荐戚屿，“你想玩吗？我让我战队的队长带你啊！”

“喂，司航你偏心了啊！”边上的秦寒不服气道，“上次我想让肖野陪我玩两局你都不让！”

司航“嗤”了一声：“你这么菜，让他陪你简直是浪费！”

秦寒：“那陪戚屿就不浪费了？戚屿还一次都没玩过呢！”

司航给了他一个白眼：“人家是学霸，你是吗？”

秦寒被怼得失语了好几秒，才憋出一声骂，众人大笑。戚屿看出司航是在拿自己开涮，强忍着脾气又询问他们这次来美国的具体安排。

司航告诉他，两天后的十五日，他的战队要在西城打一场半决赛，这期间战队的人由黄经理照料，而司航和他的朋友们则负责吃喝玩乐。至于吃什么玩什么也不用戚屿操心，因为司航的秘书早为他们安排好了，戚屿只要跟着他们一起“快活”就行。

由于时差，饭后司航他们都有些困，提议先回去休息，晚上再出来一起乐。到酒店后，戚屿在电梯里被徐一舟叫住了：“戚屿，司航刚和我说，你可能不困，他让我安顿你一下。”

“安顿我？”戚屿不解。

“就是怕你无聊，让我问问你有没有什么想玩的，或者让我看着安排。”

戚屿愣了，那小子自己去睡了都不忘让他的秘书安顿自己？这到底谁招待谁啊？

“对了，你也住这儿吗？”徐一舟问。

戚屿颔首，来的时候他就顺便在这里登记入住了，他不知道司航在美国待几天，所以还带了两件换洗的衣服。

“你住哪间？房间号给我，回头把房费记司航这边吧。”

“不用这么麻烦。”戚屿客气道。

徐一舟还是坚持，说如果回头司航知道他自己开了房间，会误会他见外。戚屿没法，只能把房号告诉他。

“你接下来有什么安排？”徐一舟回归之前的话题，“要不我带你去看他们玩会儿游戏？本来这次来西城，也是看他们来打比赛的。”

“也行。”戚屿跟徐一舟打听，“这游戏公司是司航的？”

徐一舟：“嗯，是他哥去年买下来送他的成年礼物。”

戚屿：“他这公司靠什么赚钱？”

徐一舟：“游戏比赛奖金，游戏直播打赏和广告费，明星玩家代言费。”

戚屿了然：“是不是和球队经营模式差不多？”

徐一舟：“没错，主要还是靠明星玩家赚钱。”

戚屿又向他了解了一下这款游戏的卖点，玩家和观众的消费力等等，徐一舟都对答如流，两人还探讨了一番国内游戏行业的现状，戚屿不禁对司航这个秘书刮目相看。

回房间后，戚屿闲着无事，从随身携带的行李包里拿出了美薇的财报，靠在床边翻看起来。从上周戚源诚把财报交给他，戚屿已经从头到核算两遍了，可别说感觉上的问题，这报表真是连个小数点后的错误都没有，各类数据都在他认为合理的范围之内，根本看不出哪里不对劲。

来西城之前，他还让许敬给自己推荐了两本财务相关的书籍，又在网上搜了美薇前两年的财报，打印后一起带过来，打算再抽空琢磨琢磨。

晚上八点，司航联系戚屿出来吃饭。

“啊，还是好困……”他显然还没把时差调整过来，打着哈欠问徐一舟，“徐一舟，这附近有什么酒吧之类的啊？”

“酒店三楼就有，能喝酒也能点吃的，正对着室外泳池，景色还不错。”徐一舟说。

一伙人到了三楼，果然见酒吧一边的落地窗外波光粼粼，泳池在夜景灯的照耀下泛出蓝水晶般的色泽，映在玻璃和天花板上，十分浪漫。有不少老外坐在那里边喝酒边观赏泳者在水中矫健的身姿，随行的几个女孩欢呼了一声，快步朝窗边走了过去，挑了个视野不错的大桌子，朝他们招手。

“不错嘛！”司航感慨了一句，落座后一瞅桌上的菜单，见徐一舟不在身边，就急躁地拿起电话拨了个号码，“徐一舟，人呢？快给我们来点菜啊！”

徐一舟可能是被叫去处理战队那边的事，没及时下来，戚屿拿过菜单平静道：“我来点吧。”

司航闻言一愣，又忙对着电话那边嬉笑道：“不用了不用了，戚屿说他来点，我都忘了他会英语哈哈！”挂了电话又对戚屿说，“我听徐一舟说，你下午去看他们打游戏了？怎么样，他们厉害吧？”

戚屿听黄经理介绍他们是国内玩这个游戏数一数二的，应该是挺厉害的，便假意恭维道：“厉害，你怎么就想到搞游戏公司？”

司航张开双手往椅背上一靠，得意地跟戚屿吹自己是怎么缠着他哥买下这家本来没什么名气的小公司，然后又花重金把几个有实力的选手从别的战队挖过来，短短一年时间就包装成神级战队，甚至还打进了国际赛四强，简直要把自己吹成独具慧眼的当代伯乐和投资大师。

“国际四强？这么牛？”戚屿一惊。

“可不是，司航这支队伍可是国内第二强的队伍。”边上的秦寒边嗑烤杏仁边道。

“国内第二强？那第一是谁？”戚屿问。

“林焕的队伍。”朱麟说。

“林焕又是谁？”戚屿问。

“燕城首富之子啊，”秦寒斜了戚屿一眼，一副“你这都不知道”的表情，“你上网搜一下咱们司航的名字，十篇娱乐新闻里有八篇都能见他和林焕被相提并论，反正这俩是国内‘英雄战塔’电竞圈最出名的金主了！”

司航轻哼了一声，嚣张道：“那林焕的年纪比我大，他搞这个都已经搞三年了，要不是头两年我爸逼着我读书考大学，第一肯定是我的。”

“这次比赛他们入四强了吗？”戚屿问。

“入了，要不咱们能说只有第二吗？国队进了两支，都来了，等十五日你跟我们去看比赛，也能见着他们。”司航道。

“不过我听说林焕这次没来西城。”朱麟说。

“哈哈，林大公子跟咱们这种游手好闲的大学生可不一样，”秦寒朝司航努了努下巴，“你瞧瞧他哥忙成那样就知道了。”

戚屿听他们说了一堆国内富二代圈的八卦，什么谁家和谁家闹翻了，谁家现在不行了，谁抢了谁的资源，谁又被抓进局子里去了，不时还夹杂着一些荤段子，听得他脑壳直发疼。

司航也看出他听得有些吃力，调侃道："屿哥，我这次见你，真感觉你这人像是活在世外桃源里的。"

戚屿挑眉："笑话我没见识？"

司航拿起酒杯跟他碰了一下，嬉笑道："真心话，就觉得你特纯，像一张白纸。"

戚屿一周前还在爸爸面前说别人单纯，转眼同样的话就被司航拿来形容自己了，心里有点不是滋味。可他又反省了一下，自己用得着去了解那些乌七八糟的事儿吗？这还不如跟徐一舟聊天有意思呢。

想到这里，戚屿不由看向司航："说起来，我对你那个秘书倒是有点好奇，这人你哪里找的？"

"你说徐一舟？"司航笑了笑，"是我哥身边一个助理给我找的，去年我不是要开游戏公司吗，但我也不知道怎么管，他就说可以招个人来帮我，保证给我弄得井井有条。"

戚屿奇怪："那他不该是公司总经理？"

"他也是啊，因为我是董事长嘛，他自然就是秘书咯，只要是我让他做的事，他都做，你问他干什么？"

戚屿："我下午跟他聊了几句，感觉他知道的还挺多。"

"那当然了，"司航显摆道，"他是R大经管系的硕士，能力很强的。"

戚屿睨了他一眼："人家能力这么强，怎么就肯给你一个啥都不懂的大学生当秘书？"

司航："哈哈，给钱呗，有钱能使鬼推磨嘛。"

戚屿好奇："你给他多少钱？"

司航比了个手势："年薪一百万。"

戚屿不大清楚国内公司高管的薪水情况，问他："这个工资算高吗？"

边上的秦寒笑了起来："高什么？贝贝一年'挣'得都比他多。"

朱麟也笑着说："我们都说徐哥估计是司航身边性价比最高的人了，除了不能陪他上床外，什么都能干。"

"他玩游戏也不行，菜得很……"司航晃着酒杯感叹道，"所以你们说说，读书的意义何在？只要肯花钱，什么人才找不到啊？我真是不懂我爸了，他自己也就一初中学历的，还每天在我耳边叨叨读书的重要性，还非要我学管理！"

他这话也不知是不是故意说给戚屿听的，说完后另外两人都若有似无地瞥了戚屿一眼，面上带着看好戏的表情。

一群人直喝到晚上十一点才散场，第二天还是和前一日一样，他们在徐一舟的带领下逛了西城几个著名景点，吃吃喝喝，逛街购物。姑娘们一看见品牌商店就各自缠着男朋友要买奢侈品，几万一单的消费司航他们眼睛都不眨一下。

当晚一伙人又去了另一处酒吧，司航他们都自带女友，喝了点酒后几人就腻在座椅上搂搂抱抱，做着些开放动作，戚屿瞅在眼里，觉得无比嫌弃，不由出神反思起这几日都一筹莫展的美薇财报问题。

司航看出他有些兴味索然，主动找话题道："戚屿，你有没有女朋友啊？"

戚屿心不在焉道："没有。"

司航："怎么不找一个？"

戚屿："嫌麻烦。"

过了一会儿，戚屿忽然感觉有什么人在碰自己的大腿，他蓦地一惊，冷眼看向对方："你干什么？"

碰他的不是别人，居然是司航的女朋友贝贝！

众人闻声都看过来，女孩被戚屿刀子一样的眼睛盯着，也有点发憷，忙道歉："对不起屿哥……"

戚屿强压着心中的恶心收回视线，因为是司航的女朋友，他也不想反应过度，否则大家面子上都过不去。岂不料司航却在一边云淡风轻地说："贝贝，我让你好好伺候屿哥，你就这点本事啊？我还以为你手段挺厉害的了，结果人家碰都不给你碰一下，啧。"

戚屿皱眉看向他，语气森然："司航，这是你女朋友。"

"什么啊，"司航笑得眉眼弯弯，"屿哥，女人如衣服，兄弟如手足，你要是想玩玩，尽管叫她给你开开荤。我就是怕你长这样，让她伺候你没准还是她占便宜呢，你没发现她这两天跟着我，注意力全在你身上？"

秦寒听了也笑了："哈哈就是，如果能和戚屿过一夜，估计叫贝贝倒贴钱她都愿意，贝贝是不？"

桌上的人一通笑，接着司航又哗啦啦地倒了一杯酒，推到满脸通红的贝贝面前："好了好了，别哭丧着脸了，人家屿哥不跟你计较，你就这么干坐着啊？把这杯酒喝了，给人赔个罪。"

戚屿面无表情地看着他们演，心里早已翻江倒海……

靠，这都一群什么畜生?!

有再好的涵养，戚屿此时也有点无法忍受，他起身朝他们说了句"我去上个洗手间"，就径直拐出酒吧透气去了。

西城的夜晚没有纽城那么热闹，出了酒吧，外面的街道相对静谧。戚屿在吧台买了瓶圣培露，独自站在街边喝着冰水，平息内心烦躁的情绪。进出酒吧的红男绿女们时不时偏头看他，暧昧的眼神中满是想搭讪的热情，却全被戚屿冷漠的反应挡了回去。

"戚屿，你在这里啊？"徐一舟不知何时寻了出来，一脸讨好地靠近他，"哎，消消气，司航纯粹是想让你一起快活快活，没有别的意思，你看，你走了，他在里面也难受呢，特地叫我出来找你跟你赔礼道歉。"

戚屿偏头看向这个满脸堆笑的男人，不解道："徐一舟，你为了一百万年薪，这么跟着他，值得吗？"

徐一舟的表情僵了僵，等他想回答时，戚屿已经转身进去了。

尽管司航做的事有些荒谬绝伦，但他看上去也不敢真惹怒戚屿，而且经过那一次的试探，他也知道了戚屿是有脾气的，于是下意识地收敛了一些。

比赛日当天，戚屿跟着司航他们一起去了场馆，坐的是VIP观赛间。被司航当作劲敌的林焕队也来了，双方远远地打了个照面，气氛颇有些剑拔弩张。

戚屿一个局外人，其实没这么强烈的代入感，因为不懂游戏，他看得也不是很投入，只知道最后FTD战队的队长肖野赢了场个人比赛，但团队赛他们输了，无缘决赛。

因为输了比赛，司航也显得有些失落，没心思再出去玩。

一行人早早回了酒店，戚屿吃过饭独自去楼下的健身中心活动一下身子，却意外在健身房外的露台边看见了肖野。

戚屿犹豫片刻，走了过去："你怎么在这儿？"

肖野愣了一下，起身叫了他一声"屿哥"，表情忧郁，和他白天在现场比赛时那副浑身杀气的样子截然不同。

"团队赛输了不开心？"戚屿问他。

"不是。"肖野低声说。

西城的夜晚没有星光，天空像一块深蓝色的绸布铺散在头顶，越往边沿颜色越深，好像颜料到那里就沉淀下去，堆积出一片浓郁的墨色。

"我知道你是航哥的朋友……"肖野忽然开口了，嗓音很轻，带着一股茫然的飘忽感，"但我还是想说，我在这支战队，感觉不是很开心。"

"为什么？"戚屿问他。

"大家虽然在一起打比赛，但人心很散，一点儿都没有团队的感觉。"

"是吗？"戚屿皱了下眉。

"我还是更喜欢我原来的那个团队，虽然，他们现在玩得还不怎么样，但我们很团结，我也从来没有想过要放弃他们。"

戚屿奇怪："那你为什么来司航的战队？"

"司航花了一千两百万把我挖过来，他出这个价格的时候，我的兄弟们都知道了……"肖野笑了笑，面上满是苦涩，"是他们放弃了我，他们说，不想拖累我。"

戚屿瞥了他一眼："你有告诉过司航吗？"

"提过一次，没用，"肖野摇头，"他喜欢个人风格强的选手，觉得我原本的队友太菜了，现在这支战队里好几个队员也都是他从别处挖来的，每个人都有自己的想法和玩法，很难打配合。"

沉默了一会儿，肖野又说："那天，你和徐秘书在我们房间聊天，我有听到。"

戚屿："听到什么？"

肖野："你们说到，团队凝聚力。"

戚屿回想起来，当时他和徐一舟探讨过如何确定某家游戏公司有投资价值，除了是否拥有明星玩家，该公司旗下战队的团队凝聚力也同样重要。

但团队凝聚力不大容易被估值，比如肖野说他现在所在的FTD没有团队的感觉，戚屿一个外行人是察觉不到的，这就增加了投资风险。

“如果我能早一点听到你们说这番话就好了，”肖野的语气有一种隐忍的遗憾和懊悔，“那我就可以说服我的兄弟们相信我，我会陪着他们一起进步……”

戚屿看向他，问：“肖野，你和司航签了几年的合约？”

“还有三年。”肖野叹声道，“这三年我哪里都去不了，否则就得付高额的违约金，还会背上背信弃义的骂名，所以我感觉现在挺迷茫的。”

戚屿叹了口气，低喃道：“谁年轻的时候不迷茫，谁能保证自己的人生永远在做正确的选择？肖野，你现在可以说你不在乎资本，可当你没有资本的时候，你也会意识到你的梦想需要它来支撑。每个人只能选择走一条路，既然司航已经签了你，你与其在这里自怨自艾，不如把遗憾化为动力，好好提升自己，看能否改变现状……如果三年后，你还能像现在这样有知名度，并坚持现在的想法，你就带着你自己的团队，来找我。”

那时候自己也已经毕业了，估计手上能有一部分可自由调用的资金。

戚屿说完偏头，却见肖野愣愣地看着自己，反问道：“怎么了？”

肖野摇摇头，腼腆地笑道：“没什么，谢谢你啊屿哥……哎对了，我教你打游戏吧，这游戏真的挺好玩的。”

戚屿皱了下眉头：“我不大爱玩游戏。”

肖野笑容一滞，看着有点失落，就像小孩子想把自己最珍贵的东西献出来讨好别人，却遭到了无情的拒绝。

戚屿有些不忍，不由道：“你等一下……”

他走到边上打了个电话，片刻后回到肖野边上：“晚上你有空吗？”

肖野：“有啊，比赛都打完了，空得很。”

戚屿对他道：“你先去吃个饭，晚点来我房间，2316号。”

第4章 初级报告

次日一早，司航一看见肖野就挤眉弄眼地凑过去问："诶！戚屿昨晚叫你去陪他打游戏了？他玩得怎么样？"

肖野摇头："他不玩。"

司航一愣："不玩？那你怎么在他房里待了一夜？"

肖野打了个哈欠："他让我陪他弟弟打游戏。"

司航目瞪口呆："那他呢？"

"他？"肖野挠挠头说，"他好像在边上看什么财报。"

司航神情呆滞："财报?!"

"还有两本都是英文和数字的书，我也不懂，不过他看到十二点就去睡了，"肖野眨巴了两下干涩的眼睛，"航哥我困了，我再去补个觉啊……"

说完摆摆手走了，徒留司航一个人在酒店走廊里风中凌乱。

中午吃饭，大伙儿全在，司航憋着张便秘脸问戚屿："戚屿，你晚上在房间还学习啊？"

"学习?!"众人一听，纷纷朝戚屿看去。

司航解释："是肖野跟我说的，他昨晚去了戚屿房里，说戚屿大晚上的还看什么财报和英语书，贼用功！"

"不是吧!"众人表情震惊，好像戚屿做了什么让人匪夷所思的事。

"你看什么财报啊?"秦寒问。

"自家公司财报，"戚屿也不否认，直言道，"我爸看了说有点问题，让我一起看看。"

边上的徐一舟闻言，瞄了戚屿一眼。

司航讥诮道："这用得着自己看吗？你们公司没财务？"

可能以他的脑袋瓜实在想不透戚屿做这种事的主动性理由，笑了一会儿，又真诚地发出疑惑："诶，戚叔叔是不是对你特别严格啊？否则怎么放假了还给你布置作业？"

朱麟也道："就是，找个人来看看不就好了嘛，司航在这方面有什么问题都直接问徐哥，是吧司航?"

"嗯，徐一舟比我们大学里那些只会照本宣科的老头子可管用多了，"司航毫不掩饰自己的优越感，夸完徐一舟又看向戚屿，故作慷慨道，"你有什么不懂的，我这全能秘书可以借你一用。"

戚屿没搭腔，边上的徐一舟却不急不缓地接了一句："说到财报，我倒是认识一个在这方面特别厉害的人，他是学数学出身的，对公司财务数据有超乎常人的敏感，99.9%的财务造假问题都逃不过他的眼睛。"

"哦？"戚屿有点惊讶，"有这么厉害？"

"嗯，如果你有需要，我可以推荐你认识他……"徐一舟顿了顿，似有什么难言之隐，犹豫了两秒才继续说，"不过这个人的性格不大好。"

"性格怎么不好？"戚屿问。

徐一舟解释："他这个人有点斤斤计较，不会平白无故给人干活，就算是我介绍，也不一定卖我人情。"

"说白了就是要钱呗，"司航笑哼了一声，"别东拉西扯的，赶紧让他们认识一下，戚屿又不是没钱。"

被司航这么一说，戚屿都不好说自己不需要了，不过他还确实被徐一舟对那个人的介绍勾起了兴趣。

徐一舟见他也没异议，便拿手机加了戚屿的微信，给他推送了那人的名片，说："我跟他打个招呼，你直接加就行。"

戚屿见对方的微信名叫"F1S"，头像是一个正对着坐标轴的放大镜。添加对方为好友时，戚屿问徐一舟："他叫什么？"

徐一舟道："他网名叫复数，认识的人都叫他'小复'，不过他应该比你大几岁，你要是愿意，也可以叫他复哥。"

"行。"戚屿没意识到徐一舟避开了自己的问题，也不着急问候，加完对方便先放下手机和他们继续吃饭了。

司航的战队输了比赛，便没了继续逗留的兴致，过两天就买机票回去了。戚屿送走了这群不干正事的二世祖，如释重负地返回纽城的家。

当晚，戚源诚正好也从日本出差回来，在客厅碰上戚屿，问："和司航见过面了吗？"

"见了，"戚屿强忍着骂脏话的冲动跟他爸吐槽，"司伯伯怎么把他儿子养成这样了？"

"怎么了？"戚源诚好奇。

"他身边跟着几个和他差不多的纨绔少爷，这些人满脑子除了钱权声色，什么都没有，每天除了吃喝玩乐也没有一点其他的爱好……"戚屿想起他们那些活动就觉得浪费时间。

戚源诚也有些无可奈何："幺子嘛，他全家人都宠着他，估计是被惯坏了，难怪你司伯伯在电话里说起他来都唉声叹气。"

戚屿反问："那还不管管？"

戚源诚："说是管不动，都这么大了，自己主意大得很，他哥也纵容他。"

戚屿又拣了些自己和他们相处时观察到的现象讲给戚源诚听，还提到了徐一舟："对了，司航还雇了个年薪百万的秘书，据说是R大经管系的硕士，不但给他管公司，还管他的日常生活。”

戚源诚说：“这倒不奇怪，你司伯伯对司泽也是这样的，不惜花重金找这样的人陪他们，其实也是希望孩子能跟优秀的人学点东西，就像许敬于你……”

戚屿听到这话真是气不打一处来：“你没见司航怎么使唤他那个秘书，那哪是秘书？简直就是一全职保姆！司航依赖他依赖得很，连吃饭点个菜都要他来！”

戚源诚沉吟道：“这是有点过。”

戚屿接过Anne递来的咖啡，抿了一口，皱眉道：“我还打听了一下他那家游戏公司的运营成本和盈利来源，粗略给他算了一笔账，觉得这东西整一个就是在烧钱玩，反正想在三年内回本基本不可能，也不知他后面要怎么撑下去……”

戚源诚若有所思：“回头我给他爸爸打个电话说一下吧。”

“您可别了，”戚屿立即制止他爸爸，“司伯伯原本就天天在司航面前拿我刺激他，你以为他这次来美国是真想见我？他是想着法儿拿我开涮呢。你要再打这个电话，我不成了背后告状的小人？指不定他又在背后怎么埋汰我。”

戚源诚叹了口气，没再说什么。

和父亲聊了几句，戚屿回了自己的房间，看向摊在书桌上的财报，也是一阵叹气，那天他加了徐一舟推荐的人后，却没联系过对方。说不出是抗拒还是什么，他总想着自己再努力看看，毕竟他跟爸爸赌的是“自己”看出问题，而不是求助他人。可现在都快半个月过去了，他还是一筹莫展。

戚屿做了番思想挣扎，最终还是拿起手机，点开微信，找到几天前加的那位“复数”，发了两个字过去：“你好。”

这人当初通过他的验证后，也一直没有给他发过什么消息，好像根本没兴趣知道他是谁。但在收到戚屿的第一句问候后，他倒是很快回复了，回的是……一个问号。

F1S：“？”

戚屿愣了一下，自我介绍：“我是戚屿。”

又补充了一句：“是徐一舟把你介绍给我的。”

F1S：“我有印象，什么事？”

屿：“听说你看财报很厉害？”

F1S：“直接说你的要求。”

戚屿愣了一下，道：“我这儿有份财报，你能帮我看看有没有问题吗？”

F1S：“我收钱的。”

屿：“徐一舟跟我说过，你怎么收钱？”

F1S：“看具体问题，你要我看哪家的？”

屿：“我拍给你。”

F1S:“不用，你发我公司代码，我查得到。”

屿:“00X017。”

F1S:“美薇?”

屿:“嗯。”

五分钟后，对方回复问:“你和这家公司什么关系?”

戚屿又是一愣:“这和财报问题有什么关系?”

F1S:“看关系出报告，不同报告价格不一样。”

屿:“什么意思?”

F1S:“我这边可以提供三个等级的分析报告，初级报告适用于分析财报表面问题的普通人，中级报告适用于想要投资意见的股民，但如果你是这家公司的股东，或是其他利益密切相关的人，就得出深度报告了，不同报告需要我投入的时间和能力是递增的，对于收取报告的人价值也是递增的。”

屿:“等等，所以你刚看了是有问题的?”

F1S:“问题多着呢。”

戚屿惊了惊，只是看了一眼就知道有很多问题了？而且还能给深度报告?！这……好像有点厉害啊!

他继续追问:“三种报告分别多少钱?”

F1S:“5k，1-3w，预估止损额的10%。”

前两个都不贵，不过……

屿:“预估止损额的10%又是什么意思?”

F1S:“就是字面意思，通过财报分析预估这家公司通过财务造假可能对利益相关者造成的损失，然后收取止损额10%的佣金，举个例子，如果我的报告能为这家公司的股东减少一千万的损失，那么我就要收取一百万的报告费。”

戚屿哑然，他也不清楚美薇的问题有多严重，要是真涉及千万级的财务漏洞，他闲余的零花钱还不一定付得起这报告费。

也许初级报告对他而言就够了，他只是想要一点启发，并不打算完全假手于人，而且他也想试试这个复数的能力。

戚屿深思熟虑后道:“我先要个初级报告吧。”

大概半分钟后，对方才回复。

F1S:“你好像有点坑爹啊……”

屿:“……什么?”

F1S:“你爸要知道你这么小气会不会觉得白疼你了?”

屿:“啊?”

F1S:“徐一舟告诉我你是司源集团董事长戚源诚的儿子，你爸那公司都快陷入危机了，你居然还不肯出钱替他买份深度报告……”

戚屿一脸问号，那人一早就知道自己的身份，为什么前面还啰嗦这么多?!

屿:“不是，我们第一次合作，我就不能对你有点防备心？万一你是个骗子呢?”

F1S:“所以你能接受的投资风险程度就五千块钱？你到底是不是亿万富翁的儿子啊?”

戚屿傻了，这到底是什么人啊!？他控制着因恼怒而微微有些发颤的手指快速输入一行字:“你少废话，我就要初级报告，你做不做?”

F1S:“做。”

F1S:“卡号XXXX……收款人，啄石调查公司，记得打钱。”

戚屿:“……”

因为不想暴露自己过多的信息，戚屿把对方的收款号发给了许敬，让他代转。许敬看到信息直接给他打了个电话，问:“你找调查公司干什么?”

戚屿:“查美薇的财报问题。”

许敬愣道:“你爸让你查的?”

戚屿:“是我自己要查，他还不知道，你先别跟他说。”

许敬失笑:“你这家伙……”

戚屿原以为对方出报告需要一段时间，结果不到半个小时，复数就给他发了份文件。

屿:“这么快?”

F1S:“才5k的活，你想要我做多久?”

屿:“……”

戚屿赶紧点开扫了一眼，果然如对方所说，问题还不少：生产性资产投入增高未从利润中体现相应收益增长；偶生利润12.3%为异常现象；销售费用17.2%主要为推广驱动；期间费用28%相较同类型企业偏高……

一条条看下来，戚屿感觉手心一阵热一阵冷，一会儿为对方的判断感到震惊，一会儿又为自家公司的财报能这么轻易叫人看出经营问题而感到心慌。

看完一遍，他返回对话框，追问道:“怎么就只有分析结论?”

F1S:“那你还想要什么?”

屿:“我想知道你是怎么得出这些结论的。”

F1S:“……”

屿:“怎么了？不能说?”

屿:“还是又要钱?”

屿:“你要多少钱?”

F1S:“不是，呵呵。”

F1S:“你刚那问题就像是在问我是怎么算出1+1=2的，我也得花时间想想怎么给你解答这种显而易见的问题是不?”

戚屿哑然，他看了小半个月什么都没看出来，放这人眼里是“1+1”的问题？到底是他太傻了还是这人太牛了?!

戚屿受不了这样的嘲讽，一时赌气道：“算了，我自己再看看吧。”

F1S：“行，看在你是初次惠顾的份上，我送你一次售后服务，不过，我只免费回答你一个问题，如果有看不懂的，记得想清楚了再问。”

戚屿把手机“哐”地拍在书桌上，心里暗暗发誓，他要是再去问这个复数问题，他就是狗！自己好歹也算是个名校大学生，不会连五千块就能买到的东西都琢磨不透吧？他还真不信那个邪了！

好巧不巧，第二天一早，戚源诚就在餐桌上问起了他近日看了财报的感受。戚屿随口复述了一条复数报告中的结论：“我觉得美薇的经营性利润来源好像有点奇怪……”

戚源诚“咦”了一声，大感意外：“你怎么看出来的?”

戚屿当然不可能知道：“就是感觉……”他硬着头皮扯谎。

戚源诚像是和他产生了共鸣，立即道：“我也有相同的感觉，这两年公司的营业成本提高了很多，利润却远没有达到我内心的预期，我让下面的人去查了查，都没查出问题出在哪里，他们告诉我，是因为国内的电商冲击导致市场被挤压，所以销量就下来了。”

戚屿心里咯噔一下，那个复数明明说他能提供更专业的报告，说不定就能直指要害，公司里招了这么多高管，难道没一个有他的能力?

“怎么会查不出问题？美薇上上下下的管理人员都是吃素的吗?”戚屿皱眉。

“这就是经营企业的难处，雇人容易御人难，你看中对方的能力，让人家为你打工，可人家既然有那个能力，就未必甘愿只领你这么一点工资。”

“你怀疑有公司的管理人员在背后搞鬼?”戚屿问。

“不排除这个可能性，”戚源诚保守道，“如果他们能把账做得滴水不漏，叫审计和股东都查不出一点问题，那我们也无可奈何。”

戚源诚说完，又一脸欣然地看向戚屿：“不过我真没想到你居然能有这么敏锐的直觉，不枉我教导你多年啊……”

戚屿一阵心虚，他不想告诉爸爸，自己其实是作弊了。而心安理得接受这种夸奖也不是他的性格——自己撒的谎，跪着也要圆好。

戚屿咬咬牙道：“爸爸，有没有美薇这两年的财务明细？我想再研究一下。”

“有。”见儿子这样主动好学，戚源诚越发感到欣慰，“我一会儿去公司，让财务那边把明细都调出来。”

没过多久，戚屿就收到了戚源诚转发过来的账务明细，邮件里还备注了“仅供内部审计与特殊人员浏览”的字样。戚屿对照着复数给他的结论又仔细对比、核查了一番。结果看了两天，看得头昏脑涨，还是没看明了。

戚屿闷闷地想，难道他真得再去找那个人？

但实在是有些不甘心。

许敬不是财务出身的，对这方面不大擅长，戚屿也不好让他给自己找人，纠结了半天，他忽然想出一个法子。

戚屿打开微信找到徐一舟，直言道："徐一舟，你还有没有其他懂财报分析的人推荐？"

徐一舟看见消息后回复："怎么忽然要我推荐别人，小复不接你的活？"

屿："没，他接了……"

徐一舟："那是怎么回事？他没帮到你？"

屿："也不是。"

他总不能说是不想被自己打脸吧？

徐一舟："哦，我知道了，他是不是惹你不高兴了？"

屿："额……"

徐一舟："我就跟你说过他性格不大好吧……[笑哭]"

徐一舟："但是不瞒你说，在财务分析这一块，我还真推荐不出比他更厉害的人了。"

戚屿有点不服气："不就是一个调查公司的人，怎么被你说得这么神乎其神？"

徐一舟："调查公司？"

屿："他让我打钱的账户是一家调查公司。"

徐一舟："你说'啄石'？哈哈，那只是家皮包公司啊，方便他接私活收账用的。"

戚屿愕然："他做这个算私活？"

徐一舟："是啊，他有其他的正经工作啊。"

屿："他做什么工作的？"

徐一舟："这个我也不清楚，他人挺神秘的，而且因为私人时间有限，他最近两年已经很少接私活了。"

戚屿强忍着内心的不悦道："时间有限？他帮我做分析花了不到半个小时。"

徐一舟："？"

徐一舟："你让他帮你做什么？"

戚屿把复数对三个等级报告的介绍复制给徐一舟，说："我让他给我做了个初级报告。"

没想到徐一舟看完后发了一串滴汗的表情过来，说："你这是……杀鸡用牛刀啊。小复的实力远不止于此，5k给你做个初级分析报告，可能已经算是卖我面子了[笑哭]，你若真需要他的帮助，就稍稍忍耐一下吧，谁让他能力强，圈子里有人知道他的名声，还求着他帮忙呢。"

和徐一舟聊完，戚屿彻底没了脾气，不仅如此，他还对那个复数产生了更强烈的好奇心——五千块钱的报告是杀鸡用牛刀，除了做财务分析还有神秘背景，因为能力强被人求着帮忙……

那家伙到底是什么来头？

戚屿做了一番心理建设，调整好了自己的心态，又重新点开了复数的对话框，看着对方最后发自己的那条消息，面上一臊。

算了，反正那个人也不知道自己曾发过什么誓……

屿："在吗，我想请教你一个问题。"

F1S："在忙，等。"

这一等，戚屿等了足足三个小时。可能是心里在意，戚屿隔一会儿就点进微信看看复数有没有回复，还百无聊赖地点进对方的头像看了一眼详细资料。

"更多信息"里有一句个性签名——"情益我，则亏失道义。亏道义，必见人之非。"

戚屿念了两遍，也不知道这话说的是什么意思。

约莫中午十二点，微信终于响起了新信息提示音，戚屿立即拿起手机——

F1S："徐一舟问我是不是惹你生气了，我惹你生气了？"

戚屿："……"

F1S："你这家伙，怎么还背后告状啊？"

戚屿气得差点爆了粗口，由于家境和自身条件的卓然，他身边几乎每个人待他都是客客气气的，就算是司航那种骄纵的大少爷，也会顾着双方大人的面子和他虚与委蛇，这还是戚屿头一次碰上用这种态度跟他说话的人！

他闭上眼睛深吸了两口气，告诉自己这个人是个高手，看在是高手的份上，他可以暂时容忍对方的无礼……

F1S："以后对我有什么想法直接告诉我，我喜欢和坦诚的人打交道。"

F1S："好了，说你的问题吧。"

戚屿心说，等利用完了一定把这混蛋拉黑！靠！

他强迫自己冷静下来，发出了早已斟酌好的问题："我想知道'生产性资产投入增高未从利润中体现相应收益增长'这条结论，你是怎么得出来的，我仔细对比了美薇近三年的财报，发现相应投入及产出的比例没有太大的差距。"

F1S："你只看了三年的？那难怪看不出来。"

戚屿纳闷，不然要看几年？难不成他还得把美薇成立以来的账都翻出来看？这个复数当时也就看了半个小时，还说什么"显而易见"，应该不至于吧？

F1S："打字说不清楚，来，语音一下。"

戚屿："???"

等一下，这发展有点不太对劲啊！

怎么要和他语音了？那万一对方又说了什么不好听的话他忍不住发脾气怎么办？

就在他惊慌之时，屏幕上已经跳出了F1S的语音呼入。

戚屿手忙脚乱地按下了接听键，接通后，他沉默片刻，谨慎地"喂"了一声。

“听得到我说话吗？”清冷低沉的嗓音透过手机传了出来。

和戚屿想象中带着恶劣性质的讥讽味道截然不同，对方的语气极其正经，而且听上去很成熟。

“嗯，听得到。”戚屿对此人的偏见竟然随着这简简单单的一句话消散了不少。

“刚给你发了几张对比图，你点开来，我们边看边说，”对方毫不犹豫，直奔主题，“这是我从上市公司财报网上搜到的美薇近五年的报表，你看的时候注意一下，前两年为一个分析阶段，后三年为另一个分析阶段，这两个阶段美薇的经营状态是不一样的。”

戚屿一愣，居然不一样？

“先来说前两年，这个阶段美薇的经营相对正常，各方面数据显示企业运行状况良好，盈利可观……”

原本还在为自己可能控制不住情绪而紧张的戚屿，渐渐就被对方所说的内容吸引了注意力，专注地听了下去。

“……近三年，美薇的生产性资产投入连年增高，这些资产的投入主要会体现在货品数量、货品质量和利润上，数据显示近三年的盈利不升反降，存货周转天数也与三年前持平，那么投入的资产只有可能在货品质量上得到体现，但17.2%的销售费用却又暴露了问题……”

“额，为什么说销售额暴露了问题？”财报中根本没有和货品质量相关的数据体现啊。

那边停顿了一下，解释道：“三年前开始财报中的长期待摊费用也开始增高，估计是美薇请的明星代言费，这从侧面反映出美薇近三年稳住的销售额主要是靠推广在驱动，而非自身的货品品质与其营造的口碑——当然，我只能通过企业公开的财报进行合理推测，没有更多的核查权限，你如果能接触得到明细账，再确认一下增加的这笔钱是不是广告费，并且针对有问题的点追查凭证，估计就能查到问题源头。”

戚屿恍然大悟！但是……这哪是什么“显而易见”的问题？要不是他提出来，还说什么“合理推测”，根本没人会这样联系起来去看好吗！

复数继续往下说，他说得很细致，从五年间表中呈现的资产具体去向到每项利润来源的变化，逐一拎出来为他讲解，戚屿听到后来都抽出本子开始记笔记了。

等对方完全解释清楚，戚屿早没了那些小情绪，心里反而涌起了一股隐隐的钦佩之意。

“都听懂了？”复数问他。

戚屿“嗯”了一声，道：“谢谢。”

复数：“那我挂了。”

“诶等等，”戚屿赶紧叫住他，“我还有个问题。”

复数怔了一下：“什么？”

戚屿忍不住道：“这么复杂的数据分析，你当时怎么做到半个小时就得出结论的？”

但他问完后，那边却沉默了。戚屿等了一会儿，以为是信号不佳，“喂”了一声。

复数:“你知不知道，你又问了我一个‘为什么1+1=2’的问题?”

对面似乎是笑了一下，才慢吞吞地说:“我刚也在思考，我是怎么在半个小时内得出结论的，但我不知道怎么跟你解释，这对我来说确实不是什么复杂的分析。”

他停顿片刻，又说:“像刚刚那样，给你一点点讲解，才复杂。”

戚屿两眼一黑……

“好的，”他尽量控制着用同样平静的语调，咬牙切齿地说，“你不用回答我了，再见。”

他错了，他不该产生什么奇怪的错觉……

这人居然能用这么平静，甚至还有点温和的嗓音，说出这种伤害力十级的嘲讽语言!

他佩服!

挂了语音电话，戚屿起身去取了瓶冰水，猛喝了半瓶才冷静下来。

十分钟后回到房间，他重新拿起手机，见对方又给自己发了几段文字信息。

F1S:“我刚想了一下，你把那些数据在脑海里转换成图表，可能会更直观一些。”

F1S:“比如，根据美薇前两年的经营状况，你的脑海里应该会出现由数据转换而成的分析图表，以此作为判断后续发展的基本模型。第三年生产性资产提升，在函数中只算一个较为明显的变量，盈利应该有一个先降后升或者下降后趋于平缓甚至再提升的过程，但后三年财报中数据反映的是线性下降，从这一点就能反映出来，财务数据有问题。”

F1S:“而且，你不要只看自己家的财报，也要多看看同类型的企业，对比一下各方的数据，慢慢就会找到感觉。”

戚屿蹙眉，把数据在脑海里直接转换成图表?这又是什么变态的能力?

看着对话框上方显示的“正在输入”字样，戚屿等了等，几秒后，见下面又跳出来一句话。

F1S:“有什么问题给我留言，我先睡了。”

戚屿一愣，这才反应过来，国内已经是凌晨两点。

事实上，通过刚刚那两个小时的线上讲解，戚屿早已从心底里认可了复数的实力。

所以生气归生气，他已经没有想把对方拉黑的冲动了。

现在见对方仍在耐心地解答所谓的“1+1=2”，戚屿还莫名感觉有那么一点被安慰到。

他确实还有一个问题，却不是和财报有关的——

屿:“你之前不是说只免费回答我一个问题吗?怎么，现在我有问题都可以直接给你留言了?”

而且，在刚刚的语音交流中，戚屿也不止问了一个问题，复数也没再跟他要钱。

不过这句话，对方六个小时后才给他回复，回的是一张复数和徐一舟的聊天截图，截图里徐一舟说:“戚屿还是个大一学生呢，你一个社会人士，就不能多照顾他一下?别欺负人家呀。”

F1S:“看见没有，叫我别欺负你呢。”

看到那句话的时候，戚屿气得又差点吐血，他反唇相讥："徐一舟跟你什么关系？你这么听他的话？"

F1S："论坛网友。"

屿："???"

F1S："在一个金融论坛认识的，一起合作过几个项目，没什么特殊关系，但我也得在乎一下自己的口碑对不对？"

戚屿笑了笑，想起徐一舟夸对方的话，又好奇道："他说你很有能力，除了分析财报，你还会干什么？"

几分钟后，复数甩了一张图过来，戚屿点开一看，图上赫然写着"啄石调查公司服务项目一览"几个大字。

股市分析
财报分析
资产定价
创业辅导
商务陪聊
……
投资风险评估
公司上市辅导
企业深度调查
学业论文指导
……
项目报价及服务内容详情请咨询021××××××××

这眼花缭乱的项目名称把戚屿看得目瞪口呆……商务陪聊是什么玩意儿？居然还有学业论文指导？这个人的业务范围这么广的吗？

正疑惑着，复数又发了一张图过来，只见那图上详细显示着"学业论文指导"项中对方可提供的辅导科目，包含数学与数学进阶、经济学、公司金融与财务、资产定价、金融机构实务与管理等数大块，每一块还有细分，比如数学那类包含微积分、高等数学、统计学、算法与数据结构……

F1S："你是大学生吧，这个比较适合你。"

戚屿无语，说好这人没什么时间接私活的呢？怎么这么没节操？

第5章 专属服务

夏日的清晨，窗外鸟鸣啾啾。

厨房里飘荡着Anne烤面包的香味，戚源诚坐在餐桌前，一边吃早点一边看Ipad上的财经新闻。

“……爸。”戚屿穿着一身略显宽松的睡衣T恤晃进来，发梢湿漉漉的，像是刚洗漱完。

戚源诚瞥了一眼日渐成熟帅气的儿子，面上浮起一丝柔和：“这么早起来了？”

“嗯。”戚屿和Anne打了声招呼，随手抓了一块面包叼在嘴上，绕到餐桌边坐下。

“财报我都看完了。”戚屿忽然说。

“哦？”戚源诚放下Ipad，笑道，“来说说。”

经过那晚复数的提点，戚屿感觉茅塞顿开，之后他又找了几家同类型公司的财报，通过画图表等方式对比核查，慢慢验证出了复数报告中关于美薇期间费用高、偶生利润不合理等现象。

现在再面对戚源诚，戚屿心里有底气多了。他端起桌上的热牛奶喝了一口，接着把自己的发现一一告诉爸爸。

因为已经领会了财报的内部规律，所以戚屿不用再照搬复数的言论，只需要把那些结论转换成自己的理解说出来即可。不止如此，他事后还特地去看了美薇在国内几家网上商城的评价以确认自己的推测。

货品质量虽然无法从财报中直观显示，但能通过客户的口碑来反映。

ME·WE在猫城的好评率维持在4.5分，不算太低，但大品牌都有完善的营销人员来做风评控制，评分不能说明什么。

戚屿点开那几百条差评一看，发现几乎全是吐槽质量的。

“这就是之前被海外姐妹吹爆的轻奢大牌？1528元的毛衣，穿了一礼拜起球了，ME·WE这牌子拔草了！”

“照片看上去这么好看，结果一收到就只是这种品质的衣服？面料看上去也太廉价了，果然不能迷信大牌……”

……

戚屿对照细账查看了销售费用，发现其中的“售后”一项在近三年内也有明显增长。货品的数量没有增加，质量反而在下降，销售全靠推广驱动……结合所有这些，美薇的根源性问题已呼之欲出——

“爸，你该让人去查一查美薇的生产线，从原材料的生产、加工到服装的制造出货，其中肯定有环节出了问题。”戚屿信誓旦旦道。

原以为爸爸会像上次那样欣慰喜悦，然后雷厉风行地展开调查，可戚屿没想到，戚源诚听完后竟然一言不发地坐在那里，表情严肃得可怕。

餐厅里的气氛也随着戚源诚的反应变得凝重起来。

“怎么了，爸爸？”戚屿皱眉。

是他说错什么了吗？还是问题太严重都超出了爸爸的想象？

戚源诚看向戚屿，问：“这都是你自己看出来的？”

戚屿短促地“呃”了一声，说：“是啊。”虽然又撒了谎，但这一次戚屿没有心虚。他是请教了复数没错，可他告诉戚源诚的是他自己结合美薇的财务明细进一步判断出来的结果，应该不涉及公司隐私泄露。

戚源诚沉吟道：“你可知道管着美薇生产部的人是谁？”

戚屿纳闷：“谁？”

“是你邱明阳邱叔叔，”戚源诚叹了口气，道，“他和我是十多年的老朋友了，十年前我来海外拓展市场，他在国内帮我管生产线，很多生产线都是他监管促成的，而且他在美薇也有股份，虽然数量不多，但也算是个小股东，所以我想过所有可能做手脚的人，唯独没想过去怀疑他……”

戚屿见过邱叔叔几次，但这个人对他来说也不过是个普通的长辈，跟爸爸其他的朋友或下属没有什么区别。加上他们已经搬来纽城这么多年，和国内那些人的走动也偏少。他无法理解爸爸与对方的情分，只是就事论理道：“可财报的数据就是反映出他负责的部门有问题啊。”

戚源诚犹豫了一瞬间，说：“戚屿，做企业没有你想象的这么简单。国内是个人情社会，水至清则无鱼，人至察则无徒，如果我就为了这么点小事，大动干戈地去查人家，不但会搞得公司人心惶惶，还可能失了人心。”

戚屿不解道：“所以就算公司陷入危机，你都能顾着人情睁一只眼闭一只眼？”

“陷入危机？”戚源诚愣了愣，摇头道，“美薇的盈利虽然相较往年有所下滑，但这问题没有你想得这么严重，何况集团下面还有其他公司在经营，整体利润还过得去。”

戚屿哑口无言。

“行了，”戚源诚还反过来劝他，“你已经做得很好了，但查不查这事，你不需要操心，爸爸会看着处理的。这些日子你也辛苦了，先休息两天，之后我再安排你做点别的。”

戚源诚走后，戚屿返回房间，郁闷地把桌上的那些资料推到一边。手机有新信息提示音，戚屿拿起来一看。

F1S：“这是立早集团旗下菲亚服饰的财报，菲亚和美薇规模非常相近，我瞄了一眼，它们这两年的财报很漂亮，你可以参考一下。”

屿：“我不看了。”

F1S：“谁惹你不高兴了？”

屿：“你怎么知道我不高兴？”

F1S：“你昨天还让我再帮你找找同类型企业财报，现在就说不看了，难道不是因为不高兴？”

那天聊完后，戚屿又跟复数打听了一些事，偶尔遇到小问题也会跟对方请教，两人的关系不知不觉亲近起来。

戚屿想起刚刚爸爸说的话，不由迁怒对方：“你当时怎么说我爸那公司快陷入危机了呢？我爸明明说是小问题。”搞得他这几天那么紧张，还好当时没信这家伙的危言耸听买什么深度分析……

F1S：“你爸觉得这是小问题？”

屿：“是啊。”

F1S：“他这个想法很危险啊。”

屿：“???”

F1S：“你听没听过一句话叫‘千里之堤毁于蚁穴’？现在问题都摆到他眼前了，他还不整治，到时候出了娄子，挡都挡不住。”

F1S：“你爸也是心大，公司里有人做假账你知道叫什么吗？叫经济犯罪。美薇是上市公司，如果存在不法现象，受损失的可不止股东，还有成千上万的股民。你爸能纵容底下的人做手脚，说明他自己在这方面的原则也比较模糊，没准哪天就稀里糊涂地把自己都搭进去了。”

戚屿被怼得一句话都说不出来。

F1S：“还有你，你看财报原来是想得到你爸的认可？你是小孩吗？你爸说是小问题你就不看了？”

F1S：“这公司以后是不是你的？他说啥就是啥，你自己的思考能力呢？”

戚屿恼羞成怒道：“你给我闭嘴!!”

他捏着手机，磨着牙，觉得自己大概还是把这个人拉黑比较好……

然而，等戚屿消了气，回想复数那些话，又莫名觉得对方讲的也不是没有道理。他点开对方微信对话框，上翻瞄见复数之前发来的菲亚财报，不自觉地看了起来。

因为这阵子都在研究美薇的数据，他对财报的一些条目已经有了本能的直觉，一眼看过去就看出菲亚的经营要比美薇好得多。

戚屿拧着眉，犹豫着是否要再劝一下爸爸。

当晚戚源诚回来后，戚屿又提了一句，但戚源诚仍决定再静观其变，还让戚屿不要过度担心。

戚屿有点无奈，但他觉得自己已经尽力了。转念一想，爸爸做企业都这么多年了，什么大风大浪没见过？可能问题真没复数说的那么严重……再说，他爸只是想让他看财报学习一下，他又没接手公司的管理，这事确实还轮不上他干涉。

暑假已经过去了大半，戚源诚让戚屿在家休息了两天，就安排一位海外销售部经理带着他接触了一些实务，这些事远没有看财报这么难，但戚屿却觉得比看财报还累，因为他得成天戴着面具和不同的人接触、应酬，而精神和思想上却又毫无收获。

这几天，他也时不时地想起复数，有些心烦意乱。自从那天他说完那句“闭嘴”后，复数就再没有给他发过消息了。

这种被什么人牵着心绪的感觉，还是戚屿第一次体会到。

可能是因为复数的性格和他身边其他人太不一样了，别的人总是很照顾他的感受，比如许敬，说话做事从来不会让他觉得不舒服，就算偶尔开个玩笑，也是那种哄着惯着的口吻，丝毫不会让他产生恼意。

唯独这个复数说话直白且毫不留情，好像总在不厌其烦地在试探他的底线，可偏偏又因为对方与众不同的能力和只言片语中透露出来的智慧，让戚屿没法像对待其他人那样狠下心来不去在意……

纠结了十来天，戚屿终于鼓起勇气给对方发了条消息：“在吗？”

F1S：“什么事？”

回复得倒是挺快……

戚屿磨蹭着输入一句话：“我想了解一下，你那个商务陪聊项目具体是什么情况？”

这条消息发出后，复数隔了几分钟才回：“你一个大学生，问这个干什么？”

为什么大学生就不能问？戚屿纳闷：“这个怎么了？”

复数说归说，还是给了他详细的解释。

F1S：“商务陪聊是线下服务，服务内容主要包含陪同客户参与商业会晤、商业谈判等，这边会根据客户或谈判对象的身份、实力和具体的场合报价，价格跨度很大，一般三万到三十万不等。”

戚屿误会了，他还以为商务陪聊就只是陪聊天呢……

F1S：“你想让我陪谁？我的出场费不低的。”

屿：“没什么，我就随便问问。”

F1S：“你不会就是想让我陪你聊天吧？”

F1S：“呵呵，那之前还叫我闭嘴？”

戚屿一时间都有点恍惚自己主动跟这人搭话是不是找虐来的了！

F1S：“行了，以后想聊就直接说，别拐弯抹角的，我不是告诉过你吗，我喜欢和坦诚的人打交道。”

F1S:“最近都干什么了?”

见对方给了自己台阶下，戚屿一边为对方之前扎人的话磨牙，一边故作平静地回答：“跟美薇海外销售部经理走访视察一些线下销售点。”

F1S:“你还挺辛苦的，放假不出去玩玩吗?”

屿:“今年不了，再过一周就开学了。”

F1S:“你好像是在国外，对吧?”

屿:“嗯。”

F1S:“在哪里上学?”

屿:“斯泰福。”

F1S:“学校不错，假期都不回国吗?”

屿:“今年有点忙，不回去了。”

F1S:“哦……”

戚屿犹豫了一会儿，说:“那事我劝过我爸了。”

F1S:“他怎么说?”

屿:“他说再观察一年看看。”

戚屿原以为复数听了又要怼两句，可他等了五分钟，对方都没回应。

戚屿忍不住发了个问号过去，复数这才回:“我在路上，等一下。”

又等了五六分钟，手机跳出了F1S的语音呼叫。

戚屿一愣，赶紧按下接听键:“额，怎么打电话?”

“我看你很想聊的样子，陪你聊会儿。”熟悉的嗓音在耳边响起，这次没像上次那么一本正经，对方的语调似乎还隐隐带着笑意。

戚屿的心跳跟着波动了一下:“你刚从外面回来?”

“嗯，刚下班。”复数说。

“今天不是周末吗?”

“我的工作不一定有周末。”

戚屿有点好奇对方的职业，但想到徐一舟上次说的“神秘背景”，又不好意思打探对方的隐私。

那边窸窸窣窣的，等一分钟后才安静下来，复数似乎是坐下了:“你刚说你爸爸想再观察一年？除了这个呢，还有说别的吗?”

戚屿犹豫片刻，道:“他说，管着问题部门的那个人是他十多年的朋友，不好大动干戈去查。”

复数:“你爸爸很看重情义啊。”

戚屿:“嗯，但我觉得我爸不会坐以待毙。”

复数:“怎么说?”

戚屿："他虽然看重情义，但也是个很谨慎的人。"

戚屿到底是戚源诚的儿子，父子俩在一起生活这么多年，戚屿对爸爸的行事作风也有所了解，他想爸爸应该是有自己的想法和安排，但这些想法可能还不适合跟他讲，所以才让他不要管。

复数闻言自言自语般低喃了一句："是吗……"

戚屿随口道："不过我有点奇怪，你一个做私活的，怎么这么关心我家公司有没有危机？我爸做这个决定会造成你的损失吗？"

复数顿了顿，反问道："我也有点奇怪，你一个亿万富翁的儿子，怎么还找我一个做私活的聊天，你很寂寞吗？"

戚屿发现自己有点说不过对方……

复数又问："你刚刚问那个商务陪聊，不会是真想买我陪你聊天吧？"

戚屿被逼问得退无可退，索性理直气壮地承认："不行吗？"

复数笑了："行，当然行。不过，你不属于'商务陪聊'适用的客户类型，我不好给你报价……要不，我针对你的个人需求给你量身定制一份专属服务？"

戚屿："还可以这样？"

复数"嗯"了一声："说你想要的吧，我看看我能不能满足你。"

戚屿感觉自己的心又莫名动了一下："其实随便聊聊就行。"

"像现在这样？"复数问。

"不是，"戚屿想了想，说，"最好还能聊点别的，比如专业方面的东西。"

复数意味深长地"哦"了一声："原来你是想让我继续教你啊。"

说那个"教"字的时候，复数还特地发了强调音，听得戚屿浑身不自在。明明他说的是挺正经的事，怎么复数直接点明让他承认，他就有点难以启齿？

复数又说："可你现在又没什么问题问我，我怎么教你？"

戚屿："多聊聊不就有了。"

当初许敬还在他身边的时候，他也经常和许敬天南地北地聊，许敬还乐得给他解答各种问题呢。要不是许敬现在被爸爸调回国内，忙得有时候连电话都接不上，他也不会沦落到连个说心里话的人都没有。

而且戚屿觉得，复数的能力可能要比许敬强很多，如果能花钱买到这个人的服务，应该还是值得的。

复数继续问："聊天时间上有什么要求吗？"

戚屿："都行。"

"都行？"复数笑了一下，"所以你不打算按时或者按日算，是想让我随叫随到？"

戚屿皱了下眉："你不是挺忙吗？"

复数："是，所以先说清楚，随叫随到是不可能的，正经工作结束了才有时间陪你。"

戚屿心里吐槽，那你说什么随叫随到?!

复数问:“还有别的要求吗?”

戚屿:“没了!”

复数:“好，那我说说我的条件。”

戚屿:“你还有条件?”

复数反问:“服务人员没有人权?”

戚屿:“……你说。”

“我只有三点。”复数说,“第一，我们有时差，我这儿凌晨两点到六点，我得睡觉。”

戚屿愣道:“你睡四个小时够了?”

复数:“当然不够，这是基本保障，这四个小时你委屈了伤心了不高兴了自己忍着，打电话我不会接。”

戚屿心说谁会委屈伤心不高兴的时候打你电话？你丫是不是想太多了?!

复数:“第二，以后不许对我说‘闭嘴’。”

戚屿面上一热，故意绕开这个点问:“第三个呢?”

复数:“请教专业问题的时候记得叫老师。”

戚屿嘴角一抽。

复数:“都能接受吗?”

虽然复数说话是直接了点,但就这三条,戚屿觉得也没啥不能接受的,便说了句“OK”。

“好,”复数停顿了一下,“如果只是这个程度，五千一个月吧。”

戚屿:“啊?”

复数语调一扬:“怎么？还嫌贵？让你叫我老师就是看在你还是大学生的份上免费教你，否则一个个问题算上去，我怕你咨询费都付不起。”

“不是,”戚屿打断他道,“我觉得还挺便宜……”

复数沉默片刻问:“那你本来以为要多少?”

“你那个商务陪聊不是一场三万起步吗，我以为你会报个几十万上百万的。”

“就跟你这个程度的聊天能跟商务陪聊比吗？……不是，如果我报一百万你也觉得可以?”

“我会考虑一下，砍个价什么的……”戚屿说完这话又有些担心，怕复数觉得报价低了又多要钱，警惕道,“你不会想抬价吧?”

“你还真是……”复数似乎觉得好笑，缓声道,“放心，我这个人做生意讲良心，是多少就是多少，不会看你人傻钱多就坑你。”

戚屿:“???”人……人傻?

复数紧接着道:“没问题的话我让啄石那边拟个电子合同发你邮箱，签名付款就算服务正式开始生效。”

戚屿把邮箱地址发过去，又好奇道："每个人都能找你定制专属服务？"

复数："就你一个，别人不行。"

戚屿："……为什么？"

复数："你比较对我胃口。"

戚屿："我哪里对你胃口了？"

复数："你挺好学的，笨是笨了点，少爷脾气也有点，但跟我接触过的其他富二代相比算不错了，徐一舟也跟我夸过你，说你很努力。"

戚屿："???"

笨……笨了点?!

戚屿从愤怒到石化的状态中恢复过来，咬牙问："有没有人跟你说过，你有时候说话很让人生气?"

复数反问道："有吗?"

戚屿拔高了点声音："当然有!"

复数沉默了两秒："不好意思，我说话一直这样，可能比较难改了。不过你可以告诉我你生气的点在哪里，我以后尽量不踩你雷区。"

戚屿一字一句道："不要说我笨，也不要在我面前炫耀你的智商。"

复数愣了愣："好吧，我会试着说服自己你很聪明……但我并没有对你炫耀什么。"

戚屿怒道："你刚刚就在炫耀!"

复数莫名道："哪里?"

戚屿："你说什么试着说服自己我很聪明，这还'试着'?"

复数无语："我比你大了七岁，你知道的本来就比我少，你还想让我怎么欺骗我自己？你接受这一点很难?"

戚屿暗暗心惊："等等，你才二十六岁?"

复数："你以为呢?"

戚屿："我以为你至少三四十了……"

复数："……"

没过一会儿，戚屿就收到了啄石调查公司发来的合同，他扫了一眼，上面提供的服务内容和双方要遵守的条件就是刚刚他们在语音电话里提到的，基本没什么需要补充和修改。

但戚屿发现，合同里填写的乙方姓名是"啄石调查公司"，下方签名盖章的是公司的法人代表江晓。

那会儿戚屿已经和复数挂了电话，他在微信里问对方："合同里没写你真名?"

F1S："嗯，不过你放心，如果我的服务没到位你可以向公司追责。"

屿："你的名字不方便透露吗?"

F1S:“我姓傅，名字有机会再告诉你。”

戚屿先给啄石的账户打了一个月的钱，但这次他没再让许敬代转，怕许敬追问，毕竟他花钱买人陪聊这事……说出来确实蛮奇怪的。

在电子合同上签名的时候，戚屿自己都为这匪夷所思的行为恍惚了几秒，不过，五千块对他来说不是什么太大的数目，花了就花了，他也没想太多。

合同生效后，他和复数就是正式的雇佣关系，戚屿想找对方聊天问问题也比之前理直气壮多了。

假期最后几天，他仍跟着海外销售部的经理了解美薇中级管理人员的日常工作，那经理是个四十多岁的印度人，虽然受戚源诚的委托带着戚屿，但也只是把他当个移动的花瓶，并不上心教他。

戚屿只能自己多留心观察学习，有时问了问题，也不见得能听懂对方的解释。

他本以为这是常态，但和复数签完合同后，戚屿碰上问题就试着在微信里问了对方几次，结果发现，复数的解释都非常浅显易懂，和那印度经理一比，高下立见。

戚屿尝到甜头，学习的积极性也被调动起来，又在之后的实务接触中频繁咨询对方。复数几乎是每问必答，而且还会给他举例子，发一些简短的扩展阅读资料，都能很快解除戚屿的困惑。

才试用了三天，戚屿就打消了之前的顾虑，反而对复数百科全书式的能力叹为观止——这五千元一个月的服务买得也太值了！

这天，在复数花了半个小时为他解答完有关“4Ps营销理论”的问题后，戚屿忍不住感慨了一句：“你怎么什么都知道？”

F1S:“你是在提问吗？”

屿：“我是在夸你！”

F1S:“那你喜欢吗？”

F1S:“喜欢给个好评谢谢。”

戚屿想了想，又给啄石公司的账户打了五万五千元，把合同直接延长至一年，然后截图转账记录给复数看，反问他：“喜欢吗？”

F1S:“你是想累死我！”

F1S:“我有点后悔给你报这么低的价格了，你太能问了。”

戚屿一乐，回他道：“晚了，合同上写着价格有效期一年，这一年你就好好服务吧。”

F1S:“看把你嘚瑟得。”

戚屿跟他贫了一会儿，又好奇地问：“你大学是学什么的？”

F1S:“数学。”

戚屿心说，难怪这人起的网名也和数学相关，但他又疑惑：“为什么你一个学数学的能知道那么多东西？”

F1S：“你对学数学的人有什么偏见？”

屿：“那你解释一下学数学为什么能让你知道这么多。”

F1S：“学数学就是学建模能力，建模能力就是了解这个世界的能力。”

屿：“老师你真牛！”

第6章 清醒选择

九月，戚屿返回加州的学校。

他在学校附近租了间六十来平方米的单人学生公寓，还配了一辆保时捷，但平时都是步行上学，只有休息日才会开车去稍远的超市。

新学期，校园朝气蓬勃，海外校园的氛围虽然自由，但也不乏群体活动，斯泰福光是华人组织的社团就有十来个，戚屿所在的商学院还时不时有人组织线下派对。去年戚屿刚入学时还被人拉去参加过几次活动，但他对一群人喝着鸡尾酒聊各自学历和恋爱史的聚会似乎没什么兴趣，之后甚少参加。

今年他原本也打算这样，可没想到开学第二天就有人找上他。

“你是戚屿吧？自我介绍一下，我叫章承宣，是商学院经济系大二的中国学生。”跟他搭话的是一个器宇轩昂的男生，虽然相貌不太出众，但整个人看上去精神又自信，笑容也让人很舒服。

“你好，”戚屿跟他握了下手，礼貌地回应，“去年好像没见过你？”

“我比你早一年入学，不过因为家里有些事，我申请了一年的gap year，今年才回来。”

戚屿：“那是学长啊。”

章承宣开怀一笑：“不敢当，以后都是同学。”

打完招呼，章承宣就直接表明了自己的意图：“这周末我想组织我们系中国学生去银山公园野餐，大家都认识认识，你有空的话一起来好吗？”

戚屿想起爸爸当初叮嘱他多交朋友，而且这个章承宣说话也挺让他有好感的，于是没多犹豫就道：“行。”

“他们说你特别高冷，我还以为你会拒绝我，”章承宣笑着拿出手机：“我们交换一下联系方式吧，你有微信吗？”

戚屿“嗯”了一声，问：“他们是谁？”

“我们同系的华人同学啊，你不知道你在他们眼里是什么形象吗？”章承宣加了戚屿的微信号，抬头看他，“他们把你形容为商学院最神秘的冰山王子。”

戚屿被这个称呼搞得有点起鸡皮疙瘩。

“你真的很出名，光你这长相在学校里就够惹眼了，”章承宣朗声笑道，“好了，先不打扰你了，野餐的具体安排我回头确定好了再微信告诉你。”

戚屿和章承宣道别后返回自己的私人公寓，次日晚上，章承宣就给他发了消息："戚屿，我们打算周六那天根据大家各自的住址就近拼车去银山公园，方便告诉我你住在哪里吗？"

戚屿发了个定位过去，不想这时，复数也发了消息过来。

来到加州后，他们之间的时差又多了三个小时，通常他这里晚上六点的时候，复数那边已经是次日早上九点了，两人一起在线聊的时间少了很多。

F1S："周六什么安排？我这周六下午休息，要不帮你看看今年的课程，给你提前讲讲？"

屿："你不早点说，我已经被约了。"

F1S："被谁约了？"

屿："同学邀请我去野餐，不知道几点能回来，周日行吗？"

F1S："周日我要出去应酬。"

屿："那你周六干什么？"

F1S："你还担心我没事情做？"

屿："不是，感觉本来可以享受的服务没了，有点亏。"

F1S："呵呵，你不是包了我一年吗？还怕我跑了？"

屿："[兔斯基疯狂晃人.gif]"

F1S："别晃了，都给你晃晕了。"

屿："你是盯着这图看了多久！"

F1S："逗你呢，一张图就想晃晕我？"

F1S："好好去玩吧，拍点风景照给我看。"

银山公园距离斯泰福大学有一小时车程，其余人都拼车前往，戚屿自己有车，便打算独自开车过去。

为了避免招摇，他本想将车停在银山公园西面的停车场，再与同学会合，不料拼车司机恰好也将他的同学们送到了同一个地方。

见戚屿从豪车上下来，一群人全都围过来打听戚屿的背景："天哪，长得帅还开好车，戚屿你这是什么偶像剧男主人设啊！"

"戚屿，你家里是做什么的？是不是特别有钱？"

"我还以为你只是长得帅……你也太低调了！"

戚屿有些不自在，其实本科就能来美留学的同学起点还是相对较高的，大部分人就算没有戚家这么有钱，也都见过世面。

他也知道同学当中有人是在跟着起哄，比如那个章承宣，虽然嘴上跟着大家一起在凑热闹，眼神却是波澜不惊。

章承宣看出戚屿招架不了，还主动解围道："好了，大家别太热情，把戚大帅哥吓着了！"

戚屿与他对视了一眼，见章承宣朝自己笑笑，忽然觉得这个人可太会处理人际关系了。

银山公园是当地著名景点，由十多座小公园组成，占地面积上千亩，公园内有博物馆、美术馆、日式茶园等不少设施。

章承宣带领众人到了野餐场所，协力在草坪上铺上野餐垫，而后道："想逛的同学可以各自结伴去附近逛逛啊，不想逛的留下来看行李，中午十二点左右我们在这里会合，一起吃点东西，搞点活动，怎么样？"

众人纷纷附和，有人忽然朝戚屿挥挥手，问道："戚屿，要不要去博物馆啊？"

"不了，你们去吧。"戚屿说。

另一个女生也走过来大胆地问了一句："帅哥，那要不要跟我们去茶园逛逛？"

戚屿礼貌地拒绝："谢谢，但我想在这边休息一下。"

见戚屿这一副拒人千里的模样，同学们也不好意思太过殷切了。

人很快走得差不多了，戚屿拿手机朝四周拍了点照片，然后在草地上找了个舒服的姿势坐下，打开微信，把照片发给复数。

F1S："你那儿天气不错啊。"

屿："你还没睡？"

F1S："才十一点，还有一小时睡。"

F1S："你不是说和你同学一起玩吗，怎么还有时间给我发照片？"

屿："他们去玩了，我一个人在草地上晒太阳。"

F1S："一个人？不会是为了多跟我聊会儿天吧？"

屿："你怎么这么臭美？"

F1S："碰上你这种才花五千块却要聊回五万块本钱的雇主，我叫苦都来不及。"

正聊着，眼前忽然投下一片阴影，戚屿抬头，见章承宣不知何时来到了他面前，给他带了杯咖啡："给。"

戚屿收回手机，接过咖啡道了声谢。

"你果然很高冷啊，刚刚那么多人跟你献殷勤，你都不多看一眼，"章承宣在他身边盘腿坐下，问，"不打算去逛逛吗？

戚屿莞尔："这里我来过。"

章承宣愣了一下："什么时候来的？"

"去年。"大一空的时候，戚屿已经独自开车来这里好几次了，什么博物馆美术馆，他都逛过，还去了体育场打过两次高尔夫。

"难怪，"章承宣有些懊丧地舒了口气，"是我的疏忽，都没打听你对这个地方有没有兴趣。"

"没事，出来呼吸一下新鲜空气也好，"戚屿在草地上舒展着胳膊，懒洋洋地问，"你怎么不去玩？"

"喝完咖啡就去，"章承宣举了举杯子，又问，"那你一会儿一个人待着不会无聊吗？"

"不会，顺便帮你们看东西吧。"戚屿说。

章承宣失笑："难得请到大帅哥，居然要你来帮我们看东西，真是受宠若惊！"

其实还有另外两个人也留着，他们是一对大三的情侣，和戚屿隔了一段距离坐着。

戚屿知道章承宣也是在变相示好，勾了下嘴，没搭腔。等章承宣喝完咖啡离开，他才重新拿出手机，对复数道："刚有同学找我，你睡了？"

F1S："眼睛都快闭上了。"

屿："[兔斯基疯狂晃人.gif]"

F1S："别晃，醒了。"

F1S："我听徐一舟说，你长得很帅，应该有不少女生追你吧？"

屿："没多少。"

F1S："怎么会？"

屿："我能感觉到她们经常偷看我，但很少有人敢过来跟我告白。"

F1S："为什么？"

屿："我同学说我高冷。"

屿："你觉得我高冷吗？"

F1S："高冷？就你……"

屿："我怎么了？"

F1S："你在我这里就像条黏人的小鱼。"

屿："[兔斯基疯狂晃人.gif]"

屿："你可以睡了！"

F1S："谢谢，晚安。"

戚屿放下手机，发了会儿呆，视线不由自主就被不远处那对情侣吸引了注意力。只见那女生依偎在男生怀里，两人共同在看一本书，女生手里拿着薯片，偶尔喂男生一片，男生还时而低头亲女生一下……

戚屿重新拿起手机，对复数道："起来。"

F1S："你还说你不黏人？"

屿："我花了钱的！"

屿："而且你那儿还不到两点。"

F1S："……你赢了。"

F1S："还有一个半小时，抓紧时间。"

屿："我们系今年来了个特八面玲珑的同学。"

F1S："多玲珑？"

屿："开学第二天，他就组织了一场三个年级的聚会，今天这次野餐就是他搞的，而且他看上去和每个人关系都不错。"

从章承宣邀请他野餐开始，戚屿就一直在暗暗留意对方，他关注着章承宣如何跟每个人说话，如何协调每一件事。

他好像对所有人都很和善，但戚屿清楚，这种和善是一种表面功夫，毕竟他们才认识这么点时间。可偏偏章承宣又表现得那样自然，不强势，不谄媚，还能让人心甘情愿地听他的安排，甚至心生亲近之意。

戚屿犹豫片刻，对复数道：“我觉得我爸应该很希望我成为这样的人。”

F1S：“八面玲珑？”

屿：“嗯……”

但很可惜，他做不到。这大概是一种天性。

他弟弟戚枫身上也有相近的特质。小时候兄弟俩一起出去玩，两人明明长得一模一样，可戚枫总能在不知不觉间把同龄人都聚到自己身边，像个引力源，而他则老想着从热闹的地方逃出去，让自己安静下来。

F1S：“那个人叫什么名字？要不要我帮你查一下他？”

戚屿一愣：“这都能查？”

F1S：“不知道，试试。”

屿：“他叫章承宣。”

十分钟后，复数回了消息过来：“你这同学有点来历哦，还记得我之前发给你的菲亚服饰的财报吗？”

屿：“记得，你之前说财报做得很漂亮，让我参考的那家公司？”

F1S：“不错，菲亚服饰是立早集团控股的子公司，立早集团的掌权人姓章，叫章必发，他还有两个弟弟，分别叫章有发和章爱发，都是集团的大股东。章承宣同学在立早集团旗下的另一家小公司有股份，我猜他很大概率是章家其中一位的第二代。”

上一秒还在纠结自己的能力不如人家，结果下一秒复数就把人家老底都揭给他看了？戚屿不知道怎么说，莫名感觉……有点爽？

正恍惚着，复数又发了条消息过来：“小鱼儿，你有对手咯。”

戚屿嘴角一抽，那家伙叫“小鱼儿”还叫上瘾了是不?!

但比起那句调侃般的“小鱼儿”，戚屿更奇怪复数后半句里形容的“对手”，他问：“凭什么说他是我的对手？”

F1S：“菲亚和美薇规模相当，那章承宣说不定也是集团的继承人之一，你刚还夸他八面玲珑善于交际，他难道还没资格当你对手？”

戚屿“啧”了一声，这么一说还真是。

F1S：“别看你们现在还是同学，等进了商场，早晚都会碰上的，竞争可不管什么交情不交情。”

屿：“你说得我都有危机感了……”

F1S：“没事，说不定他还不知道你是谁呢，你已经略胜一筹了。”

屿:“我都能通过你查到他是谁，他就没能力查到我?”

F1S:“如你所说，你爸比较谨慎，司源集团从上到下没一家公司能查到你有股份，应该是找人代持了吧？他把你保护得挺好。在这方面章家的意识就不够强，或者说是比较张扬，你可以自己去搜一下立早集团的股权结构和它们投资的所有子公司的股权分配，基本就是一张家族族谱，那上面还有什么章承旻、章承欢、章承睿……估计都是章承宣的兄弟姐妹们?”

屿:“我知道他们家的族谱有什么用?”

F1S:“你至少能推测出他为什么可以做到八面玲珑——因为他有很多兄弟，比起你这种可以坐享其成的小太子爷，他不但要应对外部竞争，还得面临内部竞争，毕竟家产只有这么多，每个人分一点，就没了，那他不得广结善缘？不得努力提升自己的竞争力?”

戚屿一愣，没错，虽然自己在社交上比较被动，但提前了解这些信息，能让他理解对手的性格，更好地预判对方的行为模式，化被动为主动。

……真是妙啊！但戚屿转念一想，又眯起了眼睛。

屿:“我才发现，你知道我的背景，我却不知道你的身份，这样我是不是有点亏?!”

F1S:“合同上又没规定我必须要告诉你。”

屿:“[兔斯基疯狂晃人.gif]”

F1S:“晃我也没用，有本事你自己查。”

戚屿被呛得又猛刷了几个晃人的表情包表达自己的愤怒。

F1S:“别晃了……”

F1S:“以后你自然而然会知道。”

屿:“‘以后’是什么时候?”

F1S:“等你出师后。”

F1S:“你现在不是一点点反应过来了吗，举一反三能力还挺强。”

听对方这么说，戚屿对他的真实身份反而越发好奇了。

临近中午十二点，同学们陆陆续续回来。

“你们都在这里啊!”正说着，章承宣也和几个同学一起回来了，只见他手里拎着一堆热食，热情地招呼大家,“我买了些热狗请大家吃，已经到的过来拿吧！趁热乎的!”

大伙儿欢呼了一声，纷纷凑上去跟章承宣道谢。

戚屿暗暗琢磨，一个热狗八美金，二十个换算成人民币就一千多元，对章承宣这种身份的人来说可能只是九牛一毛。但章承宣能先把自己伪装成和大家条件差不多的学生，再用这点“小钱”买到人心，其实还挺划算的。

看着对方脸上明晃晃的笑容，戚屿脑海里不由浮现出他那些叫章承旻、章承欢、章承睿……的兄弟姐妹们。

如果一个大家族里，有这么个心思细腻懂得照顾别人感受的兄弟，应该会很讨人喜欢吧？

可是，章承宣为什么要去讨人喜欢？

他是不是不大受宠？

正琢磨着，章承宣忽然看过来："戚屿，你不要吗？"

戚屿被打断思绪，莞尔道："你真客气，刚请我喝咖啡，现在又请大家吃热狗……"

一人反应过来，揶揄章承宣："哇，章同学，你居然只请戚屿一个人喝咖啡，不厚道啊！"

此人说这话明显是开玩笑，但说者无心，听者有心。章承宣眼眸一闪，脸上重新堆起了笑容，看向那些女生问："能用一杯咖啡换赏心悦目的大帅哥来参加野餐，你们觉得值不值啊？"

"值——！"几个女生激动地附和，"太值啦！"

戚屿假装没听出问题被偷换了概念，朝章承宣笑笑："给我也来一个吧，谢了。"

大伙儿三五一群、四五一堆地坐在野餐垫上，一边分享带来的零食点心，一边聊天。

垫子上摆满了各种吃的喝的，有学妹精心做了寿司和饭团，也有曾在群里叫着"不服请战"的学弟做的炸鱿鱼圈。

这种聚会，几乎每个人都在想尽办法地展示自己，能说会道的在人群中口若悬河大谈特谈，不会说话的还有才艺表演来凑，而像戚屿这种外貌卓越的，原本光是坐在那里就够引人注目了。

结束晚餐回到家已经是晚上八点，戚屿洗了个澡，想起当天和复数聊的那些话，又好奇上网搜了一下立早集团。

如复数所说，这个立早集团的股权分配确实透露了太多信息，不止如此，网上居然还有不少和这个大家族有关的"八卦帖"。

帖子里说，创立立早集团的章家三兄弟中，老大章必发早年当过兵，后来下海经商，从家纺生意做起，一路带领着章家三兄弟发家致富，目前章必发主要把控着立早集团的战略和资本运作。

老二章有发负责着集团的日常运作，也经常抛头露面，但这人口碑却没他大哥好——传闻他为人好色，在外养了不少情妇，某女星也是他的后宫之一。

三兄弟中，老三章爱发最低调稳重，目前还担任菲亚的总经理，但此人不能生育，四十五岁了还膝下无子。

戚屿吃了一堆章家的瓜，仍猜不出章承宣是"必、有、爱"中哪一个的儿子，但是章爱发这一系的可能性估计会比较低。

之后，他又搜了一下啄石，这公司是七年前成立的，网上信息极少，戚屿翻到几个陈年新闻，透露啄石曾因揭露一家国内上市公司的财务问题，导致该公司股东和管理人员被官方介入调查，公司停牌退市。

虽然已经是早年的事，戚屿心里却有些发毛，因为他家的美薇目前也存在财务问题，自己现在雇一个和调查公司关联密切的人当陪聊，会不会不大好？

戚屿又觉得自己可能是想太多了，啄石毕竟是服务型公司，复数也只是收钱办事，虽然他当时把问题说得比较严重，但后来压根没再做什么。加上这大半个月相处，戚屿也丝毫没有察觉到对方有什么特殊目的，反而还觉得受益良多……

想着想着，戚屿就把对方从避嫌名单里放了出来，但心里却暗暗下决心，等圣诞放假回去，一定要再跟爸爸好好聊聊美薇的财务问题。

经过周六的野餐，商学院华人同学的关系好了很多。这日，同学们在群里聊选修课的事。

斯泰福大二开始可选的课程增多，大三的学姐学长们正分享着各自的选课心得，告诉他们哪些课比较轻松又好拿学分，哪些课累死人还不好过，哪些课教授很厉害能学到很多东西。

戚屿对其中一门叫创业实践的课程有点兴趣，这门课要求学生在学校范围内组织起一支五到二十人创业队伍，实践从产生创业想法、拉投资到成立公司、变现的全过程。

斯泰福过往曾有学生通过这门课在本科期间成功创业直接走上人生巅峰，亦有学生在结束这门课后把创业公司卖掉大赚一笔，这些“励志故事”让不少学生对这门课心生向往，但大部分人又往往在选课后的“组织成员”环节就遭遇挫折，最后不了了之。

戚屿也在为此犯难，让他想创意做买卖不难，但他真不擅长组织人员……

周三的下午，戚屿刚上完一节专业课，章承宣便主动找上他，对方脸上挂着招牌的亲和笑容：“戚屿，你选修课选了吗？”

“还没。”戚屿单手揣兜，等着他的下一句话。

“太好了，我今年打算选创业实践那门课，想邀请你一起组队，你考虑一下？”章承宣主动邀请道。

戚屿挑了下眉：“去莱姆街的咖啡馆，具体聊聊？”

章承宣面上一喜：“行啊。”

莱姆街就在斯泰福大学边上，到了那儿的星巴克，戚屿点了两杯拿铁，先一步买了单。

坐下后，章承宣跟他道了谢，便直接进入正题，先向他说了一下自己对创业实践这门课的理解，接着又说了自己对创业内容的初步预想——他打算做一个大学生租衣app，从前期投入到远期打算，讲得很详细，明显能听出来是提前做过准备的。

“你觉得这个想法怎么样？”章承宣一脸期待地看着戚屿。

“挺好的，”戚屿轻轻点着纸杯，慢悠悠地问，“但我想知道，你为什么要请我加入？”

“哈哈，”章承宣笑道，“这还需要什么理由？你长得那么帅，有你出马，不但好拉赞助，还能省代言费，一举两得。”

戚屿摇头道：“如果只是这个理由，我拒绝。”

章承宣一怔：“为什么？”

戚屿看着他笑：“你自己做了这么详细的计划，可你安排我做的两件事，都跟我的外貌有关，难道我在你眼里只是个花瓶？”

章承宣忙道：“别误会，我没有这个意思……如果你觉得我的想法有什么问题，欢迎你指出来，或者你有别的什么创业概念，我们也可以进一步讨论。”

戚屿：“那样的话，其实你找谁都可以啊，相信能在斯泰福念书的学生，个人能力都差不到哪里去。”

章承宣端起杯子又放下，有点不知道怎么往下说了。

戚屿不是故意为难他，他只是不喜欢被人别有目的地接近。如果复数没有告诉他章承宣的背景，他可能会很乐意接受对方的邀请，毕竟很少有同龄人能像章承宣那样，让戚屿产生兴趣。

可问题是，他知道了对方的身份，还察觉到了藏在章承宣笑脸下的刻意逢迎。这样一来，对方的热情和亲切就失去了自然的味道，让他觉得很别扭。

“章承宣，”戚屿看着他的眼睛道，“我喜欢和坦诚的人打交道，这样藏着掖着，你不觉得有些累吗？”

章承宣瞳孔一缩，错愕地看向戚屿。

而戚屿在说出刚刚那句话的时候，自己也是一愣，因为那句“我喜欢和坦诚的人打交道”是复数曾对他说过的，他现在居然能无意识地对章承宣说出来。

但他心里明白，这话并不代表他真实的喜好，而更像是一种对谈判对象施加心理压力的话术，代表他掌握着对话的主动权。

章承宣脸上的笑容慢慢褪去，他望着戚屿，沉声问了一句：“你知道我是谁？”

戚屿：“我不知道，但你可以告诉我。”

“好吧，”章承宣捏紧咖啡杯，道，“既然你都这么说了，我想，你应该知道立早集团吧？我是立早集团副董事长章有发的儿子，不过，在我十二岁之前，章家从来没有正式承认过我的存在。”

戚屿一怔，没正式承认？私生子？

“后来机缘巧合，我见了章有发的弟弟，也就是我现在的爸爸，章爱发，他认养了我。所以在法律上，我是章爱发的儿子，我管他叫爸，管我自己的亲生父亲叫二伯。”章承宣笑容苦涩，“你是不是觉得有点复杂？”

“嗯……”确实挺复杂，而且戚屿也万万没想到，章承宣居然能坦诚到这个地步。

“因为我在章家的身份比较尴尬，所以我从小就习惯察言观色，可能你会觉得我这样有点虚伪。我也不否认，我接近你是带着一些私人目的，但是戚屿……”章承宣望着他，眼中又闪过一丝欣羡，“你也不看看你到底有多优秀，要不是你自己拒人千里，谁不想接近你？”

戚屿没理会后面一句话，他只关注到了章承宣前半句里提到的“私人目的”，追问：“所以，你也知道我是谁？”

章承宣点头：“司源集团旗下的美薇服饰，一直都是菲亚的竞争公司，很不巧，菲亚现在就是我爸在管。”

戚屿又有点纳闷，复数不是说网上查不到他在司源的股份吗，章承宣又是怎么知道自己和美薇的关系？不过这个问题，章承宣下一秒就给了他回答。

“我第一次听说你是在前年，当时我考上斯泰福，家里为我摆宴，我二伯在饭桌上说，美薇的创始人戚源诚有一对双胞胎儿子，长得很帅，年纪好像和我差不多大，戚董多年前离婚，带着其中一个儿子去了美国，一直没回来过。”

戚屿眉心一蹙，这立早集团的人对自家的情况怎么会这么了解？

章承宣又道：“今年回学校，有人告诉我，我们学院有个特别帅特别高冷的华人学生，姓戚。我第一次见你那天，你身上就穿着ME·WE的衣服，去野餐那天，你开了辆保时捷，身上还是ME·WE的衣服，我就把你和美薇联系起来。”

戚屿暗暗心惊，这章承宣的直觉也很敏锐啊，要不是他有复数在背后支招儿，现在的局面可能就调转过来了。

戚屿好奇道：“你对我这么坦诚，不担心我看低你？”

章承宣看着戚屿笑：“我都说了，我擅长察言观色，从小到大我受那种眼神多了，别人是什么态度，我特别敏感。刚刚说自己出身的时候，我一直在观察你，但凡对我露出一丝鄙夷的眼神，我就不会继续对你掏心掏肺了。”

听到章承宣说他从小那种眼神受多了，不知为何，戚屿莫名对他产生了一丝同情。

章承宣又说：“戚屿，如果可以，我真的很想和你成为交心的朋友。”

下午没课，戚屿和章承宣聊完回家时才四点，他在微信里问复数：“起了吗？”

F1S：“刚醒。”

戚屿知道对方还有一个小时就要去上班，可能没有太多时间细聊，犹豫了一下，发信息问：“语音？”

F1S：“一大早就要跟我语音？”

看到这条信息，戚屿便呼叫了他。语音电话接通，复数“喂”了一声，嗓音带着些晨起时的沙哑：“什么事？”

戚屿说：“我跟章承宣确认了，他真的是章家的人。”

复数愣了一下：“这么快？怎么确认的？”

“我直接问他的，”戚屿从冰箱里取了瓶气泡水，歪着头用肩膀夹着手机，边开瓶盖边道，“刚刚我在咖啡馆和他聊了两个小时。”

复数有点不敢置信：“你怎么问？”

戚屿：“我就说我不喜欢藏着掖着，让他对我坦诚一点。”

“我觉得你有点……”复数欲言又止，似乎是有些哭笑不得。

戚屿喝了口水，眯眼道：“你刚刚想说什么？”

“……什么？”

“‘有点’什么？为什么不说完？你是不是又在心里骂我？”戚屿冷哼一声，“别当我听不出来。”

“那你觉得我想说什么？”复数反问。

戚屿放下瓶子，拿正手机：“说我笨。”

——这家伙除了在智商上鄙视他，还能说什么？

复数笑了一下：“你看，你自己知道就好了吗，还非要说出来。”

戚屿气得想揍人：“为什么说我笨？我又哪里做错了？”

“你主动问他的时候，不也暴露了你自己的身份？你就没想过，万一他继续跟你装傻，反过头来套路你？”复数说，“我以为你会再观察他一段时间，等有十足把握了才出击。”

“可是他有求于我，”戚屿力辩道，“他邀请我一起组队报选创业实践课，如果他继续装傻，我就拒绝他。”

反正章承宣后来都交代了，这一局他觉得自己赢了。

但戚屿反思了一下复数刚刚说的那话，眼睛又眯了起来。跟自己一比较，复数这人还真是耐心十足啊，那他跟自己相处的时候，会不会也用到这些套路？

如果他真用了，而且隐藏得很好，自己会不会根本发现不了？

“算了，那小章同学也不过是个大学生，你这点手段对付他足够了，”复数悠悠道，“所以你们那两个小时都聊了什么？”

戚屿回过神来，先不动声色地把自己在网上搜到的章家八卦跟对方讲了讲，然后道：“他是章家老二的私生子，后来过继给了章爱发，所以现在算是章家老三那一系的。”

复数一愣：“这么复杂的背景他都跟你说？”

“嗯。”戚屿也有点意外，他本以为章承宣会有所保留。

不过，也正是对方这份坦诚打动了他，后来他答应章承宣加入创业实践小组，算是回应了那句交友请求。

正沉浸在自己的思绪中，复数忽然在电话那头叹了口气，道：“那家伙要不是跟你一样傻，就是比你聪明太多太多了。”

戚屿气急：“你说谁傻?!”

“咳，没有，”复数忙改口，“你们是大学生嘛，难免单纯一点。”

戚屿咬牙道：“那你给我解释一下，为什么说他可能比我聪明太多太多？”

复数:“利用亲身经历博取他人的同情，用真诚的话术换取他人的信任，以达到自己的目的，这是商业谈判时的一种常用操作，会玩这一手段的人，通常有一个特质……”

戚屿:“什么特质?”

复数似乎是起床了，一阵杂声后，他才说:“感情收放自如，能玩得好的基本都是影帝。”

戚屿不信:“他才二十岁。”

复数:“他经历的人情世故可能比你多多了。”

戚屿:“他就不能是真情流露?”

拖鞋在地板上发出轻微的摩擦声响，复数离开卧室去了洗手间:“那我问你，你同情他了吗?”

戚屿被说中心思，一时不知如何作答。

复数又问:“他达到他的目的了吗?”

戚屿依然有些挣扎:“他只是想和我交个朋友。”

复数:“到你这个阶层，朋友本质上就是一种利益交换关系。”

“你非要把这一切说得这么……”戚屿难以理解，甚至有点愤怒，“在你眼里，这世界上所有的关系难道都是冷冰冰的利益关系？我就非得拒绝他才能显得我聪明?”

那边忽然沉默了几秒，复数才重新开口:“戚屿，我没有那么说，我只是在告诉你，你所做的每一个选择，都可能付出相应的代价。你冷静下来想一想，你与章承宣建立感情的点在于对他的同情和理解，还是在于你的自我需求？或者更进一步说，是不是建立在你的交友原则之上？如果你觉得章承宣是个值得结交的朋友，这完全没有问题——清醒地做选择，然后享受它带给你的一切，这样即便伤害发生，你也能尽快恢复过来。”

对方的嗓音带着浴室里特有的回响，传入戚屿的耳中，让戚屿瞬间冷静不少。

正当他为对方这一段充满道理的话深思时，复数忽然换了副柔和的语调:“好了，小鱼儿，我要洗澡去上班了，想说什么给我留言。”

戚屿:“?!”

文字聊天就算了，语音还敢叫“小鱼儿”？这复数是不是一点没认清他的身份?

第7章 我想见你

由于和章承宣选了同一门课，两人的交集渐渐多了起来，除了上专业课时会碰上，课后章承宣也经常打着讨论创业项目的名义约戚屿见面。

戚屿没有拒绝，因为他思考之后觉得，章承宣身上确实有吸引他的特质，就如复数所说，他们之间暂时只是“利益交换关系”，至于能不能做章承宣向往的交心朋友，戚屿觉得还得再接触对方一阵子看看。

这日，章承宣约戚屿去一家意大利餐厅吃晚饭，席间又聊到了各自的家庭，章承宣问他：“你是双胞胎里的弟弟还是哥哥？”

“哥哥。”

“哦，你和你弟弟关系好吗？”

“还行……”虽然兄弟俩一碰面就斗嘴，但戚屿就这么一个弟弟，关系肯定差不到哪里去。

“真好，”章承宣一脸羡慕道，“不用每天活在钩心斗角的家庭里。”

听对方这话，戚屿不由想起章承宣那些和他名字差不多的兄弟姐妹们，好奇道：“你家每天钩心斗角？”

“可不是，”章承宣无奈地笑笑，“我有一个妹妹两个弟弟三个哥哥四个姐姐，家里隔三岔五地上演各种大戏。而且章家的兄弟姐妹们心也不齐，三个哥哥在家里头还各自拉帮结派，捧高踩低。”

他这番话也算是印证了戚屿之前的猜想，戚屿脑补了一下，如果他爸爸也有个兄弟，又生一堆小孩，叫什么戚叶、戚狂、戚舞的，然后每天在那里打架斗嘴……他瞬间头都大了。

幸亏自己只有一个弟弟，还单纯得一眼就能看到底。

戚屿试探着问：“不过，既然你爸现在管着菲亚，这家公司以后难道不是你的？”

“我爸认养我，也就是看我从小学习好，给我个虚名罢了。坦白说，我在章家也就这个学历能拿得上台面。我二伯说，等我毕业，先让我回去帮我三哥，他叫章承欢，比我大四岁，大学没念完就回家工作了，这个人，哎……”章承宣摇摇头，露出一副“一言难尽”的表情，接着道，“他现在在菲亚做运营总监，等我回去估计也只能先给他打打下手。”

戚屿听了这些话，也有点奇怪，都说家丑不可外扬，章承宣怎么能把家里这些情况都告诉竞争企业的未来继承人？这人到底是真傻，还是有其他目的？

两人吃了点东西，章承宣忽然道："说起来，我还挺意外你知道我的身份的，我在章家又不是什么大人物，你以前也没见过我……"

他像是想到了一个可能性，两眼发光道："我听说，一般大企业的正式继承人身边都会养一群能人，上学期间有私人教师，有陪读，还有保镖、保姆，反正不用你开口，就有人主动把出现在你身边的人都调查清楚了告诉你，你是不是也这样？"

戚屿嘴角一抽，什么私人教师陪读？还保姆保镖？章承宣都是从哪里听说的？他身边就一个网上陪聊，还是他自己花了六万块钱买的……

当然，如果章承宣非要那么想，戚屿是不介意配合他一下的。

餐馆里灯光晦暗，爵士乐打着舒缓的节拍，章承宣见戚屿似笑非笑地端起酒杯，凑向自己。

章承宣也赶紧端起杯子，跟他轻轻一碰。

两人抬眼对视，各自微笑。

一切，尽在不言中……

之后好一阵子，戚屿都这样不咸不淡地和章承宣接触着。尽管章承宣对他产生了一些不切实际的猜测，但也依然保持着恰到好处的距离，不过分巴结，亦不刻意疏远。但由于戚屿对他人的态度依然高冷，所以能接近他的章承宣反而被衬托得与众不同起来。在外人眼里，恐怕他这个"冰山王子"也已经被社交达人"章公子"拿下，成了对方的"入幕之宾"。

戚屿没把这些事放心里，依然按着自己的步调学习生活，平时遇到什么问题，或是需要什么建议，也会不厌其烦地骚扰复数，争取把这六万块钱的陪聊用出章承宣臆想中的功效。

又是周末，戚屿终于逮着复数给自己讲专业课，正聊得忘我，忽然来了通电话，戚屿跟复数打了声招呼，切出去接听。

"戚屿？"电话那头传来许敬温和的嗓音，"最近忙什么呢？"

"没忙啥，就上学啊。"戚屿顺便起身去拿吃的，刚和复数聊得太专注，饿了都没反应过来。

"没忙啥？"许敬笑道，"那怎么两个月了都没见你找我？"

戚屿从柜子里翻出一盒小鱼饼干，边拆边道："这不是没什么特别的事吗？"

"不会吧，你这家伙去年还每周给我打电话，"许敬调侃他，"作业不会找我，吃饭不合胃口也找我，今年怎么就没什么特别的事了？该不会是把我忘了吧。"

"……哪有？"戚屿纳闷，他以前有这么黏许敬吗？

"你这语气不大对啊，是不是有什么事瞒着我？"许敬追问。

"额……"戚屿也不好意思告诉许敬，自己其实是在网上找了个陪聊。

“你谈恋爱了?”许敬忽然问。

戚屿刚塞进嘴里的一块饼干差点没喷出来!

许敬又满含笑意地问了一遍:“你是不是谈恋爱了?”

“……没有。”

许敬:“就算谈恋爱也没什么不好意思的,你都成年了……”

“咳咳咳!”戚屿被呛了一下,怕许敬再胡思乱想,他缓过气来赶紧解释,“我只是在网上找了个……”

话未说完,许敬就警察一般道:“我去,你还搞网恋?”

戚屿哭笑不得道:“你别瞎猜,我是说我在网上找了个老师!”

许敬一愣:“什么老师?”

戚屿犹豫了一下,还是把自己和复数签订陪聊合同的事告诉了对方,他当然也不忘在许敬面前夸一下复数的百科全书式的能力。

许敬听完,语气却微微严肃起来:“有这么厉害的人?你不会被骗吧?”

戚屿有点不服:“我像是很容易被骗的人吗?”

许敬耐心道:“戚屿,你跟同龄人比是要成熟些,但你这是没碰上过混社会的老狐狸,他们的心思可比你想得复杂多了。”

戚屿:“可我就付了他六万块钱,他还天天给我解答各种问题,他能骗我什么?”

许敬沉默片刻,道:“如果我说,他有可能是在骗取你的……”

戚屿:“我的什么?”

“算了,也没什么,可能是我多虑了,”许敬笑了一下,缓声道,“在我印象里,你好像总是那个初见才十三四岁的小男孩,我差点忘了,你现在都快二十了。”

戚屿被他这句话说得有些动容,顺着关心了对方一句:“敬哥,你最近忙吗?”

许敬笑道:“忙啊,忙着给你打天下呢。”

戚屿莞尔:“怎么是给我打天下,不是给我爸打的吗?”

“你爸的不就是你的。”许敬开了个玩笑,又关心了几句他的生活起居,便道,“行了,你没什么事我就放心了,自己多留点心,遇到问题随时找我。”

“嗯,你也注意身体。”

戚屿跟许敬说了再见,挂断电话见复数在微信里催了他一句:“再等你十五分钟,没反应我先去睡了。[困]”

戚屿赶紧拨了回去:“来了。”

复数的语气果然带了丝倦意:“跟谁打电话呢,聊这么久?”

戚屿解释道:“我爸以前的秘书,我跟他关系很不错,很久没联系了,聊得久了点。”

复数问:“以前的秘书?现在不是了?”

“他被我爸派回国内去管一家投资公司了。”戚屿说着,又想起许敬方才那句反问,心下琢磨着那家公司的意思。

电话那头忽然道："山雨投资公司？刚给你打电话的是许敬？"

戚屿一惊："你怎么知道？"

复数淡淡道："查一下司源集团旗下的投资公司是谁管的不就知道了。"

戚屿："你怎么什么都查！"

复数："这不是为了更好地给你提供服务吗，否则你让我跟你聊什么？"

戚屿："……"

时光匆匆，转眼到了圣诞假期。戚屿回到纽城，中午见到戚源诚，父子俩一起吃饭，戚屿重新提起担心许久的美薇财务问题："爸爸，美薇那边的状况怎么样了？"

戚源诚："比先前好了点。"

戚屿一愣："好了点？"

戚源诚点头："最近一个季度盈利上去了。"

戚屿皱眉，明明是好事，可他却没有松口气的感觉，反而觉得奇怪——报表反映出来的经营问题都已经持续了三年，背后搞鬼的人肯定知道，这忽然间好了，总不会是良心发现了？还是说他们意识到戚源诚开始查了，所以收敛了？

坐他对面的戚源诚也像是在思考什么事，片刻后转向他问："我听说，你在网上找了个老师？"

戚屿噎了一下："你听谁说的？"

戚源诚道："还能有谁？"

戚屿莫名有些恼："许敬跟你告的状？"

戚源诚莫名："告状？你是做了什么见不得人的事，为什么说他告状？"

戚屿一慌，知道自己的态度露出了马脚，暑假时他找复数分析美薇的财报，曾嘱咐许敬不要告诉爸爸，但在上一次的通话中，他却忘了说。他本能地以为许敬也会为自己保密，但许敬没有，所以他才会觉得有种被背叛的感觉。

可如果自己向爸爸解释复数的身份，又势必会暴露自己曾找调查公司分析美薇财报的事实……

戚源诚本来也没太当回事，只是想和儿子随便聊聊，没想到戚屿反应这么大，便下意识重视起来。

"你没认识什么来路不正的人吧？"他皱眉道。

不想这话又一次戳了戚屿的敏感点，戚屿生气地反驳道："谁告诉你他来路不正？"

戚源诚压着声线，尽力让自己看上去心平气和："那你跟我说说，他叫什么名字，做什么工作的，是个什么样的人？"

"我……"连着三句诘问把戚屿问得哑口无言。他发现，除了能说复数是个调查公司的人，其他他还真的什么都答不上来。

戚源诚见他迟疑，仿佛已在心里认定他交友不慎，一脸严肃道："戚屿。"

"爸，"戚屿被逼急了，率先打断对方，"你答应过只要我看出美薇财报的问题就不干涉我交什么朋友！"

戚源诚控制不住地抬高了音量："我可以不干涉你交朋友，但是我要确保你是安全的，如果那个人光明正大，你为什么不能跟我说？"

戚屿把筷子往桌上一搁，抗拒道："你的质问完全是强盗逻辑，这是我的隐私，我有权拒绝回答你！"

戚源诚："你……"

为防止自己说出更不理智的话，戚屿立即站起来，说了一句"先失陪"，就转身离去。

戚屿上楼进了书房，把门一关，独自坐在沙发上，努力让自己冷静下来。

他明白自己刚刚表现得很不正常，因为他隐隐意识到，爸爸的担忧可能是对的，可他又无法容忍爸爸对复数起疑……

他那样疾声厉色，与其说是在为复数辩护，不如说是在尽力掩饰自己的心虚——和一个不知道名字、不知道长相的陌生人网聊长达半年，甚至还为了对方和爸爸起争执……

种种迹象都表明，他正在失去控制。而在能够问心无愧地面对爸爸之前，他需要先向复数寻求一个让自己安心的答案。

戚屿拿出手机，眼神冷峻地看着那个熟悉的头像，犹豫了两秒，直接点击了视频通话。

五秒、六秒、七秒——

"对方已拒绝您的视频请求。"

戚屿又连着打了两次，都被拒绝了，焦虑和不安在心头弥漫，他忽然有种想砸东西的欲望。

就在这时候，复数的语音电话反打了过来。

戚屿立即接通，劈头盖脸地问："为什么刚刚不接？"

复数低沉又压抑的嗓音从电话那头传来，带着一股明显的起床气："你知不知道现在几点？大半夜你给我打视频电话是想干什么?!"

可戚屿脑海中的执念太强烈了，他有点听不进别的，直接道："我想见你。"

复数像是有些惊到了："你说什么?!"

戚屿还是那句话："我说我要见你！"

复数简直要被他气笑了："这个点，你说见就见?!"

戚屿发狠道："你到底给不给见？"

"你……"复数也不知道戚屿在犟什么，索性顺着他的话激将他道，"行，我让你见，你来，我在海城等你！"

听到这句话，戚屿反而愣了一下："你可以见人？"

复数："我为什么不能见人？"

戚屿："徐一舟不是说你很神秘吗？"

复数："神秘不代表我见不得光吧？"

戚屿皱眉："那你怎么从来没跟我打过视频电话？"

复数："我接个私活还不能注重点个人隐私？我就不能担心一下你跟我视频的时候给我录个屏跑去告发我吗？"

戚屿忽然被这句话说通了，松了一口气道："你不早说……"

复数咬牙切齿："不早说？你凌晨三点打电话就为了跟我说这几句话？"

等等，凌晨三点?！戚屿这才反应过来，急忙解释："我刚从加州回来，忘记算时差了。"

复数被他缠得几乎没了脾气："小朋友，你是已经放假了，哥哥我一会儿还要上班呢！"

戚屿自知理亏，语气也弱了下去："可你之前不是说，这个点不接我电话的吗？"

复数气急败坏道："狂打我三个视频电话，上来就问我为什么不接——你这么霸道我有什么办法?！"

戚屿嘴角一抽："那你……继续睡？"

"你就这么把我吵醒也不说什么理由，我怎么继续睡？"复数深吸了两口气，努力让自己平静下来，语气又是忿恨又是无奈，"说吧，到底出什么事了，你怎么这么反常？"

戚屿沉默着不知道怎么说，但他不说，复数却分分钟就猜了出来："前天你说你放假回家，你见到你爸了？哦，是不是你爸问起我了？"

戚屿一愣，懊丧道："你怎么什么都能猜到？"

复数："我想了一圈，也就这个可能性大一点，你不是说他为人谨慎？他这么疼你，怎么会放任自己儿子天天在微信上和一个来路不明的人聊天？"

戚屿暗骂了一声，心说这人的逻辑推理能力也太强了吧?！

复数反问："所以他问你我是谁，你答不上来？就想见我？"

没见戚屿回答，复数哼笑了一声，又说："这么向着我啊？"

戚屿犹豫着问："如果我爸想见你，你会见他吗？"

复数："为什么不见？他可是亿万富翁，没准他一高兴雇我给他工作，我就不用再赚着卖面粉的钱操着卖白粉的心受你这么折腾了。"

戚屿："你……"

复数："我什么？"

戚屿抓了下沙发上的垫子，郁闷道："没什么，你继续睡吧，等你醒了再说。"

复数打了个哈欠，咕哝了一句"小傻瓜"，然后说："挂了啊。"

戚屿又在书房里坐了半个小时，才犹豫着要不要去跟爸爸道歉。但想不到，他还没起身，戚源诚却先一步找了上来。

打开房门，只见戚源诚端着一个果盘站在外面，忧心忡忡地问："冷静一点了？"

“嗯……”戚屿已经消了气，垂眼服软地叫了一声，“爸爸。”

“坐吧，饭都没吃完就走人，也不知道你哪来这么大脾气。”戚源诚也有些无奈。

“……抱歉。”

父子俩面对面坐下，戚源诚看着他道：“刚刚爸爸的态度也有点不对，但爸爸不是想挖掘你的隐私，爸爸只是担心你的安全。”

“我知道……”

在复数的电话安抚和戚源诚的温情攻势下，戚屿早已没了情绪。他放下防备，开始将自己认识复数的经过告诉了戚源诚，同时也坦诚了自己曾找他查美薇财报的事，包括复数当初对美薇财务漏洞的态度。

提及复数丰富的知识储备和超然的能力，戚屿语气里有一股掩饰不住的钦佩。

戚源诚听得很认真，对儿子先前的撒谎和顶撞行为也表现出了极大的宽容，但他听完后却皱眉道：“这人花这么多时间和耐心教你，怎么就每个月只收你五千块钱？”

“这也是我的困惑，刚开始我还觉得是我赚了——”当复数解答他那句个性签名的意思之后，戚屿就开始琢磨这件事了，他想，复数这么精明的一个人，肯定不会没察觉到自己是在做亏本生意，“我知道天下没有免费的午餐，但我跟他相处了半年，也确实没有察觉出他有什么目的……我就想，反正钱都花了，我也能受益，不如用下去再说。”

戚源诚思忖片刻，道：“我觉得他可能不是图你现在，而是图你的未来。”

戚屿一怔：“未来？”

戚源诚点头：“你刚也说了，他知道你的背景，那当然也知道你今后会拥有多少资源，他只收你这点钱，没准是在你身上做人情投资呢。”

戚屿暗想，这个分析倒是比较合理。

戚源诚又道：“你以后身边总是要用人的，你自己能找到厉害的人教你，也说明你有上进之心。不过你们就这么在网上聊，还搞得神神秘秘的，总不是事儿，他要真是个能人，你不妨让他来见见我，大不了我出他工资，给他个正正经经的职位。”

听爸爸这么说，戚屿不由想起复数在电话里的那番话，心里感慨，这两人还真是一拍即合……

戚屿又好奇道：“如果他来，你打算给他什么职位，像许敬那样的吗？”

戚源诚看向他：“你之前不是还说一个人上学无聊吗，我看你这么喜欢他，不如就请他来陪你读书？”

“陪……陪读？！”戚屿以为自己听错了。

戚源诚又补充道：“当然，前提得我先见过他，确定他确实有教你的资格才行。”

“哦……”戚屿对这个提议不可遏制地心动起来。

他给复数留了言：“我爸想见见你。”

等晚上七点左右，对方才回复：“真想见我？”

戚屿没好意思直接说爸爸想请对方做什么，怕复数心高气傲拒绝了。但不管如何，他想，爸爸见过对方后，应该能放心自己继续和复数交流。

F1S:“我在国内，怎么见?”

屿:“我爸常回国出差。”

F1S:“那行，你把我电话给他，让他提前约我。”

得到对方的答复，戚屿转告了戚源诚。戚源诚说:“正好圣诞后我就要去海城出趟差，到时候抽时间跟他碰个面吧。”

可能是知道爸爸很快会见到复数，戚屿返校后心里也隐隐开始好奇对方的真实形象，一日打电话时忍不住问对方:“你真不能跟我视频一下?”

结果复数来了一句:“你是想跟我网恋吗，怎么成天纠结视频不视频?”

这话成功地让戚屿没再提过一次视频的事——十九年只有别人求着想见他，还从来没有反过来的时候，靠!

大约一月底的时候，复数给他发了条消息:“你爸约我明天见面。”

戚屿紧张道:“什么时间?”

F1S:“晚上八点，海滩酒店。”

F1S:“真有意思的，工作这么多年，我还是头一次被服务对象的爸爸约见呢。”

F1S:“我可是要去帮你解决一个大问题啊，你就没点表示?”

屿:“什么表示?”

F1S:“解释一下，这就是商务陪聊，你爸这种级别的陪聊对象，我的出场费用至少八万起，看在你这么向着我的份上，我都已经给你免了。”

戚屿眯着眼睛“嘁”了一声，手上打字动作飞快。

屿:“谢谢老师!”

屿:“老师你辛苦了!”

F1S:“保证把你爸爸哄得开开心心的。[大笑]”

戚屿:“……嘁。”

次日到了复数和戚源诚见面的时间，戚屿开始心不在焉，一直脑补他们会聊些什么，等了约三个小时，手机才响起了熟悉的微信提示音。

F1S:“结束了。”

F1S:“你居然想让我去国外给你当陪读? 呵呵。”

戚屿捂脸，他爸还真提了?! 这么说来爸爸对复数还挺满意，但复数这个“呵呵”是什么意思? 不屑一顾?

戚屿赶紧解释:“这只是我爸的想法，不是我的，你不要胡思乱想。”

F1S:“哦，这样啊。”

F1S:“那我现在就打电话给他，说我不考虑了。”

戚屿一惊："你还真会考虑？"

F1S："你自己问你爸去。"

戚屿抓着手机在寂静的公寓客厅里走来走去，一颗心在胸膛里扑通扑通直跳——复数这么厉害的人，怎么会考虑来给自己当陪读？难不成爸爸花大钱请了他？如果自己现在就给爸爸打电话，会不会显得对复数太重视？

……要不再忍忍？等明天再问？

可才过十五分钟戚屿就忍不下去了，他心痒难耐地拨通了爸爸的号码，尽量用克制、冷静的声音问："爸，听傅老师说，你今天跟他见面了？"

戚屿跟戚源诚提起这个人的时候，一直是叫"傅老师"以表达他们之间的正常关系，所以电话里也这么称呼。

戚源诚在电话那头笑了笑："你消息倒是快。"

戚屿："你觉得他人怎么样？"

戚源诚的语气听上去很愉悦："确实是个优秀的年轻人，见了我也不卑不亢的，很有自己的态度。我问他怎么会在网上教你，还收这么少的钱，你猜他怎么说？"

戚屿："怎么说？"

戚源诚："他说，跟你签那个什么合同，就是逗你玩玩，其实他主要是看中你的潜质，想好好教你。因为我们这样的人拥有了太多社会资源，他说，把你教好了，以后对社会有好处，所以他也没想着赚不赚钱，就当业余兴趣爱好了。"

……这是什么高尚的精神?!

戚源诚："我开始还觉得他在跟我说漂亮话，后来问他愿不愿意过来辅佐你，我可以出高薪，他犹豫一阵之后说可以考虑，但他有两个条件。"

戚屿："什么条件？"

"他说他最多答应在你身边两年，以后他跟不跟着你，得看你自己的能力和表现，"戚源诚淡笑了一声，"良禽择木而栖，现在这个社会，像他这样有自己的原则和三观的年轻人，很难得了。"

戚屿心说不愧是八万块钱一场的商务陪聊，果然把他爸哄得喜笑颜开……佩服佩服！

想起爸爸刚刚只说了一个条件，戚屿又问："他还有一个条件呢？"

戚源诚："他说，工资不要我开，要你自己跟他谈，因为他不是给我打工，是给你打工。"

工资让他来开？嘿，这话居然莫名地让戚屿产生了一种满足感，就好像复数这个人今后完全是属于他的，不像许敬，许敬虽然也待他好，但到底还是爸爸的下属……

戚屿轻咳了一声，问："傅老师是做什么工作的？"

戚源诚："他在证券公司的投资银行部门做总监。"

戚屿"哦"了一声，故意试探道："说起来我都没见过他长什么样呢。"

戚源诚评价了八个字："长得不错，人中龙凤。"

挂了电话，戚屿有点飘飘然的，磨蹭了一会儿，他才给复数发消息："我付你多少钱，你能过来？"

对方隔了很久才回复："不是，我那个就是随便忽悠一下你爸爸的，你还真要让我过去啊？"

戚屿："……"他真是信了他的邪！

二月初，戚屿飞回纽城过春节，父子俩见了面，戚源诚便说："戚屿，今年暑假，爸爸想让你去美薇的海城分公司做两个月临时管理，你觉得怎么样？"

"临时管理？"戚屿问。

"不错，"戚源诚笑了笑，"这事还是小傅跟我提的，他说你对美薇的经营问题很上心。我想着，既然如此，那就让你过去看看，一来是锻炼一下你，二来呢，你之前提的那个问题，我也觉得有必要表明一下董事会的态度，不管能不能查出什么问题，你代表我过去，也能提醒提醒那些搞小动作的人。"

戚屿有点担心："就我一个人，他们能听我的？"

戚源诚："我回头让秦总安排个人帮你。"

戚屿："秦总是谁？"

戚源诚："美薇海城分公司的总经理，叫秦汉尧，今年四十二岁，他在美薇有八年了，你回头叫他秦叔叔就行。我已经跟他打过招呼了，到时候给你安排一个临时的总助职位，享有执行总裁同等权力。"

戚屿颔首："我知道了。"

"对了，"戚源诚想到什么，又笑说，"你这次回去，也可以再问问小傅愿不愿意来美国陪你读书。"

戚屿愣了愣："爸，你觉得我该请他？"

戚源诚点头："我之前也跟你说过，你今后身边是要用人的，古有刘备三顾茅庐，曹操求贤若渴，碰上真正优秀的贤士，那是千金难买人愿意。他明知道我给他出的工资肯定比你能给的多，还说要你找他谈，我觉得他就是想看看你的诚意了。"

戚屿："哦……"可复数都说了，那是他随便找借口忽悠爸爸的，这事还有的谈吗？

稍晚的时候，戚屿给复数发消息："你跟我爸提议让我今年暑假去美薇实习？"

复数："嗯，你不是想见我吗？等你假期回来，我就让你见见吧，顺便聊聊你想让我去给你陪读的事？"

戚屿："……"不是，这事还有得聊？

六月底，戚屿结束了专业课的考试，离校前，章承宣约他吃了顿饭，饭桌上问他假期的安排，戚屿坦言道："我爸让我去美薇的国内分公司。"

章承宣很意外："你爸爸这么早就让你接触实务了？"

戚屿道："嗯，美薇近两年盈利不大好，我爸让我回去看看。"

章承宣表情一僵，显得很不自然，戚屿放下刀叉问："怎么了？有话不妨直说。"

章承宣皱着眉头犹豫片刻，道："其实你们家美薇的财报，我去年也看出来有点不对劲，不过，我以为你没有这么快涉足家里公司的事，而且你也从来不跟我聊这些，所以我没好意思提……"

戚屿有点讶异，章承宣居然也能看出问题？

章承宣眼神闪烁："但既然你现在说起来了，而且又要回去，我可以告诉你一件事，没准会对你有帮助。"

戚屿："什么？"

章承宣看向戚屿，道："你们美薇生产部主管邱明阳的儿子邱如松，和我三哥是大学同学。"

章承宣陡然吐露的这个信息，忽然间让他之前的种种行为有了合理的解释——原来他不是要来对付自己，而是想借自己的力量对付他的三哥？难怪他不介意说出复杂的身世，难怪他不怕泄露家丑！

虽然戚屿有点反感手足相残这种事，但若美薇背后的问题确实和菲亚有关，他还真得感谢章承宣的"吃里扒外"了……毕竟敌人的敌人，就是朋友。

章承宣举起杯子凑向戚屿，苦笑着问："我这样，算不算是卖了你一个人情？"

戚屿也端起酒杯，挑挑眉："呵呵，谁卖谁人情，现在还不好说。"

伴随着酒杯相碰间"叮"的一声轻响，两人好像在瞬间达成了某种共识。

回家后，戚屿见了戚源诚，就把章承宣提供的信息告诉了爸爸，但戚屿没想到，爸爸的反应竟然比他预料中大了许多。

年近五十的男人像是要对待一个可怕对手，仔仔细细地向戚屿打听了章承宣与他结交、相处的细节，而后面色阴沉道："你怎么现在才告诉我你身边有这么个同学？"

戚屿也被爸爸的表现搞得紧张不已："他怎么了？"

戚源诚皱着眉头在书房里绕了几圈，叹了口气，幽幽道："你还记不记得，你小时候曾被人绑架过？"

偏巧戚屿去年四月份还向姜莹打听过这事，他警觉道："难道这件事和章家有关？"

戚源诚颔首："当年，美薇为扩大市场和几家同类型公司争得不可开交，菲亚也是其中之一。在大家实力相当的情况下，争取外部投资对公司的发展至关重要。你被绑架那天，美薇原本有个重要的招资会在次日召开，那日有不少知名企业会来，包括零售业巨头海河实业。如果美薇能与海河达成合作，不光资金实力翻倍，还能借助海河在各地的销售渠道迅速抢占市场，扩大影响力，对美薇之后数年的发展都至关重要。"

戚屿想起妈妈曾说有人绑架他要挟爸爸取消那次招资，很快明白了其中的利害关系："是菲亚的人绑了我？"

戚源诚道:“因为绑匪逃逸，我们什么证据都没找到，至今没挖出背后的主谋，但我后来才知道，原来菲亚在周日那天也要召开引资会，而由于美薇终止会议，海河后来投资了菲亚——所以我有充分的理由怀疑那件事是菲亚在背后做的。虽然已经这么多年过去了，但这件事依然是我心头的一根刺，如果有合适的机会，这笔账我是一定要跟菲亚算的。”

他叹了口气，儒雅无害的面庞下酝酿着难得一见的怒气。

戚屿想了想:“但是爸爸，章承宣透露这个信息，应该是在帮我们。”

“防人之心不可无，当年菲亚的幕后主谋能使出这种下三滥的手段，说明这一家人骨子里都不是什么好东西，他表面上是在帮你，可你又如何知道他是不是‘黄雀在后’?”戚源诚又背着手踱了两圈，沉吟道，“不管美薇这起事件跟菲亚有没有关系，这次你回国，我还是再安排个保镖跟着你吧……”

第8章 我是复数

海城的七月，骄阳似火。白色的飞机划过长空，缓缓降落在东岸国际机场。伴随着空姐温柔的提示声，戚屿摘下眼罩，起身离开头等舱。

许敬早知道他今天回国，特地抽了时间亲自来接机，不过这次跟着他来的还有一个二十七八岁的姑娘。

“都快一年半没见了吧？”许敬高兴地上前拍拍戚屿的肩膀，介绍身边人道，“这位是秦总给戚屿准备的秘书，程丽君程小姐。”

程丽君对着明显比自己年轻的戚屿恭敬道：“戚总您好，我是美薇公关部的程丽君，秦总让我这两个月跟着您，我这两个月就是您的秘书，有什么需要尽管吩咐我就行。”

戚屿和程丽君握了手，简单认识过后，三人就上了车。

路上许敬问他：“我听戚董说，这次还给你安排了两个保镖？”

戚屿解释了一下自己这次回来的主要目的和戚源诚的担忧，嘀咕道：“我感觉我爸有点过度紧张了。”

“戚董也是关心你嘛。”许敬笑说。

戚屿这次是回来工作的，身边又带着人，不方便回家住，许敬和程丽君商量后直接给他在美薇海城分公司附近的假日酒店包了两个月的房间。

戚屿见酒店房间里摆着几个纸箱子，问道：“这是什么？”

程丽君解释：“这是我给您准备的一些日用品和衣服，我听说您一直在国外生活，临时回来可能不会带很多东西，里边的衣服也都是我从美薇的仓库直接选的，大都是ME·WE和E'lite的当季新款，您觉得喜欢就穿，不喜欢放着也没事。”

戚屿确实没带什么衣服，因为以前回来都是从戚枫衣柜里直接拿的。

“你打算什么时候去公司上班？”许敬架着手臂笑问。

“休息两天吧，我先调个时差，下周再去，”戚屿看向许敬道，“我一会儿想回家一趟，看看妈妈和小枫，你的车能不能借我开？”

程丽君忙说：“戚总您要用车？您想去哪里？我可以提前给您叫车。”

许敬将车钥匙收了回去：“既然小程能给你安排，你就让她安排吧，海城路堵，你刚回来开车可能不适应。另外，那两个保镖就住在楼下的标间，既然你爸不放心你的安全，你去陌生的地方尽量带着他们，物尽其用。”

戚屿一个人自由惯了，难得被人这样前呼后拥，还被一个比自己大的人左一声“您”右一声“您”地唤，一时半会儿总有点不适应。

许敬又说：“明晚有空吗？一起吃个饭？”

“明晚？”戚屿视线微微一偏，“我明晚也有点事，后天行吗？”

“嗯？后天我刚好要去燕城出差，”许敬似乎觉得有点遗憾，但也没往心里去，反正有两个月，之后也能见，他又交代了程丽君一番，便对戚屿道，“我一会儿还有事，有什么程丽君解决不了的问题，你就给我打电话。”

“好，你先去忙吧。”戚屿送走许敬，想给妈妈打个电话，却见程丽君还在边上，他有点不自在道，“我这两天还不需要秘书，等我去公司了你再找我。”

程丽君愣了一下：“可是秦总说……”

戚屿忽然有点不高兴：“你是听我的还是听秦总的？”

程丽君忙改口道：“对不起，那您留一下我的电话？车子我现在给您安排吗？”

戚屿接过她的名片：“先不用，有需要我联系你。”

程丽君出去之后，戚屿拨通了妈妈的电话。姜莹知道他回国，特地让保姆在家做了晚饭，还告诉他小枫和凌可都在。

挂了电话，戚屿就见微信上显示有未读的新消息。

F1S：“到了没？”

屿：“刚到，在酒店。”

F1S：“哪家酒店？”

屿：“假日。”

F1S：“明柳路那家？”

屿：“嗯。”

F1S：“那我们现在距离很近哦。”

F1S：“好好休息一下，明天见。”

戚屿放下手机，便去拆那几个纸箱里的衣服。程丽君的眼光还不错，从职场正装、日常休闲到贴身换洗衣物，都给他准备了。

戚屿是典型的衣架子身材，只要尺码对就合身，他挑了几件自己喜欢的，先让酒店的服务人员拿去清洗。

晚上六点，戚屿回了家，姜莹见了他就问：“你是不是瘦了？”

“……有吗？”戚屿奇怪地低头看了看自己。

姜莹抱臂，抬头叫了一声：“小枫，你哥回来了。”

几秒钟后，二楼的环廊上就探出一张和戚屿简直像是复制粘贴出来的脸：“唷，回来啦~哥！”

戚枫走下楼梯，身后跟着凌可，姜莹指着戚枫道：“站你哥近点，我看看……”

戚枫莫名："干吗？"

等兄弟俩排排站好，两人的身形一目了然。

"你还说你没瘦？"姜莹眉心微蹙，"怎么回事，是没吃好还是上学太辛苦？"

戚枫闻言也围着他哥看了一圈，好像为双胞胎难得出现的差别感到新奇："哥你真的比我瘦诶？你看你这腰细的，爸爸是不是虐待你啊？……诶？你这么瘦还有腹肌？"

戚屿一把拍开他的手，嫌弃道："明明是你缺乏锻炼长胖了！"

戚枫："胡说！我从高二开始体重就一直维持在七十五到七十八公斤之间！"

戚屿斜眼看他："你有这么重？"

戚枫："这是标准体重好不好?!"

戚屿皱着眉头伸手在弟弟身上找："多出来的十几斤肉你都长哪里了？"

戚枫叫道："喂喂你干什么！流氓你！"

眼看兄弟俩这一见面又要打起来了，姜莹忙道："好了好了，别闹了，赶紧去洗手，吃饭了！"

趁着戚枫去洗手间，戚屿把一盒巧克力递给凌可："喏，给你带的。"

凌可："……谢谢。"

戚屿故意问他："谢谁？"

凌可低声说了一句"谢谢哥哥"，紧张得手指都蜷起来了。

戚枫出来刚听到这句话，气得大叫："你又调戏凌可！"

"都给我过来！吃饭！"随着姜莹一声怒吼，兄弟俩总算安静下来，规规矩矩地在桌边坐下。

吃饭时，姜莹又问了戚屿在国外的学习生活和这次回来的安排，听着听着就吐槽道："你爸是怎么回事？你跑这么远去念书也不雇个人照顾你，这次回国又给你安排这么重的任务……"

边上的戚枫好奇道："什么任务？爸爸让哥干啥？"

姜莹："你爸让你哥一个才大二的学生空降美薇分公司做两个月临时总裁，还让他去调查公司的经营问题。"

"哥你也太惨了吧！"戚枫一脸同情地给他夹了块红烧肉，"难怪把你瘦的，多吃点。"

戚屿挑眉："那你来帮我忙？"

戚枫："才不要。"

戚屿暗叹了一声气，没再说什么。

饭后戚屿单独和妈妈聊了一会儿，就回酒店去了。晚上睡觉前，他和复数确认次日的见面地点和时间。

屿："明天在什么地方见？"

F1S："你能喝酒吗？"

屿:“能喝一点。”

F1S:“知道丰贸大厦在哪里吗?”

戚屿一愣，这么巧，丰贸不就是许敬上班的地方吗?

屿:“知道。”

F1S:“明晚八点，丰贸大厦顶层Skyline酒吧?”

戚屿回了个“OK”。

第二天，戚屿一直睡到了傍晚才醒。起来后，他从昨天已经过水烘干的新衣服里挑了件银灰色的格纹衬衫和浅色裤子，把自己好好拾掇了一番，接着在楼下的港式餐馆喝了碗艇仔粥，垫了垫肚子，才出发去丰贸大厦。

晚上七点二十分，戚屿比约定时间提前四十分钟抵达Skyline酒吧。

小资情调的音乐在耳畔环绕，灯与影暧昧地划分出每一台桌椅。戚屿挑了个角落的位置坐下，随便点了杯威士忌，就开始百无聊赖地等复数。

说起来，他对这间酒吧还挺有印象，去年四月份的时候，他在这里戏弄了一个陌生的男人……戚屿笑着摇摇头，把那段恶作剧抛在脑后。

也不知道那个复数长什么样，爸爸说他“人中龙凤”，应该是还不错吧?但不管对方长得怎么样，戚屿对自己的外貌是绝对自信的。

距离和复数约定见面的时间越来越近，酒吧里的人也逐渐多了起来。戚屿反复按亮手机的锁屏，看上面的时间一点点接近八点，心里也越来越紧张。

可能从小到大都没这么钦佩过一个人，想到复数有来陪读的可能性，戚屿便觉得自己是来参加什么重要的面试，太希望能给对方留下好印象。

就在这时，手机震了两下。

F1S:“你到了吗?”

F1S:“我上来了。”

戚屿心跳一阵加速，低着头给对方回复:“嗯，在进门后左手边的角落桌子，我挑的是两人的沙发位。”

F1S:“你穿什么衣服?”

屿:“银灰色的衬衫，不过，我觉得你进来后估计一眼就能看到我。”

F1S:“为什么?”

屿:“我是人群里最帅的那个。”

F1S:“是吗?”

F1S:“那我好像已经看见你了。”

戚屿一怔，立即抬头，只见一个身材高挑的年轻男人穿过一明一暗的灯光，正朝自己缓缓走来。

那人穿着一件黑色衬衫，手上拿着手机，戴着一副银丝细框眼镜，胸口的扣子随着他的移动在灯下闪烁，即使隔着镜片，戚屿也能看出对方正望着自己。

这是复数？戚屿有点恍惚，这个人他是不是在哪里见过？

“戚屿？”微信语音里听过无数次的声音在耳边响起，带着一丝金属的质感，面对面更清晰且富有磁性。

“嗯……”戚屿应了一声。

“我是复数。”对方似笑非笑地朝他伸出手，衣袖上缩，露出腕上那串墨绿色的玉佛珠。

戚屿瞳孔瑟缩了一下……他想起来了，这个人居然就是一年零三个月前，在这间酒吧被他戏弄过的那个男人！

“你好。”戚屿伸手与对方相握，面上波澜不惊，内心早已掀起翻天的巨浪！

这个人怎么会是复数?!

这也太巧了吧？

完了，他会不会还记得自己曾骗他喝过一杯酒，还给了他一个虚假的电话号码？

眼看着对方在自己面前坐下，戚屿也在拼命平复自己激荡的心情。

他们之间隔着一张小桌子，是适合聊天的距离，但因为对方长得也很高，坐下后一双长腿在桌下舒展开来，轻易就探入了戚屿的地盘。

戚屿往椅背上靠了靠，主动开口缓解自己的尴尬：“喝点什么？”

“和你一样吧。”复数表现得相当正经。

戚屿替对方点了单，暗自深吸了一口气，劝自己不要想太多，毕竟事情已经过去了一年多。而且他隐约记得，复数当初也是为别人来要号码的，应该不会把这种小小的恶作剧放在心上吧？

就在这时，对方眯了下眼睛，有些疑惑道：“我怎么感觉我以前在哪里见过你？”

戚屿扯了下嘴角：“呵呵，有吗？”

……糟了，他居然还有印象！

等一下，戚屿猛然反应过来，自己当时告诉对方的戚枫的名字和电话，如果复数真想起来，他仍然甩锅给弟弟不就完事儿了吗！

对啊，欺骗复数的人是“戚枫”，只要说服自己也相信这一点，他不就无懈可击了？

一定得稳住，不能慌……

复数笑着摇摇头，自我开解道：“算了，说出来显得我跟你套近乎，可能是长得好看的人骨相相近，我混淆了。”

戚屿一颗心被对方吊得七上八下，简直不知道该说什么了……

复数打量着他道：“你好像有点安静，和我想象中不大一样。”

戚屿干笑：“你想象中的我是什么样子？”

“你啊？每天都有问不完的问题，”复数做了下思考状，沉吟道，“偶尔调皮，还有点黏人?”

黏人?戚屿一脸茫然,这人到底在说谁?

复数看向他,又意有所指道:“你不是还老在微信里用表情包晃我吗?”

说真的,他现在就是非常后悔……发那些表情。

“不过有一点你说得对,”复数架起长腿,一手搭在膝盖上,打量着他道,“你确实长得很耀眼,就算是亿万富翁的儿子,也不是每一个都有你这么好看。”

戚屿知道自己长相瞩目,也习惯了他人的恭维,可听到复数这么说却莫名有些心虚,毕竟他越瞩目,这人对他的印象就可能越深刻。

也许复数什么都记得,就是不说穿,而是通过这种方式在向自己暗示什么。

但戚屿拉不下脸来承认错误,他咬牙想,既然认定了那件事是戚枫干的,那就该一不做二不休地把戏演下去。

“你还没告诉我你叫什么名字。”戚屿努力冷静下来。

对方“哦”了一声,从裤兜里掏出钱包,抽出一张名片推到他面前。

同样的珠光白色小卡片,同样微微有些粗糙却厚重的纸质,上面印着对方的名字和头衔——傅延昇,明泰证券IBD副总监。

下方还有一串电话,正是复数去年圣诞节期间告诉他的号码。

爸爸一月份见过对方后,也跟他透露过复数是在证券公司的投资银行部门工作,加上他姓傅……

如果戚屿当时能留下那张名片,或是记住对方的名字,可能就会产生联想,但他偏偏把这件事彻底抛在了脑后,错失了所有的机会。

酒上来了,两人轻轻碰了个杯。

“呐,人呢,我是让你见了,名片也给你看了,但记住,别随便告诉别人我在给你当家教啊。公司有保密规定,很多教你时讲到的例子都是我接触过的真实案例,虽然我已经抹掉了关键信息,但你要是说出去,也是会给我惹麻烦的,”傅延昇抿了口酒,又朝他挑了下眉毛,“听到没有?”

“哦……”戚屿本来网聊就说不过对方,现在面对真人,对方一开口,那眼神那气势,他更对抗不了,还是微信聊天比较好,至少他还能发个兔斯基表情包……

戚屿垂下眼睛,故作漫不经心地把玩着手中的名片,问道:“你这工作平时都干些什么?”

傅延昇:“帮客户融资。”

戚屿细问了一堆怎么融资,具体要做什么,傅延昇都一一解答。

他了然道:“那是不是每天要见很多人?”

傅延昇:“嗯。”

戚屿:“都是见什么人?”

傅延昇："大都是上市公司的股东，偶尔也会和会计师事务所、律所和官方部门的人交涉。"

从刚刚回答问题开始，傅延昇一双眼睛就时不时瞟向他，盯着他打量。

戚屿罕见地因他人的注视而感到紧张，他偏开视线，继续找话题转移自己的注意力："那你今天是刚下班？"

傅延昇"嗯"了一声，戚屿又问："吃过晚饭没有？"

傅延昇："傍晚五点的时候去见了一个客户，吃了点日料，后来回来在公司开了个会，就上来见你了。"

"哦……"戚屿隐约记得许敬说过，傅延昇这个年纪能做IBD副总监的很少见，又有些好奇对方的履历……

得知傅延昇十七岁就大学毕业时，他又震惊了一番。

"你现在倒是有点像在微信里跟我聊天的样子了，看来一开始见到我时是没放开啊……"傅延昇笑了笑，说，"还想问什么，尽管问，见都见了，不满足一下你的好奇心，我估计你是不肯回去的。"

这种完全被对方看透的感觉让戚屿有些不服："我在这儿两个月呢，难道只能见你一次？"

"呵呵，说得也是，"傅延昇眼皮一垂，低喃道，"你这么霸道，这两个月就是想天天黏着我，我也拒绝不了你。"

戚屿一急："谁想天天黏着你？我还要去我爸公司上班呢！"

"什么时候去上班？"傅延昇换了个坐姿，语气认真起来。

"下周一吧。"

"你爸给你安排得怎么样？"

"他说已经和分公司的秦总打过招呼了，对方给我找了一个女秘书，昨天也去机场接我了。"戚屿想起那一大箱子衣服和日用品，也跟傅延昇提了提。

"这么周到……"傅延昇沉吟道，"但我建议你去公司以后自己招个助手。"

戚屿一愣："自己招？"

"不错，其实你爸都已经察觉到了底下里有人在搞小动作，作为一家公司最高级别的管理人员，你觉得秦总是知情还是不知情？"傅延昇顿了顿，道，"如果他知情，他安排给你的秘书，有可能就是你做调查的最大障碍。"

戚屿也想过这一点，所以刚接触程丽君，他就有些戒备，甚至故意支开对方，不想事事交给她办，但自己找个助手……

"怎么找？"

"上招聘网发帖，找两个月的总经理实习助理，开八千块一个月工资就有大把研究生毕业的高才生给你投简历——国内最不缺的就是人才，而且现在还是求职高峰期，估计不出一周就能搞定，你自己招的人，自己用着放心。”

“秦总知道了会不会不高兴？”戚屿皱眉。

他想起爸爸说那个秦汉尧已经四十二岁了，怎么看都算是比他大近两轮的长辈。

傅延昇笑了：“不高兴？你是代表你爸爸来做调查的，不是来装孙子的。尽管放大胆子去做，既然他给了你执行总裁的同等权力，你就做出总裁该有的样子——不怕他不高兴，就怕他觉得你年纪还小不懂事，把你忽悠得团团转。”

戚屿点点头：“我知道了。”

“秦总给你安排的那个人，你不用推掉，该用就用着，算是给他留个面子，”傅延昇提起酒杯，倾身过来，又与戚屿碰了下杯，“有什么问题就给我打电话，我答应了你爸爸，会指点指点你，现在我们时差一样了，我也不怕你再骚扰我睡觉。”

戚屿郁闷道：“我以前也没怎么……打扰你睡觉吧？”

“没打扰？”傅延昇挑眉，“那是谁每天缠着我聊到凌晨一两点，又是谁去年半夜三点打我电话非要跟我视频？”

有他说的这么夸张吗？这难道不是合同规定傅延昇该提供的服务吗？再说凌晨三点打视频电话，那次是特殊情况，他都道歉了，这人怎么还翻旧账?!

傅延昇打量了他一会儿，忽然笑了：“算了，看你长得好看，不跟你计较了。”

戚屿心一跳，傅延昇说他好看，而且见面到现在已经提了两次了……

这个人……是不是有点颜控？

正出神，戚屿忽听有人叫他的名字，他偏头，见许敬一脸欣喜地从不远处过来：“戚屿，还真是你？”

许敬又看向坐在他对面的傅延昇，好奇道：“这位是？”

因为戚屿是瞒着许敬来见傅延昇的，不知怎么就有些心虚，他赶紧起身介绍：“这就是我之前在电话里跟你提过的……复数。”

许敬一愣，反应过来：“那个网友？”

气氛一下子有些微妙，傅延昇扬了下眉，似乎不是很喜欢这个称呼。

戚屿又跟傅延昇介绍：“这位就是我爸爸之前的秘书，许敬。”

傅延昇也站了起来，客气地跟许敬握手：“幸会。”

许敬的表情却有些僵硬，他和傅延昇象征性地碰了下手，就直接问戚屿：“你不是说今晚有事吗？就是来见他？”

戚屿“嗯”了一声，许敬又皱眉道：“你爸爸知道吗？”

戚屿沉声说：“知道，爸爸也见过他。”

许敬似乎意识到自己的举动让戚屿有了情绪，立即缓和态度道：“好吧，那你们先聊……”

看着许敬离开的背影，戚屿心里也有点不是滋味，坦白说，如果不是当初许敬和爸爸“告状”，戚屿很乐意把复数介绍给对方认识，但因为那事，戚屿心里有了疙瘩，怕许敬多想，才瞒着对方，没想到许敬会在这里碰上他们……

傅延昇打量着他，低声问了一句："不高兴?"

戚屿回过神来，摇摇头。

"还摇头?"傅延昇提起杯子凑向他，"你都快把'我不爽'这三个字刻脸上了。"温和的语调带着一丝安抚的意味。

戚屿喝了口酒，说："本来许敬约我今晚一起吃饭的……"

"你拒绝了他来见我?"傅延昇自动补完了他下半句话。

戚屿"嗯"了一声，特地解释了一句："因为我跟你约得更早。"在美国时他就已经和复数确定好了见面的日子，他不想随意变更。

"你没告诉他?"傅延昇微微动了下眉骨，"你不是说你和他关系很好吗?"

"是很好，"长达一年的网聊让戚屿习惯了与这人谈心，不由自主便倾诉起来，"我们认识七年了，早些年在国外，他很照顾我，我一直把他当哥哥看待。"

"哥哥啊……"傅延昇意味深长地低喃了一句，问，"既然你们感情这么好，你爸怎么没让他给你陪读?能独自担任一家投资公司的CEO，他应该也很优秀吧?"

听到"陪读"二字，戚屿才想起自己此行的目的，他抬眼见傅延昇嘴角噙着一抹若有似无的笑，又忍不住偏开视线……

要不是爸爸上次提出来，戚屿还真不知道自己居然可以找陪读。但让许敬陪读，他根本不能想象，许敬好歹给爸爸当了几年的秘书，怎么可能纡尊降贵做这种工作?

"我爸说是想栽培一下他，在我上大学之前就把他调回来了。"戚屿道。

"只是想栽培吗?"傅延昇笑着摇摇头，"你真不懂你爸。"

"我不懂我爸?"戚屿一头问号。

"我见过你爸爸一面，感觉得出来，他非常重视你，也很护着你，他所做的一切，都是在为你铺路，"小桌上有个骰子盒，傅延昇边说边打开盒子，用食指和中指夹了两个出来，摆在桌上为他演示，"你爸是怕许敬在你身边太久，对你影响太深，以后你驾驭不了他，所以特地让你和他分开一阵子。"

戚屿皱眉："为什么这么说?"

"你和许敬认识七年了是吧?你今年二十，那就是说，在你十三岁那年，他就出现在你身边了，这段时间正好是你的三观塑造期，他的想法、做法都会很大程度地影响你、改变你，让你对他产生依赖和信任，甚至把他当兄长看待……但你还记不记得，我曾和你讨论过有关交朋友的原则?"傅延昇的手指在两粒骰子上轻点，"我假设你对许敬的感情是建立在感谢他对你的照顾和帮助上，那么反过来看，他对你的感情建立在什么上面?十三岁的你可以说是一个什么都不知道的小屁孩，他为什么愿意在你身上花心思?"

其实不用傅延昇说，戚屿也心知肚明，更多的是因为爸爸。身边许多人待他好，也都是因为爸爸。

但许敬在他心中还是不一样的，他不是毫无感情的机器，他分得清真心和虚伪，就算许敬因为他是戚源诚的儿子才对他好，这个人也付出了十足的耐心和真诚你，所以听傅延昇这么一分析，他就有些恼火："许敬不是那种唯利是图的人。"

"戚屿，"傅延昇冷静地打断他，道，"我不是在挑拨你和许敬的关系，我是想让你看清楚，你的情绪来自哪里。"

戚屿一噎，有些戒备地看着他："你继续说。"

傅延昇："我记得你之前说，是他把我的存在告诉你爸爸的，是吗？"

戚屿："嗯……"

傅延昇："那你觉得他为什么会告诉你爸爸？"

戚屿："担心我？"

傅延昇笑着摇头："如果他是担心你，应该会像你爸爸那样，直接来见我，确认我没问题后再放手让你和我继续结交，但他没有，他用了一个不怎么光明的手段——跟你爸告状。"

戚屿哑然，傅延昇接着道："这个举动透露了两个点：一、他不敢与我正面竞争；二、他害怕除了他之外的人对你产生影响，分走你对他的信任——你知道这叫什么吗？"

戚屿："什么？"

"控制欲，"傅延昇收起骰子，看着戚屿道，"你觉得许敬不知道吗？他没准很清楚，但他不会告诉你，因为他潜意识里可能希望你是个永远长不大的小男孩，所以他看到你背着他和我见面，他会失落，可能还会嫉妒、生气，而他的情绪也进一步影响着你，因为你在乎他——如果你看不清这些，你就会被他牵着走，如果他发现他可以用感情牵制你，可能会进一步利用这一点。"

戚屿心情复杂地看向傅延昇，问："人心在你眼里就这么肮脏？"

傅延昇毫不退缩地与他对视："这不是肮脏，这是现实，或者说是人的本能，小孩子才容易相信纯粹的感情，成年人的世界就是这么残酷，但即使残酷，也不妨碍你继续信任许敬——如果你看清这一切后仍然觉得他值得托付。"

戚屿的手在桌下收紧又松开，像是在努力接受这些所谓的现实。

"和你相比，你爸爸就清醒多了，"傅延昇笑说，"知道为什么你爸爸上次见到我，就愿意请我去给你陪读吗？"

戚屿："为什么？"

傅延昇："就像古代的帝王为继承人选辅臣，你爸绝不希望许敬是唯一能影响你的人，我的出现或多或少会对许敬产生制衡，让他成不了你的独一无二。而且，我也对你爸爸表明了我自己的原则和态度——我不是看中他的财富才愿意留在你身边。"

戚屿心说这难道不是傅延昇的话术？好歹是八万块钱一场的商务陪聊呢，既然傅延昇这么懂爸爸的想法，可不得挑着他爸爱听的话说？他才不会轻易相信。

相对而言，戚屿更愿意接受他爸曾说的那句——“他不是图你现在，他是图你未来。”

像是为了表达自己的质疑，他反问傅延昇：“那你不也通过教我在影响我？不也在给我好处？这样的你和许敬比又有什么区别？”

傅延昇笑了笑，“有一点，我可能和他不一样，”男人看着他的眼睛，缓慢而低沉地对他说，“我不希望你是小孩子，我希望你快点长大。”

戚屿和傅延昇在Skyline聊了三个小时，之后傅延昇叫了个车，先把他送回酒店。那会儿已经是晚上十二点了，戚屿洗了个澡，满脑子还是那句充满深意的“我希望你快点长大”……

回想起傅延昇说话时那种事事尽在掌握的自信模样，由内而外散发的睿智强大气场，戚屿感觉自己的身体里像是燃起了一把火，从脚底心一直烧到了头发丝。

在这之前，戚屿可能只是把对方当成一个网友、老师，但见过傅延昇之后，他有一种找到了“目标”的感觉。

他渴望成为和傅延昇一样的人。

他想知道在傅延昇眼里，怎么样才算是“长大”。

……

次日下午，戚屿又抽空回了趟家——一年多前在Skyline的恶作剧仍让他觉得耿耿于怀——他找出被他关在抽屉里一年多的那张名片，确认了当初碰上的就是傅延昇。

戚枫不在家，戚屿给他打了个电话：“你上哪儿了？”

“哥？我和凌可在迪士尼玩呢，怎么了？”电话那头的背景音很嘈杂。

“这么热的天去迪士尼？”戚屿皱眉，“你怎么这么能折腾？”

“你有啥事儿啊？”戚枫不耐烦地问。

“我有事想问问你，”戚屿斟酌了一会儿，道，“去年，四月份的时候……也可能是五月份，有没有什么人联系你？”

“啥？去年四月？联系我的人多了，你问谁？”

“一个男人，姓傅。”戚屿沉声说。

“你说什么？我没听清！”戚枫一边大声嚷嚷，“——凌可，我好渴啊！”

“我说去年四月底左右有没有一个姓傅的男人联系你，加你微信什么的?!”戚屿提高了音量。

那边停顿了一会儿，说：“好像没有吧？我不记得有这个人，再说都这么久了，谁记得……”

“没什么，你们玩吧，”戚屿稍稍松了口气，说，“多喝点水，小心别中暑了。”

第9章 利益交换

晚上回到酒店，戚屿想起傅延昇昨晚在酒吧的建议，联系了程丽君，直言自己要再招个助理，让她帮拟个招聘书，给自己过目后就发布到美薇的官网和各大招聘网站。

程丽君一听，愣住了："您想要助理做什么？其实您有什么要求可以告诉我，我一个人就……"

"程小姐，你是听不懂我说的话吗？"戚屿打断她，毫不留情地反问道，"我之后做每一件事，是不是还要向你一个秘书汇报为什么？"

"抱歉，"程丽君反应过来，忙道，"您跟我说一下您想要招的助理的要求吧。"

"年纪在二十岁到三十岁之间，男性，硕士或同等以上学历，经管财会专业优先，有无工作经验皆可，工资面谈。"

戚屿说完要求，洗了个澡，才从浴室出来，就看见手机有一通未接的语音电话，是司航的。戚屿犹豫了一瞬间，给对方拨了回去。

"戚屿，听我爸说你回国了？"司航在那头玩世不恭道，"明天有空没有？我给你接风洗尘！"

戚屿心里有些抵触和司航见面，但知道爸爸和司伯伯的关系，也不便拂对方的好意，只得硬着头皮答应："行啊，什么地方？"

司航道："地址我发你微信，明晚不见不散！"

刚想放下手机，铃声又响了，戚屿一看，这回是秦汉尧秦总。

"小戚啊，我是你秦叔叔，"对方的声音醇厚和蔼，带着一股自然的亲近之意，"你现在在酒店吗？"

"秦叔叔您好。"戚屿恭敬道。

秦汉尧跟他寒暄了几句，才进入正题："我刚听小程说，你想再招个助理，是怎么一回事？是不是她事情没做好，惹你不高兴了？"

戚屿眉头一皱，嘴上说："没有。"

秦汉尧道："没关系，她哪里做得不好，你直接告诉我，我替你拿主意。"

戚屿笑了笑，解释说："秦叔叔，我一个男生，带着一个女秘书进进出出，总归是有些不大方便。"

"这个原因啊，"秦汉尧了然道，"是我没考虑周到，那我给你换个男的吧。"

“不用了秦叔叔，”戚屿立即拒绝，“我还是打算自己招个助理。”

秦汉尧耐心道：“你这次来不是来了解美薇的运营状况吗，而且也就待这么两个月，新招的人对我们公司不大了解，用着可能也不是那么得心应手。”

“这个没事，我也不是要找个十项全能的人来，而是找个助理帮我打打下手，处理点简单的琐事，顺便也可以锻炼一下我自己的识人能力，”戚屿想起傅延昇提点他的话，又道，“再说，公司的事物不还有程小姐在吗，有不懂的，我可以问她。”

秦汉尧听戚屿并不是彻底拒绝程丽君，态度缓和了点：“你这孩子还挺有想法的，呵呵，行，那我就让丽君按你的吩咐去做。”

戚屿收起手机，走到落地窗边，光滑如镜的玻璃倒映出青年颀长的身形和俊美无俦的脸，但那张脸上却没有一丝笑容，只有一股不愿服输的阴郁。

次日晚上，戚屿带着两个保镖去赴司航的宴。

海城淮金路88号会所的外观看上去是一栋低调复古的巴洛克式建筑，穿过门庭却是满目的金碧辉煌——这个鲜为人知的奢豪之所正是海城一众富家子的常聚之地。

地底豪车满列，所内美人如云。黑金色的大理石地面倒映着天花板上垂落的水晶灯，让人仿佛置身璀璨的星空。所内分娱乐大厅和私密包厢，隔着玻璃能看见大厅里眼花缭乱的游戏设施和牌桌。

这还是戚屿第一次光顾这种场所，以前他只和许敬那样的人打交道，就如司航所说，干净得像一张白纸，不过去年暑假在西城见过司航的行事作风后，他已经对司航会选什么样的地方迎接自己有心理准备了。

在迎宾处报上了他的名字，得到确认后便有服务员礼仪周到地领他们前往。到了两扇雕满了银色牡丹的包厢门前，服务员说了声：“这里。”

随着戚屿现身，身处其内的司航及其友人立即沸腾起来：“喔，大帅哥啊！”

“司航，你这哥们长得也太好看了吧！”

千篇一律的夸赞词夹杂着起哄声朝戚屿涌来，让戚屿感觉自己好像是被妖魔鬼怪包围的唐僧。

“欢迎！”司航起身走向戚屿，拥抱了他一下，看见他身后带着的保镖，调侃道，“来就来了，怎么还带保镖啊，是觉得我这不安全不成?”

戚屿挑眉：“你当我想带啊？他们是听我爸的令。”

司航“啧”了一声，没怎么在意。戚屿是今天的主角，自然是被他拉着坐在正中间，边上都是些与司航关系亲近的朋友，其中朱麟和秦寒他都见过。

徐一舟也在，却只是坐在角落的位置，看见他远远地跟他打了声招呼

“我听说你这次回来要在海城待两个月？”司航问。

“嗯。”戚屿接过司航递来的酒喝了一口。

“那太好了，这两个月可以多聚聚！”司航热情道。

“我恐怕没什么时间，”戚屿故作为难，“这次回来，我爸还给我安排不少工作呢。”

司航撇嘴：“戚叔叔怎么对你这么严格，我还想着能带你在国内好好玩玩呢……”

戚屿看了司航一眼，脑海中不由闪过傅延昇前日在酒吧里告诉他的那番交友理论，一边和司航有一搭没一搭地聊着天，一边反思起来。

他想起去年在西城，司航大方地让肖野带自己玩游戏，去睡觉后还不忘让徐一舟招待他，在酒吧里让自己的女朋友贝贝伺候他……

戚屿之前只关注自己的感受，觉得司航做的事哪哪儿都让他不舒服，这还是他头一次冷静地思考对方的行为逻辑。

他发现司航挺讨好自己的。难道对方内心还是佩服自己是个学霸，并且很骄傲能拥有他这样的朋友？

“司航，有没有热食，我还没吃晚饭呢。”戚屿下意识地试探。

“有啊！”司航忙拿起边上的平板电脑，笑道，“这儿什么都有，你想吃啥？我给你点！”

戚屿笑笑：“来碗海鲜粥吧。”

“海鲜粥够吗？要不再来份小龙虾？这里的十三香也是一绝！”

“不了，吃那个太麻烦了。”

“可以让服务员给你剥好啊！”

“那你帮我看着点？”

“好！”

司航帮他点的美食很快上来了，什么虾饺烧卖金钱肚，在戚屿面前堆了大半个桌子。

戚屿勾了勾嘴角，一旦看事情的角度发生转变，和司航的相处不再那么让人难以忍受了。

包厢里声音杂，戚屿拿杯子凑向司航：“今天谢谢你招待了。”

“谢什么啊！”司航脸上居然闪过了一丝不好意思。

戚屿伸手勾住他的肩膀，故作亲近道：“等我回头有了空，就来找你玩，你再给我讲讲你们圈子里那些好玩的事，别到时候你们说了什么我都听不懂，让你的朋友看了笑话。”

“有我在谁敢看你笑话？”司航哼了一声，面上难得地真情流露，“你这么个高才生，我还怕你看不起我，不稀罕跟我玩呢……”

戚屿勾嘴道：“哪会？”

正说着，门口忽然一番喧闹，有人叫道：“司航，伟烨来了！”

司航立即起身相迎，来的是个和他们年纪差不多的青年，长得人高马大，粗眉下一双狭长的眼睛，神情满是不可一世的倨傲。

司航开口便是埋怨：“说好晚上七点到，怎么回事？”

听这熟稔的语气，看来这两人的关系非同一般。

“呵呵，刚好家里有点事，就迟了点，”青年高视阔步地走过来，一见沙发上坐着的戚屿眼前就是一亮，“哎哟司航，你上哪儿找的这么漂亮的一个小明星？”

包厢里沉默了一秒，那青年似乎根本没意识到自己说错了话，又盯着戚屿来了一句：“新人？好像没在电视上见过啊。”

司航“靠”了一声，骂道：“唐伟烨你是不是嘴欠！什么小明星?！这就是我说的那个朋友戚屿！”

众人跟着哄堂大笑，紧张的气氛缓和下来，司航赶紧给戚屿介绍：“这位是我另一个兄弟唐伟烨，你别听他胡说八道！”那唐伟烨听司航这么说，面上不见失落和羞恼，反而更加兴致勃勃。

“抱歉啊，”他走过来，接过朱麟为他斟的满满当当的一杯酒，眼睛却直勾勾地望着戚屿，“是我有眼无珠，这杯酒我干了！”

喝完顺势在戚屿边上坐下，又叫司航再给自己仔细介绍介绍。司航显摆似的把戚屿的家世背景、海外学历当着他的面吹了一通。

“没想到你这小子还能交到这么个神仙似的朋友？”唐伟烨用露骨的眼神上下扫视戚屿，伸出手道，“我是唐伟烨，和司航是多年的好兄弟了。”

朱麟在边上补充介绍了一句：“唐启一汽就是唐伟烨家的。”

唐启一汽？造汽车的？戚屿抬了下眉毛，和唐伟烨握了握手。

“戚屿，你今年多大了啊？”唐伟烨见他的杯子只剩没多少酒，给他倒了点。

“二十。”戚屿不冷不热地答。

“嘿，那你比我还小两岁诶，”唐伟烨把酒杯塞进他手里，问，“什么时候回国的？在海城待多久啊？”

“前天，待两个月。”戚屿惜字如金。

“才回来？在国外都吃不着什么好吃的吧？海城好吃的可多了，你喜欢吃什么菜系的？我带你去吃？”

“我要去我爸公司上班，可能没什么时间玩。”

“那你喜不喜欢玩赛车？我家在海城北部靠近苏省那儿有个私人赛车场……对了，还有真人跑跑卡丁车呢，特好玩！明天有空吗？你一起来？”

这人到底有没有听懂他的话？吃饭都没时间了怎么可能还有时间玩赛车？

戚屿有点烦这种没什么情商的人，他故作为难地看向左边的司航：“司航……”

这求助的语气大大满足了司航的虚荣心，司航立即出声解围：“唐伟烨，戚屿这次回来要帮他爸做事，忙着呢，你别打扰人家！”

唐伟烨讪讪地喝了口酒，坐了一会儿，忽然掏出手机：“咱们加个微信吧！”

陪着聊了半个小时，戚屿以上洗手间为由出去透气，一出包厢，他面上就露出一丝不耐。

在洗手间洗了把冷水脸让自己冷静下来，戚屿重新掏出手机，见傅延昇给自己发了条消息。

F1S:“徐一舟说他见到你了，你在哪儿?”

戚屿回复：我在淮金路88号会所，和朋友聚会。”

傅延昇:“还在那里？要我去接你吗?”

戚屿心中微微一动，傅延昇来接自己？他反问道:“你有空?”

F1S:“嗯。”

屿:“那你过来吧。”

回包厢后，戚屿又和他们玩了局牌，就对司航说自己次日还有安排，得早点回去了，唐伟烨掏出车钥匙道:“你住哪儿？要我送你吗?”

戚屿斜了他一眼:“你喝了这么多酒，能开车?”

唐伟烨殷勤道:“那……请个代驾？我陪你回去?”

戚屿似笑非笑:“不用了，有司机会来接我。”

司航见唐伟烨吃瘪，反而幸灾乐祸道:“诶，你能不能收敛一点?”

唐伟烨偏过头去，没再说什么。两个保镖见戚屿起身，也想跟着起来，戚屿道:“我安排了人来接我，你们一会儿自己回去吧。”

外头下了点小雨，戚屿看了一眼手机，傅延昇十分钟前给自己发了条消息:“我在淮金路88号斜对面的便利店等你，出来了说。”

空中透着一股湿气，不再像白天这么燥热，但仍有些闷。

隔着雨雾，戚屿见街对面果然有一家二十四小时便利店，店外的遮雨棚下站着一个身材高挑的男人，灯光照出他轮廓分明的侧脸，正是傅延昇。

戚屿缓缓地过了马路，朝对方走去。傅延昇看见他了，但站姿纹丝不变，唯有指间一点猩红的火光，随着他抽烟的动作在夜空中飘移。

待戚屿靠近，傅延昇才低声问:“结束了?”

已是午夜，戚屿开玩笑道:“老师，你这接送服务好像超出陪聊合同的范围了吧?”

傅延昇把烟蒂丢进边上的垃圾桶，问:“你不希望我来接你？那你告诉我具体地址干什么?”

戚屿被噎了一下，正想着要怎么反驳，就见一辆出租车远远驶来。傅延昇立即招手，催道:“赶紧回去了。”

戚屿愣了愣，他们还没聊上两句呢，就这么回去了?

车很快已经停在了他面前，傅延昇撑起一把黑伞，见他还傻站在那里，笑了一下:“大少爷，上车了，是不是还要我给你开车门啊?”

戚屿闷闷地拉开门，上了车后座，傅延昇也紧跟着坐了进来。

“你上来干吗?”戚屿被迫往里挪了个位置。

“送你回酒店啊，否则你叫我来干什么？”傅延昇理所当然地回了他一句，跟那司机报了酒店地址。

戚屿还以为傅延昇找自己有什么特别的事，还特地驱走了两个保镖，听对方这么说，心里有一股子说不出的气。

车子启动后，傅延昇凑向他闻了一下，皱眉道：“你喝了多少酒？”

习惯了坐宽敞的私家车，出租车狭窄的后排空间让身高腿长的戚屿倍感压抑，他又往边上坐了坐，道：“挺多的。”

傅延昇收回视线，哼笑了一声：“难怪一见面就叫我‘老师’，就没见你这么主动叫过……”

戚屿懒得说话，出租车司机开车有点横冲直撞，把本就有点微微醺的戚屿晃得整个人犯迷糊。

快到酒店时，隔壁车辆变道还让这司机来了个急刹车，戚屿控制不住地往前俯去，胃里的酒精反上来，难受得他只想骂娘。

傅延昇看出他不舒服，伸手扶了他一把，问：“没事吧？”

戚屿恹恹地摇摇头，靠在座椅上闭目养神。接下来的半程，他只感觉自己像是坐在一艘船上，车子每一次摇晃都让他头晕目眩。

等下车时，他腿都有些软了，傅延昇在他边上还调侃了一句：“酒量差还喝这么多？”

戚屿没好气道：“你可以走了！”

傅延昇笑了笑：“都站不稳了还逞强？得了，我送佛送到西，送你上去吧。”

戚屿咬牙道：“不用！”

傅延昇叹了口气，直接扶住了他的胳膊，无奈道：“脸都白得像张纸了，还这么嘴硬，真拿你没办法……”

戚屿是吃软不吃硬的性子，傅延昇越是激将他、调侃他，他越不甘心，可对方一旦表现出示弱示好的一面，他也会放下架子坦然接受。

傅延昇陪他进了房间，扶他到床边坐下，还体贴地替他倒了杯热水，绞了块热毛巾：“怎么样？好点了吗？”

戚屿喝了口水，下意识道：“老师，给我拿瓶酒，我还想喝。”

傅延昇皱眉：“撒什么疯？明天都要上班的人了，大半夜还这么浪？”

戚屿气得差点没骂脏话——说谁浪呢？

傅延昇不顾他的瞪视，强势地按着他的肩膀把他压倒在床上，盖上被子，下命令道：“赶紧睡觉。”

对方的眼眸里充满着对他的担忧和关怀，让戚屿瞬间噤了声。

傅延昇又倒了一杯水放在他床头，叮嘱他道：“我走了，明天起来记得洗澡，一身酒味！”

半分钟后，戚屿听见了傅延昇离开时关门的声音。

戚屿慢慢舒出一口气，整个人却还沉浸在那不可名状的愉悦感中。

傅延昇今晚提出来接他时，他真的很高兴，其实冷静下来想想，就算他们的交情已经超过了合同约定的服务和被服务关系，对方也没必要在半夜十二点冒雨出门来接自己，还亲自送自己回酒店……

他本以为傅延昇对自己的好也和大多数人一样别有目的，但傅延昇刚刚的眼神却打消了他的顾虑。

这是除许敬以外，第一个让他产生了被关爱的感觉的人。

但傅延昇和许敬待他的好又有些不一样，如果说，许敬的好是兄长对幼弟的呵护与纵容，那傅延昇的好则是带着些管教的味道。这种管教非但没触怒戚屿，反而让他觉得自己是被寄予着某种期待和厚望的。

戚屿闭上眼睛，回想起爸爸说的那句“良禽择木而栖”，忍不住有点期待……如果自己表现得好，傅延昇会一直留在他身边吗？

因为轻微的醉酒，戚屿反而顺利地调好了时差，第二天早上七点半醒来，他洗了澡，换了身适合上班穿的衣服，神清气爽地下来去吃早饭。

期间程丽君给他打了个电话，说八点半来酒店接他去上班。戚屿答应后又点开手机微信里复数的对话框，两人的聊天记录还停留在昨晚对方去接他时的那一条。

戚屿喝着粥，给对方发了句问候：“早安，昨晚谢谢。”

F1S：“不客气，以后别这么浪了。”

屿：“……”

戚屿气鼓鼓地退出了对话框，八点半，程丽君见了他，在车上给他汇报了一下当日的安排：“秦总说，您第一天去公司，他打算早上先召集各部门领导开个会，让他们认识一下您，如果您对哪个部门有兴趣，再下去走访。”

“可以，”戚屿点点头，问，“招助理那个事怎么样了？”

程丽君立刻递上了一叠打印好的简历：“截至昨晚十二点，HR一共筛选出十二份求职简历，我已经挑选出三位符合您要求的人，您先过目一下，喜欢哪个，我再回复邮件安排他们过来面试。”

戚屿接过简历随手一翻，就递了回去：“你一会儿把那十二个人的简历全都转发给我，我自己来选。”

程丽君微微一愣，虽然戚屿说的话又像是在质疑她做的事，但经过了前两次碰壁，这回她总算学乖了，说了声“好的”，就没再多问。

美薇的海城分公司总部坐落在金融区边界一幢中高层办公楼里，办公区主要为国内的管理中心、销售中心和技术中心开设，占用了楼内整三层的空间。

早上八点四十分，一位身穿职业装的年轻女性拎着早点，走出电梯厅，来到公司门口，她睡眼惺忪地把食指贴上指纹识别器，打卡进门。

身后跟着另一个来上班的年长女性，见她这副没精打采的样子，忍不住笑道：“小郭，没睡够呢？”

那小郭是美薇的行政前台郭巧，闻言叹了口气，道：“哎，昨天看小说看到凌晨两点，欲罢不能啊……”

“看什么小说？”身后问话的则是财务部的会计李小琴。

“嘿嘿，”郭巧有点不好意思，“就是网上的霸道总裁小说啦……”

李小琴“噗嗤”一笑，调侃她道：“那总裁是不是长得又高又帅又年轻，谁都看不上，就对女主一人倾心？明明心里爱得要死，嘴上还不承认！让女主误会他没心没肺没感情，可背地里又费尽心机强取豪夺，非要女主留在自己身边？”

郭巧听了对方的精辟总结，激动地连连点头：“是啊是啊！小琴姐你怎么这么懂?!”

“姐姐我是过来人嘛！”李小琴朝她眨眨眼睛，转瞬又严肃道，“不过我劝你可别太沉迷了，这种小说也就骗骗你这种未经人事的小姑娘罢了，现实中哪有那种霸道总裁啊，”她看看左右无人，凑近郭巧悄声道，“有的只有秦总那种四十出头就已经秃了头的老男人！”

郭巧捂嘴偷笑了两声，想起什么，又小声道：“不过我听说，美薇上面一个大股东的儿子最近要来我们这儿视察诶，不知道长得帅不帅……”

为了迎接对方，秦总还特地把他秘书的办公室腾了出来，上周她一起帮忙去收拾了，可见总经理对那人的重视。

李小琴用指关节轻叩了下郭巧的额头，笑骂：“做什么美梦呢，想想邱经理的儿子，估计都一个样儿吧！”

郭巧嘴角一抽，额头垂下一排黑线：“好吧……”

李小琴走后，郭巧给门口的盆栽浇了点水，就坐回前台，一边啃包子，一边拿出手机，偷偷地打开小说阅读app，刚翻到最新章节，郭巧就听见一个熟悉的声音从门口传来：“戚总，您的办公室就在这一层……”

郭巧抬头，只见公关部的程副经理率先走了进来，接着跟进来的是……

!!!

她手上的包子掉了。

程丽君笑吟吟地走过来，朝郭巧道：“小郭，这位是新来的戚总，今天开始在这边上班，预计待两个月，你认识一下，”说罢又偏头给戚屿介绍，“戚总，这是行政前台郭巧，一会儿您让她帮您录个指纹，以后进出就方便了。”

青年穿着一身黑色的夏季西装，单手揣兜，面无表情地朝郭巧点了下头。

郭巧恍惚感觉自己幻想中的那个霸道总裁从书里走了出来，就这么活生生地出现在了她的面前。

“戚总，我先带您去见一下秦总吧。”两人说着就走远了。

被吓傻的郭巧抬起双手，捂牢发烫的侧脸，心脏这才开始狂跳起来——一百三，一百五，五秒之内直飚一百八！

啊啊啊啊啊啊——!!!

好帅啊!!!

戚屿和秦总寒暄了几句才去自己的办公室，那个房间紧挨着总经办，临窗可见金融区著名的几大标志性建筑，视野极好。

程丽君带他熟悉过环境后就先离开了，期间戚屿出去找郭巧录了个指纹，顺便问那小姑娘：“公司的洗手间在什么位置？”

郭巧红着脸道：“出门右拐就是……“

戚屿环视了一圈，问：“茶水间呢？”

郭巧不敢直视他：“在财务室后边，里边有咖啡、茶包……戚总要喝咖啡吗？我……我可以帮您去泡一杯……”

“不用了，谢谢。”戚屿冷声道。

结果他才说完，那姑娘就几不可闻地“嘤”了一声，颤抖着背过身去了。

戚屿收了收领带，也有点不自在，他知道自己年纪还小，初来乍到可能没人把他当一回事，所以早就给自己做过心理建设，此时言行举止都把握着合适的分寸，尽量让自己看上去像个来严肃办事的“总裁”。

回办公室，戚屿见程丽君已把那些应聘者简历都转发给了他，被排除的那几位确实没有满足他当时提出的要求，不过戚屿发现，其中有一个人叫吴双，虽然才本科学历，却是T大毕业的。

戚屿依稀记得，傅延昇好像也是T大的。他心一动，把这人也划入面试名单，又从另外三份简历中剔除了一份，然后转回给程丽君，让她通知这几人尽快过来面试。

十点开会，分公司几大主管齐聚一堂，邱明阳也来了。戚屿是认识他的，虽然有几年未见，但他仍然一眼就认出来，见面叫了声“邱伯伯”。

男人已有五十多岁，脸型微胖，双目有神。“你是戚屿？”邱明阳见他出现在会议室里，显得很意外，喜道，“你怎么会在这儿？你回国了？”

因为戚屿怀疑邱明阳主管的生产部有问题，所以这次他爸爸让他回来调查，根本没和邱明阳提起过。戚屿跟他打过招呼，便微笑着解释了一句：“我刚念完大二，今年暑假爸爸让我回来锻炼锻炼。”

“不错不错，”邱明阳拍拍他的肩膀，感慨道，“转眼你都这么大了，长得真是一表人才……你爸爸身体还好吧？”

戚屿客气道：“挺好的，劳您挂心。”

其他人听到邱明阳和戚屿的对话，也纷纷侧目表示好奇，直到秦总在会议桌上正式介绍，众人才知道他的身份。

秦汉尧又告诉大家戚屿这两个月会在分公司了解一下各部门的运营状况，希望大家配合。他说得婉转，但各主管却不是傻瓜，所有人都听出这是董事会派人下来做调查了。可是面对年仅二十岁的戚屿，他们似乎又不足为惧，只表面上对他的到来表示欢迎。接着各部门主管向秦汉尧汇报当月的重要事项，戚屿坐在桌上认真旁听，偶尔做些笔记。

一场会开了两个小时，结束时邱明阳又过来拍了拍戚屿的肩，亲切道："戚屿，我先走了，有什么想学习的就过来找伯伯。"

美薇的生产中心办公室设立在海城南边的郊区，连着PMC部门和分部仓库，邱明阳这个生产中心的经理只是每月月初例行过来分公司开会。

"对了，"他想到什么，又说，"我儿子也在美薇工作，你们年纪差不多大，回头你有时间了，我介绍你俩认识认识。"

戚屿应了声"好"，他也非常想见一见这位章承宣三哥的大学同学呢。

出了会议室，戚屿就吩咐程丽君把公司一年内的账本、重大决策文件通通打印出来送到自己的办公室。

程丽君一愣："一年内全都要？"

"对，"戚屿看着她，补充了一句，"先看一年的。"

"好……好的，"程丽君晃了下神，又问，"戚总您午饭想吃什么？"

戚屿问他："你们平时都吃些什么？"

程丽君："员工有提前订好的套餐，没订餐的一般都吃外卖，不过这些您可能吃不惯，楼下有餐馆能吃商务套餐，就是高峰期人比较多……我原本是想，您第一天上班，不用这么紧张，我可以帮您叫个车，去附近的酒店吃。"

戚屿道："不用给我搞特殊化，你去楼下给我打包一份商务套餐上来吧。"

程丽君问："有什么忌口吗？"

戚屿："没有，你看着买吧。"

程丽君给他买了份板栗牛肉饭，还带了杯咖啡。戚屿第一天来上班，也有点新鲜，拍了张盒饭的照片上传朋友圈，文字描述："工作餐。"

发完不到五分钟，手机就响了起来，戚屿瞄了一眼，赶紧拿起来接了。

"第一天上班还适应吗？"傅延昇的声音在电话那头响起。

"凑合吧。"戚屿边说边把饭盒盖了起来。

"昨晚喝这么多酒，今天起来没头疼？"傅延昇问。

戚屿摆弄着桌上的咖啡杯道："没，我精神好得很。"

傅延昇："年轻人就是恢复力强啊。"

戚屿轻哼一声："说得你好像年纪很大了似的……"

傅延昇："我就只是夸你一下。"

戚屿往椅背上一靠，自己都没意识到，紧绷了一上午的面容在此刻放松下来，露出淡淡的笑意，他接着说："上午开了个会，见到美薇的一些大领导了，看上去全像是老狐狸。"

傅延昇："那你这条小狐狸怕不怕？"

戚屿竖眉："说谁小狐狸呢？！"

傅延昇"哦"了一声，一本正经地纠正自己的错误："不是小狐狸，是条小鱼。"

戚屿正想回嘴，许敬的电话进来了，他对傅延昇说："有人找我，先不跟你说了。"

"看见你发在朋友圈的工作餐了，我记得你好像不爱吃栗子？"许敬在电话那头道。

"体验一下生活吗，"戚屿解释了一句，问，"你怎么知道我不爱吃栗子？"

许敬笑笑："有次我带你去大都会歌剧院看《奥赛罗》，出来的时候街边有个华人小贩卖糖炒栗子，我给你买了一小包，结果你嫌味道怪，就只吃了一个，后来那一包都是我解决的。"

戚屿回忆了一番，好像是有这么回事，但那件事已经过去很多年了，没想到许敬还记得。

他心中有点暖，想到许敬那晚在酒吧失落离去，忍不住问："你从燕城回来了吗？"

许敬道："嗯，刚到机场，打开手机就看见你发的那张照片。"

戚屿斟酌着问："晚上要不要一起吃个饭？"

"哦？"许敬在那头轻飘飘地来了一句，"今晚不用去见网友了？"

戚屿一噎，脑海里闪过傅延昇说的话，心里有些不是滋味。

还好许敬没让他尴尬太久，就说："行吧，晚上下了班再联系。"

第10章 新官上任

挂了电话没多久，程丽君就抱着一大沓文件进来了："戚总，这是您要的资料，档案室有备份，我怕您着急看，把备份文件先给您拿过来。"

戚屿见她动作这么快，欣慰道："放这儿吧。"

程丽君瞥见他桌上吃了没多少就已经盖起来的盒饭，主动问："这饭……是不是不合您口味？"

戚屿怔了怔，直接承认："是有点。"

程丽君："下次您可以直接跟我说的，我再给你买点别的吧。"

戚屿眼皮微低："辛苦你了。"

下午三点左右，秦汉尧来找他，进门时瞟见戚屿桌上摊开的资料，笑说："这么认真啊？"

戚屿想起身，秦汉尧又说："不忙，坐着吧，我就是来告诉你一声，各部门经理已经把你来公司的事公布下去了，底下还有些小领导没见到你，我让他们组织一下晚上跟你一块儿吃个饭，都是二三十岁的年轻人，你认识认识，以后也方便找他们。"

戚屿一愣，心中权衡了一番，也明白尽快认识公司的人比约许敬吃饭更重要，只能先答应下来。等秦总离开，他才拿起手机给许敬发消息："我今晚和公司一些小领导聚餐，我们换个时间约？"

许敬没回，不知是不是在忙。

戚屿心里莫名涌起一丝愧疚感，其实这种临时生变的情况也不是没发生过，他以前都不会在意，偏偏之前已经因傅延昇拒绝过许敬一次，他担心许敬又误会……

——"当他发现他能用感情牵制你，就会更加利用这一点。"

脑海里再次响起傅延昇那晚为他分析的话，戚屿心里咯噔一下，回过神来，有些烦躁地给傅延昇发了三个表情包过去。

屿："[兔斯基疯狂晃人.gif]"

屿："[兔斯基疯狂晃人.gif]"

屿："[兔斯基疯狂晃人.gif]"

都怪这家伙给自己讲什么交友理论，搞得他现在都有点神经质了！

他缓和了一下心情，又给许敬发了一句："要不一起吃个夜宵？"

结果刚发完就收到傅延昇的回复。

F1S:“?”

F1S:“上班呢，撒什么娇。”

F1S:“晚上再给你打电话。”

戚屿:“???”说谁撒娇?!

临下班时，许敬才看见戚屿的消息，回他道:“刚在开会，都行啊，你聚餐结束打我电话。”

戚屿松了一口气，起身先跟程丽君去参加公司聚餐。

如秦汉尧所说，到场的果然都是些年轻人，年纪最大的也没超过四十，程丽君一一为他介绍，其中有销售部、市场部、设计部、品质部等等几大中心附属部门的正副经理，还有人事和财务部的会计。

程丽君环视了一圈，问网销部的方经理:“桃桃还没来吗?”

方经理抓着手机道:“请了请了，说马上就到。”

戚屿疑惑道:“桃桃是谁?”

方经理解释:“是我们美薇网销部签的美女网红代言，在某淘直播有数百万粉丝，一般有什么重要场合，我们也会请她过来。”

然而说“马上到”，那姑娘却是在四十分钟后才姗姗来迟，期间那方经理格外焦虑，时不时拿手机翻看，隔十五分钟还起身出去打个电话，等人来了才如释重负地起身，把对方迎进来，又假意数落了两句。

戚屿一看，确实是个美女，但对方的长相让他莫名想起了司航的女朋友贝贝，都是大眼睛尖下巴，一张脸精致得像是用橡胶捏出来的。

戚屿身边一个男经理主动起身让座给桃桃，桃桃一坐下就端起酒杯，俏声对戚屿道:“戚总，今晚实在不好意思，方经理打电话给我的时候我还在直播呢，一路赶着过来，还是迟了。我先自罚一杯，给您道歉，晚上您想我陪您喝到几点都行，您可别生我的气呀。”

大伙儿纷纷打圆场，桃桃喝完酒，又软声软语地恭维道:“不过戚总，我真没想到您这么年轻这么帅，如果早知道是陪您，我直播都可以放鸽子了。”

戚屿努力忽视对方若有似无的撩拨，垂眼一笑:“我刚还觉得奇怪，怎么美薇公司的聚餐，你们还请个网红，难不成这网红还参与网销部的决策吗？原来是请来给我作陪的啊?”

方经理忙打着哈哈道:“这不是给您助助兴嘛。”

助兴？戚屿抬眼扫了他们一圈，又问:“方经理，美薇的领导出去聚餐吃饭，都会请网红作陪吗?”

他的声音没有表露出一丝恼意，方经理也乐着答道:“看场合吧，有时候会，我们刘总很喜欢桃桃的，桃桃的带货能力很好，去年单人销售额还过亿了呢。”

那刘总就是美薇营销中心的总经理刘琦，戚屿早上开会时见过，一个四十多岁的中年男人，长着一根通天鼻，让人印象深刻。

方经理又解释了一句："今晚就是刘总特地让我叫桃桃过来陪您吃饭的。"

戚屿心想，这些人肯定不知道他昨天在淮金路88号会所见识过什么，又享受过什么样的服务，要是知道，他们就不会大费周章整这么个低配版的聚餐了。

而且为了等这么个网红，堂堂美薇网销部的经理居然在饭桌上坐立不安了四十分钟，这让戚屿觉得有点好笑，他们是不是觉得，只要是个男性，就一定能被美女搞定？

他抿了口酒，又瞥了桃桃一眼，问："桃桃，请你作陪吃饭，要多少钱一场？"

桃桃不好意思道："饭桌上谈钱多伤感情，戚总您要是喜欢我，以后多找我就是。"边说边在桌下掏出手机，三秒亮出了自己的微信二维码。

戚屿一愣，心里哭笑不得，面上不动声色，掏出手机加了她微信，又对着一桌子人假意逢迎了半个多小时，才结束这顿晚宴。

饭后程丽君问他："戚总，您接下来有什么安排？要不要我安排车送您回酒店？

戚屿见那网红还在边上踟蹰，便道，"桃桃，你住哪儿，我送你一程？"

这话的暗示意味相当明显，大伙儿都心照不宣地笑笑，桃桃闻言果然大喜："好呀，那拜托戚总啦！"

黑色奔驰S级轿车里，冷气开得恰到好处。

听着音响里传来的古典乐，闻着车载香薰淡淡的香气，桃桃一颗心如小鹿乱撞。

几分钟后，边上的年轻男子才清了下嗓子，开口道："现在可以告诉我，你陪人吃饭多少钱一场了吧？"

桃桃听戚屿把话问得这么明白，有点不大自在："我不贵的，吃饭就两万块钱一场，其他的另谈……我和美薇有合作关系，一般都是给友情价。"

戚屿又问："你陪过美薇几个领导吃饭？"

"呃……"桃桃害羞地瞥了戚屿一眼。

正犹豫着，青年嗓音又在头顶响起："没关系，你坦白告诉我，我不会为难你的。"

可能是戚屿的嗓音太有蛊惑力了，桃桃像被催眠了似的，老老实实地说："一般都是刘总、秦总，还有小邱总……"

"小邱总？"

"是美薇生产部邱总的儿子，主管你们美薇的PMC部门，他还经常私底下找我的。"

戚屿沉吟片刻，问道："那他们约你，一般都怎么付钱？"

桃桃："会有个专门的人给我打钱。"

"专门的人？"戚屿看向她，"同一个人？"

桃桃："嗯，叫王姐。"

戚屿："是美薇的人吗？"

桃桃摇头："我不知道。"

戚屿皱眉："你给他们开发票吗？"

桃桃有点茫然："不开啊……"

"哦……"戚屿问，"今晚也是那个王姐付钱？"

"不是的，陪吃饭是方经理付钱，不过接下来，嗯，如果你有需要，"桃桃含情脉脉地看了他一眼，低头道，"我也可以接受微信转账……"

戚屿沉默了一会儿，向司机报了桃桃的住址："麻烦去芙蓉街×××号。"

听到这句话，桃桃像是被人兜头泼了盆冷水，整个人僵在那里……

车子很快到了芙蓉街，戚屿见那网红有点幽怨地看着自己，愣了一下，面上忽然绽出一个灿烂又魅惑的微笑，柔声道："谢谢你今天回答我问题，以后如果有需要我会再找你的。"

车门关上后，戚屿收起表情，再没有看那面红耳赤的女孩一眼。

戚屿给许敬打了个电话，得知他还在丰贸，便让司机开车前去接他，两人会合后前往海城金融区与蒲江西区交界处的美食街。

夜宵地方是许敬选的，下了车，戚屿举目望去，只见整条街红红绿绿，招幌闪亮，有炭火蛙锅、小龙虾、老重庆火锅、烤鱼、生蚝……已是晚上九点，这些店还人进人出、灯火通明，丝毫不见打烊的迹象。

"吃什么？"戚屿问。

"潮汕海鲜砂锅粥？"许敬知道他爱喝粥，还尤其爱鱼虾生鲜，潮汕风味的砂锅粥他在国外很难吃到，当夜宵也不伤胃。

戚屿听了果然心动："好啊。"

刚刚的聚餐，他只顾着和公司里的人打交道，吃得不自在也不尽兴。

进店落座后，许敬点了个中锅，又加了几样烤物，才问戚屿："怎么还找我吃夜宵？今天是有什么特别的事吗？"

"也没什么，"戚屿不想说自己邀请许敬是为弥补之前的那次拒绝，"就见见，随便聊聊。"

而且，今天这一天的经历也让戚屿觉得有点累，想和许敬倾诉倾诉。

许敬："我都快忘了，你上次主动找我是什么时候了。"

戚屿看着他："敬哥，你是不是在生我的气？"

许敬有些幽怨道："是啊，你这小子以前和我都是无话不谈的，结果才一年，就自己上网找了个朋友……哎，我现在是能理解那些游戏玩家练了个满级号后被盗的心情了，感觉就像是从小看着长大的弟弟跟别人跑了，心酸哟。"

戚屿没想到许敬会这么坦诚，心里反而一松，笑了。

许敬无奈地："你还笑？"

戚屿看许敬明明生气却又舍不得发脾气的样子，一瞬间就释然了。

他脑海里又浮现出傅延昇那晚说过的一句话——“如果你在看清这一切后，仍愿意相信他。”

是的，他仍愿意。

人需要理性，但也没必要因此舍弃感性，这不是别人，是许敬，是陪他度过四年半青春期，给了他无数关怀和照顾的人。

戚屿拿起桌上的筷子，边拆外包装袋边开玩笑：“你怎么还‘吃醋’啊？那我以后找了女朋友，你岂不是得天天泡在醋坛子里了？”

许敬失笑：“说什么胡话呢。”

戚屿不否认许敬的亲近带着一些私心，但这是人之常情，除去这些，许敬的感情也是真的。

如果不真，这个人怎么会记得自己不爱吃栗子这么细碎的小事？

如果不真，许敬又何必为自己找网友吃饭而心生沮丧？

戚屿：“敬哥，我们都认识这么久了，你在我心里的位置肯定跟别人不一样，但我也得交其他朋友啊。我爸说了，以后我身边是要用人的，我不能只有你一个。那个网友不是一般的网友，我是真觉得他有能力，如果可以，我希望他以后能来司源，等我毕业了，你俩就是我的左膀右臂。”

许敬望着戚屿，感叹道：“我觉得你这一年好像长大了很多。”

戚屿：“有没有成熟男人的魅力了？”

许敬一笑：“本来还有点，可你一问出来，就没了。”

戚屿撇了下嘴，砂锅粥上来了，掀了盖子，香气扑鼻。许敬拿起勺子想替他盛粥，戚屿道：“我自己来。”说罢便取过勺柄，装模作样地搅拌起来。

以前这种事都是别人替他做的，戚屿难得自己拌个粥，手被那锅里冒出来的热气烫得直皱眉头。许敬见他搅得磕磕绊绊，忍不住道：“还是我来吧。”

可戚屿抓着勺柄，分毫不让，他也是在最近反思时才意识到，自己是亏欠了许敬的。

这么多年，他只享受着许敬的照顾和帮助，却从没有等价偿还——也许有一些部分爸爸已经替他还了，可他自己还没有，他若有良心，这些人情债就会成为牵制他情感的负担，让他在与许敬相处时处于被动。

既然已经亏欠了，那就从现在开始还吧。许敬待他好，他也可以在情感上回馈对方，像真正的朋友一样，有来有往。

在他们的关系不出现其他变故之前，他很愿意一直把对方当作自己的兄长，信任他，理解他，给予他自己私情范围内可给予的一切。

盛完粥，戚屿又道：“今天这顿饭我来请你。”

“嗯？”许敬还以为自己听错了。

戚屿垂眸道："以前出来都是你买单，尤其是在美国的时候，你带我去看歌剧，看电影，吃饭，都是你结的账，我后来才想起来，那钱花的都是你自己的吧？现在我工作了，虽然还没领工资，但也该轮到我请你了。"

许敬愣着没搭腔，戚屿抬眼问："怎么了？"

许敬眸光微闪，轻声回了一句："好，你请。"

两人边喝粥边聊天，戚屿告诉了许敬今天一天公司里发生的事，还提到了美薇领导聚餐时习惯性请网红作陪的事。

许敬问："你说的这个网红和美薇网销部有合作？是不是桃艺传媒公司的人？"

戚屿："我不清楚，这家公司怎么了？"

许敬放下勺子，面色有点凝重："这家网红公司是美薇CMO跟我力荐的，算是山雨投资的公司之一。"

美薇的CMO不就是那个刘总刘琦吗？戚屿皱眉："投了多少钱？"

许敬："初轮进了一千万，当时主要是看重她们给美薇带货……但我观察了一年，觉着投资效益很一般，毕竟美薇走的是轻奢路线，市场消费力跟不上，再怎么推都不能和那些性价比高的小品牌比……"

戚屿又向许敬打听了一下投资前后的细节，包括刘琦和许敬推荐那家公司时的说辞，暗暗决定回去先查一下他们请网红作陪这笔账。

聊着聊着，戚屿的手机响了，傅延昇说过晚上会给自己打电话，掏出手机一看，果然是他。但不知道出于什么心理，面对着许敬，戚屿下意识地按了拒听。

"谁的电话？"许敬随口问。

"广告吧……"戚屿撒了个谎。

"呵呵，国内就是各种骚扰电话多，你下个防骚扰的APP，能主动拦截那些被标记过的骚扰电话，会好很多，"许敬看了一眼时间，"也不早了，差不多该回去了。"

戚屿返回酒店，洗了澡，躺倒床上，才磨磨蹭蹭掏出手机给傅延昇拨了回去，这时已经是十二点零八分了。

傅延昇接了电话就问："刚在忙？"

戚屿摸着肚子懒洋洋地说："吃夜宵呢，才回来。"

"你怎么一天天的都这么……"傅延昇语气暧昧，欲言又止。

"你想说什么？"戚屿凶悍地逼问。

"浪。"傅延昇咬字清晰。

戚屿浑身一僵："你再说一次？！"

昨晚这家伙说他浪他忍了，毕竟是在装醉，今天居然还敢？

傅延昇像是没察觉到戚屿语气中的威胁，继续往他死穴上戳："说你浪呢，昨天喝酒喝到撒酒疯，今天吃夜宵吃到午夜，明天你还有什么安排？"

戚屿咬牙切齿道："我是在正常社交，你凭什么说我浪？"

傅延昇反问他："正常社交和'浪'有什么冲突吗？你每天夜生活超过十二点不算'浪'？别转移话题，你还没回答我呢，明天晚上还有什么安排？"

戚屿："没有！"

傅延昇："那明晚我先预定了。"

"呃，"戚屿差点没反应过来，"啊？"

傅延昇语气自然："明天晚上我带你出去吃饭。"

戚屿反应过来，暗骂了一声这人转移话题的速度也太快了吧？

傅延昇接着道："白天谁惹你不高兴了，还连着给我发三个表情包？"

戚屿心说你还好意思问？不就是你。

但他也不得不承认，这人确实教他用这些道理看清了身边的人和事，并让他更清醒地去处理自己和他人之间的关系。

"就是看公司资料，觉得头疼。"戚屿随便找了个理由，他不想告诉对方自己的心思。傅延昇本就处处碾压他，如果再被对方知道自己总在受对方影响，这家伙估计脸都要仰到天上去了。

"看资料头疼就晃我？"傅延昇失笑，"你怎么这么幼稚？"

"怎么？不行吗？"戚屿心说在你眼里我不就是个小孩？

"行，"傅延昇答得毫不犹豫，语气还带着一丝安慰人的笑意，"那你现在好点了吗？"

戚屿本以为傅延昇不喜欢他幼稚，才故意与他唱反调，可对方这纵容的态度又让他微微一愣："没什么，好多了。"

"你在公司具体看什么资料？"

"一年内的账本，还有公司重大决策文件。"

"这有什么好头疼的？一般公司账册会按季度分，你根据时间线一点点核对下来不就得了？"傅延昇停顿了一下，"不过我觉得看那些东西可能对你没有用。"

"为什么？"

"美薇好歹是家上市公司，每年都会找专业审计查账的，账面上能被你一个大学生看出漏洞那还了得？"

"那我不看了？"

"可以快速过一遍，对公司的大事件和运营流程有个基本了解，至于具体决策反映出来的盈利或亏损数据，可以让助理总结出来告诉你，"傅延昇说，"我不是让你招助理吗？"

"还没到岗呢。"

傅延昇又问了几句关于应聘者的情况，道："建议挑个数学不错，能吃苦又耐操的。"

戚屿笑道："你是不是自己学数学就偏向数学不错的？"

傅延昇解释："一般数学好的人在数字分析这方面的能力比较强，之后一旦你查到问题，有很多需要直接对应账本去看变化，学数学就比较能凸显优势。”

次日一早，程丽君来接戚屿上班，告诉他已经确认了三位应聘者能在今天上午十点过来面试，等他到公司后就可以开始准备面试问题。

程丽君报了名字，戚屿依稀记得其中一个叫马驰的好像是数学本科毕业后，又攻读了金融专业硕士的。昨晚听了傅延昇的建议，他不免对学数学的多留了点心。

十点，程丽君带戚屿前往公司的小会议室，戚屿第一个就点名让马驰进来。

他还挺期待这人的表现，但没想到那马驰除了照本宣科地背自己简历上的内容，根本不会说别的。戚屿问了几句别的，对方还紧张得满脸通红，一场面试搞得像是他在逼良为娼。

戚屿大失所望，又接着面试了下一个，这人的表现稍微好了一点，但也没让戚屿特别满意。

“下一个吧。”戚屿揉了揉鼻翼，抽出仅剩的一份简历。

一个身高约一米七五的青年走了进来，戚屿看着简历上的名字，吴双，这人好像是他从被淘汰名单里重新挑出来的那个。

“您好，我是吴双，”那青年坐下后便直接自我介绍起来，“今年二十三岁，毕业于T大经济系，辅修数学……”

戚屿一愣，抬头看对方，只见吴双长着一张略带书生气的脸，相貌普通，但贵在态度大方，不像之前两个人，要么紧张拘束，要么放肆地盯着他看。

“你辅修数学？”戚屿更好奇的是这一点，对方的简历上没写。

“嗯，我有经济和数学双学位，”吴双腼腆地笑了一下，“不过出来应聘总助说学数学好像用处不大？所以学位那边我在简历上就只写一个。”

戚屿有了点兴趣，扫了眼对方的履历，又问：“你毕业后工作一年了？具体做过什么？”

吴双：“在一家上市公司做营销，也是经理助理的职位，不过上周刚刚离职。”

戚屿：“为什么离职？”

吴双：“感觉工作内容太重复了，没什么挑战性。”

戚屿：“哦？你想有什么挑战？”

吴双：“我喜欢接触不同的人和事，想多积累一些阅历和社会经验。”

这两点追求戚屿还挺欣赏，他又问：“可我提供的这个岗位只有两个月，你的学历也不达标，怎么会想到来投简历？”

吴双说：“我以前没接触过服装行业，觉得挺好奇的，而且招聘上写着工作时间就两个月，觉得可能对学历的要求不会太严苛，就想过来碰碰运气，如果能应聘上，有两个月的不同经验也很不错。”

戚屿暗自感叹，这吴双好像就是为满足他的需求而来的。

由于吴双一开始就被程丽君排除在面试名单外了，所以肯定不会是美薇内部安排的人，而此人之前工作的领域也不是服装行业，大概率也不会是竞争公司派来的间谍，这两点就基本让戚屿解除了对对方来历的怀疑。

戚屿抬眼看吴双，问："你对工资有什么要求吗？"

吴双挠挠头："只要不低于同等岗位的平均工资就行。"

戚屿挑了下眉毛，这个人好像还不怎么缺钱，是真冲着"经历"来的？

"不过我想请问一下，"吴双看着戚屿，伸出手指在两人之间划了一下，"如果我被录取了，是为您工作吗？"

戚屿放下简历，尽量让自己表现得有威严一点："是，我还在念大学，年纪也比你小，你如果不情愿给我做事，可以直说。"

"不不不，"吴双连连摆手，认真道，"我没有那个意思，你是老板，你说了算。"

因为对吴双的表现很满意，戚屿直接拍板留下了他，让程丽君带他去签工作合同，就这样把助理的事敲定下来。

晚上下班前，傅延昇给戚屿发了条消息："直接去吃饭地点见？"

屿："可以，吃什么？"

F1S："吃你。"

屿："???"

傅延昇发了个定位给他，上面显示着餐馆名"纯鲜斑鱼府"，戚屿简直无言以对。

第11章 心甘情愿

下了班，戚屿直接让程丽君安排车子送自己去傅延昇说的那家餐馆，路上傅延昇就把桌号告诉了他，说自己已经到了。

戚屿抵达后一看，这家餐馆原来是吃“煮鱼”的，类似火锅，需要自己动手。

见了面，傅延昇就问他：“吃过这个吗？”

戚屿摇头，国内美食菜系比国外丰富太多，这“石锅煮斑鱼”他还真是第一次来吃。

傅延昇：“那我来点？”

戚屿：“好。”

这家店的招牌就是新鲜活斑鱼，十二盘一笼，每盘只铺着一片切好的鱼肉，那鱼肉薄如蝉翼，晶莹剔透。

傅延昇点了六笼，一排排地架在桌边的不锈钢小推车上，下边还有大冰块镇着，保持鱼肉的鲜度，看上去颇为壮观。

“这么多吃得完吗？”戚屿问。

“就怕你还觉得不够。”傅延昇笑笑，点完菜解了袖扣，将衬衫袖子微微挽起，又露出腕上那串青玉佛珠。

戚屿好奇：“你为什么带佛珠？”

“你说这个？”傅延昇也瞅了一眼自己的手腕，“祖传的，保平安。”

戚屿笑道：“还祖传？”

傅延昇观察着火候，伸手去调锅边的开关：“不然呢？你以为我戴着好看？”

戚屿的视线随着傅延昇的手腕移动：“是挺好看的。”

傅延昇掀了下眼皮：“想要？”

戚屿愣了一下，正想反问一句“我想要你就给？”就见傅延昇勾了下嘴角，说：“不好意思，这东西只传傅家的人。”

戚屿被噎得差点没把嘴里的鱼肉吐出来。

锅开了，傅延昇先舀了两碗鱼汤出来，和戚屿一人一碗，接着又把其中一个煮勺递给他，对他道：“把盘里的鱼片放进勺子，放进去烫三到五秒就可以吃，用筷子夹了直接煮也行。”

戚屿试着煮了两片，捞出来放在小碗里晾着，喝了口汤，眼眸微睁。

傅延昇递给他一碟调料："先试试原汁原味的，如果觉得口味不够重，再蘸料。"

戚屿把调料推开："我就喜欢吃原味的。"

等那鱼肉凉了点，戚屿一尝，鲜嫩的肉入口都不需要嚼就已在舌头上化成丝状，触摸着每一个味蕾，把他满足得都眯起了眼睛！

之后整整二十分钟，戚屿都没再说一句话，就只是专注地进行着烫鱼肉、晾鱼肉、吃鱼肉三部曲。

转眼那六笼斑鱼就被消灭了三分之二，傅延昇看着他直笑："够吃吗？"

戚屿吃得七分饱，才放下筷子道："休息一会儿。"

刚他只顾着自己吃，都没留意傅延昇，扫了一眼对方手边的空盘，好像还不到他的一半。

见傅延昇坐在那边慢慢地喝着竹叶青酒，戚屿问："你怎么才吃这么点？"

傅延昇笑说："不急。"

戚屿望着对方，感觉这人好像总是很从容很淡定，连吃饭喝酒都看不出一丝慌乱。

他挺想和傅延昇聊聊公司的事，昨晚桃桃告诉他有一个王姐专门给她打钱后，戚屿特地查了公司的员工名册，结果发现财务部没有一个姓王的，而整个公司其他王姓人士恰好全是男性，这笔账一下就变成了无名账，查不出一点头绪。

对资产过亿的上市公司来说，这点应酬开销可能不算一件大事，但戚屿总有些耿耿于怀，因为这事还牵连着邱明阳的儿子邱如松，而邱如松又偏偏和美薇的竞争对手菲亚服饰的人关系密切。

这些事现在属于公司机密，尽管戚屿对傅延昇有基本的信任，却也不能拿出来和对方谈，于是又忍不住在心里感慨，如果傅延昇能为自己工作就好了，对方要能来，他还要招什么助理？只要傅老师一个，所有问题都能迎刃而解。

戚屿想起傅延昇之前在电话里开玩笑说，巴不得能给他爸那种亿万富翁工作，还说见了面可以聊聊陪读的事，但从他回国到现在，也见过傅延昇几次了，对方从没有主动表达过想来他身边辅佐他的意愿，好像也根本不那么在意自己会不会请他来帮忙。

眼看着他们那一年的陪聊合同即将到期，戚屿心里也有些着急。

他犹豫了两秒，试探着道："傅老师，我们聊了也快一整年了，以后……你有什么打算吗？"

傅延昇笑了笑："什么打算？"

戚屿："就是你对我的打算。"

傅延昇反问："我对你能有什么打算？"

戚屿："如果没有打算，你为什么对我这么好？"

傅延昇饶有兴味道："你觉得我对你很好？"

戚屿被对方的反应搞得有些蒙："你跟我签一年顾问合同才收我六万块钱，解答了我无数的问题，我爸都觉得你是在卖我人情，你还说对我没有打算？”

傅延昇看了他两秒，抬手推了下眼镜：“呵呵。”

呵你个头啊！戚屿嘴角下歪，露出一个不大高兴被继续忽悠的表情。

傅延昇兀自笑了一会儿，才道：“这个问题的答案，我不是已经跟你爸说过了吗？他没告诉你？”

“你不会说就是那个，把我教好了对社会有好处吧？”戚屿瞪着傅延昇，语气冲得像是吃了火药。

傅延昇倒是不动声色：“是啊。”

戚屿哼了一声：“真的假的？”

傅延昇：“真的。”

戚屿挑眉：“那你前天晚上还半夜十二点来接我，今天还请我吃饭，又算什么？也对社会有好处？”

傅延昇抿了口酒，直接忽略了之前那个问题，说：“今晚这顿饭你要觉得过意不去，你来买单也行。”

戚屿被傅延昇吊胃口吊得差点翻白眼，他深吸了一口气，说：“我爸说，你是图我的未来，你怎么理解这句话？”

傅延昇垂眸：“我不会勉强你。”

戚屿冷笑：“照你这个说法，等我成了司源集团的董事长，假如有一天你需要我的帮助，也不会来找我？”

傅延昇笑了笑，抬眼对上戚屿的视线：“不会，除非你心甘情愿。”

戚屿睁大眼睛，世界上真有这么无私的人？

他劝自己“请人要有诚意”，缓和语气道：“那……我爸跟你说的那个陪读的事，如果我开工资请你，你真会考虑吗？”

傅延昇看着他问：“你是真心想让我去你身边吗？”

戚屿：“嗯。”

傅延昇笑道：“但我怕你请不起。”

戚屿：“你告诉我你想要多少钱，请不请得起等我考虑一下再说。”

傅延昇意味深长地瞟了他一眼：“不是钱的问题。”

所以这人讲这么多有的没的，不就是不愿意？戚屿气得一下子往锅里倒了六盘鱼肉，不再跟他说话。

傅延昇打量了他一会儿，柔声问：“不高兴了？”

戚屿咬牙：“你说呢?!”

傅延昇无奈道：“你真是沉不住气啊。”

戚屿顿住勺子：“我就不明白，你有什么不能直说的？”

傅延昇轻舒了一口气，放下酒杯道：“戚屿，我确实对你有一些要求，但在你自己发现，并愿意主动满足我之前，我不会告诉你，因为这话如果我说出来，就会变成勉强。”

戚屿：“为什么这么说？”

傅延昇一顿不顿地望着他，沉声道：“你看，你爸都已经感觉到了我在卖你人情，但如果你知道我想要什么，可能会利用我的需求来达到你的目的，这就背离了我的初衷……因为我说了，我要你心甘情愿。”

对方说那句“我要你心甘情愿”的时候，戚屿的心脏狠狠地跳动了一下，再次体会到了那种仿佛整个人从内到外都要烧起来的感觉。

的确，他刚刚心里有一丝“套出对方的需求以权衡可否等价交换进行利用”的算计，这种被傅延昇完全看透的感觉，让戚屿的内心升起一股钦佩、憋屈又兴奋的矛盾感。

戚屿不甘心道：“如果我一直发现不了呢？”

傅延昇：“那就算了。”

“就……就算了？”戚屿不可置信。

“嗯，我跟你爸也说过，当初就是一时兴起才跟你签个合同，陪你聊聊，也没想到你一买买了我一年……”傅延昇淡笑了一下，“不过，相识就是缘分，我对你本身就没有过多的要求和期待，再说，我们的合同也快到期了，实在不行，以后就当普通朋友相处，不也挺好？”

“到期了就不能再签了吗？”他们的陪聊合同是去年八月中旬签的，还有一个多月就结束了，难道以后傅延昇就不会再随时随地给他答疑了？

傅延昇斜睨他：“你还真当我闲着没事给你这大少爷当便宜家教呢？”

戚屿感觉自己好像陷入了傅延昇的试用期感情陷阱——这是一个经典的营销案例，商家用低廉甚至免费价格让客户试用某商品一段时间，养成客户的使用习惯并让其对商品产生依赖后，再开始收费。很多没办法改变习惯的用户就会愿意为商品买单，但这时要付出的价值不但包含了之前免费试用期的价格，还可能大大超出人在理智状态下愿意为同类型商品买单的费用。

可至少那些商品会标明价格，眼前这人却非但不告诉他要付出什么代价才能继续使用对方的服务，还不在乎他会不会继续买？

“好了，别纠结了，”傅延昇见戚屿直瞅着自己打量，轻咳了一声，取了捞勺主动把锅内的鱼捞出来，盛入他的碗里，“还吃不吃？再煮下去都烂咯。”

戚屿盯着傅延昇，试探着问：“能不能，给点提示？”

傅延昇差点没忍住笑出声：“不能。”

戚屿垂眼，闷闷地拿筷子戳碗里的鱼肉。

越得不到，越是想要……

傅延昇见他这副老大不爽的样子，知道他已落入自己的圈套，忍俊不禁，轻咳了一声又鼓励他："你不老说你自己不笨吗？还有一个半月，以你的悟性，我觉得应该可以发现吧。"

一个月就可以？非物质的？情感？精神？

等等，戚屿想到了什么……

他这次回国，就是傅延昇主动跟他爸提议让他来美薇锻炼的，傅延昇是不是想借此考察一下他的实际能力？

对啊，这人作为一个老师，肯定希望自己教的学生青出于蓝而胜于蓝，而自己的表现就是对对方教学水平最好的认可……

结合傅延昇曾对他爸说过的话，戚屿也觉得这个猜想非常合理！

戚屿仿佛看到了希望，眸中也闪过一丝不服输的韧劲："好，你等着。"

接下来的日子，戚屿彻底化身工作狂，带着助理吴双和那个叫王猛的保镖走访美薇公司的各个部门。他还亲自去考察了公司在服装质检、物流、仓库、销售的几个重要环节，再一一核对账面数据，试图找出一些问题。

当然，为好好把握仅剩一个多月的咨询服务，同时观察傅延昇的"需求"，戚屿也时常打电话给对方，把自己在实际工作中碰到的问题抹去关键信息后请教傅延昇。

转眼过了小半月，这日下班前，戚屿接到司航的电话："戚屿，你最近都忙什么呢？给你发消息也不回。"

"工作太忙了，没顾得上，"戚屿听出背景声音，问，"你在淮金路的会所？"

司航："是呀，我还能去哪儿，晚上有空吗，一起过来玩玩？哥们带你赚点快钱。"

戚屿蹙眉："什么快钱？"

司航："炒股。"

戚屿愣住，这群人还懂炒股？这阵子他确实没怎么理会司航，想想总晾着也不好，便道："那行，晚上我过去找你们。"

司航高兴道："嗯，老地方等你。"

挂了电话，戚屿正好收到傅延昇的消息。

F1S："晚上一起吃饭？"

戚屿无奈道："刚被司家小少爷给约了。"

坦白说，戚屿还更想和傅延昇吃饭呢，自那次吃完后，他俩都有十天没见面了。

F1S："淮金路88号？"

戚屿愣了愣，脑中忽然有了个想法，回复他道："你等等。"

戚屿又给司航回了个电话，问："我能不能带个朋友过来？"

"带人？"司航故意调侃他，"女朋友？不是女朋友不准带啊！"

戚屿抽了下嘴角，道："不是，是男性朋友。"

司航“哈哈”一笑：“你这家伙真是魅力十足啊，诶对了，你是不是把唐伟烨微信给屏蔽了？我看到你发朋友圈的盒饭照片他说他没看到。”

在唐伟烨次日给他连发了二十来条骚扰信息后，戚屿忍无可忍地开了“消息免打扰”，并设置了朋友圈权限……没把那烦人的家伙拉黑算不错了。

挂了电话，戚屿又有点犹豫要不要邀请傅延昇，毕竟司航玩的圈子太乱了，他不知道傅延昇这么正直的人能不能接受。

但他还没开口，傅延昇已经猜到了，他发消息问：“你想带我一起去？”

屿：“嗯，你愿意吗？”

F1S：“据我了解，这种私人聚会是很在意被邀请人和间接被邀人的关系的，我跟你过去，我算什么身份？”

戚屿傻眼，傅延昇怎么这么懂行情？

不过想想也是，这家伙天天应酬这个应酬那个，接触的也都是商圈上层人士，怎么可能不懂？

戚屿想起司航的秘书徐一舟，又想到徐一舟和傅延昇的关系，问道：“我就说你是我秘书？”

F1S：“你不知道秘书去那种地方都只能在角落里坐冷板凳吗？”

屿：“对不起，还真不知道。”

难怪上次徐一舟坐得离他们那么远……

戚屿立即改口：“那就关系比较好的朋友？”

F1S：“行吧，我去接你？”

屿：“行。”

F1S：“大概四十分钟后到，你准备一下，到了我给你电话。”

傅延昇的时间把握得非常精准，不多不少三十七分钟后，戚屿就接到了对方的电话。

“还有三分钟到你公司楼下，你可以下来了。”傅延昇在电话那头说。

戚屿下了楼，正琢磨着傅延昇是叫网约车来的，还是打出租车来的，就看见一辆宝蓝色的兰博基尼跑车稳稳地停在了自己跟前。

车窗下移，露出驾驶座位上熟悉的人影。

戚屿上了副驾座，意外道：“这你的车？”

傅延昇也看着他，皱眉道：“你的脸怎么了？过敏了？”

“晒伤了，”戚屿反应过来，碰了下伤处，“嘶”了一声，龇牙道，“估计要蜕皮了。”

戚家两兄弟遗传姜莹的肤质，从小肤白胜雪，成年后戚屿的皮肤也是一种偏象牙色的白，怎么都晒不黑，但如果日晒过度，就会蜕皮。

这几天，戚屿为了解公司的运营状况连日走访了几个仓库和线下销售点，也没顾着给自己上防晒霜。在夏日毒辣太阳的炙烤下，皮肤就有点泛红，摸到和触水时觉得辣辣的，这过程会持续二十天左右，等换层皮就好，只是不大好熬。

傅延昇从没见过这样的体质，听了戚屿的解释，眉头紧皱："吴双就没给你撑个伞？"

戚屿在电话里跟傅延昇提过吴双，虽然才在一起工作了十天，但对方的工作能力还真没话说。戚屿交给吴双的每一样工作他都能做好，不但业务水平过关，连跑腿之类的杂务也相当勤快。

因为对方表现好，戚屿也跟吴双坦白了自己的身份和来美薇的目的，吴双起初还有些惊讶，但很快就转换好角色跟戚屿站在了同一条战壕，一起应对公司内外的人。

不过，戚屿忘了自己是否跟傅延昇说过吴双的名字，此刻听对方这么自然地直呼其名，不由愣了一下。

"吴双在边上帮我拍现场照片呢。"戚屿解释了一句，眉心也笼着一股淡淡的愁，但他愁的不是晒伤的事，而是一无所获的调查过程。

除了月初那起网红作陪事件，美薇的运营过程几乎可以说是全部规范，毫无漏洞。

"买烫伤膏抹一点有用吗？"傅延昇依然蹙眉盯着他的脸看。

"不知道，没试过……"戚屿也有点疑惑自己这样子是不是不能见人。他抬手拉开遮阳板上的化妆镜瞅了一眼，觉得也还好，就是看上去有点泛粉，像轻微醉酒。

"没事，别管这些了，过几天就会好的，"戚屿把遮阳板一合，问，"你还没说呢，今天怎么特地开这么辆车来，这车你的？"

"不是，"傅延昇踩下油门，跑车引擎发出低沉的轰鸣，很是拉风，"我要买这种车，估计一年到头都开不了几次，放车库吃灰，性价比太低了。"

戚屿失笑："那你哪来的？借的？"

等车子从平地蹿了出去，傅延昇才"嗯"了一声，说："不能给你丢面子不是？"

戚屿："啊？"

傅延昇笑着解释："在这个圈子，见不同的人得有不同的行头，去你说的那个司家小少爷的聚会，如果我不装得和他们一样有钱，一样阔气，他未必拿正眼瞧我，那样岂不是让你难堪？"

对方嘴上说着"装"，语气却有一丝习惯了这种场合的淡然。

戚屿忽然想起一件事，眯起眼睛："等等，那你之前半夜来接我，怎么就给我招了辆破出租车？"

而且他记得傅延昇平时见自己好像也不开车，还就穿个上班的衣服，随性得很……

今天戚屿见傅延昇好像打扮得比那日去吃石锅鱼时更精致了点，衣服鞋子裤子，一水儿瞧不出牌子的定制款，整个人像是从杂志模特里走出来的商界精英。

傅延昇看着眼前的路，目不斜视道："你跟他那种人不大一样。"

戚屿："哪里不一样？"

"你不是那种以物质为主要条件来衡量是否与他人交往的人，所以我觉得我开跑车，还是打车，对你没什么影响……”傅延昇一顿，又说，“当然，如果你觉得这个对你而言也很重要，我也可以每次开跑车来见你。”

傅延昇说对了，他还真不是那种人。但戚屿奇怪，傅延昇怎么就这么懂他？明明他们之前都是在网上聊，他也没透露给傅延昇太多的个人信息。

“那你觉得我是拿什么条件来衡量是否跟人交朋友的？”戚屿好奇道。

前方红灯，傅延昇停下车，才偏头看了戚屿一眼，说：“大概，是智商吧。”

戚屿哑然，为什么他感觉这家伙又在无形间炫耀了一下？

戚屿带着傅延昇到了淮金路会所的包厢，又掀起了一阵热潮。

“戚公子大忙人，神龙见首不见尾的，这都几天没找我们玩了？”

众人嘻嘻哈哈起着哄，戚屿扫了一圈，见到好几个上次就见过的熟面孔。

唐伟烨也在，看见他两眼瞬间放光，远远地叫了声他的名字，戚屿没多理会，直接迎向司航：“有点堵车，来晚了。”

“不晚不晚，”司航嬉皮笑脸道，“戚屿，你是不是只和跟你长得一样帅的人交朋友？这哥们儿是谁？赶紧介绍一下！”

戚屿故作镇定道：“这位是傅延昇，我工作上认识的朋友。”

“啧，工作上认识的朋友？你这种学霸是不是满脑子除了学习就是工作？”司航捶了一下他的肩膀，又笑着跟他身后的傅延昇握了下手，问他俩，“吃过晚饭没有？”

“没，一出公司就过来了。”戚屿道。

“哈哈，我就知道，这边今天刚上了些新鲜的大闸蟹，我早半个小时前就让他们开始处理了，一会儿吃点蟹肉面？”司航招呼他俩，“来，坐中间。”

包厢中心的沙发是U形的，原本坐满了人的一边很快腾出了两个空位，看来大家也知道司小少爷对戚屿的重视，非常给面子。

两人刚坐下，唐伟烨也过来了，在戚屿另一侧的青年立即给他让了座。

“戚屿，”唐伟烨望着他，殷切道，“你好久没来了啊？”

戚屿向唐伟烨解释：“司航不都跟你说了，我有事在忙。”

不知是不是心理作用，本来还挺宽敞的位子，唐伟烨一坐下，戚屿就觉得有点拥挤。他无意识地往傅延昇的方向靠了靠，感觉傅延昇抬起手臂搭在了他身后的沙发背上。

“可以吗？”对方在他边上低声问，“要不要再坐过来点？”

“……不用。”

接过唐伟烨递来的酒，就听边上傅延昇问：“你这晒伤，喝酒没事？”

戚屿还没回答，唐伟烨先大惊小怪起来：“晒伤？哪里晒伤了？”

戚屿忙抬手阻止对方靠近：“没什么，一点小伤。”

可能是包厢光线的原因，他的晒伤没有在日光下看起来这么明显，唐伟烨盯着他的脸扫了几遍，见无大碍便作罢了。

“上周我和司航他们去玩跑跑卡丁车了，给你拍的视频你看了没有?”唐伟烨继续找话题。

“嗯……”戚屿看了，但他对这种活动是真没兴趣。

唐伟烨见戚屿对自己爱答不理，面上闪过了一丝不甘，又跟他打听:“你这朋友是做什么的啊?”

“做投资的。”戚屿顺势给傅延昇介绍了一下唐伟烨。

两人隔着戚屿象征性地握了下手，唐伟烨问:“做什么投资？看着有点成熟，社会人士？你们怎么认识的?”

傅延昇回答:“股票投资。”

唐伟烨:“股票投资？你也炒股?”

这话一出也引起了斜对面司航的注意:“谁炒股?”

唐伟烨指了指傅延昇:“戚屿带来的这哥们。”

司航一脸新奇道:“你还玩炒股？你炒哪几只?”

傅延昇:“最近的话，A股的华运科技、黑猫科技都还不错。”

“嘻！你说的都是大家明眼能看出来的绩优股，这种股票涨幅不行，炒起来不够刺激。”司航像是对傅延昇透露的信息丝毫不感兴趣。

戚屿听了不免觉得奇怪，傅延昇那么擅长做分析，尤其是上市公司财报，对哪些公司的股票值得买了然于心，他本又身处券商公司，每天接触各种各样的信息，可以说没有人比他更懂股市了。

戚屿之前还跟爸爸打探过傅延昇的收入，爸爸说，如果傅延昇想，估计通过操盘炒股就能轻松年入千万，怎么司航还像是看不上他的样子？是傅延昇谦虚了，还是司航确实有更厉害的手段?

这时，戚屿又听边上的朱麟道:“司航，你哥最近有没有给你透露什么独家消息啊？有赚钱的机会可别忘了兄弟们!”

孟文辉也激动地举手附和道:“还有我还有我!”

见大家捧场，司航显得相当得意，两手一伸做出大爷的坐姿:“放心，今晚就有机会。”

“今晚?!”众人当即兴奋起来，“这次是哪只股票，几天能收?”

司航眼珠子滴溜一转:“一会儿再告诉你们。”

戚屿听得云里雾里，唐伟烨示好一般凑过来，在他耳边道:“司航他哥哥认识一些特殊的人。”

戚屿正了下坐姿，一本正经地问唐伟烨:“什么特殊的人?”

唐伟烨瞥了一眼他身后的傅延昇，那眼神说不清是敌意还是戒备，像是不愿让他知道。

戚屿见状也不再继续追问，刚好司航为他们点的面条上来了，缓解了这一瞬间的尴尬。

戚屿和傅延昇双双站起来，去包厢另一边的餐桌上吃。桌上已摆着数碗热气腾腾的面条，金灿灿的蟹黄和蟹肉铺得满满当当，要不是那面是用飘金的透明玻璃碗装着，乍一看戚屿还以为是纯蟹肉。

此外，每份面条边还配着鲜豆腐、酱菜、醋瓜等八碟调味小菜，堪称色香味俱全。

蟹肉蟹黄初尝味道鲜美，但吃多了也腻，戚屿只吃了大半碗就饱了。

饭后去洗手，戚屿站在宽敞的大理石台子前问傅延昇："傅老师，这种场合你会不会不习惯啊？"

傅延昇透过镜子看戚屿："什么不习惯？"

戚屿用湿漉漉的手比画了一下："我刚开始跟司航在一起玩还觉得他们有点无聊。"

"还好，蟹肉面挺好吃的，"傅延昇低头道，"在外边店里吃，这个量，估计得人均五六百，不亏，就当你请我吃饭了。"

戚屿松了口气，笑道："你还算这些？"

傅延昇拿起小毛巾擦了擦手，转身看向戚屿："不过，你是不是讨厌那个姓唐的？"

戚屿一愣："你怎么知道？"

傅延昇挑眉："你刚为了躲他都快贴我身上来了。"

戚屿汗颜，刚想说什么，傅延昇忽然伸手点了下他的鼻尖，莞尔道："管理一下自己的表情，别这么喜形于色……"

恰在此时，洗手间门口传来了唐伟烨的声音："戚屿，你在这……"

说话声戛然而止，戚屿不知道唐伟烨有没有听见那句话，但傅延昇刚刚点自己鼻尖那个稍显亲昵的动作显然落入了唐伟烨眼里。

唐伟烨面色阴沉，他的视线在戚屿和傅延昇之间逡巡片刻，什么都没说就摔门离去。

戚屿怔了怔，唐伟烨刚刚是什么意思，给谁脸色看呢？

傅延昇还在边上不轻不重地"啧"了一声，戚屿反应过来后也有些着恼，瞪着他道："你刚干什么？"

"干什么？"傅延昇平静道，"刚提醒你注意表情管理，你转眼就被人惹毛了，心理素质真差。"

提醒就提醒，干什么要点他鼻子？还说他心理素质差？

戚屿被晒伤的脸在洗手间的光照下红得像只刚被煮熟的虾，长须还气得一颤一颤的。

傅延昇上下打量他，问了几个问题："你跟姓唐的认识了多久？他对你来说算什么人？你的喜怒哀乐被一个毫不相干的纨绔子弟牵动，我说你心理素质差你还不服气是不是？"

戚屿被怼得哑口无言，憋了几秒才负气道："那你让我怎么办？我就是烦这种人！"

傅延昇抱臂道："你不把他当人看不就行了？"

"啥？"戚屿有点跟不上对方的思路。

"走吧，一会儿教你换个思路。"傅延昇解释了一句，就转身往洗手间外走。

第12章 模拟商战

等戚屿和傅延昇回去，唐伟烨已经换了个沙发坐，还满面阴霾、情绪不振。戚屿也不惯着他，兀自回原位置坐下，这次没唐伟烨挤在边上，坐起来反而宽敞了很多。

司航看出他俩都不高兴，走到唐伟烨身边劝道："别在这儿给我摆臭脸了，我都跟你说多少次了，戚屿跟你之前……都不一样……搞不好还伤和气，你这人真是不撞南墙不回头……"

戚屿隐隐听见几句，又见唐伟烨抬眼看向自己，他给了对方一个眼刀子，没想到唐伟烨望着他苦笑了一下，然后拿出手机朝他点了点屏幕，就低头开始在上面打字。

戚屿一愣，也掏出手机打开微信，找到那个被他关了消息提示的头像，里边果然有唐伟烨新发来的消息。

唐伟烨："对不起，刚刚是我冲动了。"

戚屿挑了下眉，心想着这小子居然还会自我反省？结果就看见唐伟烨又紧接着给自己发了一条——

唐伟烨："我就是看你跟别人关系这么好，心里不舒服。"

戚屿额上青筋一跳，这姓唐的以为自己是谁啊？他想跟谁好还得姓唐的允许才行？

看着微信上方的"正在输入"字样，戚屿只想把这手机劈头盖脸地砸到对方脑门上去。

就在这时，傅延昇猛地出手夺走了他的手机，还当着他的面删除正在给他发消息的联系人，戚屿为之一惊，手机是很私人的东西，傅延昇怎么敢这么做？

可对方丝毫不为所动，还批评他："你怎么这么容易被人影响心情？"

戚屿愣了愣，是啊，他的情绪是什么时候开始被唐伟烨牵动的？上一回他来这里时明明能控制得很好，虽身处其中，但整个人却冷静地置身事外，这次他是怎么了？

"过来一点，"傅延昇抬手扶住他的肩膀，把他轻轻往自己身边揽，"找点事分散一下你的注意力。"

"嗯？"戚屿靠在傅延昇身边，对方镇定的语气和气场也让他发热的大脑稍稍有些降温。

"我们来玩个模拟商战游戏吧，"傅延昇像是每一次打语音电话给他讲课一样，正正经经地说，"我们假设这个包厢里的人经营着一家公司，公司的拥有者是司航和他主要的几个朋友，目前这家公司的存在威胁到了你的事业，你和他们表面上还是合作伙伴，但你实际上需要分离这个团体来为自己的事业扫平障碍，你会怎么做？"

这游戏戚屿还是第一次玩，他一下被勾起了兴趣："分离？是指让他们人心离散吗？"

傅延昇解释："分离只是手段，目的是拆分这家公司的股权，或收购这家公司。"

戚屿了然："明白。"

傅延昇道："你对他们比较熟，你先指定一下哪些人可能是这家公司的拥有者，我来定一下他们各自的股份。"

"朱麟、秦寒和司航的关系很好，去年这两人还跟司航一起去美国了，"戚屿瞥了唐伟烨一眼，说，"姓唐的也算，凑个F4吧。"

傅延昇笑笑："好，司航是股东，占25%股份，剩下每个人各17%，F4加起来共76%，其他这些都算散户，一共掌握着17%的股份，你已经通过股市收购到了7%的股份，但你还需要拿到44%，达到51%以上的股权才能赢。"

戚屿："怎么样算拿到股权？"

傅延昇："你只要能让这个人倒向你，让他听从你的指令，就算赢。"

戚屿在脑海里一合计，凝眉道："这好像有点难……"

傅延昇："很难吗，你开局就已经不费吹灰之力拿到了17%。"

戚屿一愣："哪来的？"

傅延昇："那姓唐的眼睛都快长你身上了……"

戚屿笑骂了一声，但听傅延昇这么一说，戚屿对唐伟烨好像也没这么反感了，毕竟这人还值点股票价值。

戚屿想了想，说："那我也才24%。"

那些散户他都不大熟，而朱麟、秦寒、唐伟烨各持17%……咦，各17%？傅延昇是特地算好的吗？这三个人加起来，刚好也是51%。

但就算如此，他也要说服这三人都背叛司航才能赢啊。

傅延昇又给了他一点提示："你再数数这里除了你和F4，一共有几个人。"

戚屿数了一遍，不多不少，居然正好十七个！

"每个人1%？"

"不错，"傅延昇笑笑，"你刚不是说，孟文辉是你发小？再加我，你现在有26%，比司航多1%了。"

戚屿暗暗惊叹，傅延昇是怎么在这么短的时间内计算好这些，并设置出这么一个精巧的模拟游戏的？

"所以我现在有两个办法，要么直接搞定司航的25%，达到51%，要么通过搞定朱麟或秦寒，再加上八个散户达到51%。"戚屿很快想出了两个解决方案。

傅延昇"嗯"了一声："可行，你打算怎么搞定？"

被傅延昇一问，戚屿又犯了难，如果他和司航是对立面，司航就是再"喜欢"他也不可能把自己的股份拱手送人吧？

朱麟和秦寒？他俩和司航是铁板一块，也不可能被自己撬动……

见戚屿眉头微蹙，傅延昇笑着指点他："多观察他们相处的细节，看谁和谁是真的好，谁和谁之间可以被离间。"

戚屿目光扫到唐伟烨，傅延昇提醒他道："姓唐的就不用观察了，尽量把他当空气吧。"

戚屿失笑，他想起秦寒好像比较急性子，他有时会和司航吵两句嘴，比如去年质问司航为什么不让肖野带自己玩游戏——这大概是个突破口？

如果自己能比司航更重视秦寒，把他当平起平坐的朋友，秦寒会不会倒向自己？

朱麟总是对别人笑呵呵的，看谁和谁闹别扭了还经常打打圆场，调节一下气氛，但这人真实想法如何，戚屿有点看不懂……

戚屿边思考边和傅延昇讨论起来，傅延昇听了他的看法，分析道："朱麟这类人的脑子绝对要比秦寒多一道弯，但想要离间，从朱麟身上下手却比从秦寒身上下手更容易。"

戚屿："为什么？"

傅延昇："一根筋和直性子的人其实很看重义气，这种人不好收买，弄不好反而会被他的耿直所害，但朱麟对司航的好可能是建立在利益上的，他知道跟司航交朋友对自己有好处，所以会讨好司航，这种人，你一旦比司航更有结交价值，他可能就会倒向你。"

戚屿听着傅延昇的解说，心中一阵暗叹，又忍不住扭头斜了他一眼："傅老师，你是不是每天都在脑海里做这种模拟实战？"

傅延昇："商场如战场，分析别人不该是从商者的一种本能吗？"

戚屿"啧"了一声，道："傅老师，你真是好腹黑。"

傅延昇坦然接受，还说了一句："谢谢夸奖。"

戚屿哑然……

傅延昇继续结合自己的经验给他分析各类人的性格特征，戚屿越听越着迷，也越发佩服对方的分析人分析事情的能力，正聊着，傅延昇忽然一顿，低声提醒他："有人进来了。"

戚屿看向包厢门口，只见一个人身穿灰衣悄无声息地穿过人群，走到司航身边，在对方耳边说了句什么，又悄然地退了出去。

等那人走后，司航又在朱麟耳边耳语了几句，朱麟就拍掌发话了："哪个想赚钱的？机会来了！"

众人闻言纷纷看向司航，瞬间群情激昂。

司航懒懒地坐在正中间的沙发上，像个发号施令的君王："老规矩，投我这个股票，就得听我的指令行事，哪天买，哪天卖，朱麟会告诉你们，每个人最多五十万，这次是二十天，保证70%以上的利润回报率。"

戚屿皱眉，二十天？70%？这么夸张？

众人听了却丝毫没起疑心，还激动地嚷嚷着——

"每个人最多五十万？太少了吧？"

“就是啊，我最近都舍不得花钱，就等着这一笔呢。”

“我投我投，算我一个！”

“我也跟！”

朱麟一个个记下他们的姓名和数字，然后问：“还有没有人？”

司航看向一直沉默观察的戚屿，笑问：“戚屿，你要不要也跟一笔啊？”

正犹豫，戚屿忽觉一股热热的气息拂过他的耳廓，傅延昇在他耳边低声道：“别参与。”

眼前的形势好像不容许他不参与，很多人都在看他，司航也在等着他的回答，但傅延昇阻止他肯定有一定的理由……

“我算了，你们投吧。”戚屿顶着心理压力道。

他隐约听见有人发出唏嘘声，司航也若有所思地看了他一眼，但好在，承受面子上的压力只是一时的，很快那些人的注意力便转移开去。

戚屿看向傅延昇，问：“为什么让我别参与？”

“出去再告诉你……”傅延昇的神情透着股淡淡的认可，像是很满意戚屿刚刚的听话。

这天的聚会一直到午夜才结束，两人都喝了酒。

傅延昇找了代驾，好巧不巧，去车库时唐伟烨也在，唐伟烨瞅着傅延昇的车酸溜溜地说：“傅兄，刚都没问，你家里是做什么的？”

司航他们这一圈人全是仗着家里头的背景才凑到一起的，交友有时候根本不在乎这人是谁，只在乎这人背后的财团是哪家。

面对唐伟烨的打探，傅延昇也不遮掩，笑笑说：“没做什么，都是普通人。”

唐伟烨有点不信：“普通人？”

傅延昇抱着手臂“嗯”了一声，补充了一句：“给国家打工的普通人。”

唐伟烨面上闪过一丝惊讶，傅延昇不再理会他，给戚屿开了车门，两人一前一后坐进后排。

等车子驶出停车场，戚屿才问傅延昇：“你刚说给国家打工的普通人，什么意思？为什么唐伟烨那副表情？”

傅延昇淡淡道：“这句话的意思很宽泛，他可以只从字面理解——只要是给国家交税的人，都是在为国家打工，这些人包括你我他，也包括路人甲；范围缩小一点，他可能会理解为我家是官方背景的，给国家打工的可能是普通公务员，也可能是位高权重到不适合被暴露的高官……不过看他刚刚的表情，估计解读成了最后一种吧。”

戚屿失笑，这人一套套的怎么这么多？

不过说起来，戚屿还真没打听过傅延昇的背景，这会儿不由好奇：“那你家里到底是做什么的？”

傅延昇瞥了他一眼，笑问：“怎么，我跟你交朋友还得门当户对？”

“不在意啊，”戚屿斜眼道，“不能说？”

傅延昇看了他两秒，道："我家里人都是在学校工作的。"

戚屿"哦"了一声，难怪傅延昇身上有一股书生气，还喜欢让人叫他老师，看来是受家庭的影响。

他想起来，又问："对了，刚刚司航那个股票，你还没告诉我，为什么不让我参与？"

傅延昇反问他："你刚听到司航说的那个事，第一反应是什么？"

戚屿："庞氏骗局？"

庞氏骗局是金融领域的一种金字塔骗局，创始人是一个叫查尔斯·庞兹的意大利投机商人，主要做法是用高额的投资利润回报率为诱饵，骗取源源不断的投资者投入资金，填补金字塔顶端那批人的高额回报。由于投资的公司或企业并不存在盈利现象，所以最终肯定会有很大一部分被骗者亏得血本无归。

这类案例戚屿从小就听爸爸讲过，自然不会上当，只是司航这样的身份背景，戚屿又很难把对方和"骗局"联想起来，毕竟当时身处包厢的都是司航身边最亲近的朋友，纵使司航想骗也不大可能挑熟人下手。

再说，司航身边还有徐一舟那样的高级人才看护把关，司家又不缺这个钱，司航何必冒着身败名裂的风险做这种事？

傅延昇等他思考了一会儿，才架起手臂道："司航让你们投的那家公司是实际存在，而且是在盈利的。"

戚屿蹙眉："那到底是什么？"

傅延昇不答反问："你知道股市背后都会有一些神秘的大户投资者在坐庄吗？"

"知道。"戚屿点头，但他听过坐庄的概念，对实际操作过程却有些茫然。

傅延昇解释道："这种大户投资者又称庄家，庄家是相对于散户的存在，他们通常用数亿甚至十几亿做一只股票，对某股票的控量通常要高达50%，正常情况下，坐庄分选票、拜票、砸盘吸筹、拉抬股价、高价出货这么几个步骤，庄家的举动会直接或间接影响着散户的收益和二级市场股价。"

戚屿："难道司航这只股票和坐庄有关？"

"不错，既然司航让你们投的那家公司存在实际经营情况，这家公司背后极有可能有庄家，而且根据司航透露的信息和这家公司最近的股市走向，我推测他们正处在吸筹或是短期拉抬股价阶段……"傅延昇看向戚屿，"还记得那个进来给司航通风报信的人吗？"

戚屿："嗯……"

傅延昇："我猜这个人是了解背后内幕的人，庄家坐庄时为了不让监管机构抓住把柄，会拉一些私募大户和散户富商一起行动，司航他们赚的钱，也很有可能是他们为了帮庄家操控股票走向而获得的报酬。"

戚屿愣道："这么说的话，他们真能拿到这么多的收益？"

傅延昇点头："大概率是的。"

戚屿奇怪道:“既然这是稳赚不赔的生意,你为什么不让我参加?”

傅延昇看向他:“我刚不都说了,庄家坐庄要防监管机构,股市坐庄和庞氏骗局本质上都是利用群众的信息劣势和人性弱点在割韭菜,只不过庞氏骗局是明目张胆地非法集资诈骗,而股市坐庄只要不涉嫌内幕交易,不扰乱金融市场秩序,就不犯法。”

不知道为什么,戚屿觉得傅延昇说这些话时看他的眼神有点犀利,像是要把他心中的那些无意识的贪念都挖出来,曝晒在阳光下,狠狠鞭笞一番。

戚屿垂眸道:“那我不是听你的了嘛。”

“戚屿,”傅延昇忽然叫了声他的名字,缓声问道,“你以后作为资本的拥有者,作为商人,有没有想过自己要坚守什么样的原则?”

戚屿怔了一下,这问题居然把他问得傻坐在那里,半天都答不上来。

什么原则?不犯法就是原则啊。

可他又觉得,傅延昇想要听的不是这个答案。

果然没等多久,傅延昇就转移了话题:“美薇那边的调查怎么样了?”

“呃,没啥进展。”戚屿看向窗外,有点在心里懊恼自己的无用,也有点忐忑傅延昇会不会对自己失望。

傅延昇沉默片刻,问他:“你明天有空吗?”

“本来打算明天和吴双出差去宁城,美薇纺织厂和服装厂都设在宁城附近的邱镇,我想去走访一下。”戚屿看了眼手机时间,“不过今天太晚了,吴双上周末也没放假,我给他发消息,让他也休息一天,后天再去吧。”

“是该休息休息,”傅延昇瞅着他的脸道,“看看你,你都快把自己的脸晒成猴子屁股了,至于这么拼吗?”

戚屿急着反驳:“说谁猴子屁股?”

傅延昇:“后天我陪你们一块去吧。”

戚屿愣住了:“你一起?”

傅延昇挑眉:“怎么?我难得周末有空,你不需要我帮忙?”

戚屿:“……要。”

车子到了戚屿住的酒店门口,在戚屿下车前,傅延昇又说:“明天你在酒店吧?我吃过中饭过来找你,先跟你了解一下你之前都查了些什么。”

次日戚屿睡了个懒觉,起床后在酒店吃了午饭,傅延昇说下午来找他,果真在午饭时间后给他打电话了:“在酒店吗?我现在过去?”

“来吧。”戚屿挂了电话,换了件月白纹衬衫,又对着镜子理了理自己略显蓬松的黑发,之后坐在套房的客厅沙发上,手上拿着一堆近日的调查总结,像准备论文答辩一样等待傅延昇的到来。

二十分钟后,傅延昇到了,见了他就盯着他的脸看:“脸上的晒伤好点了吗?”

戚屿不自在地移开视线："估计得二十天左右才会好……没事。"

"我带了药膏，给你抹点。"傅延昇径直走到沙发边，从随身携带的牛皮袋子里取出一盒巴掌大的小罐子，见戚屿还站在门口，催道，"愣那儿干什么？"

"不是，我不用……"

"不用？"傅延昇打断他，急道，"自己的脸都不敢碰还说不用？是不是得给你刮掉层皮你才会叫疼？我昨天连夜跑了三间药店，今天一大早又去了一个私人医院才给你买到的这个进口药膏，医生说了，这个对晒伤疗效特别好，一抹就灵……不要逞强了，过来。"

戚屿是最不服这种数落加命令式的语气的，换个人要敢这么跟他说话他估计扭头就走，可偏偏说这话的是让他钦佩的傅老师，而且傅延昇刚刚说什么来着？昨天连夜跑了三间药店？他们分开时都快一点了，傅延昇那之后没回家还去给他买药？

戚屿有些出神，这个人……怎么对自己这么好？

他不受控制地走到沙发边，看着那药膏说："我可以自己……"

"坐下。"傅延昇有些严肃地下了个指令，而后蘸了药膏就抚上他的脸颊。

"嘶……"戚屿蹙眉。

"……疼？"

"有点。"

"娇生惯养的，"傅延昇笑哼了一声，手上的动作却轻柔了点，"脸上的皮肤倒是挺滑。"

戚屿："……"

好不容易等对方抹完药，戚屿舒出一口气，又听傅延昇道："行了，药膏我放在这里了……早晚一次，之后你记得自己抹，估计两三天就会好了。"

傅延昇转身去洗了手，回来后道："跟我说说你之前的调查情况吧。"

戚屿正了正身子，拣着能说的告诉了对方，傅延昇听后啼笑皆非："你就这样搞调查？"

戚屿："那不然呢？"

傅延昇："你直接搞这么一出太子出访，底下那些人能让你查到问题就怪了。"

戚屿反驳："我也有搞过突击检查啊。"

傅延昇："你以为他们是知道你今天要去就今天做好准备工作的？早在知道你要回来做临时董事的时候，估计下面的人都已经严阵以待了，不管你今天去，还是明天去，全是表面功夫。"

戚屿急着说："那我能怎么办？照你这么说，明天我厂里都不用去看了。"

傅延昇："去还是要去的，至少你看到的能用来当对照组。"

戚屿不甘心道："你去了就有用？"

"这世上没有不透风的墙，他们要真做了手脚，肯定会留下把柄，只要抓到一个就能拔出萝卜带出泥，查出一串。可你现在呢，连萝卜的叶子都没看见，还把自己晒成了……"傅延昇欲言又止地哼笑了一声，"说了你又生气。"

工作表现不好，作业检查不合格，戚屿有些自怨自艾，碰到自己这么笨的学生，傅老师大概是不会答应陪读的事情了。

傅延昇见戚屿没反驳还一脸沮丧的样子，也愣了一下：“怎么了？开个玩笑，还真不高兴了？”

戚屿闷声道：“没什么。”

傅延昇似乎察觉到他不高兴，安慰他道：“好了，我不都说了明天陪你一起去抓坏人吗？别难受了，嗯？”

戚屿嘴角一抽，感觉自己又被当小孩子了。

傅延昇：“你原本明天是怎么安排的？”

戚屿：“我本来打算带吴双和我爸给我安排的两个保镖，四个人直接开车过去，如果你一起的话，就得换辆七座的商务车了。”

傅延昇：“美薇那个秦总给你安排的秘书呢？”

戚屿：“她不知道我周末打算去宁城，我这次本来就是想去搞突袭调查。”

傅延昇又笑了：“我发现你这人特别一根筋，说要调查就一个人钻牛角尖，像是跟什么人较劲儿似的……你就没想到求助专业人士？”

戚屿蹙眉，找专业人士？这不算作弊吗？不是傅延昇要考察他能力？所以他才都自己来的啊。

“调查这种事本来就得像搞谍战，需要埋伏，也需要耐心，你不知道调查公司查人家企业的真实状况，经常一队人一蹲就是几个月的吗？你带这么点人，还全都张扬地跟在你身后，想查出问题绝对不可能。”傅延昇一顿，说，“正好我认识啄石那边的几个调查员，人我来安排吧，不过一码归一码，请专业人士来工作是要付钱的。”

戚屿立即道：“钱不是问题。”

傅延昇：“好，那我也算一个？毕竟要接触你们公司的运营实情，回头签个保密合同，等真查到什么，你也不用担心我们泄露。”

在得到戚屿的确认后，傅延昇便在客厅里打了个电话。

“江晓？我是傅延昇……呵，最近挺好的，不说闲话，找你有事，”傅延昇眼神含笑，“我这儿认识一个小朋友想查他家里公司，你帮我找几个调查人员过来帮忙？四个人吧，一个负责组织接洽，一到两个走访录像，收集信息，还有一个负责写分析报告……如果综合能力比较强，只要三个也行，明天就要……对，明天……”

戚屿听着傅延昇目的明确地帮他找人做安排，心中又是一番钦佩加感激。

“嗯，就按照正规的市场调查价来吧，这个小朋友不缺钱，”傅延昇说着又笑看了戚屿一眼，“嗯，就是他。”

……嗯？那人知道他是谁？

傅延昇垂眸：“好，人安排好了先把履历发给我过目一下，等我跟他确定OK再走合同……行，先挂了。”

收起电话，傅延昇对他道：“不出意外的话今晚就能找好。”

戚屿：“你刚刚打电话的对象是不是啄石调查公司的法人代表？”

傅延昇：“你知道？”

戚屿：“之前你跟我签的那个电子合同里写了，江晓。”

“这么小的细节你都能记得？”傅延昇扬眉，“记性不错啊。”

戚屿好奇：“你跟那家调查公司是什么关系？徐一舟不是说那只是个皮包公司吗？”

傅延昇解释道：“江晓是我念书时认识的朋友，这家公司是他开的，本来确实是皮包公司，因为里边的调查人员都跟我一样是兼职，这家公司的存在也是为了方便大家接私活时能合法收款，但江晓后来发现市场上对公司调查有需求的人挺多，于是就正规起来，现在也招了不少全职的调查人员，接一些客户委托的案子。”

戚屿若有所思地点点头：“那像你这样兼职的调查人员有多少？”

傅延昇：“应该不多了，以前大家有功夫做兼职是因为在念书，现在都各自有了正经的工作，也不缺那个钱了，谁闲着没事还来接私活？”

戚屿：“读书？本科？”

傅延昇：“大四的时候空闲时间比较多，我也想实践一下自己学到的东西，就接着玩玩。”

接着……玩玩？如果他没记错的话，傅延昇念大四的时候好像还没成年吧？戚屿问：“你之前给我看过的那个小广告上的项目，你大四的时候就能做了？”

“那时会的范围还没这么广，”傅延昇回忆了一下，“但也差不多吧，除了需要依赖实际经验的，大部分都行。”

戚屿有点怀疑人生，同样都是大学生，为什么人和人之间的差距这么大？

当晚傅延昇陪他吃了个饭就早早回去了，戚屿返回房间后又反思了一番傅延昇今天对自己的态度，总觉得自己有什么地方想岔了。

他的调查明明毫无进展，工作也做得不好，可傅延昇非但没表现出失落，反而还哄他、安慰他，尽力帮忙解决他解决不了的问题……

从傅延昇半夜三更去淮金路接他，到连夜跑三间药店给他买晒伤药膏，放着大好周末不过为他忙前忙后，种种迹象都在表明了傅延昇对自己的关心。

等等。

——如果你知道我想要什么，可能会利用我的需求，来达到你的目的，这就背离了我的初衷……

——我不会勉强你，除非你心甘情愿。

戚屿又回想了一遍傅延昇和他吃石锅鱼那天说的话，心脏重重地一跳。

“呵……”指节抵着嘴唇，他不自觉地轻笑了一声，好像悟到了什么。

第13章 工厂调查

晚上九点左右，戚屿收到了傅延昇发过来的调查人员信息，一共三个，年纪都是二十五六岁，分别叫卫天瑞、李光和贺景硕。傅延昇又告诉了他委托调查的价位，戚屿觉得没问题，当晚就和啄石签了委托合同。

“加你原本想要带的人，目前一共八个，明天我们得安排两辆车一起过去，不过我怕你现在住的酒店有美薇的眼线，你和他们分开前往会比较好。”

傅延昇建议戚屿安排一个保镖在海城和那三个调查员碰头，四人一辆车走，剩下的王猛、吴双、傅延昇和戚屿自己坐另一辆，到了宁城再找地方会合。

两人又商量了一下次日的具体行程，便各自休息了。

周日早上八点，吴双直接来酒店和戚屿他们碰面，之后王猛开车从酒店出发，先去傅延昇的住所接对方。

傅延昇也住在金融区，照着他发过来的定位，开车过去不到十分钟。

“原来你住得离我这么近，”戚屿透过车窗打量路边的高档小区，问傅延昇，“你一个人住这里吗？”

傅延昇“嗯”了一声，问：“早饭吃了吗？”

“在酒店里吃了点，”戚屿好奇道，“你家人都住在哪里？”

“也在海城，他们有他们的住处，”傅延昇取出从星巴克买的三明治和咖啡，问，“不介意我在这里吃吧？”

“没事。”戚屿替他拉开了后排座位中间的扶手置物架，随口问道，“你一个二十七岁的单身男人独自住这种地方，也不找伴侣，不寂寞吗？”

傅延昇开玩笑说：“有个清纯帅气的大学生天天在网上缠着我聊天，我寂寞什么？”

戚屿故意说：“可惜这个大学生的合同快结束了，他马上就不会来缠着你聊天了。”

傅延昇：“没关系，聊天合同结束了，还有其他合同可以谈嘛。”

戚屿斜了他一眼，还有其他合同可以谈？傅延昇这不是在暗示自己他能留下来吗？呵，是谁当初还云淡风轻地说“那就算了”？

边上的傅延昇又问：“早上出门药膏抹了吗？”

“抹了，”戚屿试探着说，“自己抹果然不大方便。”

傅延昇轻咳了一声，道：“这样啊，那晚上我再帮你抹？”

戚屿笑了笑，看来这一次，他猜对方向了。

他体会到的种种关心和在乎不是错觉，傅延昇根本舍不了他，只不过他表现得太不露声色了。

不错，这人用他的学识、智慧深深地吸引着自己，想要的，无非是自己心甘情愿地臣服。

戚屿的确崇拜傅延昇，知道傅延昇在乎自己，也雀跃得恨不得向全世界炫耀一番，然而，骨子里的骄傲又不容许他向任何人低头。

想到自己之前那些幼稚的话语、傻气的努力都落在傅延昇眼里，可能被他当笑话般看着，他就懊恼极了。

戚屿想起一年多前在Skyline的那次恶作剧，忍不住疑惑，傅延昇会不会一直都记得，所以在故意“报复”自己？

他轻咳了一声，试探道：“傅老师，你有兄弟姐妹吗？”

“有个弟弟。”傅延昇说。

“你也有弟弟？”戚屿意外。

“嗯，”傅延昇看向他，问，“怎么，你也有？”

“我有个双胞胎弟弟，”戚屿故意说，“我弟弟跟我长得一模一样。”

“哦？”傅延昇看上去有些好奇，“你弟弟叫什么名字？”

“他叫戚枫。”戚屿用眼角余光打量着傅延昇的神情。

傅延昇皱眉：“怎么以前从来没听你说过你有个双胞胎弟弟？”

“我父母离异了，我弟弟跟我妈在国内生活。”戚屿解释了一句，暗想，傅延昇这么喜欢查人老底，真不知道这事？

傅延昇摸摸下巴：“在国内啊……”

戚屿又问：“对我弟这么好奇？你想不想见见他？”

见傅延昇若有所思，戚屿莫名有些糟心。

“算了，有你一个就够我费心了，再来个一模一样的，我怕我招架不住。”傅延昇看向他道，“而且你好像也不大高兴我去见你弟弟吧？”

戚屿一噎，一边快速反思自己有没有泄露了不该泄露的情绪，一边装不懂：“为什么这么说？”

傅延昇笑说：“直觉。”

……见鬼的直觉！

“说中了？”傅延昇挑眉，“呵，你这人占有欲还挺强啊。”

戚屿猛地意识到自己面对的是多么强大的一个对手，他现在学的那些套路和心术理论几乎全是对方教的。

傅老师怎么可能会被他的问题牵着走？刚刚一着不慎，原本由他主导的对话就被傅延昇反转来试探他的真实想法了。

但戚屿也为此感到兴奋，这可不是什么简简单单试探一下就能定输赢的游戏，而是一场考验彼此心术和演技的信息博弈战呀！

他抬了抬眼皮，问道："你就这么在意我高不高兴？"

傅延昇："你不喜欢？"

戚屿："我喜不喜欢很重要？"

傅延昇："重要，你现在不还是我的服务对象吗？"

戚屿好奇："那等我们合同结束，你就不在意我高不高兴了？"

傅延昇："得看情况。"

戚屿："看什么情况？"

傅延昇："如果你像吃石锅鱼那天那样挽留我，我还是会在意的，毕竟投入是有回报的。"

戚屿叹气道："可我到现在还不知道你想要什么呢，傅老师，我觉得留住你的希望可能不大了……"

几秒钟后，傅延昇才沉吟道："我想了一下，我觉得我还是去见一下你那个双胞胎弟弟吧。他在海城吗？在哪里念书？学什么专业的？"

戚屿皮笑肉不笑地说："你去啊，他是F大的校草，过了暑假上大三，新闻系，你去F大随便找个女生问问，估计都认识他。"

傅延昇："他有对象了吗？"

戚屿愣道："他有没有对象跟你啥关系？"

傅延昇："对比一下你们兄弟俩谁情商更高。"

戚屿："???"

"戚总……"坐在副驾座的吴双忍不住开口，打断了两人的对话，"前面快到服务区了，你要不要上洗手间？"

戚屿回过神来，"嗯"了一声，为自己占不了口头便宜这事儿气得不行。

到了服务区，戚屿下车走了两步，就感觉头上被什么东西一盖。

傅延昇给他戴了顶鸭舌帽，按了按他的脑袋，说："别再晒着了。"

戚屿扭头，见傅延昇也戴了顶一样的，垂眼"嗤"了一声，脸上总算又有了笑意。

中午十二点，四人抵达宁城市中心，先在那儿吃了顿中饭。

那几个调查员比戚屿他们先一步从海城出发，直接去了邱镇，入住了邱镇的一间招待所，那地方距离美薇服装厂仅一点五公里远。

下午一点半，戚屿和他们碰了面，三人都是相貌平平的青年，其中卫天瑞是这个调查小组的组长，剃着平头，一脸耿直，他主要负责制订任务计划和幕后分析，李光和贺景硕个子偏矮，但两人看上去都很机灵，他们负责现场调查和情报收集。

戚屿到的时候，几人已经在其中一个房间里架起了监视用的电脑，傅延昇招呼他们坐下来一起讨论调查计划。

当卫天瑞听说戚屿原本打算直接去厂里时，立刻推翻了他的想法："戚总，我们建议您先不要出面。"

戚屿纳闷："我不出面？"

"是的，至少这一周内都不要出面，我的计划是让李光扮演一个外部服装贸易商，先去厂里找经理谈一笔合作，李光去的时候会带这支录音笔，找机会留在适合录音的位置，里边的电量能录音一百二十到一百八十个小时，也就是五到七天，如果厂里有非正规的经营活动，都能录下来直接传到这台电脑里作为证据……"卫天瑞一边解释一边为戚屿介绍他们带来的设备，"如果录音笔放置顺利，我们会把录到的信息实时发给你，一旦你听到什么不对劲的内容，就告诉我们，后续我们再选合适的时机请你出面。"

戚屿："什么时机？"

傅延昇在边上说："可能人赃并获的时机。"

卫天瑞点头："没错，不到合适的时机，你尽量保持原先的工作和生活节奏，不要让任何人看出端倪。"

戚屿低声道："那我这周末岂不是白来了？"

"也不会，我们对美薇的一些情况不大了解，还需要你跟我们讲讲，"卫天瑞说着又指了指李光的衬衫扣子，"李光身上配有微型摄像头，一会儿他和贺景硕就去服装厂，你也可以留在这里一起看看。"

戚屿告诉卫天瑞，美薇在国内一共有三个厂房，这里是第二大的一个。他从公司日志上看到，邱明阳的儿子邱如松每个月都要来这里两次，主要负责一批国内销售市场的服装出厂和验货。

服装厂的工人实行三班倒工作制度，除了春节几乎全年无休，所以周末也有工人和管理人员坐班。

"你打算让李光扮演什么类型的贸易商？"戚屿皱眉道，"美薇的厂子只做美薇自己品牌的衣服，正常情况下不会与外边的贸易商合作。"

傅延昇在边上抱臂道："据我了解，大部分品牌厂房还是会偷偷接外包——尤其是没有直属的企业拥有人看管的厂子，只要机器空着，工人有空，原材料有剩，很少有人会放着能利用的资源不用。只不过像美薇这么大的厂，主管可能有长期合作、信任度更高的私人客户，一般不大可能会和初次见面的贸易商合作。"

卫天瑞点头："是的，但不管如何，我们先去试一下。"

和他们初步讨论完后，戚屿直感慨，这哪里是调查，这都算是专业级别的侦查了吧？跟他们一比，他之前那些确实只能算是小打小闹了。

下午三点，戚屿坐在招待所房间的电脑前观看实时录像。只见李光和贺景硕出门后在附近打了辆车，直接开到了美薇服装厂正门口，和门外大爷一番交涉后，几人顺利进入了厂子，之后来到了一间接待室，坐了大概三十分钟后，又进来一个三十多岁的女人。

同时，录音器里也有同步的声音传来："我是科室值班经理，我们厂长和业务经理今天都不在，你们有什么想谈的合作礼拜一再来吧。"

李光起身道："那能不能先让我们参观一下厂里的车间和设备？我们想看看能不能满足我们的要求。"

女人略带歉意道："不好意思哦，这个我们不能随便参观的。"

戚屿正为他俩发愁，就见贺景硕起身道："姐，拜托你了，我们早听说美薇的服装工艺特别好，是诚心想来谈合作的，我们不走大量，走小量订单也可以，既然你是科室经理，那也是领导，我们跟你谈也行……"

边说边走到那女人面前，背对着李光往对方手里塞了什么东西，等拍摄视角一晃，戚屿才看清那是一叠钱，看厚度有一两千人民币。

那女人笑道："小伙子嘴倒是挺甜，算了，带你们参观一下吧，但事先说一句，你们想的那个事估计困难，一般情况下美薇不和外面的人合作，除非你有小邱总的介绍。"

贺景硕："小邱总？"

那女人道："美薇生产部下面PMC部门的主管，我们出货现在都是跟他对接的，回头我给你一张他的名片，你们自己去找他谈吧。"

戚屿闻言，眉头深深地皱了起来。

傅延昇抱臂道："看来你们美薇的这个PMC主管很有问题啊。"

戚屿没应声，他看着李光和贺景硕跟着那个女人出了接待室，前往各大车间。

服装厂的剪裁、生产和后整车间都在如火如荼地开展着日常工作，他们走得很快，通过李光身上的摄像头，戚屿一时也看不出有什么异常。

之后来到了烫整车间，戚屿提前和李光他们透露过，美薇这种外贸服装对烫整要求非常高，人们也常用"三分缝纫七分烫整"来强调这个服装加工中的重要工序，所以戚屿提议让他们在"谈合作"时可以抓住这些点来提要求。

李光果然在那里停了下来，车间里的声音比较嘈杂，这一部分的录音效果不是太好。

也不知他们交涉了些什么，那个女人又带他们走进了另一个房间。

只见里面有一些工人正在打包一些烫整好的衣服，李光身上的摄像头恰好对向其中一件钉珠针织衫。

可能是屏幕上那件衣服显示的时间稍微长了些，戚屿看着看着，忽然感觉有什么地方怪怪的。等几分钟后李光他们离开那房间，戚屿才猛然反应过来，问卫天瑞能不能倒回去看刚刚那一幕。

卫天瑞一愣："现在就要回看？"

戚屿点头，他要立即确认。

卫天瑞只能开另一台电脑，帮他把已备份的录像文件导过去，然后再根据他的要求找出刚刚录到的那件衣服。

期间戚屿也让吴双替自己取来了工作用的Ipad，打开了ME·WE上一季度新款服装打样图片——果然从里边找出一件和李光拍摄到的钉珠针织衫相似的服装。

是的，只是“相似”。照片中的这件针织衫上有“ME·WE”这几个字母，这个Logo做得特别大，在布料编织时就直接用颜色相近的线纺织进去，呈现出底纹的效果，这也意味着这个Logo不能通过后期的印制工艺来呈现。

戚屿对这件衣服有印象是因为他上周在调查美薇的直营销售店时，看到过几件正在打折的春季滞销款，其中一件就是这款钉珠针织衫，他当时还留心看了两眼，觉得这个工艺和设计结合得有点意思。

但刚刚偷拍录像里的这件衣服，明明都已经进行完烫整工序了，怎么会没有Logo？戚屿再仔细一对比，才发现两件衣服上的钉珠位置也不大一样！

傅延昇问他：“是发现什么了吗?”

戚屿盯着电脑屏幕，面色凝重道：“他们做的这件衣服，不是美薇的。”但很显然，他们盗用了ME·WE的设计，甚至可能用了ME·WE特定的原材料。

其实，美薇之所以能在这么多外贸品牌中脱颖而出，主要有赖于戚源诚当年在设计和工艺上的投入——美薇的设计中心设立在纽城，里边集结了来自世界各地的知名设计师，旗下几个品牌的服装款式都是出自这些大牌设计师之手。

服装在国外完成设计后，再送回国内生产中心的技术部，结合工艺进行打板定样，最后才会送到服装厂进行批量制作。

而且由于部分服装工艺特殊，美薇厂里配有不少小厂子没有的高级印染、加工设备，甚至包括一部分手工缝制作业，这些本身就需要很高的设备成本和人力成本，服装价格自然也会比普通的小牌子更高……

听完他的解释，在场几人都神色各异，如果这件衣服不是美薇的，那会是谁的？是谁在背后操控这条生产线，又要把这批衣服卖到哪里去?

去年曾让戚屿百思不得其解的那个问题——美薇的生产性资产投入增高为什么未从利润中体现相应收益增长——似乎在这里发现了可追查的苗头。

实时摄像那边，李光和贺景硕已经参观完所有的车间准备离开服装厂了。

等那二人回来，戚屿又和他们聊了聊，尤其仔细询问了他们进烫整车间后发生的事。

李光说：“我们问那个科室经理美薇的烫整具体是个什么流程，以后我们如果有合作，能拿到什么样品质的衣服，她就带我们去参观了那个房间。”

戚屿了然，原来李光是在提出了这些想法的情况下才会被带去那个“秘密”的房间。这也说明，服装厂上上下下可能全都知道有这么条暗线存在，可如果换作他去调查，估计没人会告诉他，也不会让他看到那一幕。

“那科室经理给你小邱总的名片了吗？”戚屿问。

“给了。”李光从口袋里掏出一张纸片。

戚屿扫了一眼，上面果然印着邱如松的名字。

“你就按照那个科室经理的建议，给他打电话试试，就说要跟他谈合作。”

李光一愣：“真要找他谈？”

戚屿眯了下眼睛，低声说：“不谈怎么抓他把柄？没事，他想要什么合作条件，你告诉我，我可以配合。”

李光：“我明白了。”

李光当着戚屿的面拨通了邱如松的电话，但没两分钟，通话就结束了。

“他拒绝了？”戚屿问。

李光摇头：“他说，最近不谈任何合作，让我九月份以后再找他。”

九月份不是他结束工作回美国的时间吗？这群人还真是在演戏给他看啊！戚屿心中恼怒，但怒归怒，他也从没像现在这样冷静过，因为他终于知道了，自己接下来该怎么对付美薇那些管理层了。

李光告诉他，他们把那支外表看起来与普通黑色水笔无异的录音笔留在了生产车间主任办公室桌上，不过一时半会儿估计录不到什么有价值的信息。

戚屿见自己留在宁城暂时没什么意义，决定当晚返回海城，傅延昇次日也要上班，自然跟着他一起走。

回去路上，戚屿有点闷闷不乐。

“这不是有进展嘛，怎么还愁眉苦脸的？”傅延昇问。

戚屿想起对方昨日评价他的那些话，忍不住道：“傅老师，你是不是真觉得我很笨？”

见傅延昇沉默，戚屿不耐烦道：“好了你不用说了，我知道你的意思了。”

“不是，”傅延昇忙说，“我刚刚在想，我怎么夸你你听着会高兴点。”

戚屿心里吐槽，你要是说真话还用得着想？

傅延昇：“其实你只是社会经验少了点，先天不足，后天能补。”

戚屿发誓，傅延昇要再敢往下说一句话，他就要动手打人了！

傅延昇伸手按了按他的后脑勺，无奈道：“实在不行，你不是还有我吗？”

本来是很生气的，可听到这句话，戚屿居然奇迹般地被安抚下来。

等回到海城，戚屿请几人在自己住的酒店餐厅吃了夜宵，就打算让王猛开车送吴双和傅延昇回去。已经晚上十一点了，傅延昇却道：“你不是还要我帮你抹药膏吗？”

戚屿愣了一下，不是，他当时只是随便试探一下，傅延昇还当真啊？

“那……去我房间？”戚屿也没太在意，就当是傅延昇还舍不得走。

“要喝点什么吗？”两人回到房间，戚屿翻了翻夜间客服菜单道，“酒，茶，这儿都有。”

“来点消食的茶吧。”傅延昇说。

戚屿给服务台打了电话，点了壶老君眉，然后道：“我先冲个澡，很快，你坐会儿？服务员来了你帮忙开个门。”

傅延昇：“行。”

戚屿快速冲了个澡，随手擦了把头发就披上浴袍走了出去。

服务员已经把茶送来了，傅延昇正坐在沙发那边，边喝茶边翻看戚屿前几天买回来的金融杂志。

房间里的地毯很厚实，戚屿没穿拖鞋，直接光脚踩在上面，猫一样走了过去，在傅延昇对面坐下。

“傅老师，我好了，”他把药膏往茶几上一撂，双手搭在沙发扶手上，扬起脸道，“来吧。”

傅延昇看了他一眼，起身说了句：“我去洗个手。”

等回来时，戚屿已经架起了腿，仅仅是那么慵懒地坐着，就像是杂志封面里刻意凹过姿势的模特，带着叫人赏心悦目的优雅与贵气。

傅延昇凑近他，慢条斯理地打开药膏罐子，在食指上挑了点乳膏，小心翼翼地抹了上去。

戚屿问：“晒伤的地方颜色褪了点吗？”

傅延昇“嗯”了一声，动作轻柔得像是在碰触什么古董瓷器。

戚屿记得傅延昇昨天给他抹药时还调侃他，说他“娇生惯养”，今天却罕见地沉默着。

等抹完药，傅延昇就退了开去，看了眼手表说：“不早了，我先回去了。”

戚屿坐在那里无意识地“嗯”了一声，看着傅延昇理了理身上的衣服，转身消失在了门口。

他笑了笑，眼神比之前更坚定更傲然。

想要他心甘情愿？呵呵，他倒是要看看，在这场攻心的较量里，到底是谁先征服谁。

转眼已在美薇待了一个月，戚屿知道，昨日的调查只是一个开端，接下来还有很多事情等着他去做。

月初有例会，次日一早，戚屿在会上再次见到了邱明阳。

两人上周才刚见过，当时戚屿去生产中心，就是邱明阳亲自带着他参观了美薇最大的那间服装厂，还去了几个大的仓库。

“邱伯伯。”戚屿笑吟吟地和对方打了声招呼。

“诶，小戚啊，”邱明阳拍拍他的肩膀，亲切得像个邻家叔叔，“国内天气热，你之后出去多坐车，少晒太阳，我上周看你好像脸都有点晒红了……”

“我知道，其实我已经看得差不多了，最近也学了很多东西，”戚屿笑说，“邱伯伯，您之前说要介绍我和如松哥认识，上次也没见着，您什么时候再安排一下？”

他上周去生产中心，刚好邱如松出差验货，包括他去PMC部门时，也是那边的副经理带着他参观的，不知道是不是那邱如松做贼心虚，故意在躲他。

“哎，我早跟那臭小子说了，实在是时间不凑巧，”邱明阳说这话时眉心微蹙，仿佛也在愁儿子不听自己的安排，丢了他的面子，他一边歉疚地安抚戚屿，一边保证，“我今天回去就给他打电话，让他这周内务必过来见见你……”

“好啊，接下来一个月，我应该会空很多。”戚屿道。

会上，戚屿也向其他部门主管表达了自己近十天来的调查心得，对他们的配合和帮助表示感谢，同时认可了分公司上下的良好经营状态。众人听得喜笑颜开，反过来夸他年轻有为，尽职尽责，今后必能挑起司源集团的大梁。

明知道他们在说客套的虚伪话，戚屿面上还笑呵呵地道谢逢迎，因为他知道，他现在演得越好，越能让他们掉以轻心，也越能掩盖自己之后的调查行动。

昨天查到的线索已让戚屿明确自己在被公司的人蒙蔽欺骗，他不知道在场有多少高层参与其中，但从之前那网红桃桃透露的话推测，有问题的肯定不止生产部一个。

会后戚屿返回自己的办公室，遣吴双去给自己买了杯咖啡，接着拿出手机想给卫天瑞打个电话问问调查进度。

刚拿出手机，戚屿忽生警觉之心，他昨天见到那几个调查人员所用的设备，好奇地问过卫天瑞从哪儿可以搞到这些。卫天瑞告诉他，某宝就有卖，如果想要高级点的，还可以找卖家直接定做，总之有钱没什么搞不到。

这事让戚屿在震惊之余，也开始反思自己所处的环境是否真的安全。既然他能找调查公司侦查他人活动，又如何能保证自己不被他人以同样的手段所监视？

他现在所处的办公室是美薇的人给他准备的，这里头所有的设备也都是提前安放好的，有没有可能这个房间里也放了录音笔、监视器？而他之前做了什么，说了什么，也早已被别人录下来了？

想到这些，戚屿就感到背后发凉，他找时间给姜莹打了通电话，结果还没开口说什么，姜莹先数落起他来：“你这孩子，难得回国，一个月到头还没回家两趟！”

“没有……”戚屿有些心虚，“工作有些忙。”

姜莹：“忙也得有个分寸吧？我看你是跟你爸越来越像了……”

戚屿在妈妈发飙前及时打断她道：“我晚上就回去吃饭。”

姜莹的语气这才缓和了些：“嗯，我让柳姨做点你爱吃的，早些回来。”

第14章 反向监视

晚上六点，戚屿下班直接叫车回了家，到家正在按门铃，忽觉身后一阵疾风，紧接着一团热乎乎毛茸茸的东西就扑在了他的脚边。

“嗬，哥，回来啦？”戚枫的声音也在身后响起。

戚屿扭头，见戚枫和凌可并肩朝自己走来，他们刚刚去遛狗了，而那条狗此刻正伸着舌头朝自己狂甩尾巴。

戚屿揉了揉狗的脑袋，对他们道：“这么巧，也刚回来？”

戚枫拽了拽牵引绳，有点酸溜溜对着那条狗说：“雪妞，平时都没见你对我这么热情，刚刚绳子都差点没给你甩掉……”

戚屿嗤笑了一声：“说明雪妞认主，知道是谁买的它。”

戚枫：“你除了把它买下来送给我，是给它喂吃的还是喂喝的了？含辛茹苦养了它十年的人是我诶！”

戚屿：“那它还不是跟我比较亲。”

戚枫气得蹲下身来，捧着大狗的脑袋逼它跟自己对视：“雪妞！你记住了，我才是你的主人！你傻笑什么，把舌头给我收回去，不许傻笑！”

戚屿瞅了凌可一眼，说：“别理这俩白痴，进去吧。”

戚枫点着狗脑袋说：“你听听，他还骂你白痴，以后看见边上这个人不许再扑上去，听见没有？”他说着说着反应过来，急得朝着戚屿的背影大吼，“等等，你刚骂谁白痴？你才白痴!!”

三人嚷嚷着进了门，见姜莹皱眉站在玄关处。

“我在里头就听见你们外面的斗嘴声，怎么回事，你们兄弟俩怎么一见面就吵架？”

戚屿喊了声“妈妈”，戚枫也没解释为什么吵架，气哼哼地抓起胸前的T恤擦了把下颌的汗，就把雪妞牵去室内玻璃房里拴了起来。

别墅里日夜开着中央空调，夏天热，萨摩耶这种北方犬也得待在空调房里才舒服。

姜莹打量着戚屿道：“这几天是不是又没好好吃饭睡觉？一脸的心事。”

戚屿边换鞋边说：“怎么看出来的？”刚刚和戚枫斗了几句嘴，戚屿还以为自己表现得挺高兴了。

姜莹：“你自己拉小枫一起去照照镜子对比一下。”

正好戚枫洗完手出来，围着餐桌转了半圈，偷了块冒着热气的糖醋排骨塞进嘴里，含糊不清地唤着凌可：“凌可，今天的菜好好啊，快来吃饭啦！”

明明方才还被他哥搞得气急败坏，此刻已恢复了没心没肺的样子，好像这世上没什么事能让戚枫烦恼超过三分钟。

戚屿撇了下嘴，心说自己怎么能跟戚枫这种单细胞生物比……

“是不是你爸那公司又出了什么事？”姜莹也清楚，戚屿忽然打电话给她肯定不会只是为了回家来吃个饭的。

戚屿“嗯”了一声，拉开餐椅道：“吃完饭再说吧。”

饭桌上，戚屿和妈妈、弟弟聊了些家常，感觉自己已经很久没体会过这种轻松的氛围了——不用和人虚与委蛇，也不用玩什么心术，还能时不时在欺负戚枫的过程中找到些与傅延昇相处时很难获得的优越感。

戚屿倒也不是讨厌工作，受戚源诚的影响，他完全不反感商场上掠夺厮杀的金钱游戏，碰上像傅延昇这样旗鼓相当的对手，他甚至还会感到兴奋。但长时间处于竞争环境中，他也会累，偶尔回趟家还觉得挺解压。

饭后戚屿和姜莹去了书房，也不再掩饰自己的目的，直言道：“妈妈，你认不认识什么专业靠谱的调查人员，类似私家侦探这样的人？”

姜莹在电视台工作十多年，位处高位，人脉极广，但她听了戚屿的话却有点意外：“你要找私家侦探干什么？”

戚屿把自己回国后这一个月在公司做的事告诉了姜莹，最后道：“我怀疑公司里的人在监视我。”

“监视你？”姜莹大惊。

“妈妈你别紧张，我只是怀疑他们监视了我的办公室，但我暂时没有任何证据。毕竟我之前查公司的经营问题，查了半个月什么都没发现，无论是预约走访还是突发察访，底下的人都配合得很好。”

戚屿原以为秦总顶多派个程丽君来监视他的活动，但他昨天见到了那些专业调查员所用的设备，才发现自己想得太天真了。

如果美薇的管理人员真做了非法的事要瞒他，那别说监视器和录音笔，用再过分的手段都是有可能的。

而且他今天又仔细一想，这次决定去宁城，包括找调查公司，他从来没在公司的办公室里提起过。去宁城的事是戚屿和吴双上周四中午外出吃饭时临时起意的，包括后来改时间，也是在酒店里用手机通知吴双的，这都是戚屿合理怀疑自己在办公室里被监视的原因之一。

但戚屿不打算在办公室里搜查，卫天瑞给他展示过那些东西，它们能被安放在任何地方任何道具里，极不容易发现，一旦戚屿做出翻找的动作，反而容易暴露自己已察觉被监视的现实，所以他就权当不知道。

姜莹面色凝重："我明白你的意思了，但你让我给你找私家侦探，是想要做什么呢？把那些监视你的人抓出来？"

"不，"戚屿摇头，"我不想打草惊蛇，找私家侦探，主要是想让他们帮我查美薇的几个高层。"

这也是傅延昇给他的灵感——既然傅延昇能推荐调查人员给他，他为什么不能自己找一些？并非他不信任啄石的调查员，而是他不想把接下来的希望全放在啄石那几个人身上，万一卫天瑞他们也暴露了呢？

再说，他也总不能一直找傅延昇帮忙，这事他连吴双都没告诉，虽然吴双也是他自己招的，但倘若他被监视，那吴双也不能幸免。

而且，戚屿从另一条渠道找私家侦探，也能反过来审视自己现在接触的人、所处的环境是否可信。

姜莹听完后在书房里踱了几步，担忧道："人我是可以帮你找，但你确定你现在安全吗？戚源诚为什么不派个别人调查这件事？这对你来说太危险了……"

看着妈妈拧起的眉头，戚屿忍不住道："妈妈，这跟爸爸的安排没有关系，我不能永远是戚源诚的儿子，我还是司源集团未来的继承人，爸爸现在拥有的一切，今后都可能属于我，既然如此，我就要为这些公司负起责任。"

姜莹愣了一下，像是不相信年仅二十的儿子能说出这一番话。

"好吧……"她的眉心舒展开来，踱了两步，开始在书房里打电话。

戚屿等了一会儿，见姜莹挂了电话说："可以了。"

她走到写字台边撕了张便笺，在上面写下了一个联络人的姓名和电话，递给戚屿："明天白天，你抽时间给这个杨记者打电话。"

戚屿接过便笺纳闷道："记者？"

姜莹笑了一声："你别小看记者，新闻工作者，尤其是记者，从某种程度上来说也是侦查员，甚至有些记者比侦查人员更专业。我帮你找的这个杨记者就是圈子里出了名的调查员，他外号叫'红猎犬'，曾查出不少政界大人物的丑闻，现在已经是半隐退状态了。只要能请得动他，你要查的东西，对他来说都是小儿科。"

戚屿颔首，顿觉肃然起敬。

姜莹沉默片刻，又说："如果你需要，也可以找戚枫帮忙。"

戚屿确实想过找戚枫来帮自己打掩护，好方便自己在需要独自行动的时候外出，但他又担心此举置弟弟于险境，所以迟迟没下决定。

"他可能不会愿意帮我吧……"戚屿顾左右而言他。

"他是你亲弟弟，只要你找他好好地说，他会帮你的。"姜莹揉了揉眉心，又说，"而且我看那小子最近也实在太闲了，你给他找点事做也好。"

和妈妈谈完后，戚屿犹豫片刻，去敲了戚枫的房门。

“门没锁，进来!”戚枫吃完饭就和凌可在房间里看电影，见来人是戚屿，还有点奇怪，“哥，你还没走啊?”

“你出来一下，我有事跟你商量。”戚屿说。

“什么事?”戚枫见戚屿态度严肃，跟凌可说了句“你先看”，就走了出来。

到了隔壁戚屿的房间，戚枫又追问道:“怎么了，神秘兮兮的?”

“我想让你接下来空出几天帮我个忙。”戚屿道。

“什么忙?”

“接下来一个月，我可能需要你假扮成我，代我去美薇的海城分公司上几天班。”

“啊?”戚枫立即拒绝，“你是不是想逃班才拉我当苦力?我才不去!”

“逃班?你以为我是你吗?我现在忙得都恨不得把自己劈成两个来用。”

戚枫皱眉道:“你忙不过来可以跟爸爸抗议啊，我本来就觉得他这样对你很过分……”

戚屿实在不想把刚刚跟妈妈说的那些话再和戚枫说一遍，而且他确实也没有什么资格拿自己的责任去绑架戚枫。

他想了想，决定用利诱的方式引对方就范:“小枫，你知道爸妈离婚后你仍然有爸爸公司的股份吗?那些股份是妈妈的助理在帮你代持，爸爸每年给你打的零花钱都是公司盈利的分红，现在公司出了问题，管理层正瞒着我们蛀空它，我最近就是在调查这件事，如果查不出来，你以后可能就拿不到爸爸给你的零花钱了……”

“爸爸要破产了吗?”戚枫忧心忡忡道，“呃，你们要是没钱了，其实也可以回来，妈妈还是有点钱的，她又心软，可能会收留你们……”

戚屿头痛不已，索性放弃沟通直接威胁:“你到底帮不帮忙?!”

戚枫见他哥面色不善，一脸苦涩地举手投降:“好了好了，你这么生气干什么?我帮你还不行吗……你想让我怎么做?”

戚屿深吸了一口气，先跟他简单说了说自己的现状，而后道:“在我需要独自外出做调查的时候，你就代替我待在公司里，混淆那些人的注意力。”

戚枫紧张道:“可我又不懂你做的那些事……”

“不用你做什么，你只要坐在办公室假装看看文件，上上网就行了。”戚屿又说了些具体的细节和自己的计划来打消戚枫的不安。

如果只是他哥说的那个程度，戚枫觉得难度倒是不大，但他仍有些担忧:“我们现在好像没以前这么像了，你确认我假扮你不会被人识破?”

戚屿一愣:“哪里不像了?”

“发型，发色，身材，”戚枫指了指自己的左耳，说，“而且我还比你多了个耳洞。”

戚屿围着戚枫打量了一圈，发型发色都好说，至于身材，由于兄弟俩个子高，十斤肉匀称的分布在身上，好像也看不出什么大问题。

关键是耳洞，戚屿瞅着弟弟左耳上那个十字耳钉，就一阵无语。

他还记得那是戚枫为了让凌可更轻易地分辨他们，特地去打的，凌可耳朵上也有一个呢。

戚屿道："你拍张我的照片，明天找时间去理发店把头发染回来，发型也按着我的样子弄一弄。"

戚枫不爽道："凭什么是我按照你的弄？"

戚屿理直气壮道："是你假扮我，不是我假扮你，当然是你按着我的弄！"

戚枫无言以对，又问："那耳洞呢？"

戚屿蹙眉："你把耳钉摘了我看看。"

戚枫配合地摘了展示给他哥看，戚屿吐槽道："好好的耳朵非要去戳个洞，你是不是受虐狂……"

戚枫哼哼道："要你管，这可是潮男的象征，你羡慕就直说，不用这么阴阳怪气！"

羡慕？羡慕你个头！戚屿一把揪住他的耳朵："把这个洞给我堵了！"

戚枫"嗷"了一声，反手卡住他哥的脖子，怒道："你说堵就堵？你算老几！"

"我是你哥！"戚屿也立即伸手反击，兄弟俩转眼间扭打在了一起。

他们虽然有体重差，但打架这事戚屿却从小没怎么输过，就算现在比弟弟少了十几斤肉，他还是略胜一筹。

两人不知不觉扭到了床上，戚屿用手臂压着戚枫的胸膛道："堵了！用面粉堵！"

"堵你妹！"戚枫一个猛虎反扑失败，气道，"老子不帮你了！"

"你敢不帮？我把凌可绑走让你再也见不到他！"戚屿眯眼威胁。

戚枫又一个猛虎反扑成功，骂道："你是变态吗？"

戚屿继续反击："我是变态你也是变态的弟弟！"

戚枫瞪着他道："你能不能公平点！我好心帮你，你要我做和你一样的头发！还要我堵耳洞！耳朵你就不能自己搞定？"

戚屿怒道："我怎么搞定？我才不想去打洞！"

戚枫："有不用打洞的耳夹啊！"

"……嗯？"戚屿一愣，松开他道，"你不早说……"

戚枫真是快被他哥气疯了，从床上起来后还一阵哇哇乱叫："不早说？你让我说了吗？一言不合就揪我耳朵让我堵耳洞！你怎么变得这么霸道了！肯定是爸爸把你教坏了！"

戚屿懒得跟他再废话，跟戚枫交代完就返回了酒店。

卫天瑞已经把当日在美薇服装厂录到的信息进行处理后发给了他，白天李光他们去了服装厂找厂长和业务部经理，合作请求果然被驳回了，如那个值班经理所言，厂长也让李光去联系邱如松，说他们不能做主。

戚屿用二倍速听完，没听到什么有价值的信息，暂先搁下。

临睡前他接到了傅延昇的电话，只听对方在电话那头问："还没睡？"

戚屿低笑一声："睡了能接你电话？"

"在做什么？"听傅延昇声音像是已经躺下了。

戚屿也靠在床上放松自己，不急不缓地搭腔："刚洗完澡，正要睡。"

傅延昇又问："晚上很忙？"

他傍晚的时候给戚屿发了条消息，问要不要一起吃饭，戚屿没回。

"晚上回家去见我弟了。"他说。

"你那个双胞胎弟弟？"傅延昇问。

"嗯，"戚屿故意道，"就是你想见的那个。"

"我现在不想见他了……"傅延昇说话的语速拉得比平时说话长，"我想见你，"说完半句就一顿，"看看你的脸好点没有……要不要我继续给你抹药膏？"

戚屿的心被傅延昇这句强行分段的话吊得七上八下，嘴上还不甘示弱："行啊，刚好我洗完澡还什么都没抹呢，你不是离我挺近？打个车十分钟就到吧？"

傅延昇沉默了一瞬，戚屿又道："不过抹个药顶多就五分钟，这一来一回，会不会太麻烦你了？"

傅延昇："说得也是，明天还要上班呢，你明晚有时间吗？"

戚屿："不确定。"

傅延昇："调查的事怎么样了？"

戚屿："没进展。"

傅延昇："白天工作还顺利吗？"

戚屿："就那样吧。"

傅延昇在电话那头叹了口气，道："你看看，我不去，你又不高兴了？……我还是过去一趟吧，见面聊。"

听到电话那头一阵窸窣声，戚屿整个人都傻了："不是吧，别来了，我刚刚跟你开玩笑呢……"

傅延昇："呵呵。"

呵你个鬼！戚屿气急败坏道："很晚了，先睡了啊，有什么事明天再联系。"

挂了电话，他把手机往枕头边一丢，又暗骂了两句傅延昇。

次日，戚屿照常去上班，趁着午饭时间，他去外边给妈妈介绍的杨记者打了通电话，对方约戚屿晚上先找地方碰个面，详细聊聊。

杨记者看着有四十来岁，戴着一顶黑色的鸭舌帽，帽檐下是一张放人堆里完全认不出来的大众脸，唯独一双鹰眼让人记忆深刻。

"你就是姜主持的儿子？长得跟她还挺像……"杨记者笑着打量了戚屿片刻，两人又寒暄了几句，就直奔主题，“你想要我帮你查什么？”

戚屿琢磨了一下，说：“我主要想查两个人，分别是美薇的CMO刘琦和PMC部门主管邱如松。”

当初桃桃透露的信息也让戚屿直觉他俩背后有某种关联，这两人是一定要查的，虽然戚屿也很怀疑秦总，但傅延昇说拔出萝卜带出泥，只要查出刘琦和邱如松的问题，那秦汉尧也跑不了。

“除此之外，我还希望你能找人反监视一下我身边的环境。”戚屿说。

“反监视？”杨记者反问他什么意思。

戚屿把他怀疑自己被公司里的人监视的情形告诉了对方，杨记者了解清楚他的想法后，对他很是欣赏：“你年纪轻轻，考虑事情倒是挺谨慎全面……行，这些事我可以帮你去查。”

戚屿又担心他动作太大，引起被查对象的怀疑，问道：“您打算安排多少人来查？”

杨记者：“这你就别管了，你只要告诉我你想查的那几个人的基本信息，接下来的事情就交给我来办，如果我发现什么状况，会随时通知你，期间也会告诉你该做什么，但你记住，你的唯一接头人只有我一个，这也是对你的保护。”

戚屿发现杨记者和啄石那几个调查员的做事风格有点不一样，啄石的几个人长什么样子，各自执行什么任务，都没有瞒着戚屿。但戚屿转念一想，那样好像确实很容易暴露自己的存在。

对方的谨慎也让他放了心：“好，那这些事就交给您了。”

和杨记者分开后，戚屿直接回了家。

戚枫已经按着他的样子把头发做了，双胞胎的基因还真是强大，戚屿乍眼一看还以为是在照镜子。

“怎么样？”戚枫扒拉了一下头发，面上看着还有些怨气。

戚屿：“可以，那个什么耳夹，你给我买了吗？”

他对耳钉耳扣什么的不大懂，昨天听戚枫说了那种无需打耳洞的耳饰后，他就直接让戚枫给自己去买了。

“买了。”戚枫从裤兜里掏出两个黑曜石耳扣，取了其中一个给戚屿，教他戴上。

“啧，真骚气。”戚屿瞅着镜子里的自己，转了转脸，又看向戚枫，忽略那一点点身形差距，两人简直就像是一个模子刻出来的。

戚屿笑着问了句：“凌可呢？让他过来认认。”

戚枫怒道：“他走了！”

“走了？”戚屿纳闷，“去哪儿了？”

“回自己家了！！”

凌可傍晚跟姜莹下班回来，看见戚枫这样子一时无法接受，还说什么怕认错，要回家住几天。戚枫想起这事就难受，所以从见了戚屿开始，那眼刀子就直往他哥身上剐。

“你看看为了帮你我牺牲有多大！事后你必须要补偿我！”戚枫忿然道。

戚屿看弟弟那样子哪是在生气，明明委屈得都快哭了，他笑问：“你想要什么补偿？”

戚枫握起拳头：“我还没想好！但你记住，这件事你欠我的！”

“行，我欠你的，”戚屿拍拍他的肩膀，好声好气道，“等你想到了尽管提，能满足的我都满足你。”

戚枫稍稍被安抚下来，问他：“什么时候去你公司？”

戚屿把耳朵上的黑曜石解下来道：“还不急，等我先戴这玩意儿上两天班再说。”

戚枫一脸崩溃道：“那你这么早让我染发干什么！”

又是新的一天，早上八点四十分，美薇的行政前台郭巧准时到达公司。

比起一个月前还打不起精神的颓废样，现在的郭巧每天早上可是精神奕奕、容光焕发——今天来个素面心机妆，明天来个桃花淑女妆，口红颜色每天都要不一样，双眼皮贴和假睫毛也不能少——早上八点四十五分到九点这十五分钟里，她就像个怀春少女一般坐在前台处，目光如炬地盯着大门，等着他们公司那位帅哥总裁的出现！

八点四十八分，先一步到公司的是戚总招的那位助理吴双。

郭巧热情地向他打了声招呼：“吴助理，来上班了啊？”

吴双朝她点头微笑，郭巧指了指前台桌上的一小盘糖果道：“这是我自己在家亲手做的牛轧糖，特地带到公司来分享给大家吃，来一块尝尝吧？”

吴双靠过去，只见那奶白色的糖果用半透明带荧光的塑料糖纸包着，红的蓝的黄的，堆在果盘里，精致可爱。

“你自己做的啊？”吴双有些惊讶，“手真巧，谢谢啊。”

“戚总还没到吗？”郭巧顺势问。

“快了吧，”吴双看了眼手表，“他每天也都差不多这个点来上班。”

就在这时，外头传来了电梯停靠时的“叮咚”声，仿佛预感到了什么，郭巧激动地扭头看向门外——他要来了！

戚屿面无表情地踏入公司大门，见吴双站在前台处，顿住脚步：“吴双，早。”

郭巧指着身前的糖果，微笑着向戚屿重复了一遍刚刚对吴双说的话。

戚屿走过来随手取了一颗糖，对那前台姑娘说了声“谢谢”。

等进了办公室，细心的吴双打量着他道：“戚总，你打耳洞啦？”

戚屿偏了偏头，问：“好看吗？”

吴双笑道：“你长这么帅，怎么都好看啊，没见到刚刚那前台妹子看你的眼睛都快冒爱心了吗？”

戚屿扬了下眉，把糖果丢给吴双：“给你吧，我不爱吃甜食。”

吴双笑着接过，问：“今天要做什么？”

戚屿说：“公司这几天都在筹备旗下几个品牌的秋季上新，我们一会儿去销售部那边了解一下他们的营销计划吧。”

吴双一愣，悄声问：“公司的问题不查了吗？”

戚屿无奈道：“查了这么多天也没查出什么问题，可能是我们之前太较真了，我昨天给我爸打了个电话，我爸说让我意思意思查一下，主要还是借这个机会学习学习，我们点到为止就好。”

一开始，戚屿也想过把自己的计划告诉吴双，让对方配合自己在公司演戏。但他那天临时决定让戚枫当替身后，忽然觉得可以借吴双先测试一下他们这个计划是否靠谱。

等戚枫来上班，戚屿肯定会把吴双留给他，如果能把吴双也骗过去，那这方案自然能瞒过公司里其他人，所以戚屿也不急着和吴双坦白。

吴双也是个聪明人，知道戚屿还找了啄石调查公司帮忙，可能只是嘴上这么说，应了声“好”，没有提出任何异议。

上午戚屿带着吴双在销售部晃了一圈，又向不少人展示了一番自己的黑曜石耳扣。午饭后回来，戚屿便坐在办公室里喝喝咖啡，上上网，一副无所事事的样子。

吴双的办公位就设在戚屿的房间，两人之间用一个小小的屏风隔着，下午他等了好久都没见戚屿吩咐自己做事，忍不住走过去主动问：“戚总，有没有什么需要我做的？”

“前阵子东奔西跑的，有点累了，这几天放松一下，”戚屿往椅背上一靠，问他，“哪个网站看电影好？我上网搜了一下搜出一堆，眼睛都挑花了。”

吴双过去扫了一眼戚屿的屏幕，说：“这几个都可以看的，充个会员还能免广告。”

戚屿点点头，让吴双帮着自己操作了一下，然后随手点开了首页推荐的一部热门电影。

见吴双立在自己边上，还偏头问：“一起看吗？”

吴双：“不……不了。”

戚屿：“你也自己找点事做吧，有事我再叫你。”

“好吧……”吴双返回了自己的位置，有点傻眼，前两天还累得像条狗，忽然闲下来他还有点不习惯。

下午在办公室里看着电影，戚屿收到了傅延昇的微信消息。

F1S：“晚上有没有空？”

戚屿勾嘴一笑，拿着手机回复道：“约我吃饭？”

F1S：“嗯。”

前天回了家，昨天去见了杨记者，算算从宁城回来，他们都有三天没见了。傅延昇连着约了他两次，戚屿心里也有点痒痒的，不由道：“好吧，这次吃什么？”

发完后想到什么，又加了一句：“不会又是吃我吧？”

F1S：“……”

F1S:“你学坏了。”

正想再继续聊，手机响了起来，一见来电显示，竟是邱明阳。

戚屿赶紧接了:“邱伯伯?”

邱明阳道:“小屿啊，你如松哥今天出差回来了，说晚上想请你吃个饭，你有时间吗?”

戚屿眼眸一眯，笑道:“行啊，你让他直接联系我就好。”

挂了电话，戚屿就回绝傅延昇道:“傅老师，临时有变，晚上先不跟你约了。”

第15章 专属礼物

当晚戚屿下班，便带上两个保镖前往邱如松下午在电话里跟他说的见面地点，车上他给杨记者打了通电话，也告知了对方自己的去向。

邱如松选的地方是家娱乐会所，戚屿到的时候，他人就站在门口等候。对方穿着一身品牌服饰，个子不高，一米七的样子，但身材相当魁梧，脸和邱明阳一样有点微胖。

戚屿一下车，邱如松就热情地迎上来，给了他一个结实的拥抱："戚屿，不好意思，我早听我爸说你回国内了，一直想着和你见个面，可惜最近太忙，见谅见谅哈！"

戚屿笑吟吟道："如松哥客气了，我原本没太在意这件事。还是前阵子跟我爸打电话，我爸特地提醒我说邱伯伯是他几十年的老友，让我这次回国顺便见见你……再说，你忙不也是为美薇忙吗？我能理解。"

邱如松："哎戚屿你太会说话了，外边热，我们去里面说。"

到了包厢，里边站了一排貌美如花的姑娘，每个人胸前大喇喇地绣着自己的艺名，什么"如花""如梦"，见邱如松和戚屿进来，一群人整齐地朝两人微笑鞠躬："欢迎老板！老板身体健康！老板万事如意！老板吃得开心！"

戚屿一阵尴尬。

邱如松说："两个人吃饭不够热闹，戚屿你看看，喜欢哪个姑娘直接点，让她们陪我们吃。"

戚屿故作惊讶："如松哥，你平时吃饭都这样吃？"

邱如松忙说："哈哈，哪里哪里，也就请朋友、应酬什么才搞这么大阵仗，平时我一个人跑上跑下的，连着几天吃快餐吃盒饭都常有的。但男人嘛，工作这么辛苦，偶尔也该享受享受是不是？"

"你说得是……"戚屿心中暗想着这邱如松好歹也是个大学生，爱好怎么这么低俗？面上却不动声色道，"我今天就是想见见你，这么多外人我们说话多不自在？这些人……还是算了。"

邱如松心领神会："没问题，你怎么舒服怎么来！"

说着便挥挥手赶她们离开，包厢空了不少，邱如松赶紧招呼服务员上菜，又问戚屿要不要来瓶酒，什么飞天茅台、五粮液都可以。

戚屿听到那些白酒名都犯晕，婉拒道："如松哥，我才大二呢，这一杯白酒下去，我接下来饭都不用吃了。”

邱如松挠挠头，不好意思道：“嘿嘿，那给你来点饮料？”

戚屿：“椰汁？牛奶也行……”

邱如松“哈哈”大笑：“你还真是个小孩子。”

不知是不是戚屿这一出故意示弱装小的戏码起了效果，邱如松渐渐显露出一副照顾弟弟的老大哥模样。

两人聊了会儿各自的生活、爱好，聊着聊着邱如松便感叹道：“哎，你这种从小上私立学校，现在又上名牌大学的，跟我这种大老粗果然不一样。”

戚屿笑说：“哪里不一样？如松哥不也是大学生吗？”

“嗐，说什么大学，我那个就是花钱上的三本，买个文凭说出去好听罢了，”邱如松喝了口酒，又吹嘘道，“我从上大学开始就跟着公司里的经理跑厂房、跑仓库，真要说的话，我上的可是社会大学！”

戚屿心说难怪邱如松年纪比自己大不了几岁，身上却有这么重的江湖气……

邱如松瞟了戚屿一眼，像是为了证明什么似的，又强调了一句：“你别看我二十五岁就做了美薇的PMC主管，我爸为了锻炼我，也是让我从底层做起的，算起来我都已经工作七年了！”

戚屿举杯道：“辛苦了如松哥，工作上我还得跟你好好学习。”

邱如松立即笑道：“哎，你要这么说就埋汰我了，我跟你哪能比？我只是个打工的，你们是大股东，是掌握着资本的人，到你这个阶层还要工作什么？成天躺着也能赚钱了！是吧？”

戚屿笑笑，没有反驳邱如松的恭维。两人又和和气气地吃了一会儿，聊了一会儿，不到八点就结束了这顿晚餐。

由于戚屿看上去太“单纯”，邱如松也没再给他安排什么声色活动。

到了会所门口，邱如松忽然想起什么，从包里取了个小盒子递给戚屿：“差点忘了，这个给你。”

“这什么？”戚屿接过来好奇道。

“第一次见你，也不知道你喜欢什么，给你准备了个小小的见面礼，”邱如松说，“不过我想想你平时应该也不缺这些，不嫌弃的话就收下吧。”

戚屿打开一看，见是一对宝格丽的袖扣。

他合上盒子，笑着递回去：“如松哥，谢谢你今天请我吃这顿饭，但我现在还是美薇海城分部的临时CEO，这个东西我不能收，你明白的吧？”

见邱如松面色一僵，戚屿又道：“等一个月后，我们再以朋友的方式见面，那时候你送我，我肯定不跟你客气。”

邱如松讪笑着道：“是是是，这方面还是你比我谨慎。”

和邱如松道别后，戚屿坐车返回酒店，车子驶过市中心的奢侈品店，戚屿看着那一排装饰华丽的窗面，忽然想起来，自己好像从没给傅延昇送过什么礼物。

傅延昇教了他一年，给了他这么多帮助，其实他这次回国，本该给对方也准备一份见面礼的。

“王猛，”戚屿赶紧吩咐保镖停车，“我下去买样东西。”

半个小时后，戚屿返回车上，把玩了一会儿手中精致的小盒子，又觉得自己好像有点冲动了。

他回国后和傅延昇不知见了多少次了，早过了送见面礼的最佳时机，现在再送，会不会有点唐突？

正纠结着，王猛已经把车开到了酒店正门口。

戚屿下了车，隔着旋转玻璃门，竟看见大堂候人区的沙发上坐着一个熟悉的人影……

他赶紧把盒子塞进裤兜，若无其事地朝着对方走了过去。

“傅老师？”戚屿双手揣兜，笑吟吟地看着眼前的男人，道，“你怎么在这里？”

“真巧，”傅延昇手上夹着一支没点的烟，看了他一眼，起身道，“有个客户约我在你住的这家酒店吃饭，刚吃完，在等车，我正要走。”

戚屿一愣，要走？傅延昇不是来找他的？

……骗人的吧？!

傅延昇的手机响起，还给戚屿看了一眼，屏幕上果然显示着“出租车司机”这几个字的来电标识。他边瞅着戚屿边接通了电话：“对，我在假日酒店，逢春路过来还有五百米就是……”

看着青年越瞪越大的眼睛和眸中泄露出来的恼怒，傅延昇勾了下嘴角，又对着电话道：“不好意思师傅，我行程有变，暂时不需要车了……回头我给你补个红包，辛苦。”

收起电话，傅延昇看着戚屿道：“既然都碰见你了，先不走了吧。”

戚屿暗哼一声，偏头道：“上去坐坐？”

见人跟了上来，戚屿才稍稍解气——刚刚傅延昇要是敢直接走，他就把兜里那个盒子丢到马桶里去！

两人进了房间，戚屿照例问了一句：“茶？酒？”

“茶吧，上次那老君眉挺不错，都没喝两口。”傅延昇说。

戚屿心道没喝两口不是你自己抹完药就跑了吗，还赖我？

打电话给酒店客服，点了茶，戚屿转身去卧室，悄悄把裤兜里的礼盒拆了，取出里边的东西重新塞进兜里，把盒子留在了卧室的床头柜上。

出来后，戚屿径直走到沙发边，面对着傅延昇坐下，却见对方正打算把刚刚那根没抽的烟放回烟盒。

“怎么不抽？”戚屿问。

“不在这儿抽了，”傅延昇垂眼道，“怕熏着你。”

楼下大堂也是无烟区，戚屿猜傅延昇拿着烟原本是打算出去后抽的，现在跟着自己上来，又顾及他，才要放回去。

戚屿望着他笑：“没事，你抽吧。”

傅延昇手上一顿，戚屿又说：“我爸也抽烟，我不反感这个味道，”他瞅着傅延昇指间那根细长的烟卷说，“你的烟还挺好闻。”

“你觉得好闻，那你估计也会喜欢，”傅延昇笑了笑，终于放弃了放回烟的举动，问他，“以前试过吗？”

戚屿摇头：“没有。”

“越晚开始越好，上瘾了不好戒，”傅延昇边说边伸手去掏打火机，就在这时，“咔”的一声，一簇蓝色的火苗凑到了他眼前。

傅延昇一愣，看到眼前戚屿手里握着的东西，下意识地把烟凑了过去。

那是一只S.T. Dupont的盖茨比打火机，银色十字纹款，很亮眼。

“你有烟瘾？”戚屿问。

“还好，一天最多抽两三根，压力大的时候会翻倍，但这个量我也在有意控制，”傅延昇将点燃的烟放到唇间，缓缓吸了一口，眼睛仍盯着戚屿的手，“打火机不错。”

戚屿把那轻巧的小玩意儿放在手中开盖关盖地玩了一会儿，掀起眼皮问：“要不要？送你？”

傅延昇：“送我？为什么？”

戚屿漫不经心道：“别人给的，我现在又不抽烟，留着也没用。”

“这样啊……”傅延昇眼皮微低，笑说，“还以为你特地给我买的呢。”

“不要？”戚屿轻哼一声，心说想要我特地给你买？想得美。

他假装要收起来：“不要算了，我回头给我爸去。”

傅延昇无奈地朝着他摊开手掌，戚屿激将法得逞，暗笑着把打火机放进傅延昇的手心。

“你都在心里把我放在你爸之前了，我说不要好像有点不知好歹？”傅延昇把打火机握在手里轻轻摩挲了一会儿，柔声道，“谢了。”

茶来了，戚屿起身去开门，服务员进来把茶壶茶杯都整齐地搁在茶几上，说了句“慢用”后退了出去。

戚屿重新坐下，傅延昇这才看向他的侧脸问：“你的耳朵怎么了？”

戚屿嘚瑟地偏头：“怎么样？好看吗？”

傅延昇的表情有点奇怪：“怎么还往耳朵上夹个石头，不难受吗？”

戚屿差点吐血，今天他戴着这个黑曜石晃了一天，别人看见他都是两眼放亮，不是夸潮就是夸帅，怎么到了傅老师这里就变成“夹石头”？

不过傅延昇是怎么看出来是夹上去的？明明吴双就问他是不是打了耳洞……

戚屿歪头把耳扣解了，还别说，夹了一天确实挺难受的。

傅延昇盯着他的耳垂“啧”了一声：“脸都没好透，又把耳朵夹红了，你怎么这么爱折腾自己？”

戚屿想都没想就脱口而出弟弟反驳自己的那句话：“要你管。”

傅延昇挑眉：“你都叫我老师了，我不能管？”

戚屿“哧”了一声：“老师算什么？又不是我老婆。”

气氛忽然间变得又有点诡异，因为在戚屿说完那句话后，傅延昇直勾勾地盯着他看了好久。

戚屿故作镇定地给对方斟了杯茶，听傅延昇又问了一句：“当你老婆要什么条件？”

戚屿暗暗一笑，晃着脑袋道：“当我老婆啊？那就只能听我一个人的话，不能欺骗我、背叛我、忤逆我，无论我做什么都要支持我、鼓励我、帮助我……”

他想了想，又补充道：“当然，以后还得给我生宝宝。”

傅延昇挑眉：“要求这么多？”

戚屿：“那当然，我们戚家的门可不是那么好进的。”

傅延昇端起茶杯，“不能忤逆你还怎么管你？你自己说话都自相矛盾……”他呷了口茶，低声道，“我看你缺的不是老婆，是老师的管教。”

“你……”戚屿紧握拳头，气得差点没想揍人。

“晚上你又被谁约了？好端端放我鸽子。”傅延昇忽然转移了话题。

“美薇那个PMC部门主管，邱如松。”戚屿没好气道。

“哦？你去见他了？”傅延昇好奇道，“是个什么样的人？”

因为傅延昇也算是这次调查的参与者，戚屿现在并不瞒他这些事。他简单说了说自己对邱如松的初步印象，包括对方的行事作风，让傅延昇帮自己一起分析。

当听说邱如松在门口送了戚屿礼物后，傅延昇镜片后的眼睛忽然带上了一丝审视的味道：“你给我的打火机不会是他送的吧？”

对方陡然展现的严肃一面把戚屿吓了一跳，立即反驳：“当然不是，他送我的是一对宝格丽袖扣，我当场就退回去了。”

“哦……”镜片一闪，傅延昇的眼神又恢复了平静温和的样子，仿佛刚刚那一瞬间的逼视只是戚屿的错觉，“你没收就好。”

但戚屿反应过来却觉得生气——傅延昇刚刚凭什么这么质问他？在对方眼里，自己难道是个收了礼物转手就拿去讨好他的家伙?!

傅延昇分析给他听：“邱如松选择在门口送你东西，很可能是提前预谋的，如果被人拍到你收了，那就是行贿受贿的证据。”

戚屿冷笑一声：“傅老师，我有这个常识。”

他知道傅延昇是在担心他，自己不该这么情绪化，但他就是觉得胸腔里憋了一股气，无处可发。

因为那只打火机是他为了送傅延昇而精心挑选的，根本不存在什么别人给自己后再转送，所以被误会他才会觉得难受。

可这是他自己撒的谎，他也不能埋怨对方什么。

两人又聊了些别的，傅延昇似乎察觉到了他不高兴，也跟他讲了些自己工作上遇到的好玩的事，但因为刚刚的不愉快，戚屿一直表现得有些悻悻。

不知不觉过去了两个小时，眼看时间又快到十二点，傅延昇终于起身准备离开了。

戚屿慢吞吞地起身送他，到了门边，傅延昇又回头看了他一眼。

两人隔着一米多的距离，戚屿不冷不热地笑了一声，调侃他道："怎么，你还舍不得走啊?"

傅延昇迟疑片刻，忽然朝他走了过来。

"干什么?"戚屿一怔，心中有一种不好的预感。

傅延昇走近他，伸手抓住他的手臂："好了，刚刚是我不好，我说错话了……谢谢你给我买的打火机，不生气了，嗯?"

对方的嗓音低沉又温柔，还带着一股示弱般的讨饶，戚屿一下子就没了脾气。他甩开傅延昇的手，没好气道："谁生气了？赶紧走吧！"

傅延昇无奈地望着他，道："那我走了，早点睡。"

等对方离开，戚屿飘飘然地回到了卧室，想到刚刚傅延昇求饶般的眼神，他兴奋得忍不住从床上抓了个方形抱枕，往上一抛，握紧拳头，"嘭"地把柔软的抱枕击飞出去。

打了两下枕头，戚屿才猛地反应过来——等等，谁告诉傅延昇那打火机是他买的?!

当晚睡后，杨记者给戚屿发了份邱如松与他分开后的行踪报告。戚屿是第二天早上才看到的，报告上面显示，在他离开那个会所后，邱如松又进去停留了四十分钟，直到九点才坐车离开。

那之后的半个小时之内，又陆陆续续从那家会所出来二十几个人，杨记者偷拍到了每个人的照片，让戚屿看看有没有什么他认识的。

戚屿有点纳闷，那之后出来的人和他有什么关系?

结果点开照片，才看到第六张，戚屿就惊了！

他把照片中的一个人圈出来转发给对方，道："这是刘琦的秘书张俭。"紧接着又问了杨记者一句，"您是怎么知道后来出来的人里可能有我认识的人?"

杨记者发了段语音消息解释给他听，大意是说，邱如松送走他后再回会所的举动本来就很奇怪。

假设他们真的是个犯罪团伙，那邱如松独自行动的可能性很低。

"你站在他的角度想一下，如果你做了有害公司利益的事，甚至是犯法的事，这时候股东的儿子要你请吃饭，你有什么反应？”

戚屿一下反应过来——是心虚！

就算邱如松表面表现得再镇定，他们也是怕他的，怕他发现，怕他继续调查，怕这顿饭是鸿门宴，是戚屿对他的兴师问罪。

而张俭出现在那里也从侧面证明了邱如松和刘琦是利益相关的共同体，在那个节骨眼上，他们必须抱团行动，一旦形势不对才好及时应对。

杨记者说：“从犯罪人员的行为逻辑推断，这种安排并不新鲜，所以我们才会耐心蹲守，继续拍摄。他们还是小看你了，估计没想到你会找人反监视，所以才会这么轻易被我们拍到。”

戚屿想起傅延昇昨晚分析给他听的话，又问杨记者有没有看到邱如松在门口送自己的那一幕。

杨记者：“等等，我看看。”

不消片刻，杨记者就贴了一小段录像给他，虽然画面有点模糊，但戚屿还是一眼看清了录像中的人影。

杨记者拍下来的，正是邱如松在门口送他那宝格丽袖扣，又被他还回去的过程，前后不到一分钟。

对方还给他发了张标了红圈的录像截图过来，只见那红圈里正是会所门口的监控摄像头。

大清早的，戚屿看着这张照片，背后又冒了层冷汗。他原以为只是先和邱如松见个面熟悉熟悉，没想到人家这是真设了龙潭虎穴啊……

因为早上和杨记者沟通，戚屿上班迟了二十分钟，这还是他回国工作后第一次迟到，公司前台的郭巧看见他时意外得连招呼都打得支支吾吾。

戚屿没在意他人的眼神，又在办公室里扮演了一天无所事事的二世祖。

周末两天，戚屿一直待在酒店和卫天瑞、杨记者线上沟通，没空联系傅延昇，不过傅延昇似乎也挺忙，除了在微信里和他聊了几句，并没有主动约他。

到了周日晚上，戚屿给弟弟戚枫打了个电话：“你晚上来我这边吧。”

他上周在公司做了几天戏，刻意让自己的行事作风向戚枫靠拢，有了那几天的铺垫，明天再让戚枫代自己去公司，估计也不会让人感觉到突兀了。

“今晚就要开始上班？”戚枫问。

“不是，是过来这边睡，明天再去，美薇那边有个秘书每天会来酒店接我，你得从这里出发。”戚屿道。

“哦……”戚枫紧张道，“那我要带什么东西？”

“不用，这儿都有，”戚屿想了想说，“对了，帮我买部新的手机过来，顺便配个手机卡。”

“要什么牌子的？”

“买个和我现在用的一模一样的就行。”

一个小时后，门铃响起，戚屿走到门边，透过猫眼往外瞅了一眼，只见戚枫戴着一顶黑色的渔夫帽，还用黑色的口罩遮住了自己的半张脸，站在外头左顾右盼。

戚屿赶紧开门让他进来，无语道：“你捂这么严实干什么？”

戚枫摘了口罩说：“怕被人看出来啊！”

戚屿皱眉：“别人看见你也以为是我，你有什么好怕的？胆子放大点，鬼鬼祟祟反而惹人怀疑。”

“你这人……”戚枫气得把新手机抛给他，道，“求人帮忙还这么理直气壮！”

戚屿在那拆手机，戚枫趁机在他套房里逛了一圈，边逛边感叹：“我去，你的房间怎么这么大？这浴室也太豪华了吧？有几间卧室？就一间？我晚上睡哪儿？”

戚屿：“沙发。”

戚枫戴上口罩：“我走了！”

戚屿抬眼看他：“床这么大，跟我一起睡不行吗？”

戚枫又摘了口罩：“大哥！我们都成年了！再睡一张床合适吗！”

戚屿奇怪道：“有什么不合适的？”

戚屿见他弟的脸色像打翻的调色盘似的一阵变幻，不耐烦道：“你这人怎么这么龟毛？行了我睡沙发好了吧？”

还说他龟毛?!

戚枫……看在他哥大度让床的份上，忍住了拔腿就走的冲动。

把新手机装好后，戚屿设置了几个步骤就把它递给了弟弟：“这个你拿着，有些我在外边不方便接的电话，会直接转接到这个手机上。”

戚枫像接了个烫手山芋，慌道：“你还要让我替你接电话？”

戚屿：“你不用接，直接放在办公室桌上，带在身边，有电话进来看一眼就行，造成我本人和手机都在办公室的假象。”

戚枫咂舌：“想得可真周密……”

之后戚屿就开始给戚枫讲解自己一天的具体行程：“早上你要在七点半左右起床，洗漱、换衣服，”他拉开自己的衣柜展示道，“这些都是我平时上班穿的衣服，你自己挑。”

“我去，这么多？都是衬衫和西装吗？”戚枫拨了拨衣架子，忽然有点兴奋起来，“感觉像是玩Cosplay！”

戚屿：“什么Cosplay？”

“没什么，”戚枫摆摆手，懒得和他这个落伍的哥哥解释，“你继续说。”

“早上八点二十分左右，程秘书安排的车会来酒店接你上班，”戚屿打开Ipad给戚枫补课，“就是这辆AL980的奔驰，这是程秘书的照片，你眼熟一下。”

“……好高级。”

“大约八点四十分到八点四十五分到公司，我的办公室在二十八层，”戚屿把Ipad塞到戚枫手里，方便他认人，“这个是公司行政前台郭巧，这姑娘有一点花痴，你注意跟她保持距离。”

戚枫咕哝了一句：“她长得挺可爱的啊。”

戚屿斜眼看他：“别忘记你是假扮我，在公司记得收敛一点，别跟雪妞一样逢人就笑。”

戚枫：“我什么时候像雪妞一样?!”

戚屿眼神鄙夷：“每天都这样啊，尤其是跟凌可在一起的时候，笑得简直像个傻子。”

戚枫气得把Ipad往沙发垫上一放，起身道：“你找我帮忙还嫌弃我？我不干了!”

戚屿抓住他的胳膊拽住他：“行了行了，别给我闹小孩子脾气，反正你记住，要想扮好我，少笑少说话就成功一半了!”

戚屿接着跟他介绍公司的人，重点提了提吴双，然后让戚枫当天晚上把Ipad照片里的人都背出来，一会儿他抽查。

“还要抽查?!”戚枫嘴上骂骂咧咧的，记人倒是飞快，不到半个小时就认了个全。

“全记下来了？”戚屿有点意外，走过去问了几个，还真是一个都没记错。

“记人有什么难的，每个人长得都不一样，你不要真叫我去看你那些文件就行了，有一次你带回家一叠东西，我瞄了一眼头都晕了!”

戚屿无语，这就是社交达人的天赋吗？为什么明明是双胞胎，他就没点亮这个技能？

考验过关后，戚枫在他哥的“豪华浴室”里舒舒服服地泡了个澡，然后爬上两米宽的“总裁大床”，拿出手机，打算跟凌可打个电话就睡觉。

正聊着，戚枫忽然感觉床边微微陷了下去，他撑起身子，只见他哥穿着睡衣躺了上来，还用力把他往边上推了推，说：“过去点，沙发不舒服，我也要睡床。”

被挤到一边的戚枫手忙脚乱地跟凌可说了声“明天再聊”，挂了电话就朝他哥吼道：“不是说好把床让给我?!”

戚屿抽了只枕头抱在怀里，卷了卷被子一脸满足地闭上眼睛：“睡觉睡觉……”

“别装睡!”戚枫气得掀被而起，抓着边上另一只方形抱枕猛拍他哥，“起来！你在这儿我都不能睡大字形了!”

戚屿抱紧枕头边躲闪边回骂：“你好意思让你哥我去睡又硬又冷的沙发，而你自己在这里睡大字？小时候《孔融让梨》是不是白学了?”

“什么又硬又冷！那个沙发明明软得不得了!”戚枫放下抱枕，又像搓擀面杖似的拼命推他哥。

“既然软得不得了你去睡睡试试？人都躺不直!”戚屿被他推得背过身去，“你小时候明明最喜欢跟我睡的，每天晚上还抱着我讲悄悄话，你变了你!”

“靠!”戚枫抓狂道，“那时候我俩长得还没有一米高！你看看我们现在多大了?!”

“你干什么，你还敢对我动手？你是想逆天吗？”

就在这时，戚枫那边的床头柜上忽然响起了一阵突兀的手机铃声。

两人皆是一愣，因为那手机来电铃不是戚枫的，而是戚屿让戚枫新买的那台手机的默认铃声。

“这么晚谁啊？”戚枫拿起手机，看着屏幕上一串陌生的号码，嘀咕了一句，问他哥，“接不接？”

戚屿被戚枫闹得有点懵，一时也有点纳闷，他不是设置转接了吗？怎么自己的手机没响这部反而响了起来？难不成是打到新号码的广告电话？

他看向自己习惯性放手机的位置，却见那地方空空如也。

等等，不对，他好像把手机落在客厅那了！

而这个时间会打电话过来的……

等戚屿反应过来已经迟了，戚枫已在他的默许下滑向了接听，还开了免提：“喂？”

戚屿瞬间像条被锅烫到的活鱼似的从床上弹起来，劈手夺过弟弟手里的电话，关了免提。

“……戚屿？”对面传来熟悉的嗓音。

戚屿一边下床一边故作镇定地“嗯”了一声，电话那头沉默片刻，问：“你和谁在一起？”

因为不打算把找弟弟当替身的事告诉任何人，戚屿自然也不能让对方知道戚枫在这里过夜。

“没谁，就我一个人。”戚屿朝戚枫比了个噤声的手势，走向客厅，“这么晚了，找我干什么？”

“以前比这晚不都找过？”对方的声音有种诡异的平静，“睡了没？”

戚屿含糊地“哦”了一声，在沙发边的茶几上找到自己的手机，点开一看，上面果然有一通傅延昇的未接来电，他说：“快睡了。”

傅延昇又沉默片刻，道：“行，那你睡吧，晚安。”

等戚屿在客厅回味够了返回卧室，才发现戚枫已趁机把被子全卷在了自己腰上，还放肆地在那张两米宽的床上躺出了一个“大”字。

“……”靠，大半夜打什么电话？害他失守阵地！

第16章 替身总裁

次日一早，戚枫从美梦中被他哥一脚踹醒："别睡了，起来上班去！"

戚枫睁开眼睛，只见戚屿像周扒皮似的立在床边，一脚攀在床沿上，身上还穿着真丝睡衣，脸上的表情阴郁得像是全世界欠了他钱。

戚枫倒是一夜好眠，心情不错，懒得和他哥计较。

起床后洗漱完，戚枫从他哥衣柜里挑了件莲灰色鹤纹的衬衫，下身墨茶色黑西裤，配同色系领带。他衣品一向不错，又擅长打扮，明明都是当总裁，他这一身偏偏比他哥平时穿的多出一股风流劲儿来。

"怎么样？"等戚枫调整着领带结从更衣室出来，戚屿眼前都不由一亮。

那件衬衫的颜色是灰中泛着一点淡紫的，加上暗银色的鹤纹，戚屿总嫌这配色太轻佻，一次都没穿过，没想到看戚枫这么一搭，还挺好看。

"可以以假乱真了，"戚屿刚夸了他一句，就见戚枫咧嘴一笑，他立即皱眉道，"别笑，笑了就像个花花公子！"

戚枫嘴角一抽，边戴耳钉边恨恨地瞪了戚屿一眼："你简直压抑我本性！"

早餐是戚屿叫了酒店客服直接送到房间来的，八点十五分，戚枫吃完饭，戚屿把他送到门口，又叮嘱了几句："你一会儿用新买的手机上微信，有什么情况随时跟我联系，实在碰上应付不过来的事，就说身体不舒服拖过去。"

"知道了知道了！"戚枫用两只手推了推自己的脸的肌肉，深吸了一口气，板着面孔走了出去，并在心底给自己打气——不就是装深沉装高冷吗，不难。

下楼后，戚枫见到酒店门口果然停着一辆车牌AL980的奔驰。他目不斜视地走过去，上了车，副驾座的程秘书恭敬地对他道："戚总早上好。"

戚枫"嗯"了一声，就低头看手机，那程秘书果然没话了，看样子还挺顺利？

他打开微信给他哥发了一句："你一般在车上都干什么？"

戚屿："用Ipad浏览公司邮件，或者就坐着。"

戚枫："就坐着？"

戚屿："想点事情。"

这时，程秘书又开口了："戚总，今天上午花源服饰的公关部经理来我们公司作友好交流，您要一起参加吗？"

花源服饰？友好交流？这剧本走向是不是不大对?!

“我……考虑一下……”戚枫边说边快速给他哥发消息，把刚刚程秘书说的事转告他哥。

戚屿:“小公司，只是公关部经理来，你用不着出面，让底下的人接待就行。”

戚枫沉声对程秘书说:“你们接待一下吧，我不参加了。”

程秘书:“好的。”

车上没事，戚枫好奇用手机搜了一下花源服饰，看到了好几个耳熟能详的品牌，包括他之前给凌可买的那件两百九十九元的枫叶刺绣T恤，居然也是这一家的。

……这在哥哥眼里居然只是小公司？爸爸的公司有这么厉害？

几分钟后，戚屿又对他道:“不过他们回头还可能跟你汇报那边的合作意向，你听听就好，就说让秦总拿主意。”

戚枫无声呐喊，太难了吧!

到了公司，戚枫跟着程秘书坐电梯上楼，在电梯里碰上几个公司员工，也都恭敬地叫他“戚总”。

戚枫扫了他们一眼，又有点蒙，这些人都谁?

不过他们在二十七层就都出了电梯，包括程秘书，戚枫记得他哥说过“自己”的办公室在二十八层，忍着怀疑又上了一层，出去后见到美薇公司的名字才舒了口气。

这前台他眼熟，是叫郭巧，但戚枫进门时多瞄了她一眼，就被那姑娘叫住了。

“戚总早上好!”对方热情地指了指面前的透明果盘道,“这是我在家亲手做的黄油饼干，带来公司分享给大家吃，您也来一块吗?”

“呃……”戚枫走过去，见里头被做成爱心、小兔、小熊模样的饼干，随手挑了个小兔子，强忍着笑容道,“谢谢。”

“不客气，想吃再来拿。”郭巧满目憧憬地望着他。

离开前台，左拐，走到底，第二间，是这里吧?

戚枫推开门，看见已经在里面的吴双，松了口气，找对了。

“戚总早。”吴双手里也拿着一块饼干。

“早。”戚枫朝他点了下头。

“前台那妹子真是有心，为了引起你的注意，天天换着花样做小点心，我都跟着有口福了，嘿嘿。”吴双笑说。

戚枫看了看手中的小兔子饼干，咬了一口，心说原来她是特地为引起哥哥的注意力做的啊?

味道还挺不错……

见吴双看自己的眼神有点奇怪，戚枫问:“怎么了?”

吴双:“呃，没什么。”

戚枫把剩下的半块饼干也塞进嘴里，反思了一下，他刚刚没笑也没多说话吧？

哥哥说过，吴双是他自己招的助理，实在演不下去，被发现也没有关系，但能演就尽量演，因为被吴双认出来说明距离被别人看出来也不远了，所以戚枫没敢掉以轻心。

坐下后，他先用手机给他哥汇报了一下情况：“到办公室了，一切顺利。”

戚枫：“不过你昨天给我看的资料是不是不全？我刚在电梯里碰上几个人都不认识。”

戚屿：“我昨晚给你看的只是平时接触比较多的管理层人员，整个公司上下几百号人，我都记不全，那些人你不认识也没关系。”

戚枫：“……”

戚屿：“看到我办公桌了吧？上面那台电脑的密码是我俩生日，接下来你上网看看电影就好了。”

戚枫：“不是啊哥，你记不全没事，我记不全心慌啊！你能理解没复习好就上考场的那种焦虑感吗？快告诉我哪里能看到公司所有人的照片！”

戚屿：“你打开电脑，桌面上有个美薇公司Logo的图标，打开那个，找公司员工那一栏，就能看到所有部门所有员工的详细资料。”

戚枫：“OK，我看看，有问题再问你。”

戚屿在酒店里待了一个小时都没等到戚枫再发什么问题过来，稍稍放了心，接下来他也该去做自己的事了。

上周整整一周，戚屿都在随时听卫天瑞发过来的录音文件，但直到上周四，那支被留在美薇服装厂生产车间主任办公室里的录音笔才起了作用。

那天下午，录音文件里出现了一段有利于他们进一步调查的关键信息——生产车间主任在五点左右接了通电话，承诺厂房里正在制作的一批衣服能在这周一凌晨四点交货——也就是今天。

美薇服装的出厂、质检和仓库收发都是有严格日程控制的，今天根本不是出货日，何况就算出货，谁会选择“凌晨四点”这么诡异的时间？

戚屿得知后，就让卫天瑞他们提前在服装厂附近设监控，打算看看来提货的人到底是谁。

早上六点，当戚枫还在沉睡的时候，戚屿已经看到了他们偷拍到的录像。

来拿货的人开了辆私人的小货车，包含驾驶员一共两个中年男人，从服装厂提走了十个一立方大小的纸箱，但箱子上一个都没印美薇的商标。

同时，杨记者那边也在跟踪了邱如松几天后，发现了对方去的一个可疑据点——海城南部毗邻嘉市的一幢别墅。

此刻，他们正在那附近蹲点。

手边的电话响了起来，戚屿接通后，听杨记者在那边道：“我们看到你说的那辆货车了。”

“好，”戚屿起身，抓起戚枫留在沙发上的那顶黑色渔夫帽往自己脑袋上一按，又找了自己的口罩戴上，对杨记者道，“我现在过去你那边。”

戚屿早让王猛提前租好了一辆车，对方一直在酒店地下停车场等候戚屿的指示。等他下了楼，两人就直奔杨记者发的定位地址。

他们去的不是那幢别墅，而是别墅附近的一间招待所——和啄石调查员一样，杨记者的人也在这里租了两间房作为监视据点。

开了一个小时车才到那地方，招待所设施简陋，戚屿进了杨记者所在的房间，只见他们把床当桌子用，在上头铺了硬纸板，架着数台笔记本电脑。

“是这辆车吧？”杨记者指着其中一台电脑屏幕上的录像画面道。

戚屿打开手机，对比卫天瑞发过来的照片又亲自核对了一遍，道：“就是这辆。”

“那没错了，”杨记者又用另一台电脑给他展示地图，“上周邱如松和你分开后，一共来了这个地方三次，有一次还在里头待了大半天——这里位置偏僻，地价便宜，据我们调查，里边大部分白坯别墅都被一些贸易公司租来当临时仓库，今天从服装厂流出来的这批货，应该是跟邱如松有直接关系的。”

“有拍到别墅里边的情况吗？”戚屿问。

“还没有，”杨记者面前摆着一张打印出来的小区别墅布局图，他特地用红线圈出了邱如松那一幢，又在正对着这间别墅的房子上标了个红叉，道，“刚刚查到，这间别墅刚好是空置的，我手下的人已经联系上了房主，正在谈短租合同，如果能谈下来就好拍了。”

他说着，忽然想到了什么，起身从床头上拿起一个黑色的快递包装袋丢给戚屿，笑了一下：“你先看一下这个。”

“这是什么？”戚屿好奇翻了翻，见那包装袋已经被拆开了，从里头露出一件古陶色的低领女士真丝衬衫。

戚屿眼眸微睁，一下就认出来，这又是一件美薇旗下另一个品牌E’lite的仿款。

E’lite是一个主做职业女装的品牌，其设计、布料、工艺全都要比ME·WE更高一档次。

这件衣服除了款式略有不同，其材质和特殊的染色方式却与E’lite这个夏天销量最好的那件真丝低领衬衫如出一辙！

“这衣服你是怎么拿到的？”戚屿皱眉问杨记者。

杨记者：“我的人在这里蹲了几天，昨天傍晚蹲到一个去那别墅取货的快递员，等他出来后，我们故意制造了一场冲突，把他的快递车撞倒了，赔了他一点钱，顺了一件过来。”

没错，他也该想到的，邱如松这批货既然运了过来，必然是要卖出去的。

戚屿翻出衣领上的吊牌，只见上面印着一个字形飘逸的Logo。

……艾薇？！

吊牌上还有一个二维码，戚屿当即拿手机一扫，直接扫出了一家同名网店。

快速浏览了一遍，戚屿见店里果然挂着这件衣服，价格标签是388元，比E‘lite那件价格低了三倍。

除了这件，还有不少美薇旗下的各种仿品，包括李光拍到过的那件钉珠针织衫，那件衣服在店里标价仅228元，月销量已达两千多。

粗略一算，疑似仿品服装加起来的月销售额就已高达千万元。

如果这家店持续以这种方式从美薇盗取仿制款服装，戚屿无法想象，对公司造成的损失会有多大！

但是，戚屿也相当纳闷——美薇每年在生产上的资金投入在财报上都有明确显示，细到织布厂每斤线的价格都有登记——邱如松到底是怎么联合财务把这么大一笔损失给做平的？

戚屿和杨记者合计了一下，确定了接下来的调查方向，就让王猛带自己返回了酒店。

路上，戚屿忍不住拿手机搜了一下“艾薇”这个牌子，不搜不知道，一搜他才发现，这居然还是个知名的网红品牌，网上随处可见与其相关的好评——

“被艾薇这个牌子种草了，设计好价格亲民，关键是质量，368的价格能买到商店里卖一千多块的衣服，也太值了吧！”

“今天穿了艾薇的衣服去上班，姐妹们都问我是不是什么大品牌，我跟他们说是网红店298元的衣服他们都不信哈哈！”

……

当然，也有眼尖的网友看出了这家店在模仿美薇的设计，可戚屿却极少见有人为美薇说话。

“不知道集美们有没有关注过一个叫艾薇的小众品牌，近两年刚出来的，走的和ME·WE是一个风格，他们家的性价比比美薇高好多哦！”

“知道知道，刚出来的时候我还以为是美薇旗下的另一个品牌呢，没想到是独立的，虽然风格有点复制，但衣服质量真的是没话说！”

……

戚屿冷哼一声，心说设计是偷的，原材料是盗的，连设备估计都是免费用的，性价比能不高吗？

他联想去年在某猫商城看到的关于ME·WE品牌下的差评，忽然有了一个可怕的猜想——邱如松有没有可能操控纺织厂和服装厂用粗制滥造的低价原材料制造美薇的服装，然后以一定的比例把这些劣质衣服掺杂在美薇的货品中，通过网销部卖出，反而把好的材料留下来用于他自己在外开的艾薇？

对啊，这样一来，账不就能做平了吗？

而且美薇网销部售后费用明显增长这一点也完全能佐证这个可能性！

戚屿十指收紧，面色铁青。

回到酒店，他也不顾海城和纽城的时差，立即给爸爸打了个电话，把自己最近调查到的情况和他的猜测毫无保留地告诉了对方。

戚源诚听完后也有点坐不住了，他沉吟片刻，道:“你把那家网店的名字告诉我，我委托专业的团队再深入调查一下，但这事牵扯到一些人情关系，爸爸暂时不方便出面……到时我让他们直接联系你，让你来全权负责这件事，怎么样?”

戚屿听戚源诚把这样大的任务交给自己，心中涌起一股责任感:“没问题。”

戚源诚又问:“对了，查到邱如松和菲亚的关系了吗?”

“……还没有。”这一点可能一时半会儿没法查到，毕竟目前浮出水面的只是冰山一角。

“但邱如松做这个事，我不认为邱伯伯完全不知情。”戚屿说。

戚源诚叹了口气，又千叮咛万嘱咐他注意自身安全，才转移话题问:“你妈妈和弟弟，都还好吧?”

“挺好的，”戚屿笑说，“小枫今天还代我上班呢。”

戚源诚大感意外:“代你上班?”

“嗯。”戚屿把自己的处境和找戚枫代班的原因也跟戚源诚说了说。

戚源诚也没往心里去，反而道:“是该劝你弟弟多跟你做做事，爸爸就你们这两个儿子，虽然和你妈妈离了婚，但你们在我心里一样重要，如果小枫愿意毕业后来公司帮你，爸爸是很高兴的。”

戚屿“嗤”了一声:“算了吧爸爸，这次要不是我威逼利诱加武力威胁，你以为他想来?”

“有一就有二嘛，”戚源诚笑了笑，又问，“你那个傅老师呢?还在联系吗?”

戚屿回想了一下自己和傅延昇的状态，笑了笑，说:“联系的，说起来，这次调查，他也帮了我不少忙……”

戚源诚:“哦?”

戚屿如实说了傅延昇帮自己找调查公司的事，也坦白告诉爸爸自己现在的很多做法都深受对方的启发。

“他确实引导你成长了不少，这个人你自己好好把握吧。”戚源诚说了一句，又道，“对了，月底我可能要回海城出个差。”

戚屿一愣:“你要回来?”

戚源诚:“嗯，不过行程比较紧张，具体安排我到时候再跟你说。”

戚屿:“好。”

父子俩絮絮叨叨的，居然聊了两个小时之久。

戚屿挂了电话，想起自己有几天都没联系傅延昇了，赶紧打开微信给对方发了条消息:“傅老师，晚上有空吗?”

傅延昇隔了半个小时才回:“干什么?”

戚屿一怔，怎么了，几天不说话，傅延昇还摆架子呢?

他说:“想介绍你认识个朋友，晚上一起吃个饭?”

F1S:“什么朋友?”

屿:“你来了不就知道了。”

F1S:“还学会卖关子了。”

屿:“来不来?”

F1S:“哪儿?”

屿:“我住的酒店。”

和傅延昇确定见面时间后，戚屿就给酒店客服打了电话，订了三份经典法餐，并让服务员提前来房间里布置三人的餐位。

等安排好这些，戚枫也下班回来了。

“怎么样，后来还顺利吗?”戚屿看向他。

“妈呀，累死我了!”戚枫进来后把公文包一丢，毫无形象地歪在沙发上。

“没什么人找你麻烦吧?”戚屿问。

“没有,”戚枫用手揉着发僵的脸道,“上午我在你电脑上看你公司那些员工的资料，下午看了一下午电影，中间有人送来几份文件，说让你过目，我给你带回来了，在包里你自己拿。”

“那你累什么?”戚屿边问边从公文包里取出一叠整理好的A4纸，随手翻看起来。

“我板了一天的脸，都不能笑，也不能给凌可打电话，像个工具人一样坐在那里，能不累吗?!”正抱怨着，布置餐桌的服务员进来了，戚枫看着他们在边上忙碌，坐直身子好奇道,“这是要干吗?”

戚屿掀起眼皮看了他一眼，说:“一会儿有个朋友过来一起吃饭，还要你稍微假扮我一下。”

戚枫茫然道:“不是，到时候你不也在吗？为什么还要我假扮你?”

戚屿快速过了一遍文件，把该签的资料签了，说:“就是想让他认一认，不用太紧张，你就当玩吧。”

戚枫明白了他哥的意思，一脸无语道:“哥，你又想捉弄谁啊?”

“一个对我很不错的老师,”戚屿把文件塞回公文包，看了眼时间道,“他估计也快来了，我去洗个澡，他要是到了，你先陪他聊聊，叫他傅老师就行。”

戚枫“哦”了一声，心里却吐槽道，他哥怎么连“老师”都捉弄？真是过分。

戚屿进浴室后，戚枫无聊给凌可打了个视频电话，凌可假期跟着姜莹在电视台实习，工作强度也不小，还时常加班。

“还要帮你妈妈整理些资料，不过快了……你呢，今天一天还好吗?”凌可也知道戚枫被他哥叫去当替身的事。

戚枫把手机拿远了点，让摄像头对着自己的上半身，笑道:“白天都没机会拍照给你看，怎么样，我今天这一身还可以吧?”他对着镜头扯了扯自己的领带,“以前都没尝试过这种

Style，今天穿了一下，好像还挺帅的，你觉得呢？”

凌可视线闪烁：“你要不开口说话，我真觉得就是你哥……”

“白天我去我哥公司，都没人发现我是假冒的诶，听他们叫我‘戚总’，感觉也挺好玩的……”戚枫似乎有点体会到角色扮演的乐趣，笑道，“我现在还在我哥住的酒店，一会儿要和他一个老师吃饭，我哥还想让我再假扮他呢……”

听见门铃响起，戚枫赶紧起身道：“来人了，先挂了啊。”

他收起手机，又搓了搓自己的脸，给了自己一番“假扮哥哥”的暗示，然后面无表情地开了门。

只见门外站着一个身材高挑的斯文男子，对方一手揣着裤兜，一手提着瓶红酒，相貌清俊，气质儒雅。

戚枫愣了一下，这个人怎么这么眼熟？

“傅老师……”他下意识地叫了一声，但一年前遭遇的那起乌龙事件的记忆也随着这一声称呼涌上大脑。

等等，这不就是去年在星月港碰到的那个人吗，这是哥哥的老师？

傅延昇看见戚枫也愣了一下，他打量了对方一会儿，忽然开口道：“是你啊……”他的视线掠过戚枫，往身后扫了一眼，问：“你哥呢？”

戚枫一脸无措，居然这么快就被认出来了？

面对傅延昇仿佛看透一切的眼神，戚枫只挣扎了一秒就直接举了白旗：“我哥还在洗澡。”

傅延昇了然地点了下头，问：“你怎么叫我‘傅老师’？你哥让你假扮成他？”

戚枫：“嗯……”

是自己的伪装太拙劣了吗？可如果他的伪装能被人一眼识破，那他今天在哥哥公司里那些沾沾自喜的表现算什么？会不会也有很多人看出来了，但故意没说破？那也太尴尬了吧?!

傅延昇看着他，又问了一句：“所以，昨天晚上接电话的，也是你？”

“昨晚？”戚枫反应过来，“是你打的电话啊？”

傅延昇“嗯”了一声，说：“你哥应该不知道我们之前见过吧？……如果你没告诉过他的话。”

戚枫：“我没有……”

傅延昇淡笑了一下：“难怪。”

戚枫有点不可思议地望着傅延昇，问：“酒吧那个事，难道我哥还没跟你说清楚？”

傅延昇：“嗯，他还让我误以为捉弄我的人是你呢。”

戚枫恼道：“他到底想干什么啊！”

傅延昇笑了笑，忽然压低声音问他：“想不想报复一下你哥哥？”

戚枫一怔："报复？"

傅延昇挑眉："他去年不是用你的身份骗了我吗，我还记得我们差点造成你朋友的误会不是吗？"

"是……"想起这件事，戚枫还郁闷呢，但他也有点纠结，他对这个人完全不熟，也不知道哥哥和对方现在是什么关系，毕竟才第二次见，他难道就要倒戈跟对方合作反捉弄自己的亲哥哥？这样会不会不大好？

傅延昇见他犹豫，继续诱哄："你不是还说，你哥哥从小就喜欢披你的马甲恶作剧？你不想看看他当着我们的面亲口承认自己撒了谎做错事的样子吗？"

要哥哥红着脸主动承认撒谎？糟糕！戚枫怎么觉得有点心动？

两人对视了三秒，像是忽然间达成了某种协议，戚枫侧身让傅延昇进门，皱眉道："你想怎么做？"

"你就假装你是第一次见我，一会儿我会问你一些简单的小问题，你觉得方便回答就回答，"傅延昇安抚他道，"别紧张，就当是我们跟你哥哥开个小玩笑，有什么后果我兜着。"

戚屿洗完澡关了花洒，听见客厅传来一阵谈话声，但隔着门听不清他们在说什么。

不知道傅延昇有没有认错人，如果认错了，自己出去的时候估计会把对方吓到吧？呵，他都想看看傅延昇尴尬的表情了。

戚屿深吸了一口气，让自己平静下来，轻手轻脚地走了出去。

客厅里的谈话声随着他的靠近越来越清晰，只听傅延昇正问他弟弟："你们学校里课多吗？"

戚枫："大一大二还好，下学期开始专业课会多一点。"

听这对话，傅延昇是认出来了？

啧，戚枫也太没用了吧……

戚屿一边嫌弃弟弟的演技，一边优哉游哉地晃了过去："傅老师来了？"

傅延昇看向他，笑说："你弟弟跟你长得真像。"

戚屿："好认吗？"

傅延昇："好认，一眼就看出来了。"

戚屿扬了扬眉，向戚枫求证，为了证明自己没有故意放水，戚枫也忙不迭地点头道："我给他开了门，他就问我你在哪里。"

戚屿嘴角一勾，正想问问傅延昇是怎么认出来的，却见那人和颜悦色地看向戚枫："你平时都喜欢什么运动？"

戚枫配合地回答他："篮球、羽毛球、游泳、爬山……嗯，户外运动我都蛮喜欢的。"

傅延昇笑道："是吗？我也喜欢游泳，有机会一起去？"

"呃……"戚枫讪笑了一下，看向他哥，"哥，能吃饭了吗？"

戚屿张了张嘴，神情古怪地走到台式机边，给客服打了个电话，通知他们上菜。

不到十分钟，服务员就推着餐车上来了，三人起身坐到桌边。

“吃法餐？正好，把我带的那瓶百年玛莎开了吧。”傅延昇把酒拿去让服务员开了。

桌上的餐具、酒杯一应俱全，负责餐桌装饰的服务员还为他们点了蜡烛，看上去很有情调。

服务员征询了戚屿几道菜的上菜时间后就退了出去，开饭后，傅延昇又问问戚枫平时比较喜欢吃什么菜，两人在那儿聊得戚屿都有点插不上话。酒醒得差不多了，傅延昇拿起醒酒壶，也是先给戚枫倒。

明明是三个人在吃饭，傅延昇却像是完全忽略了戚屿的存在，一直在想方设法地和戚枫搭讪，除了问他喜欢吃的菜，还问他喜欢的音乐，爱看的电影和书，有些问题琐碎得戚屿都忍不住疑惑，傅延昇居然是这么八卦这么啰嗦的一个人！他们在一起聊天的时候，傅延昇都很少跟他打听这些的！

戚枫这蠢货也是！怎么人家问什么他就回答什么？他懂不懂保护个人隐私?!

……

一顿饭吃得戚屿浑身不是滋味，原本他还高兴傅延昇能一眼认出自己和弟弟的，可看着对方此刻对弟弟的态度，他烦躁得又想掀桌。

刚开始为了调节气氛，戚屿还会主动掺和几句，后来渐渐沉默下来，只埋头切自己盘子里的牛排，幻想这是在切傅延昇的肉，一刀又一刀，切得优雅又无情，好像这样才能稍稍解气。

吃着吃着，戚枫终于也察觉到不对劲了，想象中哥哥红着脸主动承认撒了谎的场景根本没出现，他只感觉房间里的气压低得让他窒息，他哥的表情阴沉得像是要杀人……

戚枫也不敢再配合傅延昇了，他哆哆嗦嗦地拿起小毛巾擦了擦嘴，直接起身道：“哥……那个，我晚上和凌可约了看电影，你们慢聊，我先走了啊……”

戚屿瞟了他一眼，冷飕飕地来了一句：“你甜点还没吃呢。”

戚枫被他哥那个眼刀子戳得差点一口气没上来：“不……不吃了！我快来不及了！”

说完丢下小毛巾，看都不看傅延昇，拔腿就走。

第17章
暴揍纨绔

转眼房间里只剩下了戚屿和傅延昇，两人相对而坐，气压比之前更低了……

僵持了一分多钟，戚屿才放下刀叉看向傅延昇，结果一抬眸，就见对方正目光灼灼地盯着自己，嘴角还噙着一丝若有似无的笑，像是早把他刚刚所有的反应都看在了眼里。

戚屿心脏猛然一跳，忽然间明白了对方这么做的目的——这家伙是在用这种方式逼他主动坦白去年那件事！

他又差点踩了对方设的陷阱，后知后觉的戚屿一阵心惊胆战，又一阵热血沸腾。

傅延昇见他面色变幻，也放下了餐具，往椅背上一靠，举着红酒杯轻轻晃动着问："怎么忽然想到要介绍你弟弟给我认识？"

"不是你说想见？"戚屿快速从被嫉妒裹挟的失常情绪中冷静下来，皮笑肉不笑地问，"你刚对他不是挺有兴趣的吗？"

"他比你单纯很多……"傅延昇缓缓抿了一口酒，抬眼笑道，"但没你聪明。"

戚屿嘴角一抽，心说现在恭维也没用了。

嘴角却依旧翘着，看上去不惊不恼。

"你是怎么认出我和我弟的？"戚屿还是很好奇这一点。

本以为傅延昇会长篇大论地分析一番，从他们俩的细节装扮到言行举止——这是他的惯常操作——但没想到，傅延昇这次只是看着他说了两个字："直觉。"

见鬼的直觉！

"我也想问问你，你明知我要来，怎么让你弟弟出来接待我？"傅延昇定定地看着他，问，"你是在……考验我吗？"

"什么考验？"戚屿笑呵呵道，"就是觉得好玩而已。"

傅延昇放下酒杯，摇头低笑，片刻后又取了烟盒，问："能抽烟吗？"

得到许可，他才掏出戚屿送他的那只银色打火机，拢在手心里将烟点了，凑到唇边吸了一口，在逐渐弥漫开来的烟雾中开口问："你就不怕我真认错了？"

戚屿反问："我怕什么？"

傅延昇沉声道："你知道我对你和对别人不一样。"

戚屿一乐，心道是谁刚刚当着我的面和我弟聊得火热？还好意思说对我和对别人不一样？像是故意气对方似的，戚屿决定装傻到底："哪里不一样？"

傅延昇不说话了，他望着戚屿吸了一口烟，缓缓将白色的烟雾从口鼻间释放出来，好像在无声地叹气。

戚屿莫名有点被这一幕蛊惑，问道："我能来一根吗？"

傅延昇一愣，边低头取烟盒边自我调侃："你爸要知道你抽烟，估计会觉得我带坏你。"

"是我自己想抽，跟你有什么关系？"戚屿无所谓道，"再说，我爸自己也抽。"

"人的行为会受环境影响，"傅延昇抽出一根烟递给戚屿，"尤其会受钦佩之人的影响……"

戚屿差点笑出声来，这家伙还挺自恋啊，这是在暗示自己会受他影响吗？

"万事总有第一次。"戚屿接过烟，正想向傅延昇讨打火机点烟，却见对方起身绕过来。

傅延昇走到他身侧，一手扶上他的椅背，一手搭在餐桌边缘，道："把烟夹嘴上，抬头，一会儿吸气。"

傅延昇叼着烟躬身凑向他，戚屿一瞬间像被催眠了似的，跟着对方的指示抬头。

两支烟相接，火光闪烁，分开时，红点变成了两个。

戚屿吸进了一大口烟气，还有点茫然不知所措。

傅延昇摘了烟，居高临下地望着他，笑说："别老含着，吐出来啊。"

戚屿刚想把那口烟咽下去，听了傅延昇的话，忽然就被呛到了："咳咳……"

傅延昇笑容一凝："怎么了？"

慌乱间，他的手又不小心碰到了戚屿的酒杯，杯身一倾，酒液全泼在了戚屿身上。

戚屿洗完澡只穿了件单薄的霜白色衬衫，襟前也没佩戴餐巾，此刻被那小半杯红酒一染，顿觉身上发凉。

"抱歉……"傅延昇忙道。

"……没事。"戚屿缓过劲儿来，从容地把烟搁在盘子边，见傅延昇一脸慌乱，忽然间觉得有点好玩。

他索性一动不动地坐在那里，任由红酒一点点把自己浸透，欣赏着傅延昇取了餐巾为自己擦拭的样子。

酒液顺着衣襟蔓延，仿佛在戚屿胸前开了朵巨大的玫瑰。

傅延昇努力擦了一会儿，抬眼对上戚屿的视线，蹙眉道："擦不干净了。"

戚屿打量着傅延昇，那一瞬间，他真想脱口而出问一问对方，是不是一直都知道自己就是那个当初捉弄他的人……

但他知道，一旦他先问出口，这游戏就没得玩了。

他不想让这个家伙赢得如此轻松。

戚屿抬手抓住对方的手臂，施了道往外的推力："我去换身衣服。"

傅延昇的目光在他身上停顿了好一会儿才偏开去，戚屿缓缓起身，等换完衣服出来，见傅延昇已经坐回了自己的位置，低头抽着烟，不知道在想什么。

桌边一片狼藉，戚屿有点不想再坐那里，他说：“傅老师，你还吃吗？不吃我让人上来收拾一下。”

傅延昇反应过来，低声说了句“不吃了”，把自己那根快燃尽的烟摁灭在烟灰缸里。

戚屿打电话给客服，又自作主张地叫了壶傅延昇爱喝的老君眉，然后回桌边取了自己的烟，说：“这个不能浪费。”

傅延昇皱眉道：“别抽了。”

戚屿：“为什么？”

傅延昇起身过来，直接拿走了他手上的烟：“你还太小，过几年再抽吧。”

戚屿不服气地追过去问：“说我小，你又是什么时候开始抽烟的啊？”

傅延昇：“二十三。”

戚屿：“那也不大啊。”

傅延昇吐了口烟，道：“我在你这个年纪已经硕士毕业进职场了。”

戚屿：“……”

好吧，算他赢。

傅延昇没在烟的问题上停留太久，很快转移话题问他：“调查的那个事怎么样了？”

戚屿坐下来，依然没告诉对方自己另外找了调查团队并让戚枫替自己上班的事，他只说他爸爸很快也会找人介入调查。

傅延昇闻言颔首：“让你爸自己来查也好，你做这些还是有点危险。”

戚屿挑眉：“哪里危险？”

他下午才得到爸爸认可，不想被傅延昇看扁。

傅延昇解释：“你从商经验不够，对一些商业陷阱不太敏感，有可能反被人利用，总之尽量小心点。”

知道对方是在关心自己，戚屿心里舒服了点：“我会的。”

傅延昇又说：“如果邱如松再约你见面，你就找借口推掉吧，见不见他对你调查这些事没什么用，最好把自己藏在幕后。”

戚屿“嗯”了一声，问傅延昇：“秦总邀请我这周末到他家吃饭，应该没事吧？”

“美薇的总经理？”傅延昇想了想，道，“这个问题倒是不大，不过你去之前记得把自己的行程告诉身边的亲信，让他们保持警惕。”

戚屿：“我知道。”

傅延昇顿了顿，又问他：“最近司家那位小少爷还有没有邀请你去他那里玩？”

戚屿耸肩：“没有，我最近忙得不得了，就算他请我我也没时间去。”

傅延昇：“那就好。”

戚屿听着对方这句话，觉得有点好笑：“怎么，你担心我跟他们学坏还是担心唐伟烨再骚扰我？”

傅延昇垂眼笑道："没什么，就觉得他们这群人早晚要出事。"

戚屿："出什么事？"

傅延昇："上次你不都见了。"

戚屿不以为意："他们背后大都有人，哪有这么容易出事。"

茶上来了，随之而来的还有收拾餐桌的服务生，两人喝了会儿茶，又聊了几句，傅延昇就准备回去了。

戚屿和上次一样起身送他，到了门口，傅延昇才盯着他的耳朵问："你戴耳钉是跟你弟学的吗？"

戚屿一愣："为什么不说是他跟我学？"

傅延昇："因为你以前不戴，最近才开始戴，而且你的耳垂要比他的红一点。"

戚屿失笑："你不会是看耳朵才认出我们来的吧？"

傅延昇："当然不是。"

"那是什么？"戚屿心痒痒地问，"真不能说？"

"眼神，"傅延昇目不转睛地望着他，说，"你看我的眼神和他看我的眼神不一样。"

戚屿刨根究底："哪里不一样？"

"你自己没感觉吗？"傅延昇笑了一下，像是在笑他"明知故问"，说完也不等戚屿回应就转身离开了。

戚屿对着房门发了一会儿呆，想起戚枫还没回来，拿出手机给对方打了个电话："都快十一点了，你什么时候过来？"

戚枫的语气有点犯怵："我晚上住凌可家，明天早点过去行吗？"

戚屿揉了揉眉心道："算了，你就待那儿吧，明天没什么事，我自己去上班。"

戚枫如获大赦地说了声"好的"。

挂了电话，戚屿晃到浴室，望着镜子里的自己，有点茫然——他看傅延昇的眼神怎么了？不会又是对方在诈他吧？

次日戚屿去上班，进公司时又被前台那妹子叫住了，"戚总，今天有小蛋糕哦！"郭巧甜甜地朝他微笑。

戚屿蹙眉，他是不是没保持好距离，怎么感觉这姑娘对他越来越热情了？顺手拿了一个，戚屿冷淡地说了声"谢谢"。

进了办公室，看见吴双，戚屿转手把蛋糕给了他。

"呃，"吴双正吃着一个，又接过一个，好奇道，"你不吃？"

戚屿揉着鼻梁道："我不是说过吗，我不爱吃甜食。"

吴双一头雾水。

坐下以后，戚屿把昨天戚枫交给他的文件拿出来，让吴双送回各部门，然后打开了电脑。只见桌面上多出了一个新建文档，戚屿点开一看，里头居然是戚枫昨天记录的"工作日志”——从他进办公室到下班离开，几点几分，有谁来过，大概说了什么话，全都认认真真地记了下来。

戚屿莞尔，想不到那小子还挺用心。

白天公司里没什么大事，就是接到了许敬的一通电话，问他晚上有没有空一起吃个饭。

上次吃夜宵之后，两人快有大半个月没见了，戚屿欣然答应。

晚上去赴约，两人在桌上聊了会儿各自的工作，许敬就对他道：“上周我又去燕城出差，碰上了一件很有意思的事。”

戚屿：“什么事？”

许敬问他：“你知道林焕吗？”

戚屿似乎在哪里听过这个名字，愣了一下，回忆起来是听司航他们聊起过，他问：“那个燕城首富之子？”

许敬：“没错，就是他，富二代圈子里很出名的一个人，没比你大几岁，但这人非常有手段，和我想象中很不一样。”

戚屿只记得那林焕也有家游戏公司，还是司航的对手，所以印象中总觉得那人也是个专司玩乐的二世祖，听许敬这么一说，不由得有点好奇：“怎么不一样？”

“说来话长了，”许敬悠悠道，“前年冒出来两家新的科技公司，一家做视频娱乐，叫小鸽子，一家做音频娱乐，叫小喜鹊，两家都发展得有声有色。去年他们各自拉投资拓展规模，明确要求，只要投了小鸽子的，就不能投小喜鹊，投了小喜鹊的，就不能投小鸽子——因为这件事，反而引来投资圈不少人关注，甚至有人猜这事背后有人在做局，其实老板就是一个人。”

戚屿：“到底是不是一个人？”

许敬摇头：“不是，我上周和林焕见面的时候，他告诉了我这两家公司的来龙去脉。说来好笑，他们的创始人居然都是N大计算机系的高才生，两人还是同班同学，本来明明可以一起合作的，但读书时各自有各自的创业想法，谁都说服不了谁，索性打了个赌，各自成立公司，三年内，只要其中一家公司的规模超出另一家的一倍，谁今后就给谁打工，所以还真就是两个小年轻在相互较劲儿。”

戚屿：“还有这种事？那后来呢？”

许敬神秘兮兮道：“故事发展很戏剧化，我们山雨还掺了一脚呢。”

戚屿被勾起了兴趣：“怎么说？”

许敬：“去年林焕投了小鸽子，我看视频娱乐这块发展不错，也跟投了一笔，拿了3%的股份，不算多。林焕是大头，有了他的投资，小鸽子去年一年的发展势头很猛，快达到当时和小喜鹊的赌约要求了。但小喜鹊也不甘于后，两家公司拉锯战长达八个月，今年年底就是他们的三年之约到期日，小鸽子总是就差那么一点，那创始人心里着急，就找到林焕，想让他再投一笔。”

戚屿："林焕投了？"

许敬："他投了，但小鸽子输了。"

戚屿愣道："为什么？"

许敬："林焕上周约我在燕城见面，花我当初投资小鸽子的十倍价格，买走了山雨手中3%的股份，拿到了小鸽子的控股权。"

戚屿不解："他出这么高的价格要小鸽子的控股权干什么？难道他想分别收购这两家公司？"

许敬："不，林焕在投资小鸽子之前，已经和小喜鹊的创始人做了对赌协议，只要他拿到小鸽子的控股权，小喜鹊就出三倍高的价格收购——所以现在小喜鹊才是赢家。"

戚屿恍然大悟，原来小喜鹊一直在伪装弱势，刺激小鸽子做出冲动的决定，小鸽子要不是为了求胜铤而走险，也不见得会输……

"等等，可如果山雨3%的股份不给他，林焕不也拿不到控股权吗？"

"是，"许敬颔首笑道，"他原本也只是想出三倍，我要了十倍，这钱不赚白不赚。"

戚屿暗暗一惊，看来许敬也不是个善茬啊，他想了想，又纳闷道："可小喜鹊又是哪来的钱收购小鸽子？"

许敬笑了笑："跟林焕借的。"

戚屿："……啊？"

许敬："呵呵，你没想到吧？其实这个局就是林焕帮小喜鹊的创始人做的，林焕和小喜鹊的对赌协议里，除了帮小喜鹊得到小鸽子，还要小喜鹊在接下来三年内联合小鸽子将公司规模扩展到现有的三倍，否则最后这些股权还是会回到林焕手里。"

这一层层阴谋听得戚屿都有些头大。

"所以我说林焕有心机了吧？"许敬摇头笑道，"他这手段连我听了都刮目相看。"

戚屿追着许敬又问了些细节，许敬笑说："你要对投资圈感兴趣，这个假期早该跟着我混，好玩的人和事多了去了。"

戚屿道："等明年吧，今年我还是先把美薇的事搞定再说。"

许敬问他："美薇那边调查得怎么样了？"

戚屿简单提了几句，但也不敢说太详细，怕有人跟踪，隔墙有耳。

饭后，依然是戚屿抢着买了单，许敬无奈道："你要每次这样，我以后都不好意思说请你吃饭了。"

戚屿打太极道："下次你来。"

两人说说笑笑往外走，戚屿隐约听见有人在说他的名字，顿住脚步，没听错，真有人在聊他，声音是从边上包厢里传出来的。

许敬带他来的是海城一家知名粤菜馆，虽然都是独立包厢，但隔音效果远没有淮金路88号会所那种包厢好。

戚屿走到声音来源处，只听那房间里的人正在说："你这家伙是不是魔怔了，听谁的声音都戚屿戚屿的！"

戚屿一愣，司航也在这里吃饭？

许敬见状也走了过来，用眼神问戚屿是怎么回事，戚屿比了个噤声的手势，两人沉默地继续听。

"我约了他几次出来玩，他理都不理我，他们司源集团当年不也是有你家投资才有今天，我就想不明白了，大家家境都差不多，那戚屿高傲个什么劲儿？"这段话不用猜声音，戚屿都知道是哪个神经病说的了。

包间里的人嘻嘻哈哈一阵笑，又听司航打圆场道："人家常青藤名校高才生，看不起我们也是正常的，再说，戚屿他爸是司源集团的大股东，底下就他一个继承家业的儿子，跟我们这种混日子的可不一样……"

戚屿听司航这么说，轻哼了一声，不想再跟那姓唐的一般见识。

正打算走人，却又听有人在里头道："司航，你之前不是跟我们说那戚屿还有个双胞胎弟弟嘛？"

"啥？双胞胎？！"

"是啊，小时候我见过，跟戚屿长得一模一样，不过后来他们爸妈离婚，戚屿跟他爸爸，他弟弟估计跟他妈妈，后来也没联系了。"

"哦？他妈妈是干吗的？"

"好像是明星还是主持人，忘记了，挺漂亮的。"司航说。

"哈哈，伟烨，既然你看戚屿不顺眼，那就把他弟弟抓出来揍一顿呗？反正他俩长得一样，让他弟弟跪在地上给你磕个头，你不就解气啦？"

"这个主意不错。"唐伟烨道。

"哈哈哈哈哈……"

屋里几人笑得欢，就听身后传来"哐当"一声巨响，包厢门被极其粗暴地踹开了！

一群人惊慌回头，看见出现在门口的人，表情全变了。

"戚屿……"司航第一个意识到不好。

戚屿如修罗鬼煞般扫了他们一眼，然后杀气腾腾地朝唐伟烨走了过去。

唐伟烨见他出现，原本还有点蒙，谁知戚屿来到他面前，一把抓住他的衣领拽起来，照着他的脸就是一记直拳。

"啊——！"唐伟烨惨叫一声，痛得捂住了脸。

戚屿骂了声"畜生"，又从桌边抽了个酒瓶子，对着唐伟烨的脑门实实地来了一下。他下手一点没留余力，鲜红的血当即就从唐伟烨头顶流了下来。

他闯进来的动作太快，许敬都来不及反应，唐伟烨已经捂着脑袋跪倒在地上。

众人都吓坏了，因为戚屿身份特殊，他们也不敢上来护唐伟烨，只是围过来拉架，还有人大叫着戚屿的名字，慌乱地解释："戚屿！我们开玩笑的！"

……开玩笑？戚屿一听他们说要动自己弟弟，整个人都要炸了，他扭头照着那个说"开玩笑"的人又是一拳，把人打得"嗷"的一声退了好几步。

打完定睛一看，才发现是司航，戚屿愣了一下，原来这么多年了他心里一直记着司航抢戚枫变形金刚这事，总觉得当年那一架没打成哪里都不爽，以前碍着面子，他没对司航动手，刚刚一拳出去气忽然顺了点。

但想起这群渣滓刚刚聊的话，戚屿的血液又开始沸腾。

正红着眼想继续揍人，许敬一把拖住了他："戚屿！别打了，冷静点！"

外头因为这边的动静围了不少人，戚屿却像没听见没看见，像只被彻底激怒的豹子。

跟着戚屿的两个保镖也赶了上来，却不是劝架来的，而是像守护神一样一左一右地站在了他两边。

这一刻才有人反应过来，慌道："快报警！叫救护车！唐伟烨昏过去了！"

"不……"司航捂着鼻子还不忘拽住那人，痛苦道，"都是……自己人，别闹大了……"

鼻间充斥着医院特有的消毒水的味道，四周却很安静。

戚屿面无表情地看着医生给自己涂红药水——因为揍人太用力，他手背上的指关节擦破了皮。

"好了，其他没什么大问题，"医生替他处理完伤口，斜了他一眼，"年轻人以后不要这么冲动啊……"说完便起身出去了。

许敬走进来问："好点了吗？"

戚屿低着头，神色还有点阴晴不定。

事发后，许敬用最快的速度处理了所有事情，联系了该联系的人，还把他们几个受伤的都送到了这家私立医院。

看着从刚开始一直沉默的戚屿，许敬叹了口气，安慰他道："别担心，没什么大事。唐伟烨已经醒了，有点轻微脑震荡，医生说休息十天左右就会好。"

戚屿点点头。

许敬又说："我刚和他们谈了谈，问他们这件事想怎么处理，要不要联系各自的长辈，私了公了都行……"

戚屿淡淡地问："他们怎么说？"

"他们一听要联系长辈，都说不用，可能也是心虚，"许敬无奈地笑了一下，"再说都是生意人家里出来的孩子，也都会权衡利弊，这种小打小闹的，国内富二代圈子挺常见的。"

戚屿慢吞吞地起身道："我去看看他们。"

"你现在去看他们？"许敬愣了愣，"你不气了？"

"司航不都说我们是'自己人'了吗？"戚屿嘴角勾着，眼神却依然没有什么温度，"毕竟是我动手在先，打完了也得给颗甜枣不是？”

戚屿在许敬的带领下先去了司航休息的独立病房，司航伤得不重，只是挨了他一拳，流了点鼻血，此时靠在病床上，也已经处理过了，鼻子塞着两团棉花，侧脸微微有些红肿。

朱麟坐在边上陪他说话，似乎难得见司航挨揍，居然还有些幸灾乐祸，两人骂骂咧咧地不知道在聊什么。

见戚屿进来，病房里一下子安静下来。

司航瞪着他，显然还在为自己受到的无妄之灾感到愤怒。

戚屿走到他床边，眉心微蹙，语气带着丝歉疚之情：“刚刚是我冲动了，我只想打唐伟烨那混账的，没想到误伤了你，如果看清是你，我肯定不会对你动手。”

司航哪见过戚屿这般和颜悦色的模样，都有些傻了。

戚屿倾身过去，用受伤的手碰了碰司航的伤处，担忧道：“还好吧？”

司航疼得“嘶”了一声：“别别别碰我！我靠！”

戚屿没忍住，“噗嗤”一笑。

司航怒道：“你还笑！老子被你们连累惨了！”

戚屿耐心地解释：“你们开我玩笑就罢了，怎么还打起我弟的主意了？刚好还叫我路过听到了，我能不气吗？换作是你，你想想如果有人想动你，你哥能不能忍？”

司航躲开戚屿的手，哼哼唧唧道：“我跟我哥的感情哪有你和你弟好，他只会给我钱，才懒得管我……”

戚屿一愣，又陪着司航说了一会儿话，见司航的态度缓和下来，才去见隔壁的唐伟烨。

唐伟烨房间里的气氛要比司航那边压抑很多，也有个人陪着他，但两人都不说话，一个呆呆地躺在那里，一个坐在边上玩手机。

戚屿见唐伟烨被白纱布裹得像木乃伊一样的脑袋，讥诮地问：“怎么，被我打傻了？”

似乎没想到戚屿会去看他，从戚屿进门后，唐伟烨就直勾勾地盯着戚屿，一双眼睛里夹杂着惊疑、愤怒、哀怨种种情绪。

戚屿凑近了点，低声问：“还是把你打清醒点了？”

他对唐伟烨和对司航完全是两种态度，唐伟烨望着他，眼中的哀怨一点一点压过了愤怒，哑声道：“戚屿……”

“装可怜也没用，”戚屿眯起眼睛，似笑非笑地威胁道，“下次再动那些脑筋，信不信我还打你？”

唐伟烨看着戚屿对自己笑，像是被施了迷魂术，明明被打的是自己，他居然还反过来跟对方道歉：“你别生气，饭桌上聊的那些，我们是开玩笑的……”

戚屿轻哼一声，语气缓和了些：“好好养伤，过两天再来看你。”

唐伟烨眼中燃起了一丝希望，他挣扎着撑起身子，看着戚屿离开的背影问了一句：“你微信能不能回我句消息啊？”

戚屿暗骂了一声“傻子”，脚步一顿，头也不回地走了出去。

离开病房，戚屿见许敬和徐一舟站在私人休憩区那边聊天，戚屿过去打了声招呼：“徐秘书。”

徐一舟望着他无奈道：“我晚上就走开一会儿，你们怎么打起来了？”

戚屿：“是我冲动了。”

徐一舟叹气：“许总都已经跟我解释了，司航他们是小孩，有时候口无遮拦的，你别跟他们一般见识啊。”

“抱歉，以后我会克制的，”戚屿伸出手，“给你添麻烦了。”

徐一舟跟他握了下手：“没事没事，我天天给他们处理各种事，早习惯了……”

许敬道：“刚刚我和徐秘书说了，司航他们的医药费我们这边来出。”

戚屿：“应该的。”

和徐一舟道别后，两人就离开了医院。

前前后后两个小时，一场闹剧才算落下了帷幕。

许敬叫了车，先送戚屿回酒店，上车后他感慨了一句：“认识你这么多年，我还是第一次看你这么凶地冲出去跟别人打架。”他看向戚屿，笑问，“能不能采访你一下，打架是什么感觉？”

戚屿闭上眼睛，脑海里倒放着两个小时前在餐馆的那一幕。

因为揍人时用力过度，他右臂的肌肉还在微微痉挛，手背上的破皮处也还在辣辣地疼，他知道暴力是不对的，但那一刻，他好像把体内压抑已久的情绪都释放了出来，觉得舒服极了……

睁开眼睛，戚屿冷静地说了一句话：“放心，下次不会这样了。”

刚刚坐在清创室里，他已经反省过了，毫无顾忌地发泄情绪是很爽，但发泄完后却需要思考太多的问题——今天还好是司航和唐伟烨，还好唐伟烨醒了，还好他没有把事情闹得太大……

还好，他是戚源诚的儿子，如果换个人，换个打架对手，他再失控一点点，局面就没这么容易收拾了。

而且，即便如此，他还是忍着不耐烦利用司航对自己的好感，利用唐伟烨对自己的好感去化解僵局。

金钱、情感、时间——做一件冲动的事，要付出太多的代价。

戚屿在心里提醒自己，下次绝对不能再犯同样的错误。

他希望自己成为像傅延昇那样冷静、睿智的成熟男人，而不是一个暴力分子。

许敬看了他一会儿，忽然说：“我本来以为我挺懂你，刚刚才发现，我对你的了解还太少。”

戚屿正想说什么，车子停了下来，到酒店了。

“对了，”许敬从兜里掏出手机递给他，“刚刚你打他们的时候，手机掉地上了。”

戚屿接过来道了声谢，许敬又说：“好好休息，如果觉得身体不舒服明天就请个假，不要去上班了。”

戚屿“嗯”了一声：“你也快回去休息吧……”

第18章 临渊公寓

进了酒店，戚屿竟发现傅延昇和戚枫双双坐在大堂的沙发上聊天，傅延昇看见他立即起身走了过来，眉心笼着一股焦虑："打了你这么多通电话怎么不接？"

戚屿一怔，拿出手机解锁，见屏幕上没什么显示，打开通话记录才发现上面有五通未接电话，全是傅延昇的，而且都是在两个小时内打的。

……奇怪，许敬听到傅延昇的来电，怎么不告诉他？

"刚刚手机不在我这儿，没看到，"戚屿解释了一句，收起手机问他俩，"你们怎么都在这儿？"

戚枫忙解释："我也才刚到，看见傅大哥坐在这里，过来问了问，才知道他在等你。"

戚屿疑惑："我不是给过你房卡吗？"

戚枫尴尬道："我问他要不要上去等，他说你不在房间，他跟我一起上去不大方便。"

戚屿朝戚枫抬了下下巴："你先上去吧，我和他在这里聊两句。"

戚枫"哦"了一声，看了傅延昇一眼："这么晚过来找我有什么事？"

傅延昇盯着他手上的伤处，皱眉道："徐一舟说你跟人打架，受了伤，还进了医院。什么情况？你还会跟人打架？"

戚屿隐隐纳闷，徐一舟怎么什么事都告诉傅延昇？

"擦破了点皮，没什么大碍，"戚屿给他看了一下，挑眉道，"你来就为这事？"

"他说得挺夸张，我打你电话你又不接，所以有点担心，"傅延昇上下打量了他一番，"不过看你现在这样子，好像没少块肉也没掉根头发……行，没什么大事我就回去了。"

戚屿见傅延昇要走，叫住他道："你……就只是来看看我？"

"不然呢？"傅延昇抬手看表，"十二点多了，我在这儿干坐着等了你快两个小时，明天还要上班呢。"

得知对方等了自己两个小时，戚屿又有些高兴："今天有点晚了，就不请你上去坐了，明天晚上一起吃饭？"

傅延昇点头："好，明天再联系。"

目送傅延昇离开后，戚屿返回了房间，戚枫也追着他问了几句他受伤的事。

戚屿不想跟他说太多内情，倒是想起弟弟刚在楼下和傅延昇对视的眼神，心下狐疑："戚枫，我有事问你。"

“问我什么？”戚枫心中又升起了一股强烈的危机感。

“傅延昇刚刚在楼下到底和你说了些什么？”戚屿问。

“没什么啊，我不是说了，我也才刚回来。”戚枫一心虚，不自然的反应更加鲜明。

戚屿想到一个可能性，眯起眼睛道：“你和他是不是早就见过？”

戚枫：“没啊……”

见弟弟眼皮微垂，视线躲闪，戚屿横眉冷竖：“你过来，你给我老实交代！”

戚枫一边继续装傻，一边往后退了半步：“交代什么？我真没有……”

“你还敢给我躲？”戚屿直接扑上去用那只涂满了红药水的手抓住了戚枫的胳膊。

“别……”看着他哥刺眼的手背，戚枫怕自己一反抗又弄伤对方，忙服软道，“别动手别动手，我说！”

接着半个小时，戚枫把他和傅延昇接触的过程全交代了，看着弟弟一脸无辜的样子，戚屿恨不得再揍他一顿出气！

“所以去年四月我离开海城那天，他就加你好友了？”他跟戚枫确认一些细节。

“我没通过……他就给我打了一次电话，我把他拉黑了，去年五月份在星月港见到的时候，他误把我当成是你了。”戚枫道。

“你那时把我的名字和电话都告诉了他？”戚屿挑眉。

“你不能怪我，还不是你先披我马甲坑我在先！”戚枫争辩道。

“前天晚上是他让你配合做戏给我看？”

“嗯……”见他哥一脸阴沉，戚枫深深觉得自己被姓傅的家伙骗了，说什么他哥会因为欺骗他尴尬脸红……放屁！他这混蛋哥哥非但没有一点反省之意，现在还在这儿理直气壮地拷问自己呢！

但戚枫想到自己也曾帮着外人坑哥哥，心中有愧，敢怒不敢言。

戚屿忽又问：“你怎么叫他傅大哥了？”

戚枫：“我刚在楼下叫他傅老师，他说他不是我老师，让我叫他傅大哥。”

戚屿：“在楼下真没说别的了？”

戚枫：“他就多问了我一句，有没有被你知道我和他见过的事，我说还没有。”

戚屿：“没有什么别的事瞒着我了吧？”

戚枫举起双手：“没了！全告诉你了！”

戚屿哼了一声：“看在你都坦白的份上，我就不跟你算账了……行了，你明天还要替我上班，快去睡吧。”

戚枫如获大赦地去睡了。

待弟弟睡后，戚屿又把整件事回想了一遍，内心感叹，傅老师可真能演啊，这么长时间硬装得像是忘了一样……

不过，戚屿又有些好奇，傅延昇又是抱着什么样的心理在演戏？只是纯粹觉得好玩？

既然他去年五月就从戚枫手中拿到了自己的微信，为什么那时候不直接加自己好友？徐一舟介绍他认识自己的时候，他知不知道自己就是Skyline让他喝了那杯酒的人？

次日一早，戚屿让弟弟代他去了公司，自己则买了点水果和鲜花去医院探望司航和唐伟烨。

司航的伤其实没必要住院，但他脸上挂彩，怕出去被人见了丢面子，所以索性住在私人医院等待痊愈。

戚屿与司航寒暄了两句，随口问道：“对了司航，去年暑假，你怎么会想到去美国的？”

司航对美国根本不了解，英语说得也不好，除了问徐一舟接下来上哪儿玩，根本没有明确的行动意图，反倒像个受人摆布的提线木偶。

司航啃着戚屿送的苹果道：“那不是肖野他们要打比赛才去的嘛！”

“只是因为肖野要打比赛？我又没见你天天看肖野打比赛，”戚屿开玩笑道，“不会是特地为了见我才去的吧？”

昨晚戚屿仔细回想了一下，自己和傅延昇的认识过程也有点戏剧化。

以他对傅延昇能力的了解，对方想要查到自己的真实身份实在简单，一旦查出来，傅延昇便会知道司家和戚家的关系，再通过徐一舟接近自己……

“说特地去见你是夸张了点，”司航笑了笑，摇头晃脑道，“但你确实是一个能让我出国的重要的原因。”

戚屿挑眉：“为什么？”

“去年我那个战队不是进了半决赛嘛，徐一舟就问我想不想跟过去看看，毕竟我是战队老板，但我爸反感我玩游戏，如果以看比赛的理由出国，他肯定不会同意，”司航笑道，“后来也是徐一舟给我支招儿的呢！我爸不天天在家跟我念叨你吗？他说让我以去‘看你’作为理由跟我爸说，他就不会反对了。”

这么说来，这场相识还真有可能是傅延昇在背后一手谋划的？他这么处心积虑，真的只是为了吸引自己的特别关注？还是说，这对他来讲只是一个好玩的游戏？

戚屿眯了下眼睛，暂时将这些疑惑压在心底。

——既然傅延昇想玩，他陪对方慢慢玩便是了。

昨晚傅延昇约他吃饭，傍晚才给他发消息：“要不要来我住的地方？我亲自下厨。”

戚屿心中一动：“你还会做菜？”

F1S：“会。”

戚屿跟弟弟打了声招呼，让他下班后自己解决晚餐，便前往临渊公寓——上次他接傅延昇去宁城时对方发过住址定位，戚屿还记得，从假日酒店开车过去十分钟就到了。

傅延昇在公寓楼下接他，见他手上还拎着东西，笑道：“怎么还带个果篮？”

“让保镖买的上门礼。”戚屿耸了下肩，表示自己尽到了礼数。

“给我吧。”傅延昇也不客气，主动接过那个硕大的篮子拎在手里，带他上去。

进门后，傅延昇给他指了下客厅的方向："你坐会儿，我也才刚到家，还没开始做饭。"

良好的家教让戚屿没有去他人家做客时东张西望的习惯，但他对傅延昇实在好奇，忍不住站在玄关处问了一句："能参观吗？"

"随便看，我去换身居家服。"傅延昇说完就进卧室去了。

戚屿踩在光洁如新的黑橡木地板上，扫视了一圈，屋子的装修是那种灰蓝色基调的性冷淡风格，和傅延昇的气质一致，就是有点干净过头。

没一会儿傅延昇就换完衣服出来了，问道："在看什么？"

戚屿在客厅打量饰物架上摆放的小雕塑，闻言一偏头，见傅延昇换了身黑T恤，配修身长裤，和穿衬衫西装时那种职场精英范儿不同，这会儿对方看上去休闲又帅气，像个斯文的大学学长。

戚屿将视线重新对向饰物架上的一个马车铜雕，问："这你是哪儿买的？"

"不是我买的，"傅延昇转身走向开敞式的厨房，背对着他说，"装修公司给我配的。"

难怪戚屿觉得这地方不像家里有的样子，倒像个展示用的商品房。

"住的地方不自己搞点摆设？"既然不是傅延昇买的，戚屿也没心思看了，他慢吞吞地朝对方晃过去，调侃他道，"你怎么这么随便？"

"我大部分时间都在外边，平时也就回这里睡个觉，床舒服就行了。"

厨房的操作台上堆着新鲜的食材，傅延昇洗了手，有条不紊地把它们按照要做的菜分成几堆，蛤蜊鸡蛋、洋葱牛肉、葱姜鲈鱼，想做什么一目了然。

戚屿见对方的厨具也很新，奇怪道："你不常做饭吧？怎么想着亲自下厨？"

傅延昇头也不抬地继续手上切配的动作："总在外头吃也腻味，这不是给你这大少爷找点新鲜感吗？"

"你学过烹饪？"戚屿抱臂站在一边观赏，傅延昇动作不算快，但每个步骤都很明确，从容不迫的姿态让人看着很是赏心悦目。

"这有什么可学的，读硕士那几年在英国，自己照着食谱做几次就会了。"

戚屿挑了下眉毛，对傅延昇展现的种种能力都感到十分新鲜。

傅延昇处理完大部分食材，最后才拎起那条大鲈鱼的尾巴，偏头道："你一边玩会儿去，我要杀鱼了。"

"你杀啊，我又不怕。"

"刨鱼鳞会溅到你身上。"

戚屿往后退了一小步，想起Anne做饭时都会围围裙，好奇道："你不系个围裙挡挡？"

傅延昇晃了下刀子："没有那种东西。"

戚屿见对方面上刚刚一闪而过的狞色，差点笑出声。他不再多话，转身到附近的餐桌边坐下，看着傅延昇忙碌的背影，心中有些温暖。

没想到傅老师私底下还有这么有烟火气的一面，他都忍不住开始幻想傅延昇跟着自己去加州陪读后天天为自己“洗手作羹汤”的样子了……

傅延昇做了四菜一汤，一个小时后，菜肴上桌，戚屿尝了几口，听傅延昇问：“怎么样？”

“不错。”对方做的菜和外面高档餐馆大厨做的当然不能比，但从家常菜的角度来说可以打满分了。

傅延昇喝了口酒，才问起昨晚的事：“你昨天晚上打架到底是怎么一回事？”

戚屿抬了下眼皮，云淡风轻地在饭桌上把昨晚发生的事说了一遍，傅延昇听得直皱眉头。

“你是不是觉得我冲动了？”戚屿道，“我知道，我已经反省过了……那司航和唐伟烨还在私人医院住着呢，一天两万的开销都从我这儿出，你以为我愿意？但他们当时说那种话，我是真被气昏头了，说谁都行，但牵扯到我妈妈和我弟弟就不行，打一架让他们长长记性也好。”

傅延昇跟他碰了下杯，冷飕飕地笑了一下：“就这么点皮肉伤，哪能让他们长记性？”

戚屿随口问了一句：“那还能怎么办？”

傅延昇没回答，沉默了两秒才说：“以后不要以身犯险，我会担心。”

戚屿闻言一愣，忽又想起前天晚上傅延昇对他说的那句“你知道我对你和对别人不一样”，他当然也能察觉到，傅延昇对他的态度已不再是过去那么若即若离了，但想到傅延昇在吃石锅鱼时的那番话，戚屿又忍不住想刺激刺激对方。

“你有什么好担心的？我们的合同都快到期了，到时候我俩也就是普通朋友。”

傅延昇怔了一下，抬眼看戚屿，戚屿面色平静，装得毫不在意。

两人沉默地吃了会儿饭，傅延昇转移话题道：“美薇那边的调查，半个月内应该解决不了吧？”

戚屿“嗯”了一声，杨记者他们已顺利租下那间别墅，开始深入偷拍邱明阳的走货证据；卫天瑞顺藤摸瓜地追踪到了制作艾薇服装吊牌的印刷厂，了解到了该厂为艾薇制作的吊牌数额，昨日他们已在戚屿的指示下前往为美薇提供布料的纺织厂，打算收集新的线索；戚屿也和戚源诚委托的专业团队取得了联系，但戚屿明白，想在接下来这几天调查清楚背后所有的内情恐怕不大现实。

“等假期结束，我爸应该会找人接手后续的调查。”戚屿道。

聊了两句，傅延昇便没再问什么了。

空气有一瞬间的凝固，戚屿悄悄瞥了对方一眼，只见傅延昇眼眸微垂，表情看着像是有点落寞。

这反应有点出乎戚屿的意料，他还以为傅延昇心脏大得刀枪不入呢。

挑了两筷子鱼肉凑进嘴里，戚屿不由主动找起话题：“你知道小鸽子和小喜鹊吗？”

“知道，怎么了？”小鸽子和小喜鹊的事在投资圈里很出名，傅延昇也听过一些，但对于这两家公司的斗争内幕，他肯定没有曾参与其中的许敬了解得多。

戚屿把这件事说出来调节气氛，傅延昇听完却只客套地恭维了一句："许总还挺有能力。"说完从裤兜里掏出烟盒，问，"我可以抽根烟吗？"

戚屿瞅着他道："傅老师，你是不是心情不大好？"

傅延昇低头点烟，深吸了一口，隔着烟雾看向戚屿，低声解释："抱歉，可能是我白天工作有点累。"

戚屿嘴角一抽，忍不住反思是不是自己刚刚刺激过头了，他看向边上的果篮，试着挽回："要不要吃点水果？"

"好，我去洗。"傅延昇放下烟打算起身。

"你坐着，我来。"戚屿抢先一步起身，语气还带着一丝命令的意味。

傅延昇身形一顿，也不再与他争。

戚屿从果篮里挑了个鲜橙，一个红心火龙果，又取了五六个山竹，捧到厨房水池处冲洗，"水果刀在哪里？"他问。

"刀架上，左数第二把，"傅延昇提醒他，"小心手。"

"嗯。"坦白说，戚屿做这种事确实有些逞强，尽管他上大学没请保姆，但平时一个人也顶多用面包机烤烤面包，或者泡点咖啡，吃正餐大都是去外边餐馆吃，连水果也是买超市里直接剥好的现成果肉，自己从不动刀子。

"碗柜里有个玻璃盘，就那地方，放筷子的地方有不锈钢水果叉……"身后适时传来傅延昇的指示声，让戚屿有些紧张，他硬着头皮折腾了二十分钟，才勉强拼出一个果盘。

转身时，戚屿见傅延昇专注地望着自己，眼中带着一股说不清道不明的意味，但两人视线一对上，傅延昇又立即偏开了。

戚屿把果盘放在桌上，悻悻道："弄成这样我都不好意思拿出来，随便吃点吧。"

"能吃就行。"傅延昇淡笑了一下，尝了几块火龙果，单手夹着烟，任它在那儿燃。

戚屿本以为刚刚那一茬算是过去了，没想到傅延昇就只说了那么一句话，又沉默了，他都有点懵了，怎么了这是？他都亲自给傅延昇切果盘了，这人怎么还哄不好了？

正当戚屿琢磨着还能用什么法子补救时，傅延昇看了眼墙上的挂钟，道："不早了，我送你回去吧？"

现在还不到晚上十点，以前两人聊得尽兴时，一起待到十一二点也是常有的事，但对方这明显的"逐客令"戚屿当然不会听不出来。

戚屿性子本就傲，刚已试着给了傅延昇台阶下，现在又听到这话，也有点赌气："不用了，我让王猛过来接我。"

戚屿拿出手机给王猛打了个电话，就起身去穿鞋。

傅延昇熄了手上的烟，一言不发地跟着他出门，送他下楼。

临渊公寓的楼栋大厅到公寓大门全都由内部庭院廊道相接，过道两边布满了漂亮的绿色景观，搭配着夜景灯，晚上漫步其间也是一番享受，可惜戚屿现在根本无心欣赏这些美景，他心里乱极了。

到了小区正门口，王猛还没到，两人在门廊下站了一会儿，傅延昇又拿出烟盒。

戚屿记得傅延昇说过，一天就抽两三根烟，压力大的时候才翻倍，但刚刚饭后这人就连抽了两根，现在又抽？

戚屿斜眼看他：“你怎么老抽烟？和我在一起你压力很大吗？”

傅延昇准备点烟的手一顿，居然没有反驳，而是把烟收了回去，道：“那先不抽了。”

戚屿的心仿佛被什么东西攥了一下，就在这时，傅延昇忽然道：“戚屿，你最近有没有察觉有什么可疑的人跟踪你？”

对方的语气听着有些严肃，戚屿也跟着紧张起来：“好像没有，怎么这么问？”

傅延昇眼神严肃，声音低沉：“看见街对面那辆车了吗？黑色大众，车牌号B2R93……”

戚屿顺着他的指示看过去。

“不要盯太久，”傅延昇出声提醒了一句，一改方才颓丧的语气，眼角余光警觉地扫视着马路四周，警惕道，“从我们出来到现在，那辆车就一直停在那里，而且刚刚车窗下移了一点，我感觉有人在偷拍我们。”

等等，那不是……

戚屿刚提起的心落了下来，他曾委托杨记者找人监视自己身边的环境，如果他没猜错，那应该是杨记者的人。

但在这种状态下，傅延昇的敏锐仍让戚屿感到惊异，明明已经被刺激得如此沮丧了，居然还时刻关注着自己身边的安全状况。

“应该不会吧，人家可能只是在拍你这个小区大门……或是看我们长得帅才拍。”戚屿心里有些感动，故作轻松道，“我平时外出都有保镖跟着，没事的。”

说着，不远处出现了一辆熟悉的轿车，是王猛来接他了。

车座缓缓停在他面前，戚屿往前一步，又回过头来，看着傅延昇。

傅延昇：“怎么了？”

戚屿叹了口气，径直走到对方面前，示好似的抓住他的手臂，硬着头皮道：“傅老师，别生气了……谢谢你今天做饭给我吃，改天我再约你。”

说完便松开对方，头也不回地上了车，等车子拐离临渊公寓，戚屿才用指关节抵住下唇，为自己刚刚的举动感到别扭。

真傻，惹人不高兴的是自己，回过头去哄人的也是自己，这就是传说中的作茧自缚吗？

等回到酒店，戚枫才见傅延昇给自己发了条消息。

F1S：“长本事了你……”

戚屿勾嘴一笑，他盯着屏幕把这几句话反反复复地看了几遍，心说，还不是你教的？

过了几分钟，傅延昇给他发了一句：“那辆牌照B2R93的大众，你自己留意一下，我看你走后那辆车也跟着离开了，谨慎点没坏处。”

屿：“……好的。”

当晚，傅延昇又给戚屿发了篇公众号文章——《小喜鹊和小鸽子的商战对决中，谁才是最大的赢家》。

F1S：“见你对这个挺有兴趣，这篇文章分析得不错，可以看看。”

戚屿扫了一遍，文章作者说最大的赢家不是小喜鹊，也不是小鸽子，而是林焕。

林焕既整合了两家公司，赚了钱，又赚了名声，如果三年后小喜鹊的发展没达到他的预期，他还能收回这家公司进行资源整合、转卖，简直做了笔一本万利的生意。

这和许敬当时的评价不谋而合，但许敬只说林焕很有心计，并没有从专业投资人的角度去分析林焕到底赢在哪里，这篇文章倒是提到了许多。

戚屿看文章下方林焕的个人资料，见这人也才二十六岁，心中又升起一股强烈的好胜心……不知道他今后做了投资，能不能比那个林焕更加厉害。

美薇的调查还在有序地推进，这日，戚屿接到了卫天瑞的消息，得知他们在纺织厂里买通了一个纺织员工，基本确认了这些人在定期向服装厂提供同材质、同颜色但纺织工艺和档次有一定差距的布匹。

戚屿将此事在电话里告诉了戚源诚找的那家专业调查团队，这团队负责人姓顾，叫顾朔，是业内知名的私人经济犯罪侦查员，在委托调查一周内，顾朔就连同杨记者收集到了不少证据。

艾薇成立于三年半前——刚好是从美薇财报显示出经营状态变化的时间——公司法人代表兼大股东叫柳美玲，是一个仅有小学文凭的年轻女人，财务王丽莉是她的闺蜜，此人就是桃桃口中所说的“王姐”。

杨记者的人又通过走访调查得知，柳美玲四年前都在江宁大学城市发展学院附近的一家歌舞厅工作，江宁大学城市发展学院就是邱如松就读的那家三本大学，他们合理推测柳美玲是邱如松的女朋友，虽然柳美玲表面上是艾薇的拥有人，但实际上是受控于邱如松的。

从目前掌握的证据来看，邱如松犯的是典型的职务侵占罪，性质极其严重，以他和他父亲在美薇的职位，想要做这个事，需要打通的关系很多，估计有不少高管和财务会被牵扯其中。

恰好，顾朔也打算和戚屿聊聊艾薇销量、盈利对美薇造成的影响，戚屿当天下午便打算前往调查事务所，前去路上，他在车里随意看了眼微信，见司航的朋友秦寒几分钟前在朋友圈发了一条状态：“以后谁忽悠我炒股我都不信了，亏得爹妈都不认！”

……炒股？等等，司航他们那次炒股亏了？戚屿记得傅延昇明明说过他们投的钱大概率是能赚的，他心下好奇，忍不住给司航打了个电话。

电话没打通，他又给徐一舟打，徐一舟接了。

“徐秘书，我是戚屿，”戚屿先迂回地问了一句，“司航还在医院吗？”

“哦，戚屿啊，”徐一舟的声音相当疲惫，但对戚屿的态度依然很客气，“司航昨天已经出院了，你要找他？”

“我听说司航他们之前投的那只股票亏了，想来问问你是怎么一回事？”

徐一舟解释道：“这个事有点复杂，按司航他们的安排，本来是能赚的，但那只股票的公司创始人昨天傍晚忽然被爆出了一则性丑闻，涉嫌猥亵幼女，今天开盘股票暴跌……”

戚屿听明白了，这事估计是出了意外变故，估计很难再挽回。

徐一舟道：“不过我记得你好像没有投吧？”

戚屿：“嗯，我没有。”

徐一舟：“那倒还好，司航身边玩得比较好的几个朋友都亏了不少，就朱麟、唐伟烨他们，他昨天出院，原本还想着招呼一些朋友高兴高兴，结果早上知道这个事，直接去找他哥撒泼了。”

戚屿：“找他哥做什么？”

徐一舟：“那只股票投资主要是他哥哥那边在运作，具体内情我也不大清楚，司航也没找我问建议，就是跟着他哥那边一起投，听说那边亏损更惨重，进去的钱半个月蒸发上千万。”

戚屿惊道：“这么严重？”

“其实对司航来说，亏钱事小，丢面子事大，他身边那群朋友都唯他马首是瞻，也都是相信他才把钱拿给他炒股，现在出了这种事，我估计那孩子得自闭好一阵子，”徐一舟苦笑一声，道，“我这儿还得替司航跟他那些大小姐大少爷朋友们挨个儿解释呢，就先不跟你说了哈，有事你再打我电话。”

戚屿脑海里莫名浮现出傅延昇上周四晚上说的那句“就这么点皮肉伤，哪能让他们长记性”……加上傅延昇之前曾提醒他不要投，又让他不要去找司航他们玩，戚屿一瞬间居然怀疑起这次股票亏损事件会不会和傅延昇有关。

但他很快推翻了自己的猜想，徐一舟都说这次投资主要是司航的哥哥在运作，傅延昇没道理只是为了替自己教训两个纨绔子弟就搞这么大动作。

再说，虽然傅延昇是很聪明很厉害，但对方也没这么大能耐以一己之力翻手为云覆手为雨吧？

挂了电话，戚屿想到徐一舟还要替司航擦屁股，挨个儿跟那些少爷小姐们解释，又忍不住同情了他两秒。

第19章 是他输了

今天是戚枫替哥哥上班的第七天，他坐在美薇服装公司的临时总裁办内，从未觉得时间有如此难熬，因为除了上网看电影，他几乎无事可做，而任谁一天看八个小时电影，都会腻烦的。

正百无聊赖地打开了一档综艺节目，有人敲门进来，戚枫抬眼，见对方是美薇销售部总经理刘琦的秘书，张俭。

“张秘书？”他打起精神打了声招呼。

“戚总，这份《美薇滞销服装处理方案》需要您过目批示。”张俭恭敬地把一份文件递给他，便立在边上候着了。

戚枫愣了一下：“要现在签？”

张俭：“是，原本都是让秦总签的，但秦总今天出差了，所以直接拿给您过目。”

戚枫记得哥哥说过，如果有人拿文件给他，他看看就好，不用签名，因为大部分文件只要秦总签字就拥有执行效力。如果碰上有人来问他意见的，他可以假装看一遍，说“按照秦总的意思来”或“秦总决定就好”，像现在这种只让他签名，并且当场就要的情形，还是第一次出现。

恰好吴双出去买咖啡还没回来，戚枫拿不定主意，为难道：“我先看看，你一会儿再过来吧。”

张俭迟疑片刻，说了句“那我十五分钟后来”，先退了出去。

戚枫拿起手机给哥哥发了条消息，却没收到什么回复，好在吴双很快就回来了，他立即将文件递给对方：“刚刚张秘书拿了这份东西让我签，你……帮我看看？”

吴双见平时那个“骄傲自负又能干的年轻总裁”此刻正眨巴着一双水汪汪的桃花眼，一脸求助地望着自己，他嘴角一抽，问道：“张秘书急着要？”

“嗯，他说十五分钟后来拿，”戚枫拿起手机道，“我先上个洗手间。”

吴双应了声“好”，快速浏览起手上的资料。

戚枫到了洗手间后，赶紧给哥哥打了通电话，不想却听到对方已关机的提示。他心中着急，以前遇上什么问题，哥哥都是随叫随应的，怎么今天关键时刻掉链子？

可联系不上也没办法，戚枫又返回了办公室，见吴双已经仔细看完了那份文件，谨慎道：“上面写的处理方案我看了，但这事涉及近千万的成本资金，最好还是和秦总商量一下再定。”

戚枫以拳抵唇，轻咳一声：“我也这么认为。”

十五分钟一过，那张俭几乎是踩着点来敲门：“戚总，签了吗？”

戚枫一本正经地复述了一遍吴双的话，张俭听了却道：“戚总，这个事没有必要讨论的，秦总在的话估计就直接签了，因为前几个季度也是这么操作的。您要不放心，我可以让程秘书把之前的处理文件都找出来，让您看看。”

吴双插嘴道：“那就麻烦张秘书把之前的文件找出来，我们对照着看看。”

张俭面色微变，又搬出了刘琦的名字：“可这个文件……刘总还等着要……”

张俭越这么说，戚枫越不敢签，哥哥都跟他讲过公司有问题，他当然不会稀里糊涂上钩。

可眼下被张俭步步紧逼，他一时也想不出推脱的办法，总不能忽然抱着肚子倒地说自己不舒服吧？

就在双方僵持之际，办公桌上的手机响了起来，戚枫以为是哥哥回电，激动地拿起手机“喂”了一声。

“戚屿？”电话却传来另一个男人的声音。

戚枫看了一眼来电显示，才惊觉不是哥哥，而是傅延昇！

“傅……傅老师？”戚枫脑中灵光一闪，赶紧自导自演了一出戏，“您有事找我？我现在在上班……这么着急啊？要不就在我公司楼下的咖啡馆见个面？我现在就下去……”

说完也不顾傅延昇什么反应，就挂断电话对张俭道：“张秘书，我这边刚好有点急事，麻烦你和刘总说一声，如果这事实在着急，你可以让他打电话请示一下秦总。”

“诶，你……”那张俭看着戚枫拍拍屁股溜之大吉，张口结舌，说不出话来。

直到出了办公楼，戚枫才大松一口气，他想起刚刚被利用的傅延昇，赶紧给对方发了条消息：“傅老师，我刚开玩笑的，你不用来。”

傅延昇没回复，戚枫也没多解释，在收到哥哥的指示之前，他亦不敢乱跑，索性就去了咖啡馆待着。结果刚点了杯拿铁坐下，傅延昇的身影就出现在了他的视野中，戚枫看着对方推门而入，眼睛都要掉出来了。

“你怎么真来了?!”他惊道。

傅延昇走到戚枫跟前，也才发现对方不是戚屿：“是你啊……你怎么会接你哥的电话？你哥人呢？”

戚枫刚刚一通胡诌，也有点不好意思，赶紧将情况跟傅延昇交代了一通。

傅延昇听完拧着眉头道：“你哥简直胡闹。”

戚枫生怕事后又被哥哥追究，忙说：“这事你能不能当不知道？我哥不让我说的……”

傅延昇笑哼一声：“放心吧，今天出了这个事，你哥自己也清楚他瞒不住我的，没准晚点就会主动来找我。”

戚枫忐忑道："我哥也不知道在干吗，到现在都没给我打电话，都快一个小时了……"

傅延昇沉吟道："157××××××××，这是你哥保镖的电话，你打打看。"

此时，戚屿正在调查事务所跟顾朔详谈，因为太专注，他浑然不觉兜里的手机没电后自动关了机，等会议快结束时，事务所的前台才进来通知他，说他的司机有事找他，待他联系上戚枫已是一个小时后的事了，不过两人并未在电话里讲太多，说回去再谈。

已临近下班时间，戚屿也不打算再回公司，让王猛直接送自己回酒店。

回去路上，戚屿翻了翻手机，发现这之前杨记者还给自己发了十几张照片。

这些照片的主角不是邱如松、柳美玲，也不是刘琦、张俭，而是戚屿身边的其他人，包括许敬、戚枫、傅延昇……

有一张恰好还是傅延昇那天有所察觉的——他们并排站在临渊公寓门口等车的画面。

戚屿笑了笑，指尖一划，翻到下一张，面上的表情不由凝住了。

这是……傅延昇和吴双？

这张照片的背景是一间咖啡馆，只见两人坐在角落位置，面庞在长焦镜头下清晰可见。

他俩怎么会坐在一起喝咖啡？巧遇的？还是一早就认识？

戚屿盯着照片里的人，控制不住地胡思乱想起来。

回到酒店，戚屿又仔细询问了戚枫一番下午发生的事："你说张俭让你当场签滞销服装处理方案？"

"是啊，多亏傅大哥打电话过来，我才能脱身！"戚枫眉飞色舞地描述了一番自己当时急中生智的反应。

戚屿闻言却皱眉道："他怎么这么巧给你打电话？"

"这我咋知道？我当时六神无主，也看不懂那啥文件，就让吴双帮我看看，给你打电话也打不通，只能借他来演戏啦！但说真的，傅大哥也太实诚了，我就随便那么一说，他居然翘班过来了……"

"他见到你后，有跟你说什么吗？"

"他一眼把我认出来了，猜到是你让我代你上班，说你胡闹，还说这事太危险了，让我不要再做了……"

戚屿眯起眼睛，沉默了片刻，对戚枫道："行了，你回家去吧。"

戚枫一愣："那我明天还要替你去上班吗？"

"不用了，以后都不用了。"戚屿也意识到了，出了今天这事，张俭他们肯定会发现不对劲，不管是之前就察觉到问题，今天故意来试探，还是经过今天才发现问题，他都不可能再让戚枫代自己去上班了。

戚枫闻言欢呼一声，赶紧去衣帽间换掉了身上的衣服。

戚屿看着弟弟眉飞色舞的样子，抱臂道："告诉你一件事。"

"什么？"戚枫哼着小调，心情愉悦得像一只将重获自由的鸟儿。

戚屿："爸爸这两天可能要回国。"

"你说什么？"某人瞬间从快乐的鸟变成了惊弓之鸟，"爸爸要回来？"

戚屿："是，前两天刚跟我通电话，还说想见见你呢。"

戚枫急得"哇哇"直叫："我才不想见他，我要出去旅游！"

待弟弟仓皇离去，戚屿才拿出手机，给吴双发了条消息，假意问："我走后那张秘书还有说什么吗？"

吴双回复道："没，他也走了。"

戚屿："你晚上有空把那份要我签字的文件顺路给我带到酒店来吧。"

吴双："那份文件张秘书一起拿走了。"

戚屿一挑眉，心下正恼，见吴双又回复道："不过我拍了照片，可以发给你。"

戚屿面色稍缓："发我邮箱。"

放下手机，戚屿回忆了一番，如果没记错，傅延昇和吴双在陪他一起去宁城做调查时见过面，两人当时也没说上几句话，按常理说他们并不算太熟。可在杨记者拍下的照片中，他们明显有着不为他所知的关系。

戚屿头一次开始怀疑，这吴双会不会是傅延昇安插在自己身边的人，毕竟当初是傅延昇建议他招助理，还让他招个学数学的人才……

否则今天下午戚枫遭张俭刁难，傅延昇怎么会第一时间就打电话过来？这世上哪有这么多的巧合？

尽管能察觉到傅延昇是在帮忙，但戚屿却想不通，对方这么千回百转的动机到底是什么？

戚屿在房间里踱了几步，脑中仍是一片混乱。

他拿起手机又放下，反复数次后，终于鼓起勇气拨通了对方的电话："傅老师，下班了吗，晚上一起吃饭？"

"行，上哪儿？"

他今天有点累，懒得出门，仍约傅延昇来自己住的酒店。

晚上七点，对方准时现身。

戚屿订了两份和上次一样的法餐，傅延昇到的时候，服务员正在房间里布置餐桌，戚屿摆弄着一台留声机，余光瞄见傅延昇的人影，直接说了声："进来吧。"

傅延昇径直走到他身边，问："你房间还有这东西？"

戚屿笑说："他们给我搬来的。"

这留声机并不是假日酒店的标配，而是专门为一些特殊客户和活动备用的，戚屿是包了两个月套房的VIP贵宾，他的要求酒店人员都会尽量满足。

留声机里传出一首西班牙乐曲，傅延昇听了一会儿说："还挺有情调……"

戚屿把音量调到合适的度，才看向傅延昇问："你下午见到我弟了？"

“嗯，”傅延昇把手中的一瓶阿斯巴干红交给服务员，语气严肃道，“你怎么让你弟弟代你去上班？”

“这样我才好抽身出去处理公司调查的事啊。”

“你自己又找了人来查？”

“我爸找的人，”戚屿解释了一句，又问他，“你怎么知道王猛的电话？”

“那天看你给他打电话，我瞄到屏幕了，你没给他备注。”傅延昇道。

“你瞄了一眼就记住了？”戚屿暗暗心惊。

“我对数字比较敏感。”

就算对数字敏感，这看一眼就背出一串电话号码的能力未免也太变态了吧？戚屿心情复杂道：“听我弟说，你觉得我是在‘胡闹’？”

傅延昇：“上市公司的管理人员都需要一定的任职资格，你待的又是总裁级别的涉密岗位，欺上瞒下让一个完全不懂公司事务的人代替你去上班，难道还不够胡闹？”

戚屿：“我又没让他处理公务，就让他坐那儿演演戏罢了。”

傅延昇：“我知道你自己有这么做的理由，但国有国法，司有司规，有些常识性的东西你还是得有概念，宁可请假出去调查，也不该那样，否则只会让人觉得你把公司当儿戏……一旦被别人发现你找替身上班，你的公信力就没有了，所有你签字的东西也都可能失去法律效力。”

戚屿辩解不过他，只能搬出戚源诚这座靠山：“这事我跟我爸说过，他都觉得没事，你这个人怎么这么多条条框框？”

傅延昇：“就仗着你是集团股东的儿子，滥用权力……”

戚屿哼了一声，一副“我就这样你能奈我何”的嚣张样子，傅延昇一时无力，没再说什么。

没等多久，服务员就开始上菜，虽然是和上次同样的牛排，但前菜和浓汤都换了口味，感觉还挺新鲜。

“下午你打电话给我，是想找我做什么？”戚屿试探道。

“你忘了今天是什么日子？”傅延昇问。

“记得。”今天是他和傅延昇陪聊合同到期的日子。

傅延昇垂眼切牛排：“我打电话给你，本来也是想约你吃饭。”

这个解释合情合理，叫戚屿几乎没法怀疑对方和吴双的关系，他只能继续顺着傅延昇的话题道：“有始有终，这顿饭也该我请你。”

听到“有始有终”四字，傅延昇奇怪地看了他一眼，戚屿不露声色地继续：“不管怎么说，今天的事还是要谢谢你。”

“举手之劳。”傅延昇客气道。

“不止今天，还有过去这一年，我也给你添了很多麻烦，傅老师，谢谢你一直以来的耐心，你教我的那些东西，也让我受益匪浅……”

这收场语一般的感谢词让傅延昇有些不解，可戚屿的态度很恭敬，表现得就像个“尊师重道”的乖学生，也恰恰是这番作态，把这一刻的他和过去的他区分开来，仿佛今晚是个分水岭，过了今晚，他们的关系就结束了，没有什么新的开始，只会渐行渐远。

戚屿见他没应声，又主动举杯凑向他：“傅老师，你高兴吗？”

酒杯相碰发出“叮”的一声，傅延昇有些失神：“高兴什么？”

戚屿：“我毕业了，你解脱了。”

是啊，傅延昇以前不老嫌他笨、嫌他深夜扰人睡眠吗？一旦合同结束，他就不会再像个不懂事的小学生那样，天天追着傅延昇问幼稚的问题，也不会随意耍性子、发脾气，或是半夜三更打扰傅延昇了，这家伙应该高兴才是。

“我爸说，千金难买人愿意，遇见你以后，我才明白这句话的意思，虽然很舍不得，但没办法，我知道这世上有很多事不能强求……”戚屿抿了口酒，又一本正经地承诺道，“不管如何，今后如果有什么需要，你还是可以随时来找我，我会记着你这份人情的。”

傅延昇面色有些不大好看，见傅延昇的神情和态度因为自己一两句话就发生细微的改变，戚屿心中暗笑，完全沉浸在捉弄对方的快感当中。

但有了上一次的经验，戚屿也知道过犹不及，他替傅延昇添了点酒，体贴道：“今天的牛排口味还可以吗？”

“……挺好。”傅延昇敛目掩藏自己的情绪。

饭后戚屿叫服务员来收拾桌子，又点了两瓶餐后酒，对傅延昇道：“今天日子特殊，我们多喝两杯，不醉不归。”

傅延昇足足过了半分钟才抬眼看向戚屿，沉声问：“戚屿，你到底是什么意思？”

“什么什么意思？”戚屿装傻。

傅延昇神情严肃：“你把我叫到这里来，就为了跟我说刚刚那几句话？”

戚屿反问：“那你希望我对你说什么？”

捕捉到戚屿眼中泄露出来的一丝玩味，傅延昇微微一怔，忽然间就被气笑了，他靠在椅背上，半晌才摇头感慨：“你真是长本事了。”

见对方已看破，戚屿也不再装腔作势，端起酒杯道：“老师，我演得怎么样？”

傅延昇啼笑皆非：“真是情真意切。”

戚屿几乎要得意忘形，就在这时，对方却忽然起身，端着酒杯一步步朝自己走了过来。

傅延昇靠近他，俯视着这个日渐狡诈的“聪明学生”，心情实在是有点复杂。他还记得他们在Skyline第一次见面时，戚屿那副傲然狡黠的样子。

他原本只想小小地惩罚一下这个青年，让对方知道骗人的下场，可偏偏，他与他背后的集团成了自己的调查目标。

他想方设法地接近他，意在考验他是否有资格被豁免，然而通过一年的网聊，随着深入了解，他反而不由自主地被对方的性格和聪慧所吸引。尤其是这一个多月，戚屿简直在以一种让他吃惊的速度成长，变得越发让人捉摸不透，也越来越懂得如何拿捏自己，还一次次挑战自己的忍耐力……

被傅延昇如此逼视，戚屿莫名感到一股压力。玩也玩了，他想，是时候开诚布公地谈谈了。他回视傅延昇，再一次问道："傅老师，你这样费尽心机地向我示好，嘴上说着'无所谓'，却一点舍不得走……你到底想要我怎么样？"

"你想知道？"傅延昇望着他，蓦地一笑，那笑容中有着让戚屿感到陌生的危险性。

只见傅延昇举杯抿了口酒，做了和戚屿一年多前在Skyline相似的举动，而后将酒杯往戚屿眼前一递，诱哄道："行啊，你把这杯酒喝了，我就告诉你。"

明明已经清楚傅延昇什么都知道，但听到这话从对方口中说出来，戚屿还是感到呼吸一窒。

留声机里适时地传来一首卡朋特乐队的《昨日重现》，随着歌手的那句"Just like before. It's yesterday once more"，戚屿感觉时间也仿佛回到了和傅延昇初见的那一天，只不过，此时的他再不能把对方当成可以随意恶作剧的无名人士。

戚屿将视线从酒杯缓缓移到傅延昇脸上，讥诮道："你是在报复我？"

"怎么能说是报复？我以为这已经是我们之间不言自明的秘密，也是我们师生缘分的开始……"傅延昇暗示性地晃了下酒杯，嘴角噙着一缕若有似无的笑，"但是，你不该对之前那件事有所表示吗？"

戚屿简直不敢置信："所以你做了这么多，只是想让我自食其果？"

傅延昇道："戚屿，你也曾捉弄过我，我只是想让你体会一下我当时的感受，抛开这个游戏，你觉得这么长时间以来，我对你的教导是虚情假意的吗？"

游戏？去他的游戏！

戚屿那样钦慕傅延昇，那样真诚地留过他，可傅延昇铺了这么长一段路，却只是想看自己为过去的那个恶作剧买单……

他感觉自己受到了莫大的侮辱，故意反问道："如果我不喝呢？"

"不喝啊，"傅延昇无所谓地笑笑，"那就到此为止吧。"

戚屿大脑一热，忽然劈手打翻了那杯红酒，玫瑰色的酒液猝不及防地洒了两人一身，酒杯落在地毯上，仿佛砸在二人心头。

"你……"傅延昇显然也被戚屿这个举动给惊着了，他顾不及去擦身上的酒，面色发沉地瞪着眼前的青年，戚屿也毫不示弱地回瞪。

傅延昇紧绷着脸颊，从牙缝里挤出一句话来："说声'抱歉'也不愿意是吧？"

戚屿一怔，隐隐觉得自己刚刚想岔了，傅延昇并不是非要他喝那了杯酒，而是要他的道歉。

从一开始，傅延昇就希望他能自己察觉、醒悟并承认错误，只不过，骄傲如他，始终不愿做那个先低头的人，而方才傅延昇用那种极端的方式逼他喝酒，更是进一步刺激了他的自尊，让他恼羞成怒。

两人无声的对峙着，戚屿心中打鼓，却仍不愿退让。

“好，很好……”傅延昇望着他，说出口的话却已带着威胁的气势，“你这样的脾气，我也懒得再伺候！”

这话叫戚屿听了心头一颤，“我……”他下意识地开口，但在自己说出这个字的时候，就已经露了怯。

傅延昇自然也没错过他眼中的慌乱，又看了他半晌，在等待他回应的间隙，一双深沉的眼眸似蒙了尘的玻璃珠子，渐渐失去了希冀的光泽，待耐心耗尽，便直接提步欲走。

“等等——”会失去对方的危机感让戚屿从相互较劲的状态中回过神来，色厉内荏道，“我说过你可以走了吗？

傅延昇冷笑：“不走还等着你再给我一杯酒？”

戚屿愣住了，也确实被威胁到了，傅延昇陪伴了他整整一年了，这一年里，对方的能力和品行早已让他心悦诚服，如果他真把傅延昇给气走了，以后还能再找到这样的老师吗？

留声机里歌声还在继续——

It was songs of love that I would sing to them，and I'd memorize each word.

Those old melodies still sound so good to me，as they melt the years away.

……

舒缓的曲调瓦解着戚屿的意志，逼他放下所谓的自尊，输赢。

“对不起……”戚屿眨了下眼睛。

傅延昇微微侧了下身，不晓得是有意还是无意地反问了一句：“什么？”

戚屿紧握拳头，艰涩道：“对不起，那件事是我错了……你别走。”

他早已没了之前的理直气壮，骄傲的眼神里也透露出示弱的挽留之情。

傅延昇眉心一舒，重新面向他，等着他继续往下说。

“留在我身边，帮助我，我需要你……”一旦松了那个劲儿，接下来的话仿佛根本不需要再经过思考。

傅延昇看了他一会儿，忽然抬手点了下戚屿的眉心，叹息道：“要你一句真心话，怎么就这么难？”语气却已带着如愿以偿的欣然。

戚屿绷紧的神经稍稍松懈下来，内心又涌起一阵不甘。

傅延昇想要自己带着那一份歉疚，发自内心地臣服，可这种臣服与追随，也恰恰是戚屿希望傅延昇给自己的。

他想，这一刻，是自己输了。

但也仅仅是这一刻而已。

先用这缓兵之计留下对方，来日方长，总有一天，他也会叫傅延昇对自己心悦诚服。

傅延昇又低头看了一眼湿漉漉的衣襟，“啧”了一声，说：“脾气真大……”

戚屿自知理亏，主动去拿了毛巾来，两人简单收拾了一番，待剑拔弩张的气氛散去，戚屿便对傅延昇道：“傅老师，我们谈谈接下来的合同吧。”

傅延昇抓着解下来的领带微微一愣：“你还想继续跟我签合同？”

戚屿摆手示意傅延昇在沙发上坐：“不然呢？抛开师生之情，我们要建立的本就是雇佣关系。”

傅延昇见戚屿能在这么短的时间内冷静下来跟自己谈条件，心中越发止不住对他的欣赏，他从兜里取了根烟来点燃，架起腿道：“说说你的想法。”

“其实我刚在饭桌上那一席话，不完全是在演，”戚屿定定地看着他，说，“傅延昇，我确实很希望你能继续留在我身边帮助我，但我目前无法给你毫无保留的信任，因为我觉得你还有事隐瞒我……”

傅延昇眸色一暗：“比如？”

戚屿：“比如，你和吴双到底是什么关系？”

傅延昇微微一怔，没有装傻也没有狡辩，直接道：“他是我学弟。”

戚屿也没想到傅延昇这样坦诚，眯眼道：“你为什么瞒着我往我身边安人？”

“你误会了，”傅延昇解释道，“这事真是巧合，我当时让你招人，也顺便在我的校友群里吆喝了一声，后来和吴双见着，多问了一句，才知道他就是看到我发的信息去参加招聘的。”

戚屿：“今天张秘书让我弟签文件，吴双是不是告诉你了？”

傅延昇：“嗯，吴双以为我跟你关系不错，那天明显感觉到你被刁难，给我发消息让我打电话帮你解围。”

傅延昇的解答合情合理，让戚屿稍稍放松了一些戒备，但这人在他心里依然充满了神秘感，依然不可被琢磨。

戚屿保守道：“我记得去年年底我爸问你愿不愿意来我身边，你说最多来两年，以后能不能留下，要看我的表现……所以我也想看你接下来两年的表现，再决定以后会不会继续留你。”

傅延昇颔首：“可以，你希望我有什么表现？”

戚屿：“我希望你辞掉现在的工作，全职教导我在学业和公司事务方面的东西，这段时间里，你不但要倾囊相授，而且只能为我一个人工作。”

傅延昇笑道：“你这是想买断我啊。”

戚屿：“当然，我也会给你全职的待遇。”

傅延昇：“你能给我什么待遇？”

戚屿：“你可以先说说你的条件。”

傅延昇:“你爸每个月给你多少零花钱?”

戚屿:“一百万上下。”

傅延昇:“包括你在司源集团的股份分红吗?”

戚屿:“不包括，那部分算我自己名下的理财资金。”

傅延昇:“有多少?”

戚屿:“差不多两千万。”

傅延昇点点头，说:“你今后的零花钱分我一半，加上我教你理财投资后收益的百分之十。”

戚屿琢磨了一下，觉得不算太亏，便点头答应:“可以。”

傅延昇又问:“我得跟着你去国外吧？包吃住吗?”

“当然，我会给你单独租个房子，嗯……或者我和爸爸商量一下，我们一起换个大点的房子住。”住在一起的话，他就能从傅延昇身上压榨一些剩余劳动力，比如让对方给自己做饭什么的。

“行，”傅延昇把烟摁灭在烟灰缸里，道，“我回去拟个合同，把这些条件都写下来。”

第20章 新的合同

口头敲定了新合同的细节后，戚屿便主动转移了话题：“对了，你还记不记得司航他们投资股票的事？我昨天听说，他们亏了，亏得还挺厉害。”

傅延昇：“是万禾那只股票？昨天出来很多新闻，我见到了。”

戚屿：“你怎么知道他们会出事？”

“我只是说他们早晚会出事，不是这一次，也会有下一次，”傅延昇顿了顿，说，“比起这个，我倒是比较关心你公司里的事，他们让你签的文件，你最好都谨慎点。”

戚屿打开手机，翻出吴双给自己发的合同照片，递给傅延昇道：“正好，不如你帮我看看有什么问题。”

傅延昇快速浏览了一番，拧起眉头指着其中一项条款道：“这一条就是明显的陷阱。”

戚屿看向傅延昇指出来的那一句，上面说，公司允许网销部和线下销售店对一部分滞销款进行折价出售，但在折价销售之余，对服装的处理方式还包括特殊情况下去标签改造后转售二级贸易商、经销商等。

这种处理情况在小公司很常见，小公司为了盈利和回本，不太注重名牌价值，但在美薇这种公司不大可能发生。美薇的服装即便是折价，也有一定的限定额度，根据之前戚屿前往实体店调查的数据显示，服装折扣大都不低于60%，这个价格服装仍有100%的净利润，为了保有美薇服装的品牌价值，余下的滞销款宁愿返厂销毁也不会再低价出售。

傅延昇解释道：“文件中没有明确定义什么样的情况是‘特殊情况’，说明处理方案本身就有很大的空子可以钻，我不清楚你们以前的处理方案是否都和这一份一样，如果一样，那么很可能会把邱如松所做的事洗白成合法合规的，如果仅有昨天这一份添加了那一条，那么一旦你签了字，邱如松的行为就有可能变成在你本人的许可下进行的。”

由于戚屿的特殊身份，一旦被牵连，之前邱如松包括所有利益既得者的所作所为也有极大的可能性逃过董事会和法律的追究。

听完傅延昇的分析，戚屿便明白了这件事的严重性。次日返回公司，他又问吴双：“昨天你让张俭把之前几个季度的滞销款处理方案找出来，他找了没有？”

吴双摇头：“没，他见你走了，就拿着那份文件离开了。”

戚屿猜自己的调查可能有所暴露，不由暗暗庆幸自己已先一步掌握了证据。

不到一日，傅延昇就给戚屿发了新合同过来，戚屿趁着午间休息打开来看——

《学业辅导兼商务顾问服务合同书》

甲方：戚屿（证件××××……）

乙方：傅延昇（证件××××……）

甲乙双方本着平等自愿、共同受益的原则，经过友好协商，根据我国现行的《民法通则》《合同法》有关规定，就学业辅导兼商务顾问服务事宜，在互惠互利的基础上达成以下合同，并承诺共同遵守。

第一条 服务内容

一、学业辅导（陪读）

……

二、商务顾问（秘书）

……

戚屿见傅延昇还在那合同上写清楚了会教他学习的课程，包括企业家的道德观（T大高级管理学院专业课程）、逻辑思维训练（剑桥大学数学系课程）、大众心理学研究、幸福学（哈佛大学×××选修课讲义）等，再次惊叹对方的细致和严谨……

仔仔细细看了一遍，戚屿只对其中一条有疑惑——乙方权利中提到傅延昇可以在他知情且允许的情况下做兼职工作。

戚屿直接在微信里给对方留言："你还想做兼职？"

F1S："不行？"

屿："我昨天不是说过，你只能为我一个人工作。"

F1S："正经工作都还有上下班时间呢，再说给你讲课又不难，我无聊了总得找点别的事打发时间吧？"

虽然傅延昇的要求不算过分，但戚屿却莫名有些不爽："那你做兼职不会到处跑吧？"

F1S："放心，我会留在你身边，也不会影响主要工作，而且我差不多会让你知道我在做什么。"

戚屿这才感觉安心了点："那好吧。"

傅延昇又开玩笑发来了一句："我就多加了这么一条，你追着问了我这么久，会不会我以后多抽根烟你都要管我？"

屿："再说吧。"

F1S："……"

合同后面还有详细的保密条款和双方违约责任，末尾还提到了第三方见证人，傅延昇特地在文档中批注解释，戚屿可以根据自己的需要请公证处、律师或者他爸爸来见证合同的合法性，以确保自身的权益。

戚屿看完后当即把合同发给了戚源诚，并告诉他傅延昇已经答应留在自己身边陪读的事情。

当天下午秦总出差回来了，直接去办公室找戚屿："戚屿，我听说前天张俭来找你签一个滞销服装处理方案，你没给他签？"

"是，"戚屿故作谦逊道，"我对这部分内容不大了解，没有跟您商量不敢贸然签字。听张秘书说，这东西要得比较急，没因为我耽误什么重要的事情吧？"

秦总道："不碍事，他们已经按照我的口头批示下去做了。"

戚屿趁机说："正好，我也想找您了解一下公司以往对滞销款服装的处理情况，听张秘书说，之前的文件都是您签的？我能看看吗？"

秦总点头："可以，我让程秘书一会儿找给你。"

不到半个小时，程丽君就把那些批示文件都送了过来，戚屿专门针对傅延昇先前提出的漏洞看了一遍，发现这些文件果然和吴双拍下的那一份有所出入。

戚屿不敢轻举妄动，只能在公司装傻充愣，等戚源诚回国再作商议。

戚源诚是周五晚上到的，来时身边只带了一个贴身助理和一个律师，也没叫任何人去接机，到了酒店才给戚屿打电话，告诉他自己在海城了。

当晚，戚屿就前去不远处的威斯汀酒店和父亲见面。

"你怎么提前回来了？"戚屿进门后就问，"之前在电话里你不是说下周二才回来吗？"

"就是临时改了行程回来，提前来处理这件事，"戚源诚朝儿子招招手，让他靠自己近一些，"跟我说说你最近调查的情况。"

戚屿如实陈述了事件的进展，同时把张俭差点忽悠戚枫代自己签下那份有漏洞的处理方案，企图把他一起卷入这场经济案件的事情告诉了戚源诚。

戚源诚从烟盒里抽出一根烟，轻点着茶几，沉声道："我已经让秘书通知几个集团股东和监事会成员，后天下午在海城提前召开一次秘密董事会，专门商讨一下如何处理这件事，你到时候过来一起参加。"

戚屿明白，之前戚源诚在电话里说不方便亲自出面调查也是怕打草惊蛇，现在爸爸回来，说明这件事也快到收尾的地步了。

他问："爸爸，目前我们还没查到邱伯伯和邱如松共犯的证据，但顾总说邱如松打通关系必然要通过邱伯伯，如果他真犯了错，你还会念旧情吗？"

戚源诚蹙着眉头长叹了一口气："开完会再说吧。"

戚屿没再接着问，转移话题道："对了，傅老师拟的合同你看了吗？"

戚源诚颔首："看了，没什么大问题，就是感觉你给他的薪酬开低了。"

戚屿愣道："是吗？"

戚源诚："据我了解，傅延昇在券商的年薪应该也有两三百万，他当时说要你开工资给他，我还觉得你开不起呢。"

戚屿嘴角一抽："可能是我的诚意打动了他……"

"从目前的合同来看，是他牺牲比较大，毕竟他要放弃现在的工作来给你一个大学生当全职陪读，也不一定能接触到什么实务……"戚源诚沉吟片刻，又看向戚屿道，"他明天有没有空？如果有，你叫他过来跟我见个面吧。"

戚屿："好……"

夜里戚屿回酒店就把这事儿跟傅延昇说了，次日，傅延昇便跟着戚屿前往酒店，戚源诚见了他们，先让助理安排一起去餐厅包厢吃饭，席间又向傅延昇仔细了解了一下他接下来两年为戚屿陪读的具体规划和打算。

傅延昇明显是准备充分，对答如流，不但提到了新附则里的那些课程，还提出了不少对戚屿的期望，听得戚屿都不禁肃然起敬……

一顿饭吃得宾主尽欢，饭后回到戚源诚的套房，戚源诚又把傅延昇单独叫进内间谈了半个小时，却没让戚屿跟着进去。

戚屿有些忐忑地坐在客厅等待，等半个小时后两人出来，戚源诚就叫了韩律师做见证，说要当场把戚屿和傅延昇的雇佣合同签了，快得戚屿都有些猝不及防。

由于傅延昇还未从现在的公司离职，新合同本该空出一个月生效期，但戚源诚说就定在签字这天生效，因为他接下来还有事情要傅延昇参与。签完合同，戚源诚又跟傅延昇握了个手，郑重道："接下来两年就拜托你好好教导戚屿了。"

傅延昇态度谦和："戚总客气了，我会尽力的。"

傅延昇临时有事，待他先行离去，戚屿才追问父亲："爸爸，你让傅老师参与什么事？"

戚源诚解释道："我这次回国呢，对外宣称主要是来开集团战略会议的，司源计划从今年下半年开始收购一些科技公司，整合并成立自己的科技部，这是集团未来几年的发展重心……以你的资历，这事原本还轮不到你参与，但我刚和傅延昇讨论了一下，问了一下他的看法，他让我不要太护着你，既然你早晚要接手集团的工作，不如从现在开始接触实务，在实践中也能学到更多。"

戚屿："所以你们的意思是让我接下来继续参与集团的工作？"

戚源诚："不错，如果没有傅延昇，参与这种工作对你来说确实有点勉强，但既然你已经把人家招过来了，也该物尽其用，否则你只是请人家去国外陪你读书，对他这种能力的人来说，实在太大材小用了。"

戚屿："那我上学呢？"

戚源诚："当然是继续上，傅延昇说你大学那点东西，花不了多少时间就能学好，不会耽误你学业。"

戚屿为难道："可是集团的工作主要是在国内吧，我到时候还要来回跑？"

戚源诚："这一点确实会让你辛苦一些，但这不是还有傅延昇在吗？实在碰上你走不开的情况时，他可以代你过来处理。下周二有董事会专门讨论相关内容，我让他一起过来参加，到时候你司伯伯和司泽也会来。”

司泽？那不是司航的哥哥吗？

戚源诚：“你司伯伯打算派司泽接手这份工作，你们回头认识认识，今后一起做事可能会有不少交集。”

晚上戚屿回酒店后，给傅延昇打了个电话，也聊起这件事：“集团的工作主要在国内展开，我还要上学，到时怎么兼顾？”

傅延昇听出他情绪不佳，解释道：“你本科就那点课程，其实没必要一直待在学校里，等学期初和学期末我跟你过去，平时我们就在国内，我带你玩实战不是更有意思？”

话虽这么说，戚屿心里仍有些恼：“但你也不能不问我的想法就和我爸爸把决定做了吧，你到底是和谁签的合同？”

他本以为签了这份合同，傅延昇就只能听自己的指示行动。

傅延昇好笑道：“你这个人……说你霸道你还真霸道了。得了，以后我先征求一下你的意见，行了吗？”

戚屿轻哼一声，心道这还差不多。

傅延昇：“对了，你把你接下来几天的行程给我，除了你爸说的那个战略会议之外，还有你在美薇的工作到期日，你的开学日期和返程计划。”

戚屿不像戚源诚有这么多重要事件，直接口头就跟傅延昇说了，傅延昇闻言道：“你爸还要召开临时董事会？”

戚屿：“嗯，我爸说是和几个集团股东讨论一下如何处理邱如松那个事。”

傅延昇：“证据都齐了？”

戚屿：“关键证据有了，其他的东西只要报警找官方经侦介入，想查清楚问题不大。”

傅延昇低喃了一句：“要这么轻松能报警就好了。”

戚屿：“什么意思？”

“……没什么，”傅延昇好奇道，“你怎么查到这些信息的，啄石那边我记得只查了服装厂和纺织厂吧，还是你上次说你爸找的人在查？”

戚屿笑了笑，终于在这一刻告诉傅延昇自己是如何受对方的启发，又是如何以一己之力调动三个调查组搜集各种线索的。

“挺有本事啊……”傅延昇苦笑，“难怪都分身乏术到叫你弟弟代你去上班了，那天在临渊公寓门口的大众，不会也是你自己找的人吧？”

戚屿轻咳了一声，自然不敢再把反监视身边人的事告诉对方。

次日董事会召开，何秘书在酒店租了间会议室，到场只有九人，包括戚屿和戚源诚在内，还有集团的两位董事、一位监事、一位法务和美薇服饰的三位股东。

戚屿是事件的主要汇报人，昨天下午他已经在酒店里和何秘书演练过一遍，他花半个小时陈述完调查结果，在座众人立即展开了激烈的讨论——

“邱明阳也算是美薇的元老级人物了吧，怎么会纵容儿子做出这种事情？”

“这三年下来，邱如松的仿冒店对美薇造成的损失有上亿了吗？”

“也没这么严重，他卖的衣服针对客户群和美薇还是有区别的，主要损失在于他用B级货以次充好，损害美薇的口碑——但他那个杂牌的货量和美薇根本不是一个量级，他这点小动作，其实还不足以对公司造成太大的冲击。”

“哎，这事一旦爆出去，算是企业丑闻了，万一公关没做好，反而会降低美薇的品牌信誉，进而影响股价，恐怕会造成更大的损失。”

“是啊，我们集团下半年还有大动作，这个时候让公检法介入，影响恐怕不大好。”

“但邱如松都被查到这么多证据了，可见美薇生产部已经有多腐败，也不能不追究吧！”

“没错，他想搞这些，厂房、质检的关系要打通，势必要用到邱明阳的权力，否则不可能这么瞒天过海，一旦让官方介入，生产部的管理层全都得查，产线可能就垮了。”

“不好办啊……”

这时，又一人看向戚源诚，替邱明阳求情道：“戚董，要不您看，和老邱好好谈谈，听说他也就一个儿子，这么把人告了，其实想想也于心不忍……”

说话的是美薇的另一个小股东，也是当年戚源诚创建服装厂时跟着打江山的元老之一，但和邱明阳不同，这位伯伯现在只是个纯拿分红的股东，早就不在美薇做事了。

“让邱明阳自己出钱把美薇的损失补上，再叫他儿子把那间店关了，这件事就这么算了吧。”对方道。

邱如松可是犯了罪，只是让人把钱补上，就这么算了?！戚屿听得心情沉重，他原以为自己只要呈交调查证据，邱如松被起诉定罪已是板上钉钉的事了，现在才明白傅延昇昨天在电话里说的那句话是什么意思。

而戚源诚除了以会议召开者的身份说了两句话外，一直都没有开口，闻言才叹了口气，蹙眉道：“我们来个内部不记名投票吧，在座一共九人，小何分一下纸——支持检举立案的，写‘1’，支持企业内部处置的，写‘2’，放弃表态的，留白。”

散会后，戚源诚又把戚屿叫去了他的房间，父子俩一前一后地站在五星级酒店套房的落地窗边。

看着戚源诚的背影，戚屿心中百味杂陈：“爸爸……”

戚源诚转过身来，一脸疲惫道：“刚刚几位叔叔伯伯的想法，你都听到了……戚屿，如果你是爸爸，你会怎么做？”

戚屿和爸爸一起吃过晚饭回到酒店，整个人都有点提不起劲。

半个小时后，傅延昇来了，见戚屿神情沮丧，问道：“怎么了？董事会结果不尽如人意?”

“你不是都猜到了?”戚屿斜了他一眼，“饭吃了吗?”

“刚在公司加班写交接报告，被你一个电话招了过来，哪来得及吃。”傅延昇兀自去食品柜边取了瓶纯净水，到戚屿身边坐下。

戚屿怔了一秒："我帮你叫一点？"

"不忙，先陪你聊会儿吧，"傅延昇开瓶喝了两口水，才问，"他们是不是不打算公开处置？"

戚屿："我爸在会上搞了个不记名投票，一共九个人，六个人投了内部处理。"

傅延昇毫不意外："你爸什么态度？"

戚屿："我不知道。"

傅延昇："不知道？"

是的，戚屿不知道，戚源诚从头到尾都没有表态，他也没问爸爸在纸条上写了什么。

傅延昇问："那你呢，你怎么想？"

戚屿闷声道："我怎么想重要吗？"

当戚源诚在房间里问出那句话的时候，戚屿好像忽然理解了爸爸的苦衷。作为集团的大股东，戚源诚看似是企业的拥有者，但公司实际上已不受他一人控制了，如果戚源诚还希望公司能顺利地经营下去，就得顾全大局，顾及人情，顾及更多深层次的问题……

连爸爸都身不由己，何况是他？所以那一刻，他什么也没答上来。

傅延昇笑了一下："是谁昨晚在电话里跟我信誓旦旦说'问题不大'的？怎么，开了个会，就觉得自己怎么想不重要了？"

"那我能怎么办？"戚屿郁闷道，"那些股东说了，如果这件事被爆出来，就是一桩企业丑闻，肯定会降低美薇的品牌信誉，进而影响股价，一旦公关不好，甚至有可能对公司造成更大的损失……"

傅延昇看了他一会儿，问："戚屿，在你心里，是维护规则与公正重要，还是盲目地追求公司的股价更重要？"

戚屿被这问题噎了一下，竟不知道要如何回答。

傅延昇："你别忘了，美薇是上市公司，它本就该受国家相关部门的监管，欺诈经营是犯罪，徇私舞弊也是犯罪。邱如松职务侵占持续三年，非法经营数额过亿，他侵害的不仅仅是公司股东的利益，还是普通投资者的利益。今天与会股东的意见能代表所有人吗？董事会上的股东代表的只是自己的立场，他们只想维持住美薇的股价来保障自己的身份和利益。如果仅仅是企业内部处置，让邱如松和邱明阳弥补一部分亏损，瞒天过海，那谁给这三年里受到欺骗的买家交代？谁给相信了美薇虚假财报的股民交代？——财务数据是伪造的，公开信息是假的，同样都是向公众融资，这样的美薇对其他合法经营的企业来说又是否公平？这些问题，你有没有想过？"

这番话傅延昇说得相当平静，像是在陈述什么客观事实。

戚屿不由想起去年这个时候，他因为美薇的财报问题请教傅延昇，傅延昇得知爸爸不打算彻查时，也在微信里朝他说了一番话，当时他还觉得傅延昇是在数落自己，甚至觉得对方小题大做。现在再听傅延昇说出这样的话，戚屿却觉得心头大震。

他看向傅延昇，神色复杂道："所以你想让我检举邱如松？"

傅延昇摇头："我没权利决定你做什么，我只是让你从更全面的角度理解这件事，该怎么做，答案应该在你自己心里。"

戚屿想起董事会上那些股东的言论，又为难道："可一旦这件事爆出来，也会让一些原本无辜的人遭受损失……"

傅延昇反问："你说的无辜的人是谁？"

"比如那些对邱如松事件毫不知情的小股东。"一旦美薇的股价下跌，他们受到的损失必定比散户更严重。

傅延昇摇头："戚屿，你又错了。你有没有反思过，他们为什么会毫不知情？同样是股东，他们不看公司财报吗？他们不懂公司运营吗？股东不是什么事都不干就坐等分钱的闲人，他们本就需要承担投资的风险，肩负监督企业运行的责任，公司没遇到问题的时候他们拿分红，公司遇到问题他又不想付出该付出的代价，只想粉饰太平，你觉得这样的人无辜？出了这样的事，他们本就已经失职了。"

戚屿哑口无言。

傅延昇："我们不说邱如松事件爆出来会对美薇的股价造成什么影响，就先自我审查一下，美薇现在的股价是否虚高，还值不值这个数？——我说过，我们做一个决定，都要付出一定的代价，这世上没有什么十全十美，就看你愿不愿意为自己坚持的东西付出相应的代价……在我看来，曝光这件事不是对公司造成损失，只是让美薇的股价回归它该有的价值，这是三年来美薇上下纵容邱如松犯罪行为所要付出的代价，也是对其他人的警醒，只有切除这个病灶，才能让公司今后更健康、长远地发展下去。"

听着傅延昇这番义正词严的话，戚屿旋即又想起爸爸眉心笼着的那股疲惫之色，他看向对方，忍不住问："傅延昇，你为什么能这么清醒？"

连爸爸都为此挣扎犯难，傅延昇却能这样云淡风轻，会不会因为他只是个外人，所以他不需要去考虑人情层面的东西？

傅延昇回视戚屿："你还记不记得，我之前问过你，作为一个未来的资本拥有者，或者说一个商人，你有没有自己想坚守的原则？"

戚屿浑身一震，他记得当时他还下意识地觉得，不犯法就是原则。可是在和傅延昇谈话之前，他发现自己差点连这个都做不到了，他正被今天会上的那些人挟制着纵容犯罪。

傅延昇："当你能斩钉截铁地回答这个问题的时候，你就不会为这种小事情烦恼了……到时候，你会很清楚自己每一次遇到困境，该选择什么，又该放弃什么。我想，你爸爸可能也需要郑重思考一下这个问题——你不妨问问他，他创立美薇的初衷是什么？功成名就，还是单纯地图利益？他现在的所有选择，都应该和他坚守的东西有关。"

第21章 集团大会

听傅延昇说完这些话，戚屿陷入了长久的沉默，他像是忽然间被点醒了。

是啊，他们已经拥有了这么多钱，本该可以自由地分配自己的资产，做符合自己心意的事，为什么还要受他人的挟制？

想到爸爸对美薇设计和品质的坚持，如果他的目的只是做好品牌，就算美薇退市，也一样能做，为什么非要扩大到这个规模？

既然已经没有精力管了，为什么还要负重前行？

这些以前从来没有被思考过的问题在戚屿脑海中翻腾，冲刷着他已有的认知……

傅延昇见他低头沉思，也没再打扰他，像是特地给他时间消化这些问题，兀自起身打酒店客服电话，叫了份商务套餐上来。等戚屿回过神来，傅延昇已经吃完了饭，在边上点起了一根烟。

“想清楚了？”傅延昇问他，“打算怎么做？”

见到傅延昇这副气定神闲的样子，原本还在为自己的决定不安的他感觉像是忽然间拥有了千军万马，也拥有了无限的底气。

戚屿眸光闪烁，故意问：“傅老师，如果我想就这么算了，你会不会觉得失望？”

傅延昇：“你不会就这么算了的。”

戚屿不解：“为什么？”

傅延昇吐出一口烟，笑道：“你要就这么算了，我去年一年就白教你了。”

戚屿哑然，好吧，他承认，他是受到了傅延昇的影响。尽管这家伙说不会为他做决定，但对方的态度和立场已体现在所说的一言一行当中，让戚屿不由自主地受其吸引，向其靠近。

如傅延昇所说，该选择什么，其实他心里早有了答案。只是情与利的纠葛动摇着他，也让他为之感到痛苦，而傅延昇的话又如一支强心剂，让他重新坚定了自己。

“我还是想通过正规途径解决这件事，”戚屿微微蹙眉，“但我不希望爸爸因为我个人的决定陷入两难的境地。”

傅延昇愣了愣：“你打算自己一个人做这件事？”

戚屿语调微沉：“嗯，晚上我和爸爸吃饭的时候，他跟我说，他已经猜到了这些股东的态度，而且虽然这是一次秘密会议，但股东里肯定有人会把信息透露给邱明阳，调查的事情瞒不住的，估计不出两天，邱明阳就会有一个主动的态度出来，邱如松说不定也会在近期销毁相关证据……我猜，爸爸还是顾念着他和邱伯伯的情分，我要是告了邱如松，会让爸爸在集团里失去威信和人心。”

傅延昇沉吟片刻，指点道：“你的目的只是让犯了错的人受到法律制裁，但这并不意味着要你出面去告他们。”

戚屿：“那我找个人来帮我举报？”

傅延昇摇头，他拿着烟往茶几上的烟灰缸一指，说：“现在美薇里埋着这个雷，假设你爸爸他们想把它悄悄挖掉，而你要在他们拿掉之前让外界和监管部门注意到这件事，你还能怎么做？”

戚屿盯着那烟头的火光看了两秒，抬眼道：“提前引爆它？”

“不错，”傅延昇提烟抽了一口，笑道，“你查出那么多的东西，不管是艾薇盗取美薇原材料做高仿，还是刘琦的私人作风问题，每一个放出去，都能在公众场合砸出巨大的水花，到时候舆论就会成为你的武器，逼美薇主动应对。”

经傅延昇一提点，戚屿当即就明白了。只不过他以前从没做过这样的事，又不了解国内舆情，怕这个过程中会碰上不受自己掌控的风险……

正担心着，他就听傅延昇又道：“替我拿纸笔来。”

戚屿愣了愣，立即起身去取了几张印有酒店名字的记录纸。

傅延昇放下烟，接过纸笔边写边解释道：“虽然我们是要利用舆论，但也不能胡来，水能载舟亦能覆舟，我们的目的是曝光公司内部的不法现象，是打击犯罪，而不是针对公司本身。所以，你手中的证据要先放哪个，用什么方式放，在什么时间放，投放后预计会产生什么效果，都要经过系统的分析和设计，确保在这个过程中，公众的反应都在我们可控范围之内，尽量把美薇因此产生的损失降低到最小……”

戚屿心中的担忧一瞬间就被傅延昇化解了。

而对方脑海里的智慧也正随着他的讲解通过笔尖流淌于纸面，呈现出一份条理分明的初步行事方案——目的、系统计划、要找什么人，主要解决什么，可能会出现的突发状况，如何应对……一清二楚。

戚屿给傅延昇的是一支极其普通的酒店中性笔，但此刻在他眼里，傅延昇却比那些握着签字金笔的金融大鳄们更有魅力。

由于事态紧急，戚屿在傅延昇的指示下连夜将杨记者请到了酒店中。

不错，要利用舆论，了解各大媒介的杨记者就是最好的执行人选。

得知他们的计划，杨记者也格外惊讶，他还瞅着戚屿好笑地评价了一句：“各行各业为达到自身目的利用舆论的事情并不少见，但我这还是头一次碰上企业家的儿子对自家的企业发起舆论攻击的……要说出去估计都没人敢信。”

事情发展到现在，戚屿自己都有点不敢置信，但他现在要和邱家人比应对速度，已经没时间再反复犹豫斟酌了。

他选择相信自己的直觉，选择相信傅延昇的正直。

三人在戚屿的房间里密谈至深夜，基本确定了第一步行动计划。

等杨记者准备离开，戚屿才发现已经凌晨两点了。他起身送杨记者到门口，转身见傅延昇的视线还停留在方才的交流方案上，似乎还在审视是否存在漏洞。

看着对方专注的面庞，戚屿心中一动，似乎从来没有像这一刻那样庆幸自己把这个人留在身边。

他亲自给傅延昇倒了杯温水端过去，递给他道："傅老师，辛苦你了。"

傅延昇一怔，接过杯子莞尔道："这不是我该做的吗？"

戚屿问："明天的集团大会，我什么准备都没做，会有问题吗？"

虽然跟爸爸见过很多大场面了，但戚屿也是第一次正式参与这种集团战略会议，不免有些忐忑。

"我猜主要是熟悉一下事情的背景和今后一起参与的人员，估计不需要你讲话，不用紧张，"傅延昇抬腕看了一眼时间，道，"不过今天也不早了，我也得回去了。"

等傅延昇离开后，戚屿准备了一下次日要穿的正装，也赶紧洗漱洗漱睡了。

第二天早上十点，司源集团总办公楼的高级会议大厅里座无虚席。

戚源诚、司厉、王臻栋等集团大股东外加各大子公司高层齐聚一堂，召开集团下半年的发展计划说明会。

会程间隙，公司在酒店设宴，戚屿在寻桌时忽然听见有人叫自己的名字，扭头一看，见是许敬。

"敬哥？你也在？"戚屿喜道。

"我是山雨投资公司CEO，山雨受控司源，这种场合当然得来，"许敬见了戚屿同样有点意外，"倒是你，你不是还在美薇实习吗？你爸怎么这么早就让你来参加这种会了，是过来见识见识的吗？"

一串问题才问完，许敬就瞥见了戚屿身后的傅延昇。

傅延昇之前去了洗手间，并未与戚屿同行。许敬一怔，像是很奇怪这人会出现在这个地方："这位是，之前在酒吧里碰上的……网友？"

戚屿之前已经和许敬介绍过傅延昇的名字、职业，听许敬称呼对方"网友"，感觉有点古怪，忙解释道："敬哥，傅老师现在已经是我的商务顾问了。"

傅延昇礼貌地朝许敬伸出手："许总，又见面了。"

"幸会，"两人握了个手，许敬眯着眼睛道，"傅总能获得戚屿的青睐，应该是相当有能力吧。"

傅延昇："不敢当，承蒙戚屿抬爱罢了。"

许敬瞳孔一缩，明明还是在笑，但那笑却渐渐褪去了温度。

戚屿正想说点什么，又听见爸爸的召唤，他偏头，见戚源诚站在不远处朝自己招手。

傅延昇朝戚屿点了下头："你过去吧，我们应该不是一桌吃饭，有事电话联系。"

"嗯，"戚屿看向许敬，"敬哥，那我先过去了，回头再聊。"

许敬也朝他点头微笑："去吧，我和傅秘书聊两句。"

戚屿来到戚源诚身边，见爸爸对面还站着两个人，他很快认出其中一人是司厉——司氏控股的掌权人、司源集团的第二大股东——刚刚会上，司厉上台讲过话。

"司伯伯您好。"戚屿恭敬地打招呼道。

此时，司厉也一脸欣赏地打量着他，道："戚屿啊，一直听你爸爸说起你，很多年没见，转眼你都这么大了，听说你今年假期已经去美薇锻炼了？"

"是。"

"真是了不起。"

"司伯伯过奖了。"戚屿朝司厉微微欠身，又看向他边上站着的一位年轻人。

对方长得器宇不凡，一双狭长的丹凤眼和司航有相似的神韵，眼神却要凌厉很多，气质也远比司航更成熟。

戚屿："这位是司航的哥哥司泽吧？久仰。"

司泽笑看着他："前年听说你考上斯泰福，我爸在家里夸过你好几次了，小航这个假期也常提起你。"

戚屿："没什么，是司伯伯过奖了。"

"这俩孩子还相互客气起来了，哈哈，"司厉开怀一笑，对戚源诚道，"今后的天下都是他们的，早该让他们见面认识认识。"

戚源诚附和："是啊，要不是我和戚屿在国外生活，他们都已情同手足咯。"

司厉："现在国内经济发展势头大好，司源集团的发展重心也逐渐转移到国内，你还留在美国干什么，该回来了吧？"

戚源诚："我确实有这个想法，等一个合适的时机吧。"

司厉笑道："别站在这儿了，走，我们边吃边聊。"

尽管到场的都是有名有姓的大人物，但众人也是根据自己的身份自发地分桌。股东和股东一起，高管和高管一起，最底层也都是每个人各自带的秘书和助理。

戚屿随着戚源诚、司家父子坐下后，扭头回看一眼，见傅延昇和许敬已经没有站在那个地方，也不知道他们坐在哪一桌。

"戚屿，你现在念大几了？"身边司泽的声音拉回了他的思绪。

"下学期大三了。"戚屿打起精神应对。

"才大三啊，小航也大三，呵，跟你一比他简直像个初中生。"

"……司航那样也挺好的。"

"我听戚叔叔说，想让你接下来跟我一起参与司源集团科技版图的拓展工作？"

“嗯，今后还要司泽大哥多指教。”戚源诚和戚屿说起过，司泽比他大了八岁，算起来今年已经二十八了，比傅延昇还年长一岁，戚屿怕直呼其名不好，便敬称他一声“大哥”。

“别喊我‘大哥’，”司泽斜了他一眼，丹凤眼里眸光流转，“你一这么叫，我就忍不住把你当成我弟那种幼稚的小子，你也差不了我几岁，直接叫我名字就行。”

戚屿落落大方地应道：“那我就恭敬不如从命了。”

司泽：“你真是比我弟成熟又懂礼，他到这种场合，估计话都不知道该怎么说。”

戚屿莞尔：“他的心思估计还不在这上头吧。”

两人碰了下杯，又聊了聊各自的学业或工作状况，关系慢慢亲近起来。

戚屿得知司泽是在伦敦一所商学院念的大学，二十一岁回司氏控股帮司伯伯做事，至今已有七年的工作经历。如今他任职司氏控股的副董事长、集团旗下投资部的总经理，接下来还要参与司源集团的工作，可谓是身兼数职。

“你做这么多事，忙得过来吗？”戚屿暗暗惊讶。

“很多工作我只是挂个名，大都是身边的人帮着做的，等你以后估计也是这样，”司泽看向戚屿，打听道，“你除了今年假期去美薇，戚叔叔还让你接触过什么实务吗？”

“去年在美国那边的海外销售部也体验过一段时间。”

“就这些？”

“嗯，其他很少，平时还是以学习为主。”

“那你自己平时有没有玩点小投资什么的？”

“就只是自己买点基金、期货和股票。”

司泽好奇：“那你爸爸这次让你参与这么复杂的工作，应该帮你找了不少人吧？否则你一个大二学生怎么做？”

“没有，”戚屿微微蹙眉，“就一个。”就这一个还是他自己找来的。

而且，他原本以为自己过了暑假就能带着傅延昇回加州，哪想到横生枝节，他忽然开始要边学习边参与工作了，戚屿心里也很有压力。

司泽的表情有点奇怪，不知道是不是戚屿的错觉，感觉对方看自己的眼神没有之前那样重视了。

吃了几口菜，司泽接着说：“咱们这个圈子里，和我们差不多身份的，我就碰上过一个比较厉害的。”

戚屿：“谁？”

司泽：“林焕。”

“燕城首富之子？”戚屿没想到这么快又能听到这人的名字。

“对，”司泽笑了笑，继续道，“我和林焕都是在伦敦念的大学，林焕念中学就在那边了，大学上的是L大，L大附近有一幢叫L&S的大楼，是林焕十九岁那年买的。听说他读大学那几年，把顶层一整层按照五星级酒店的规格打造，有娱乐室、健身房、派对厅，自己住在里头，然后把底下的几层全都改造成学生公寓，有几十平方米的大房间，也有十几平方米的格子间，再低价出租给自己大学同学，甚至免费给一些成绩好又能来事儿的同学住。和林焕关系越好，或是越受林焕认可的，能住的楼层越高，享有的待遇也越好，这个规矩一直延续了四年，直到三年前，林焕才把那栋楼卖了，赚了两千万，还收获了一堆死心塌地愿意跟着他的能人。”

戚屿大感惊奇，原来还能通过这种手段拉拢人心？

他本来觉得章承宣已经算是社交方面的高手，此时听司泽说了林焕的故事，才知道什么叫“人外有人”。但这大概也和每个人的出身、手中能掌控的资金能力有关……

林焕是独生子，坐享亿万资产，宛如海中游龙，章承宣却是章家众多兄弟姐妹中地位尴尬的一个，蛟龙无雨，任是他雄心滔天，也翻不出什么浪花来。

沉思间，戚屿又听司泽道：“除了这个学生公寓的事，我还听说他在国外念书的时候投资了不少留学生自己创立的品牌和公司，有卖雨伞和小商品的，有开旅行社的，还有做中介服务的，也赚了不少钱……”

司泽再次看向戚屿，笑说：“我比他还大了两岁，在我还是个懵懂学生的时候，他已经把商圈那套玩得风生水起了，你觉得他厉害吗？”

“……嗯。”听到这里，戚屿也终于明白司泽看自己的眼神为什么会发生变化，在司泽眼里，自己又何尝不是个“懵懂学生”呢？

看来，司泽刚问他的经历，只是想了解他的真实能力，而司泽说林焕的事，也是在告诉他，只有林焕那样的人才配被司泽当成对手，而他还嫩着。

那种不服输的劲儿又开始在胸腔里涌动，让戚屿感觉不是滋味。但不管如何，他和司泽八岁的年龄差在那里，司泽恐怕也是之前听司厉夸戚屿太过，才隐隐把他当假想敌，现在见面一聊，能耐深浅一目了然。

饭后，戚屿起身欲寻傅延昇，不想才扭头就看见了对方，和傅延昇一前一后过来的还有一个面容清俊的年轻男人，两人的长相和气质居然有些相近。

戚屿下意识多瞄了一眼，见那人走向了司泽，估计是司泽的下属。

他也迎向傅延昇，问：“你刚在哪里吃？”

傅延昇：“和你爸的秘书一起。”傅延昇道。

戚屿：“没有和许敬一起吗？”

傅延昇：“没，他去别处坐了。”

戚屿蹙了下眉头：“许敬跟你聊了什么？”

傅延昇：“他就问我是什么时候受雇于你的，还问以后你去上学了我怎么办，我说去陪读……怎么了，你很在乎他怎么想？”

“没有……”戚屿偏过头，他确实有点怕许敬多想，因为许敬刚刚表现得不大喜欢傅延昇。

“行了，”傅延昇看了眼手表，“还有二十分钟下午的会议就要开始了，上去吧。”

接下来的会议才是戚屿和傅延昇要参与的重点，两人坐电梯上楼，来到了一间中型会议室，已有会议相关人员在里边布置。

戚屿和傅延昇在附带的休息室坐了一会儿，又聊起了刚刚戚屿和司泽在饭桌上聊到的话题，没过多久，司泽他们也上来了，身边还跟着戚屿刚刚留意到的人。

双方打过招呼，相互介绍了一下，戚屿才知道，那人是司泽的助理，名叫宋溥心。

“戚总幸会。”宋溥心的面色有点苍白，看人的眼神也有些淡漠。

“你好。”戚屿和他握了下手，对方就立在一边沉默不语。

待会议主持人和戚源诚露面，众人才一起进会议厅。这个会主要是针对上午集团计划说明中的“拓展科技版图”这一块展开，与会者就成立集团的临时科技拓展部门、拓展方式、参考目标、远期影响等问题进行了深入讨论，确定了一系列计划，并由主持者公开内部早已确认好的执行人员名单。

其中司泽为新部门总经理，戚屿为副总经理，戚源诚为临时监事，各人自带的助理、秘书也可享有相应权限，一同辅助执行总裁与副总裁推进计划，部门目标是在一年内成立集团自己的科技公司。

会开了整整三个半小时，戚屿作为被他爸临时拉进来的副总，对内情全然不知，光是消化会议上的信息就耗尽了他的心神。

但他还真没感觉到太大的压力，因为他带了傅延昇，会议中几乎所有需要他表态的问题，都是傅延昇代他发言。只见这家伙口若悬河地坐在那里与集团的信息官、新部门计划发起人、司泽及司泽身边的顾问等展开讨论，好几次因发表颇有见地的意见让众人侧目。

而且，傅延昇在与他们交谈时，也没有一味地喧宾夺主，他会时常观察戚屿的眼色，低声询问戚屿的意思，在获得戚屿的首肯后，才代戚屿发表自己的看法。

这些细节全被戚源诚看在眼里，戚屿见爸爸端着茶杯，时不时望着傅延昇微笑颔首，对他的表现相当满意。

会议总结陈词时，连边上的司泽都凑向戚屿，悄声问了一句：“你这个秘书是戚叔叔给你找的吗？”

戚屿道：“不是，自己找的。”

司泽露出一股求贤若渴的目光：“哪儿找的？”

戚屿本想说“是你弟弟的秘书给我推荐的”，但又担心这话说出来恐怕会影响人家兄弟感情，便话锋一转道：“网上找的。”

见司泽一副欲言又止的样子，戚屿心中好笑，虽然自身能力不够，但在用人方面略胜一筹，他心里稍稍舒坦了点。

会后戚屿问爸爸晚上的安排，戚源诚道："晚上公司没有宴会，但司泽估计会请你吃饭，你们今后一起共事，两边的人也需要多认识交流，爸爸就不参加了。"

戚屿问："你还有别的事？"

戚源诚："晚上你邱伯伯约了我见面。"

戚屿一惊："这么快？"

戚源诚叹了口气："毕竟我在国内只待五天，我放了风声出去，他要想解决他儿子的问题，也得抓紧时间找我谈。"

戚屿眼皮微低，不动声色道："那……你注意安全。"

等戚源诚离开，司泽果然找上戚屿道："戚屿，晚上一起吃饭？带上你秘书，上润丰公馆吧。"

润丰公馆是海城西区知名的历史洋房，内设高档的餐馆，主做本帮菜。

戚屿答应司泽后，一行人坐电梯下楼，不想戚屿在电梯厅又碰上了许敬——许敬与集团子公司的其他CEO在另一间会议室开会，也刚好结束。

双方见面相互介绍了一番，司泽得知许敬的身份，也邀请他一起用餐。

许敬欣然应声，答应完才想起戚屿在边上，忙又看向戚屿问："不会不方便吧？"

戚屿立即道："当然不会。"

许敬愿意一起去他高兴都还来不及。

两拨人分车前往，戚屿带傅延昇和许敬坐一辆，路上，他们就下午各自开会的内容简单交流了几句，气氛还算和谐。

其实戚屿大约也知道许敬刚开始为什么态度微妙，但他以为吃砂锅粥那天，他已经表达得很清楚了，许敬应该能猜到傅延昇早晚会来自己身边才对。

这两人他一个当作自己兄长，一个是他认可的老师，无论哪一个对自己来说都很重要，戚屿自然希望他们能好好相处，此刻见许敬态度如常，他也稍稍松了口气。

到了餐馆，司泽的秘书给他们发消息让他们去指定包厢，一起吃饭的除了戚屿这边三个人，司泽还带了五个，都是下午列席会议的人，有司泽的秘书、助理，经理等等，都是三十岁左右的年轻精英。

九人齐聚一桌，又相互介绍认识了一番。由于傅延昇在会议上表现突出，司泽身边的人明显对他表现出了兴趣。

几个智囊追着他打听道："傅秘书怎么对科技领域的公司和现状这么了解？"

傅延昇道："我之前一直是在投行工作，主要就是负责TMT项目的公司上市，所以对这方面信息知道得比较多。"

TMT就是科技、媒体和通信行业的简称。

"原来如此，难怪你在会上能发表出这么多独到的见解。"

"看来我们今后是有大助力了。"

……

戚屿也了解过傅延昇的工作内容，但仍被对方今天的表现给帅到了。

明明他们都是两天前才得知要开这个会，傅延昇要忙工作交接，根本没有什么准备时间，可他在会上却还能这样游刃有余地输出，说明他是真的把平时接收到的信息全部内化成自己的知识，不得不让人钦佩叹服。

又有人问："以傅秘书的能力，去大型上市公司做信息官或是董秘都绰绰有余，怎么之前都只在券商做VP？"

其实这不只是他们的疑惑，也是戚源诚的疑惑。戚源诚就曾跟戚屿说过，傅延昇的能力跟他在投行的职位不大匹配，出来反而有更好的前途。

毕竟有国资背景的投行、银行之类晋升很看重资历，不混到一定的年限，甚至没有特殊的个人背景，很难再往上走。

"个人喜好吧，"傅延昇搁下筷子，解释道，"我这个人脑子停不下来，喜欢分析各种事情，在投行能接触到的东西比较多，工作节奏也快，如果被一家公司绑死，反而觉得不自在。"

这倒是实话，与投行相比，上市公司的工作会相对轻松一点。但是平时众人只听投行人员说接受不了高强度工作跳槽去外边的，很少听到有人说外边太闲了不想去的，同样是拿工资，谁不喜欢做清闲又高薪的工作呢？

那人又意有所指地看了戚屿一眼，笑问："那您怎么现在愿意跳出来了？"

"哦……"傅延昇莞尔道，"戚屿是个例外，他很耐心地邀请了我一年，我是被他的诚意打动的。"

听对方这么说，戚屿都忍不住想吐槽——谁邀请你一年了？别老往自己脸上贴金啊！

众人又恭维了傅延昇几句，还夸戚屿年纪轻轻慧眼识珠。

虽然傅延昇名义上是戚屿的秘书，但所有人都不会眼瞎到真把他当成一个简单的秘书，这人放古代，那妥妥就少帅身边的军师。

而就在他们吃饭时，一件关于美薇高管的丑闻正在网络上无声地发酵。

晚上七点四十分，微博用户最活跃的一段时间，某知名商界吃瓜博主放出了一段某公司高管和某网红在酒店开房的短视频。

只见那视频中，这位高管正旁若无人地搂着网红的纤腰，手上的动作猥琐得惹人不适。

但网友此时还在猜对方的身份，因为那网红的脸被打了码，拍摄距离又比较远，像是故意不让人看出来似的……

第22章 网络曝光

润丰公馆的就餐者们又围着许敬聊了起来，许敬已在司源集团工作多年，从早年在戚源诚身边当秘书到现在独自担任一间投资公司的CEO，也算是年轻有为。

座上有曾和他接触过的，在席间大肆吹捧了他一番，还提到了他帮着林焕卖了“小鸽子”的事。

“啊！原来你就是压垮小鸽子的最后一根稻草啊！”司泽身边的秘书惊道。

“压垮小鸽子的最后一根稻草？这怎么说？”另一人问。

“听说林焕为了拿到小鸽子的控股权，密会许总要买那3%的股份，但世上没有不透风的墙，这事很快也让小鸽子的创始人知道了，小鸽子的葛总连夜打了电话，就差跪着求许总了，但许总还是把人给卖了。”

戚屿心中讶异，他当时只听许敬说林焕出十倍高的价格买那3%的股份，却没听说后面这事。

许敬和声道：“我跟葛总说了，我是做投资的，生意人利益至上，谁出的价格高，我就卖给谁，当时我跟林焕开价十倍，林焕答应了，葛总却犹犹豫豫拿不出钱，换你们你们也会选择林焕吧？”

有人附和：“那是！商场厮杀可不讲仁慈。”

“但这件事不但让林焕在圈内名声更盛，也让大家知道了山雨这家投资公司，不能说许总不厉害……我记得司源集团只有山雨50%的股权吧？许总好像也是股东？”

许敬端起酒杯淡淡一笑：“都是为了‘太子爷’打天下，虚名而已，喝酒吧。”

这句话暗示着什么大伙儿一清二楚，众人又纷纷看向那位面容还尚显青涩的戚家继承人，谁都不敢再有轻慢的眼神。

一顿饭吃到了晚上九点，饭后司泽又走到戚屿身边，揽着他的肩膀道：“我爸常说‘用人在精不在多’，今天见了你身边这两位，我才明白什么叫一个顶十个……戚屿，很期待我们今后一起共事。”

众人下楼坐车，准备离开，这时忽然有人出声道：“咦，美薇CMO是不是上热搜了？”

戚屿一愣：“美薇的CMO？”

那人凑过来让戚屿看自己的手机屏幕，解释道：“美薇的市场部总监兼销售部主管，我记得是刘总是吧？新闻上说他出轨网红了。”

司泽原本还挺好奇，闻言笑了一声，不以为意道："和网红那哪能叫出轨？给钱就能买到的服务罢了，也就那些网上的键盘侠少见多怪。"

"网民们的道德底线确实比较高嘛。"

"嗤，这种人就是典型的自己享受不到只能用道德去规范别人，要别人也得不到才心理平衡。"

许敬皱眉："说是这么说，但高管出轨对公司来说也算是个信誉危机吧……戚屿你还是关注一下，有必要的话尽快和秦总他们反映一下，让公关部及时应对。"

戚屿敛目："嗯，我一会儿就和他们了解一下到底是怎么一回事。"

许敬见傅延昇还站在戚屿身边，问道："傅秘书怎么走？"

傅延昇："陪戚屿回酒店，我还要有点事要和他谈。"

"那行，我自己叫个车，就不跟你们一道了，"许敬轻轻地叹了口气，伸出手道，"今后……辛苦你了。"

傅延昇和他握了握手："没事，应该的。"

戚屿心思全在美薇那事上，匆匆和许敬道了别，就让王猛赶紧开车送自己和傅延昇回去。

路上，他迫不及待地打开手机微博。这微博号还是刚刚注册的，就因为杨记者告诉他，微博是他们发起这场舆论攻击的主场。只见#美薇CMO 出轨# 这个话题已经挂上了热搜——四十分钟前，网友们扒出了视频中男人的身份。

作为知名上市公司的高管，刘琦在微博上亦有自己的账号，他不但会日常转发一些美薇的相关服装上新信息，还为自己立了个顾家好男人的人设。

不少人都知道，刘琦的妻子是他青梅竹马的高中同学，两人有一个刚年满十八岁的女儿。几个月前刘琦还在网上笑称"吾家有女初长成"，女儿同样是ME·WE这个品牌的死忠粉，从十六岁开始衣柜里就挂满了ME·WE的衣服。几张居家照和贴了土味大头贴的小女儿照片透露出刘琦对自家品牌的关心，也表达了父亲对女儿的爱，拉了一波路人好感。

网友当初开玩笑说没见过营销这么用力的CMO，连自己女儿都不放过，当然那些都是善意的言论。如今这视频一出、马甲一扒，曾被欺骗的愤怒网友在极短的时间内就攻占了刘琦的微博和美薇的官博——

"美薇你家市场总监出轨了!!!"

"赶紧让这种人渣滚吧，否则一辈子都不会再买这个牌子的衣服!"

"那网红嫩得都能当他女儿了吧？恶心吐了!"

"早就想吐槽美薇了，这么大的牌子全是靠广告打出来的吧？这几年的衣服质量是一年不如一年，高管是不是贪了钱养网红去了？"

"这种人当权，美薇是该凉了!"

……

闻风而来的媒体大V也迅速将这则八卦编辑成文章，推送至各大新闻平台。

傅延昇偏头看着戚屿正翻看的信息，低声评价了一句：“看来第一步计划进展得还挺顺利。”

不错，这正是戚屿昨天半夜和傅延昇、杨记者讨论出来的方案。

如果直接对外公开邱如松的犯案证据，针对性太明显，不免会引起昨日与会股东的怀疑。但若从刘琦入手，以对方的私人作风为争议点引导舆论，不但能逼迫美薇的公关团队应对，也不会一下子把事情闹得不可收场。

而且，舆论攻击能暴露且放大诸多股东之前看不到的问题，也会让他们意识到邱如松的行为对这个品牌带来了多大的损失和影响。

他们想悄悄把这些丑闻掩盖过去？

——没那么容易！

戚屿在傅延昇的指示下，又给戚源诚的秘书发了条消息，打听情况：“何秘书，爸爸还跟邱伯伯在聊吗？”

何秘书：“在聊，邱明阳痛哭流涕，正跟你爸忏悔呢，两人都喝得有点多了，你爸好像也挺伤感的。”

傅延昇低哼一声：“忏悔有用早干吗去了？继续咱们的计划。”

戚屿又对何秘书道：“你方便的话，现在跟爸爸说一声，刘总刚在微博被人爆了和网红出轨的丑闻，我记得请网红服务刘总这事好像也和邱如松有关。”

何秘书：“……好。”

戚屿回到酒店房间，仍拿着手机不时刷新闻，忐忑不安地关注着事件的走向。

傅延昇洗了个手出来，见他还在看手机，便说：“别瞎担心了，来，我跟你复盘一下今天下午的会议。”

见戚屿一脸茫然，傅延昇蹙眉道：“看着我干什么？像个二愣子似的，下午开会除了点头啥都不会，过来把你不懂的问题都说一说，我给你讲讲。”

“你说谁‘二愣子’!!”戚屿像只被撩了毛的白孔雀，振着敏感的尾翅，不可置信地瞪着对方。

傅延昇见他大眼圆睁，不由想起他白日穿着西装坐在会议厅里的模样——明明很多地方听不懂，还在那儿装得四平八稳——心里又觉得无比搞笑。

就在此时，戚屿的手机振动起来，他忙按下接听键：“爸爸？”

戚源诚在那头“嗯”了一声，问：“你刚让小何跟我说的那个事情是怎么回事？”

戚屿一边把网上的情况转述给爸爸，一边留心感受对方的反应。

傅延昇告诉过他，通过这一步就能试探出戚源诚对邱明阳事件的真实态度。倘若戚源诚表现得很生气，说明他愿意不惜一切代价保人，为避免父子之后有矛盾，戚屿这时候可以选择及时向父亲坦白自己的行为，就算他爸坚决不想动邱家，也可以保帅弃卒，拿刘琦开刀；但若戚源诚表现得比较平静，说明他内心很有可能也是支持严加整治的，戚屿接下来大可以放开手去做，一边痛打作案舞弊之人，一边也能保全父亲的颜面。

戚源诚听完戚屿的话，没有震怒，只是沉声问："你是否能确认这视频来自集团找的调查人员？"

戚屿愣了一下，解释道："不确定，我刚刚已经打电话让下边的人去调查了。"

这个视频戚屿没有在董事会上播放过，也没给戚源诚看过，所以戚源诚就算见了，也不能百分百确信是戚屿这边流出去的证据。但在这个节骨眼上出问题，戚源诚也不可能不怀疑戚屿，所以戚屿不敢咬死否认，只能把责任推给自己找的调查人员。

戚源诚顿了两秒，说："行，我知道了……"

戚屿问："爸爸，你和邱伯伯聊得怎么样了？"

戚源诚："现在局面有点复杂，等我空了再跟你说吧。"

等戚屿挂断电话，傅延昇就问道："你爸怎么说？"

戚屿皱眉："他有一句话很奇怪……"

傅延昇："哪里奇怪？"

"除了顾总，我爸知道其余人都是我找的，但他刚刚在电话里却问我能不能确认这视频来自'集团找的调查人员'……"戚屿纳闷了一秒，忽然想到什么，看向傅延昇，"他会不会还在邱伯伯那儿，这些话是在说给邱伯伯听？"

"很有可能，"傅延昇问，"你爸生气吗？"

戚屿摇头："好像不是很生气。"

傅延昇："那就好办了，让杨记者那边进行下一步计划吧。"

戚屿给杨记者打完电话，面上仍有忧虑之色。

傅延昇问："怎么了，还在担心什么？"

戚屿道："网友的反应激烈得有点超出我的想象，这样继续下去不会有什么问题吧？"

他刚刚看了几条美薇官博底下那些高赞的留言，想起那条被高高顶在前边的那句"美薇该凉了"，心中很是不安。

傅延昇却比他淡定许多："所以我不是叫你别看了吗，你没经历过这种场面，情绪难免受舆论牵动，但这是一个必要过程，他们骂得越凶，反应越大，才越能叫公司管理层和那些'事不关己'的股东引起重视。专业的事就交给专业的人来做吧，我昨天和杨记者聊了几句，感觉他在这方面经验丰富，也很有大局观，只要他觉得没问题就没事……"

晚上十点，刚结束直播的陶梅关掉了摄像头，往靠椅上一瘫……

"小金，帮我拿瓶薄荷水过来。"她吩咐自己的助理。

嗓子又干又疼，脸上的妆也懒得卸，晚上直播间似乎还涌进来一些奇奇怪怪的言论，说她"小三"什么的，不知道是不是竞争对手又来搞事，真让人厌烦……

手机铃声响起，陶梅瞄了一眼，见是陌生号码，她接起来不耐烦地“喂”了一声。

“请问是桃桃小姐吗?”那边传来一个中年男人的声音。

“是，你谁啊?”

“我是司源集团监事会秘书，现在微博上正在热传一段你和我们集团旗下美薇服饰CMO刘琦刘总的开房视频，由于事态紧急，集团监事会需要立即跟你见面了解一下真实情况……”

……美薇？刘总？开房？

陶梅浑身一震，立即直起身子，一边手忙脚乱地用电脑开微博搜对方说的新闻，一边磕磕绊绊地反驳道:“你们为什么要找我？要找就去找刘总吧，这件事跟我无关，是你们美薇的人要我这么做的……”

“桃桃小姐,”男人出声警告,“希望你现在能配合我们,如果你能对我们坦白真实情况,我们会尽量把你从这件事中摘出去，如果不能，我们会立即报警，到时候你的下场就不受我们控制了。”

“我……”陶梅拿着手机的手直哆嗦,“我能配合……”

……

次日清晨，戚屿准时被闹钟叫醒，却仍皱着眉头起不来床。

昨晚傅延昇跟他讲起下午的会，还给他科普了不少东西，什么互联网科技、大数据、人工智能、电商平台……戚屿听得头昏脑涨，总算明白了自家集团的科技版图要往哪个方向扩展。

总的来说，司源集团是想借自己旗下公司的品牌影响力打造一个和自己产品、文化联动的互联网商城，配合社交互动平台，从已有市场中争抢出一部分客户。

谁拥有最多的客户，谁就能拥有最多的信息和数据，只要能在各自的领域达成垄断地位，谁就能掌控未来。

司源在这方面的起步已经算晚了，但好在和司氏联手后资金实力雄厚，可以收割一批有想法却无资本的小公司，通过整合资源的方式快速崛起。

接下来半年至一年，他们主要要做的是搭建公司组织框架，寻找可收购目标——优质的目标是需要争抢的，司源集团要的别人也可能在虎视眈眈，有时候抢到一个好的团队基本就能奠定公司未来的基础。

当然，大部分前期工作都有手下的精英团队来做，戚屿只需要了解内情，看总结报告，参与重要决策，并在有必要的时候出席谈判会和收购会即可。

这一聊，两人又聊到了半夜，等戚屿上床时都快两点了。连着几日这么晚睡，还承受着数件大事的压力，戚屿感觉自己的睡眠都有点严重不足。

幸好他那两个月实习期还有没几天就要结束，他只希望接下来几日，事情按照他们的计划顺利推进。

由于昨晚网上爆出的那个美薇CMO出轨丑闻，早上程丽君都没亲自来接他，只给戚屿发了条短信，简单转述了这件事，说在公司筹备紧急会议。

等戚屿一到公司，也明显感觉到各员工交头接耳地聊着昨晚的事，整层办公楼里都笼罩着一股低沉紧张的气氛。

吴双一见到他道："戚总，昨天的新闻看见了吗？刘总出事了！"

戚屿："嗯，看了。"

吴双对戚屿调查的内情到现在都不完全了解，他还当戚屿已经放弃了，现在一说刘总出事，这家伙表现得居然……有些兴奋?!

这个反应让戚屿对吴双产生了极大的好感，他强忍着把真相告诉对方的冲动，故作镇定道："我刚来公司的时候，公司的人也请网红陪我吃过饭，光看那个视频还不好说到底是怎么一回事，等等我再跟秦总了解一下详细情况。"

因为杨记者的人并没有拍到刘琦和网红真正在房间内行事的证据，所以戚屿想过，这件事有可能被公关部以"网红只是陪高管去吃饭""合作双方的常规操作"这种借口强行洗白，然后在内部象征性地给刘琦一个小小的处分，把这件事揭过去。

九点半，秦总召集公司数位高层和公关部正副经理前往会议室开会，讨论如何应对昨晚爆出的丑闻。不出戚屿所料，会上果然有人提议先发一份"公司内部的调查声明"，再让公关往洗白的方向去运作。

秦总听了众人的意见，却扭头问了一句戚屿的意思。

戚屿愣了一下，严肃道："先核实一下是不是真的吧，如果刘总真的做了，我觉得不是靠公关部洗白一下就能敷衍过去的。公司还是要积极承认用人不当的错误，并公开惩罚对公司造成影响的员工，才能挽回品牌声誉。"

秦总闻言立即颔首附和："我认同戚总的想法，公司临时成立调查组，争取在三天内调查清楚刘总的私人生活问题，我们再讨论如何应对。"

在座众人听了二人的话都暗暗惊心，以前开会只见这个名义上的年轻总裁点头附和，什么都让秦汉尧拿主意，今天两人却像是换了角色？

这是真的要变天了啊！

上午十点五十分，公关部在美薇官博上发布了"公司展开对刘琦内部调查的声明"，但这个举动并没有降低众人的怒意，网民一看官博发声，集火更甚。

午饭时间，财务部部长行色匆匆地前去向秦总汇报，今天股票开盘截至中午十二点，美薇的股价下跌了三个点，估计是受昨晚刘总出轨丑闻和舆论的影响。

美薇在S交所的市值约三十亿元，如果下午继续下跌，有可能会直接触发跌停线。

下午，秦总又召集公关部开会了解事情走向。

会上有人提出通过挖掘、曝光甚至捏造一些桃桃的私人丑闻——比方说和不止一个男人开房、为了拿到大品牌的网销代言给不同人发过暗示短信等信息等等——来暂时转移网民的火力。

戚屿冷眼旁观，虽然心中唏嘘，但也没有出声阻止。

因为公关部的反应和他们当时预料中的一致，也和杨记者他们第二步要做的事不谋而合。只是两方的目的不同，公司的人是想牺牲桃桃保美薇，杨记者却是想逼桃桃狗急跳墙公开一些他们想要的信息。

是的，从昨晚收到戚屿的指令开始，杨记者的人就开始逐步引导网友猜测这位蒙面网红的真实身份，试图给对方施压。

现在邱如松正被爸爸追责，自顾不暇，可能根本没心思再管桃桃的死活，届时杨记者的人再私下联系那位网红，以“爆出更多证据”的方式威胁对方，就能逼桃桃主动说出更多背后的真相。

临下班时，网民不负众望地扒出了这位网红的身份，#网红桃桃 小三#这个tag在下午五点四十八分上了微博热搜。

网友们攻占了桃桃的微博主页、某宝直播间，大肆谩骂，美薇公关部推波助澜，让一部分媒体号捏造了一些桃桃的负面新闻。

当戚屿以为事情会按照他们的计划有序推进时，杨记者却在这时候给他发了条消息，说他们联系不上桃桃了。

戚屿一愣，回复问：“是不是网上骂的人太多，她躲起来了？”

其实看到那些辱骂的话，戚屿也有些不忍，这姑娘虽然也有些问题，但没罪至被全民网曝狂嘲的地步，那些拿各种条件利诱她、让她提供不当服务的人更该被骂，可惜这些人现在还隐藏在幕后。

杨记者道：“我这边的人从昨天晚上十一点就以你的名义联系过她了，但一直联系不上，我们给她公司打了电话，也打不通，估计是已经看到微博的情况，开启了不回应模式。今天中午我们联系上了她的助理，她助理说她昨天晚上下直播后接了通电话，就匆匆忙忙外出了，还说有一辆私家车来接她，但她没说去哪里，后面手机就一直关机。”

戚屿暗想，难不成是邱如松的人先他们一步有了动作？

如果是这样，那事情就不大好办了。

杨记者道：“我再关注一下网上的情况吧，如果实在联系不到桃桃，就启动备用方案。”

戚屿：“嗯，可以。”

下班后，戚屿给傅延昇打了通电话，约他一起吃饭。

“我晚上要加班，”傅延昇道，“要不你来丰贸，我们在这边随便吃一点？”

戚屿说了声“好”，直接让王猛开车送自己过去。

两人约在丰贸楼上的日料店，这家店的“神户牛肉”非常出名，餐馆隔日从原产地空运鲜牛肉到海城，不少外边的食客都会慕名前来。

二人一见面，戚屿就问他："你都辞职了，怎么还要加班？"

傅延昇斜了他一眼，好像戚屿又问了什么幼稚的问题："公司的项目不会因为我要辞职就不做了，原本该我负责的项目，我得帮着接任我职位的经理了解情况，昨天请假一天跟你去开司源集团的战略会，底下的人都等着我下指示。"

他说完就开始点菜，只要了份招牌的神户牛肉和两份茶泡饭，也没要酒，打算速战速决，点完又看向戚屿，问："怎么，我加班你有这么不高兴吗？"

戚屿歪了下头："我都开始付你工资了，你还在给别人工作，我不能觉得有点亏吗？"

"能……"傅延昇淡笑道，"那一会儿吃完饭，你要不要去我办公室坐会儿？你可以看着我加班。"

戚屿下意识反问："我为什么要看你加班？"但说完一想，他都从来没去过傅延昇的公司，确实挺好奇，而且看着对方工作听上去有一种"监工"的味道，感觉好像不错，遂改口道："行吧，反正我也没什么事……"

傅延昇问："对了，美薇的事怎么样了？我白天忙，都没时间关注。"

"还算顺利，"戚屿告诉了傅延昇自己今天去公司后发生的事，包括秦总的态度，公关部的应对方式等等，"就是杨记者中午跟我打电话说，联系不上桃桃……"他瞅了眼手机，"而且我爸从昨晚开始也一直没给我回电话。"

戚源诚迟迟不联络他，戚屿总担心自己一意孤行会捅出什么收拾不了的娄子。

傅延昇安抚他道："别担心，你爸不联系你反而是好事。"

戚屿："为什么？"

傅延昇："你上次说的那个秘密股东会，来的只是一部分小股东吧？"

戚屿："嗯，集团的大股东像是司伯伯、王伯伯都没来。"

傅延昇："这就对了，本来美薇这种财务上不怎么显眼的问题，上面的大股东是不会关注的，你爸一开始不也说不想查吗？现在出了刘琦这个丑闻，上边的人肯定能看到，你爸估计也在忙着和上边的人开会，集团有集团层面的关注点和议事流程，现在就算是你爸和美薇的股东想保邱家，也不一定能保了。"

听完傅延昇的解释，戚屿稍稍放心了点。

吃过饭，戚屿就跟着傅延昇去了他公司，明泰证券在丰贸三十九层，两人下楼，傅延昇先带戚屿去公司前台处做来宾登记。

"我帮你写吧。"傅延昇直接拿笔在上面为他写了名字和身份，戚屿瞄见对方为自己备注的头衔是"司源集团科技发展部副总经理"。

戚屿眼角一抽，昨天才开完会，今天就用上了？

之后傅延昇就带着戚屿走进了IBD部门，已经是晚上八点，部门办公室里还灯火通明，放眼望去，居然有百分之七八十的座位上还坐着人，都在专注地埋头工作。

戚屿低声问："怎么有这么多人加班？"

傅延昇说："投行常态。"

路上碰上几个女员工，看见傅延昇纷纷恭敬地叫"傅总"，但视线又好奇地朝傅延昇身后的戚屿瞄，面上表情各异。

戚屿已经习惯了他人的围观，目不斜视地跟着傅延昇进了对方的独立办公室。

房间很大，里边分两块区域，一半是傅延昇的办公区，只见一张实木办公桌横亘中央，桌上摆着两台IMAC，边上还堆着各式各样的文件；另一半是会客区，有沙发座，还有一张小圆桌。

戚屿站在会客区参观了一圈，担心触及傅延昇的工作隐私，没往太里边走。

"要喝点什么？"傅延昇随口问道，"我这儿有茶，喝吗？"

戚屿故作镇定道："那就喝茶吧。"

"你先坐，我给你泡。"傅延昇指了指沙发。

但戚屿刚坐下没几秒，杨记者就给他打来了电话，对方的声音还有些焦急："戚屿，你现在赶紧看一下网上的新闻。"

"出什么事了？"

"微博有一个知名短视频大V放出了一条'独家采访刘琦事件女网红'的视频，这个视频不是我的人做的……我微信发了你链接，你先看一下再说。"

戚屿赶紧应声，挂了电话点开微信。

链接跳转至微博，杨记者所说的大V是凤梨视频。

戚屿点击播放，视频只见黑色背景和字幕，不见画面，在简短的开头介绍后，访谈声音就出现了。

问话的是个男人："网上的网友说你跟美薇已婚高管刘琦出轨，当了人家小三，这事是真的吗？"

那位网红的声音做了变声处理，只听她边哭边说："不是出轨，只是服务，美薇的×总说只要我能让刘总他们开心，就能拿到美薇的网络直播代言，我问了同行的姐妹们，她们说这是业内不成文的规矩，大家都一样，所以我才答应……"

男人问："你说'刘总他们'，所以不止刘总一个？"

女网红道："嗯，主要是陪吃饭，有特殊需求另谈……"

男人问："美薇有几个人跟你要求过特殊服务？"

女网红："只有×总和刘总两个，×总还让我推荐身边长得好看的姐妹去一家仿美薇的A货店里当模特，如果服务得好，就给我回扣……但我一次都没拿过，我只想让姐妹们找到工作，赚到钱……"

男人反问："美薇A货店？"

匿名女网红："就是××，好像是×总自己在外边开的，我也不清楚，价格比美薇便宜很多，但衣服的款式什么都是差不多的，他还说这个牌子早晚有一天会取代美薇……"

……

音频只有短短一分半钟，爆出的信息却如一石激起千层浪——“出轨”事件一下变成了“潜规则情色交易”，甚至还出现了高管开自家品牌A货店的劲爆新闻！

第23章 有惊无险

戚屿往下一扫，只见视频发布到现在仅半个小时，底下已有数千条评论！

“惊了！这算是高管监守自盗蛀空自家企业吗？管理层这么骚操作，美薇的股东都知道吗？”

“说起来，有谁知道美薇的老板到底是谁啊，好像特别神秘？”

“那网红不都说了这是业内不成文的规矩吗，看来不止美薇一家这样干过，我三观崩塌了……”

“说实话，如果真有低价美薇高仿店，我会支持的，大牌衣服越来越贵，买不起了。”

“哪位姐妹能指路一下美薇的A货店？想买……”

“想支持的不是在开玩笑？A货店的东西都是抄袭的，设计师智慧不要钱吗？美薇品牌营销不要钱？抵制盗版人人有责！”

“但美薇这两年衣服质量真的不大行了……”

“说美薇质量不行的可以关注一下美薇在国外的口碑，一向是诸多轻奢品牌里性价比最高的，ME·WE也正是在国外销量口碑双丰收才开始在国内铺开市场的不是吗？现在出问题的明显是国内啊！”

……

戚屿发现，网友的反应在这条新闻出来后明显冷静了不少，已经有一部分人从单纯的发泄愤慨之情转向对事件本身的讨论，比如正品店和A货店、股东和管理层、美薇本身质量与性价比等等。

虽然仍然有不少情绪化的留言，但也有一部分理智的声音在引导评论的走向……

傅延昇端着泡好的茶走过来：“谁的电话？”

“是杨记者……”戚屿赶紧把手机递给傅延昇，“你看看这个。”

“有突发情况？”傅延昇在他身边坐下，接过手机，看完后道，“这新闻是杨记者的人操作的？你刚不是说他们没联系上桃桃吗？”

戚屿这才解释：“杨记者刚打电话给我，说这不是他做的。”

傅延昇一愣，又低头扫了眼评论，沉声道：“可这条新闻对我们是有利的。”

戚屿：“你也这么觉得？”

他们制订计划时，也曾考虑过桃桃会逃避不配合，杨记者提议的备用方案也是放出一段音频文件，只不过这段音频文件的主角却是戚屿和桃桃。

不错，虽然那天晚上戚屿当着公司众人的面和桃桃一起上了车，但他在车上开了手机录音器，把两人在车上的对话全都录了下来。这样做一来可以维持自身的清白，二来也可以拿录音作为后续调查的线索。

但采取备用方案的风险是有可能暴露戚屿的身份，尽管杨记者的人同样会对戚屿的声音做处理，可瞒不过桃桃本人，一旦她把戚屿的身份公开，所有人都会知道，戚屿就是操控这场舆论的幕后主谋。

而现在微博上风梨视频这段信息发出来，不但解除了戚屿会暴露自身的风险，还把他们原本想做的事情全做了！

傅延昇把手机还给他，道："你看舆论走向，这不是很明显吗？"

戚屿茫然道："如果不是杨记者做的，会是谁在暗中帮我们？"

难道还有人和他们一样想将邱如松绳之以法，彻底解决美薇的问题？

但他想不出来谁能在这么短的时间内做出反应——先他们一步找到桃桃，问出这些信息并发布这样的新闻——要做到这个地步首先得对事件有充分的了解，其次还得有审时度势、杀伐决断的能力。

而了解这件事内情的只有那天参加秘密股东会的人，会上又只有三个人投了支持票……

等等！

戚屿仔细回忆了一番会议上每个人的态度，忽然想到了一个可能性："会不会……是我爸？"

傅延昇沉吟道："你爸确实有这么做的动机和能力……"

戚屿暗想，如果真是爸爸做的，那爸爸是一早就有了这个想法，还是昨晚看见新闻后才决定顺势而为？

"我要不要现在给他打个电话？确认一下？"戚屿抓着手机想起身。

傅延昇按住他手掌，建议道："最好不要，首先你不能百分之百确认是你爸爸做的，其次就算真的是他做的，他不联系你肯定有他的原因，也许他还在和邱家的利益共同体们做戏，你一通电话打过去，他是回答你呢还是不回答你呢？你跟杨记者说一声，让他先停下手上的动作，我们看看形势再决定下一步怎么做，万一对面是友军，我们也需要保证两边步调一致，否则参与的人一多，局面就会变得复杂。"

戚屿想起昨天爸爸在电话里也说过一句"局面有点复杂"，心中又产生了许多联想，他给杨记者发了条消息说明情况，并转述了傅延昇的意见。

这时，傅延昇办公室的门被敲响了。

"请进。"傅延昇直接应声站了起来。

"傅总……"一个身穿职业装的年轻女性推门而入，手上拿着一叠文件，正要和傅延昇说话，忽然瞟见坐在沙发上的戚屿。

女人愣了一下，轻轻地“啊”了一声，像是认出眼前的青年是谁似的，面上闪过一阵错愕的情绪。

“楚经理，”傅延昇淡淡地跟她打了声招呼，道，“我们去隔壁小会议室说吧。”

“呃……好的。”

被称作“楚经理”的女人还在好奇地打量戚屿，就听傅延昇偏头对那青年说了一句：“戚总，你在这里稍坐，我去去就来。”

戚屿一愣，以为傅延昇公司有规定不能带非工作相关的人进来，于是做出一副来谈合作的大佬模样，板着脸道：“去吧。”

傅延昇走后，戚屿忍不住给何秘书发了条消息：“我爸今天是不是很忙？”

何秘书许久没有回复，戚屿又上微博看了一下网上的留言，神通广大的网民们已经在极短的时间内扒出了“艾薇”，数个和美薇相关的tag上了热搜，包括#美薇高仿店 艾薇#、#美薇高管 A货店#等等。

等傅延昇回来，戚屿还拿着手机刷各种评论。

“还在关注那个新闻？”傅延昇问。

“嗯……”戚屿抬眼，“你忙完了？”

“还没，来看看你，十分钟后还有个会。”傅延昇绕到办公桌边，不知道翻找什么。

戚屿收了手机：“刚刚那个经理挺漂亮的。”

傅延昇：“你知道她是谁吗？”

戚屿：“谁？”

傅延昇找到想要的资料，朝戚屿走了过来：“去年四月在Skyline，看上你，让我来问你要号码的正主。”

戚屿：“……那你拿到号码给人家了吗？”

傅延昇意味深长地反问了一句：“你说呢？”

戚屿微微眯眼：“我发现你这人报复心理真的强。”

“你才知道？”傅延昇调侃了他一句，将那叠随手搁在桌上的资料往戚屿腿上一搁，“这是我白天给你整理的一些网络科技公司的资料，你看看，了解一下每家公司的主要经营方向和特点，等我开完会回来检查你作业……”

戚屿一脸问号，他以为自己是来监工的，结果居然是被老师独自关在办公室里做作业的？

等傅延昇出去后，戚屿又猛喝了两口茶，才翻开那叠资料。心不在焉地看了半个小时，傅延昇还没回来，戚源诚的电话来了。

“你现在在什么地方？”戚源诚问。

“在傅老师的公司，”戚屿低头扫了一眼腿上的资料，“他让我了解一些网络科技公司的信息……”

戚源诚问:“你今天去美薇上班了吗?”

“去了,公司对刘总的事很重视,开了一天的会……”之前的怀疑让戚屿忍不住开口,“爸爸,晚上又出来一条新闻,你看到了吗?”

“看到了,”戚源诚顿了顿,说,“你还有三天在美薇的工作就结束了是吧?我这几天会有些忙,不一定能接到你电话。你自己和小傅商量一下之后的安排,关于集团那边的工作,有不懂的就直接问他……”

戚屿试探着问:“美薇那边有什么我能帮忙的吗?”

戚源诚:“不用,你现在什么都不要再做,这几天出入务必带上保镖,注意自身安全,后边的事爸爸会处理。”

戚屿心中一惊,不露声色道:“我知道了。”

戚源诚又交代了他几句,就挂了电话。

等傅延昇回来,戚屿立即对他道:“我爸给我打电话了,网红采访那事,他没说是不是他做的,但我觉得应该是,因为他的语气特别镇定,而且他和你一样,让我不要再有什么动作,说后边的事情他会处理。”

“是吗?”傅延昇笑了笑,“那看来你之前也不是很懂你爸嘛!接下来要怎么做,说不定你爸爸早就在背后计划好了,你还说他重情重义、想保邱明阳,瞧他这演技,好得连自己的儿子都骗过去了。”

戚屿不解:“我爸就不能是看见我们昨天曝光的信息后顺势而为?”

傅延昇摇头:“可能性不大,杨记者不是昨天晚上就已经联系不上桃桃了吗,也就是说你爸昨晚一看到网上的新闻就立即行动了,这说明他思路很清楚、目的很明确,昨晚的变故可能只是让他提前做了原本就计划要做的事。”

但戚屿还是觉得爸爸没有傅延昇说得这么……狠,如果爸爸一早就想对邱家动手,还开那个股东会干什么,直接报案不是更省事?何必在见了邱伯伯后再把事情闹大。

虽然凤梨视频里给桃桃提到的×总消了音,但只要后续一查,大家都会知道这个×总就是“小邱总”,这么一搞,邱如松不但难逃法网,还会遭到全网谩骂。

“我们多揣测也无益,那是你爸,等事后你问问他不就什么都知道了?”傅延昇看了一眼被戚屿搁在茶桌上的资料,问,“我给你看的资料你都看完了?”

戚屿“呃”了一声,道:“我翻了一遍……”

“哦?”傅延昇饶有兴致道,“那我问你了啊,哪一家公司让你印象比较深?是什么盈利模式?你觉得它的经营内容符不符合司源集团想组建的科技公司需求?”

戚屿张口结舌,没搞错吧,他才看了一遍,就问这么难回答的问题?!

傅延昇一边用温柔的眼神望着他,一边用谈论天气的语气淡淡道:“你脖子上这玩意儿除了长得好看还有什么用,怎么一问三不知呢?”

戚屿花了三秒才反应过来傅延昇在变相地骂自己“蠢”，气得把那沓资料往边上一摔：“你什么意思？”

他虽然翻了一遍，但刚刚心思全在美薇上，哪能看这么深？

傅延昇：“我不都说了我要抽查吗？以后要再这样我可要罚你了啊。”

“……惩罚？”戚屿差点以为自己听错了。

傅延昇：“我在你爸面前立了豪言壮志说要把你培养成才，总得给你立点规矩，否则你老这么不配合，教学出不了成果怎么办？”

正聊着，办公室的门又被敲响了，傅延昇朝戚屿比了个“嘘”声的手势，走向门边。又是那个楚经理，她拿着一份文件递给傅延昇，眼神却直往沙发上的戚屿瞄。

傅延昇在门口和她说了两句，等回来后也没再跟他开玩笑，而是神态自若道：“那些资料呢？我简单给你讲讲吧。”

“七大盈利模式我昨晚给你讲过的，还记得吧？”傅延昇问。

“记得……”

傅延昇给他找的都是对方近一年内接触过或是了解过的公司，很多都没上市，但已经经过了好几轮融资，在公众视野里冒了头，很适合成为司源集团的收购目标。

戚屿自己没看进去，傅延昇一给他讲，两人有了互动，他就听得比较投入了。

只可惜傅延昇是来加班的，不是来给他开小灶的，讲了半个小时，中间又来了好几个人敲门。戚屿见傅延昇隔几分钟起身去处理工作上的问题，心里也有点过意不去。

“你要加班到什么时候？”他问。

“还有一个项目一会儿出报告，我再跟他们开个会，就差不多了。”傅延昇道。

戚屿一看时间，都快十点了，等傅延昇再开个会，估计没有十一点都走不了，而且他在这里也会耽误对方工作。

“要不我先回去了吧。”他说。

“累了？”傅延昇愣了一下，“我送你回去吧。”

“不用，你忙，王猛应该就在地下车库等我，到酒店我给你打电话，”戚屿拿起边上的资料，“这资料我能带回去看吗？我自己再消化一下。”

“……那行吧，你有什么问题直接给我留言。”

傅延昇送戚屿去了电梯厅，返回办公室后想了想，直接过去找了楚梦，只见几个分析师一边做事一边还在聊八卦，八卦的主人公正是戚屿。

傅延昇轻咳了一声，他们立即噤了声，“进度怎么样了？”傅延昇问。

“LY的分析报告不一定能做得完，晶滋科技这边差不多进展到百分之八十了，今晚赶赶应该可以……”

傅延昇估算了一下时间说：“你让下边的人加班到十二点就回去吧，我一会儿还有点事，不等了，明天一早我们再开会。”

楚梦:"也行……"

傅延昇回办公室拿起西装外套和手机，匆匆往公司外走。

丰贸的电梯内也有信号，戚屿在电梯里给王猛打了个电话，确认了对方在地下三层停车库，跟他说自己已经下去了。

地下车库的光照向来比上边楼层的要暗，戚屿出了电梯厅，见王猛还没把车开过来，就在原地等着。

四周空荡荡的没什么人，已经是晚上十点，纵使在丰贸这种地方，这个点来地下停车场取车的上班族也已经很少。

手上的手机微微一振，戚屿一看，是傅延昇的微信消息。

F1S:"我还是送你回去吧，你在楼下等我。"

"真不用了，我……"戚屿在输入框里打字，眼角余光忽然扫见二三十米远处有两个身穿黑衣、戴黑色口罩的男人。

因为那两人的装束实在有些奇怪，戚屿脑中猛然想起爸爸在电话里的叮嘱，一股强烈的危机感涌上心头。

不远处车灯一闪，不知道是王猛正朝这里过来，还是别的车。

戚屿一边继续关注那几个黑衣人的动向，一边快速删掉已经打完的几个字，重新输入了一句话:"别下来，有危险。"

他转身看了一眼身后的指示灯，三座电梯，一个在二十几层，一个在三十几层，还有一个刚刚送自己下来的电梯正在往上，估计是上边有人按了，那电梯就算下来也得等一会儿时间……

戚屿重新看外边，只见一辆陌生的黑色七座商务车朝着这个方向疾驰而来，电光石火之间，刚刚蹲守的那几个黑衣人也朝电梯厅冲了过来。

戚屿心中的预感成真，大叫不好，他没有退路，趁着那车子堵住出口前先一步跑了出去!

停车场虽然没什么人，但仍停着不少车，戚屿为避免那商务车撞到自己，专挑车与车之间的空隙跑。

……王猛在什么地方?!戚屿扫视四周，看到另一个方向车灯闪烁，大叫了一声"王猛"，朝那边冲了过去。

身后数人穷追不舍，上演着一幕生死时速，但戚屿再怎么样也只是个坐办公室的年轻总裁，虽然反应够快，可身上还穿着衬衫皮鞋，和那些一身劲装、反应敏捷的专业追捕者根本不能比。

后面的脚步声越来越近，前后不到十秒，戚屿就感觉天旋地转的一下，整个人被扑倒在地。

手机摔了出去，几个男人把他按倒后直接把他的手扭到背后。

“保安！！保安！！”戚屿不甘心地大声叫道。

那些人听他叫唤，又往他后脑勺重重地来了一下，戚屿痛得呻吟了一声，眼前一阵阵发黑。

……真是疯了！这可是市中心的顶级商务办公楼！戚屿怎么都想不到他们居然敢在这种地方掳人！

王猛好像听到了他的声音，正开车朝这里过来，但已经来不及了，那黑色商务车先一步停在了戚屿身边，几个彪形壮汉拽着他就想往车上拖。

晕眩间戚屿只觉得远处似乎又传来一个熟悉声音……

“……住手！”

是傅延昇！戚屿眼前重新放出光来！

熟悉的声音由远及近，嗓音急促但依然条理分明、发音清晰，如雷霆般在空旷的停车场回荡：“抓了他你们以为能从这里跑得掉？我已经报大楼安保处，不出半分钟地下停车库就会封闭，十五分钟内警察会到——清醒一点，我国刑法规定绑架他人作为人质处十年以上有期徒刑或者无期徒刑，现在松手最多只算是故意伤害，否则以他的身份背景你们一旦被抓就是无期，为那点钱卖命值吗?!”

那些人的动作略一迟疑，下一秒，整层地下车库就如傅延昇预言那般响起了刺耳的警报声。

戚屿被绑匪压在地上，后脑勺一阵阵钝痛。他看不见傅延昇，但能听见傅延昇就在咫尺之遥的地方不断与对方交涉。

傅延昇的语调缓和了不少，从刚开始的警告变成了谆谆善诱的劝导，就说这几句话的工夫，也为所有人都争取到了时间。

王猛来了，大厦的保安来了。双方僵持片刻，不知道是傅延昇的威胁和劝导起了作用，还是他们自己也知道这事儿成不了，戚屿终于感觉到束缚着自己的力道松了。

紧接着又混乱了一阵子，那些人被快速从他身边拖离，傅延昇把他从地上搀了起来，担忧地问了一声：“还好吗？”

“嗯哼……”戚屿想点头，一动脑袋却觉得头晕，只能靠在傅延昇身上。

他此刻又觉得庆幸，如果傅延昇当时没给他发消息，没有机智地在第一时间通知大厦安保关闭停车场，他可能真的会被掳走……

那两个保镖无措地站在边上，高壮憨厚的王猛早已吓得白了脸，自责得都快把整个人缩了起来。

警察和救护车相继赶到，几个绑匪悉数被抓。

期间傅延昇给何秘书打了电话，让对方转告戚源诚此事，戚源诚当即回了电话过来，虽然只是虚惊一场，但傅延昇还是仔仔细细向戚源诚交代了事件的前因后果。

戚屿脑后没有出血，身上也只有几处擦伤，戚源诚不放心，让傅延昇特地送他去私立医院做一个全身的检查。

到医院后，戚屿还被强行留院挂营养针。

可能是遭遇了这场风波，又折腾了这么一晚上，戚屿吊着针，在病床上躺了一会儿就有些昏昏欲睡。

等第二天凌晨四点，戚屿翻身时压到后脑，被疼醒，睁开眼睛见傅延昇居然还在。只见他穿着衬衫和西裤，和衣侧躺在边上的陪护病床上，眼镜都没摘。

床头上亮着一盏橘色的小夜灯，照出傅延昇的侧颜，戚屿见他眉心微蹙，腰上只盖着一条薄毯，睡得似乎不是很沉。

"傅延昇……"戚屿低低地叫他的名字。

对方果然一下睁开眼睛，起身走过来，把灯拧亮了一点："哪里不舒服？"

"好多了，"戚屿望着他，奇怪道，"你怎么没回去？"

"有点不放心，"傅延昇眸中忧虑未散，"后脑勺还疼吗？"

戚屿："仰躺有一点疼。"

傅延昇探了探他的额头，低笑一声："那就侧躺着，再睡会儿……本来就不大灵光，别被人打了一下以后更不好使了。"

戚屿原本还为傅延昇彻夜不离的陪伴感动到不行，听完对方这一句话顿时又被气得心头一梗，这家伙到底是怎么做到让人又感动又讨厌的？

天确实也还早，戚屿懒得置气，不耐烦地挥挥手让傅延昇退下，自己也裹着被子重新睡了过去。

一觉睡到了早上七点半，戚屿原本还想把接下来几天班好好上完，这一来公司都不用再去了。

他睁开眼，见陪床上已经空无一人，便坐起来。VIP病房自带洗漱间，里头传来轻微的水声，不一会儿傅延昇就从里边出来了。

似乎是刚洗了脸，傅延昇没戴眼镜，戚屿愣了一下，对方这样看上去居然有种很柔和很温暖的气质……

傅延昇很快将眼镜重新架回鼻梁，视线焦距对准戚屿，恢复了那副斯文冷静的派头："起来了？好点了吗？"

戚屿"嗯"了一声，问："你一会儿是不是要去上班？"

"陪你吃个早饭再走，"傅延昇看着他道，"能下床吗？要不要我扶你去小解？"

"……不用！"他只不过被人用拳头捶了下后脑勺，又不是残废了！

傅延昇笑笑，还是在他下床时过来扶了一把。

早饭是私立医院准备的营养早餐，吃饭时傅延昇说："你爸今天估计会来看你。"

戚屿问："他昨晚怎么说？"

傅延昇："他气得不轻，没迁怒我估计是给我面子了。"

戚屿苦笑一声，又问了问对方昨晚那件事的后续，了解到那些绑匪已经被带回警局问话，不出意外很快就能知道背后的主谋。

傅延昇离开不久后，戚源诚便来了医院。

"爸爸……"戚屿见爸爸疲惫又焦虑的神情，心里有些内疚，毕竟昨天他爸爸前脚才叮嘱他注意安全，他后脚就出了事。

戚源诚没有训斥他，而是把怒火转移到了那两个保镖身上："他们每天跟着你，怎么还发生这种事，简直太不像话了！"

"不完全怪他们，"戚屿低声道，"我也没想到那些人敢在丰贸这种地方埋伏。"

而且他昨晚给王猛打电话也迟了，如果他能在傅延昇办公室里就提前打好电话，说不定王猛会直接在电梯厅门口等他，那两个保镖也能提前发现那些黑衣人……

"这次多亏有傅老师，他原本还要加班的，临时决定送我，收到我的消息后也及时作出了反应。"戚屿又在戚源诚面前夸了傅延昇一番。

戚源诚面色稍霁，和戚屿聊了几句，关心了一下他的身体现状，确认没什么大碍后，才稍稍平静下来，屏退众人，似乎有什么话要单独与戚屿说。

"前天晚上刘琦那新闻，是不是小傅给你支的招？"戚源诚开门见山道。

"嗯……"戚屿不再隐瞒，把自己和傅延昇那天晚上说的话以及之后和杨记者讨论的计划全都告诉了戚源诚。

"长大了，知道自己找人，还瞒着爸爸搞事情了啊，"戚源诚无奈地笑了一下，"股东会那天晚上你跟我吃饭还什么也没说，当时新闻出来，可真是把我吓了一跳。"

戚屿低声问："你没生气吧？"

"自己儿子，我生什么气？何况你这性格，爸爸又不是不了解，"戚源诚看着他，语气也有点不高兴，"但我以为你会跟我提建议，没想到你会自己行动。"

戚屿好奇道："那爸爸你到底是怎么想的？那天股东会你不还让他们投票表态了吗？当时六比三，你也当着他们的面说了会找邱伯伯聊一聊，你现在改变主意了？"

戚源诚叹了口气，摇头道："这事没有你想象中这么简单，参与的可能也不止邱明阳一家，那天的股东会，本来就是一次试探。"

戚屿一愣："什么意思？"

戚源诚："你只查到了邱如松，但你仔细想想，美薇这么大一家上市公司，邱明阳只占了8%的股份，其他股东都瞎了，能让他儿子搞三年阴阳店？我怀疑邱家还有其他的利益共同体，所以特地叫了几个监事会内部怀疑的对象聚在一起开会……"

戚屿："所以股东会只是你设的一个局？"

戚源诚："不错。"

还真叫傅延昇猜对了！戚屿又问："那你一开始就没打算给邱伯伯留情面？"

戚源诚站起来，背过身道："这已经不是留不留情面的问题了，你可知道美薇目前的股权架构是什么情况？我当初创建美薇，自己占了70%的股份，把剩下的30%分给了邱明阳、方振国那几个跟着我勤恳做事的老员工，十年前美薇接受司氏注资，成立司源集团，我为了保证他们几位元老的利益，并没有让他们持有的股份缩水，后来美薇在国内上市，有些股东减持套现了一部分，截至现在，司源集团对美薇的持股仅占61%，除去散股，剩下的邱明阳、方振国那几个小股东加起来持有23%，爸爸通过司源集团对美薇的间接控制权已经不足30%，如果他们和司源集团的几个小股东联手，联合持股比爸爸高，甚至通过要约收购散户股票，一旦股份高达51%，就能让美薇退市，将其据为己有……到时候，这美薇就不是司源集团的美薇，也不是戚家的美薇了。"

那些数字戚屿一时半会儿没能消化，但他大概听懂了爸爸的意思。

戚源诚又说："邱如松所谓的'让艾薇取代美薇'，也是有可能的，如果你当时没让我查这件事，任凭他们持续下去把艾薇一步步做大，到时候如果他们手中握有足够的资金，完全可以在蛀空美薇后，趁着美薇股市下跌让艾薇反收购美薇，借壳上市，取而代之。"

原来这背后还可能隐藏着这么深层次的阴谋！

"我让你今年暑假过来美薇海城分公司，也是为了混淆他们的注意力，让他们以为集团就只有这一个举动，掉以轻心，爸爸才有机会布后面的局。这也是我瞒着你的原因，你毕竟还年轻，没经历过这种复杂的局面，难免被人利用。如果爸爸什么都告诉你了，谁能保证他们没往你身边安插间谍、泄露信息？"戚源诚转过身来，重新看向戚屿，心疼地叹了口气，"舍不得孩子套不着狼，爸爸把你暴露在他们的视线中，也时刻担心着你的安危，还好昨晚没出什么大事……"

难怪他爸坚持要给他请保镖，做出这样的安排，估计没有人比戚源诚承受着更大的压力！

戚屿心绪起伏，胸腔里也满溢着对父亲的一股钦佩与担忧之情："爸爸，接下来还有什么我能帮到你的吗？"

戚源诚摇头："你已经做得够多够好了，你在这里休养两天，就先订机票回加州去，爸爸最近会针对美薇有一系列动作，你留下来万一再出什么事，我也不大放心。"

戚屿了然，他现阶段不再给爸爸添麻烦，对爸爸就已经是最大的帮助了。至于具体会有什么动作，既然戚源诚没有主动告诉他，他也懂事地没再多问。

不过，戚屿想起爸爸之前交给他的任务，又问："我回去了，司源集团那个科技发展部的工作怎么办？"

戚源诚想了想说："你回加州之前，让小傅帮你一起在海城组建个三到五人的团队，专门负责这里的事务，找人的时候你自己也盯一下，短期内你就待在国外，让他们帮你做事就行。"

说到傅延昇，戚源诚又忍不住道："这两个月你在美薇做调查，傅延昇处处帮你，为你出谋划策，引导你做正确的事，我关注下来也觉得这人值得信任。”

戚屿听爸爸夸他，比夸自己还高兴，正想再说说傅延昇的好，却听戚源诚话锋一转，语重心长道：“不过，虽说用人不疑疑人不用，他毕竟才开始跟着你，又比你年长聪慧，你平时跟他相处，也要学着藏一点，不要什么都与他说，如果他把你彻底看透了，今后就不是你驾驭他，而是他牵着你的鼻子走了。”

“嗯，我知道……”戚屿忽然想起了什么，问，“对了，傅老师到时跟我去加州，我要不要再单独再给他租个房子？”

“这个你自己安排就好。”戚源诚似乎没把这种小事放在心上。

戚屿松了口气，又问：“那你接下来都会留在国内吗？”

戚源诚摇头：“我后天也要先回纽城一趟，但接下来一阵子确实需要频繁往返国内。”

父子俩正聊着，何秘书过来敲了门，“戚总……”对方指了指腕上的手表，大概在提醒戚源诚时间到了。

戚屿对这种现象见怪不怪，忙说：“爸爸如果有重要的事就先去吧。”

戚源诚有些不舍地起身，轻轻拍了拍儿子的肩膀，又叮嘱了两句注意身体，就匆匆离开了。

第24章 招揽人才

中午戚屿依然是在病房里吃的饭，饭后他让护士给自己泡了壶午后红茶，坐在房间内置阳台的小桌边，边喝茶边拿手机了解昨晚那件事的后续发展。

微博上和“美薇”相关的几个热搜话题还在，网友们已经根据“正品高仿店”和“网红情色交易”等争议性话题发表了无数讨论，还有知名的律师和大V长篇大论地写文章分析这些事件背后的利与弊、高仿店的合法性等。

通过之前和杨记者的讨论学习，戚屿如今已能通过舆论导向分辨出这事背后有非常专业的公关团队在操作，让公众的态度偏向“惩恶扬善”，让美薇恢复正常，而不再是把美薇这个品牌也当成抨击对象。

而司源集团官方网站也在十一点左右发布了通告，告知众人集团内部已成立调查组，准备调查美薇公司经营问题的通告。

种种迹象都表明，这场没有硝烟的战争已经彻底打响！

“笃笃……”门口传来轻微的声响，戚屿偏头，见一人拎着一小篮包装精致的水果站在那里。

“敬哥？”戚屿欲起身相迎。

“坐着坐着，不用起来，”许敬朝他扇了下手，将果篮放在入口处的矮柜上，走过来，皱眉道，“出了这种事怎么也不跟我说一声？要不是何秘书告诉我，我还不知道你住院了。”

“何秘书怎么跟你说的？”戚屿问。

“他说你昨晚在丰贸受了点伤，住在这里休养，”许敬凑近了打量他，“伤哪儿了？”

“后脑勺，就磕了一下……”戚屿故作轻松道，“没什么大事，怕你担心过度，就没告诉你。”

差点被人绑架，过程中还挨了揍这种事，戚屿也觉得说出来有点没面子。

“你昨晚怎么会在丰贸？”许敬问。

“我是去找傅老师的，他还没正式从明泰证券离职，昨晚他加班，我就去他办公室坐了一会儿，顺便跟他了解科技公司的事……”戚屿隐隐感觉许敬对傅延昇还有点偏见，所以下意识挑好话说，想让许敬也对傅延昇多一点了解。

“他是只给你一个人当秘书？”许敬打听道，“我上次还听他说要去国外陪你读书？”

“嗯，”戚屿难得有机会为傅延昇正名，又解释了几句，“但爸爸主要是想让他带我学习工作上的事，我们纯待在加州的时间不会很多。”

许敬蹙眉沉吟：“你爸也真是，你下学期才大三，怎么这么早让你接触集团的工作。”

戚屿开玩笑调节气氛：“许敬哥，你可别又吃醋啊，我和傅老师只签了两年合同，他以后会不会留下来帮我还不好说呢。”

许敬回过神来，失笑：“我看他就是欲擒故纵，吊着你胃口呢……”

见戚屿面色尴尬，许敬叹了口气道：“行了，这个人既然是你自己选的，应该真的是很讨你喜欢吧，我也不多管了，你开心就好。”他一顿，又问，“美薇那边的事情怎么样了？我看最近出来很多新闻，你爸是不是有动作了？”

戚屿保守道：“应该是吧。”

虽然许敬也是司源集团的人，但不算和美薇事件密切相关的人，刚刚戚屿和爸爸聊完，也意识到有些内幕信息的重要性，不敢随意透露。

两人坐在病房里聊了一个多小时，傅延昇也来了。

戚屿一愣，现在还不到五点，他问：“怎么这么早？你提前下班了？”

傅延昇“嗯”了一声，朝许敬点了下头，转向戚屿道：“怕你待在医院无聊，早点忙完过来陪你。”

好巧不巧，傅延昇也带了一篮子水果，戚屿见他把那篮水果和许敬的并排放在一起，嘴角一抽，莫名又产生一种诡异的感觉。

傅延昇放下水果迟疑了一下：“你们先聊？”

“不用了，”许敬起身，神态自然道，“我们说得也差不多了，我是上班时抽空过来，一会儿回公司还有点事。”

戚屿主动送他到了门口，许敬也客气地和傅延昇说了句“回见”。

待许敬离开，戚屿才看向那两篮一模一样的水果，哭笑不得：“你们约好的吗？”

“公司楼下水果店，一百二十八元的精品果篮，方便啊……来医院总不能空手，你要是不想吃可以分给护士，”傅延昇关上房门，对戚屿道，“我下午接到公安电话，他们已经从昨晚的几个绑匪中初步问到了一些信息。”

戚屿的注意力一下子被傅延昇拉了过去：“怎么样？”

傅延昇：“据交代，他们并不知道谁想抓你，而是受一个中间组织的委托，说只要抓到你带去指定地点，就能拿到五十万佣金。”

戚屿：“所以现在还不能确定是不是邱家的人？”

“嗯，还得继续往下查，看这个组织能不能提供雇主信息，如果证据链断了就不知道幕后黑手是谁了。”傅延昇懒懒地把身子瘫在椅子上，“别想这些了，总之你没事就好。”

戚屿见他一副有气无力的样子，问道：“你是不是很累？”

傅延昇抬了下眼皮：“你知不知道昨天晚上那事我都快被你吓得魂飞魄散了。”

戚屿：“你还会被吓得魂飞魄散？”

"为什么不能?"傅延昇手臂一伸，把戚屿的手抓过去按在他胸口,"来，让你感受一下我的心跳，从昨晚到现在我这个频率就没正常过。"

手掌隔着衬衫贴在傅延昇的胸膛上，确实能感觉到对方的心脏在那里略快地跳动。戚屿收回手说:"可你昨晚明明很淡定，我被那些人抓着的时候还能听见你在跟他们冷静地谈判。"

傅延昇揉了揉鼻梁，眼眶眼镜随着他的动作一起一伏的:"那只是表面，你以为我说那些话的时候不怕吗？万一他们有凶器呢？万一他们被激怒了再伤到你呢？谁知道那些歹徒的心理和正常人的心理一样不一样……"

戚屿好奇地打量着眼前这人，还真不觉得对方有哪里表现出来"害怕"的。昨晚他没看见傅延昇的表情，光听对方说那些话，只觉得对方镇定无比，仅凭一人之力就控制了全场。

不过，傅延昇现在说"怕"，戚屿听了也很高兴:"你很怕我出事?"

傅延昇:"我怕你爸知道你在我的地盘被掳走后会打死我。"

戚屿:"那要是没有我爸呢?"

傅延昇:"也怕啊，卖身契都签了，原来的工作也辞了，如果你真在我眼皮子底下没了，我不但良心难安，还得去喝西北风。"

戚屿被对方夸张的说法逗得一笑，两人相互调侃了几句，傅延昇就问:"你爸来看过你吗?"

戚屿:"上午来过了。"

傅延昇:"怎么说?"

戚屿想起爸爸告诉他的那些事，垂眸道:"你猜对了，他根本没打算留情面，上次的股东会只是一次试探，他布了一个很大的局，连我都是他手里的一枚棋子……"

傅延昇好像早料到了事情如此:"就算是棋子，你也是他手中最珍贵的一颗棋子。"

戚屿也理解了爸爸这么做的用心，只是，今天听了戚源诚的解释，戚屿忽然觉得爸爸有一点陌生，尽管从他十岁起父子俩就相依为命，尽管戚源诚带他经历过这么多的大场面，可就如傅延昇所说，他好像还是不太懂自己的亲生父亲。

这种感觉让他隐隐有一点不安，甚至有点怀疑自己今后能不能成为像爸爸一样的商人……那样老谋深算、杀伐果决——明明嘴上还说着于心不忍，转身又能毫不留情地手起刀落。

戚屿向傅延昇说出了自己在爸爸面前未能吐露的疑惑:"如果我只是他用来转移对手注意力的棋子，那是不是说，不管我有没有查出那些证据，爸爸还是会自己着手调查，并且按照他的计划行事?"

傅延昇一愣，立即明白过来戚屿在失落些什么。安慰他道:"戚屿，当初是我建议你爸爸让你回海城的美薇公司来做调查，我记得我跟他说，你既然是他的继承人，早晚要出来接受锻炼，玉不琢不成器，你爸爸应该也是经过了一番深思熟虑才决定让你回来。”

戚屿恍然，他差点把这一茬给忘了……

傅延昇接着道：“就算你什么都没查到，这期间你在美薇做了什么，表现得怎么样，是个有能力有手腕的继承人还是一个扶不起的阿斗，有心人都一目了然，你爸爸看到你做出的努力，应该也会感到欣慰。而且通过这次经历，你不也产生了很多思考，多了很多实践经验？”

戚屿“嗯”了一声，傅延昇笑道：“你现在还小呢，不着急争功，你爸也不会让你替他去冲锋陷阵的。”

听了傅延昇这一席话，戚屿心中才稍稍有些释然。

他看向傅延昇，试探着问：“你觉得我爸爸接下来会做些什么？”

傅延昇沉思片刻：“我猜他除了对付邱家，可能还要借这个机会对美薇的股份进行收购和股权重组，我算过你爸爸在美薇的持股比例，从表面公开的信息来看，虽然他仍然是第一大股东，但占股仅26.8%，这个还是有点风险的……”

戚屿在心里感慨了一番傅延昇精准的判断力。他没有把爸爸担心的那些问题告诉傅延昇，但傅延昇却通过为数不多的公开信息猜到了爸爸很可能会做的事。

戚屿问：“持股多少才算安全？”

“上市公司的话，至少34%吧，”傅延昇解释道，“34%代表股东对公司的安全控制权，也有一票否决权……比如你爸爸在司源集团控股比例高达34.8%，这个控制权就基本能决定你爸爸在集团里掌权者的位置。”

戚屿若有所思，他记得戚源诚告诉过他，妈妈和弟弟也有美薇的直接持股，但这些股份由妈妈的助理代持，外人估计很难查到这些信息，这样加在一起，也不知道能不能达到34%……

可是，爸爸和妈妈毕竟已经离婚了，如果美薇遭遇什么危机，他也不确定妈妈是否会伸出援手，在自己的事业方面，爸爸似乎从来没对妈妈做过什么要求……

“不过，你爸那个26.8%应该不只是他通过司源集团对美薇的间接控股吧？”傅延昇的话打断了戚屿的思绪，“是不是还有5%左右的直接持股？”

戚屿坦言道：“嗯，爸爸有帮我代持的一部分，之前美薇在国内上市时，我们也通过股市购回了大概2%的股份。”

傅延昇颔首：“那其实你爸爸只要能在集团里争取同立场的股东，或是趁这次股价下降再收购一部分回来，问题也不会太大，说不定他还会趁这个机会，慢慢将事业重心从海外重新转移回国内……”

两人聊了会儿美薇，傅延昇接着提起了科技发展部的事：“趁这几天得定个组建团队的方向，你这两个月在美薇也接触了不少人和事，心里有没有自己特别想要的人？”

说到这个，戚屿脑海中就冒出一个中意的人选：“我觉得吴双还挺不错，不知道有没有适合他的职位。”

傅延昇笑道：“你要信得过他，可以让他帮你负责处理一些国内的琐事，做做对接方面的工作，确实需要这样一个人。”

戚屿想到吴双能来给自己当助理也是因为傅延昇牵线，见个面把话都说开也不错，便一个电话把人叫了过来。

三人随后在医院见了一面，吴双得知戚屿的诉求，二话不说便答应下来。

之后，戚屿又让吴双代自己在办公室处理相关事务和离职手续，也从对方口中了解到了公司最近的变化。听说，刘琦和张俭都被抓了，公安部门早上去人把刘琦办公室所有文件都带走了，公司上下都人心惶惶。

而从前日开始，美薇的股价已经连续三天跌停，市值蒸发近五个亿，相关新闻传到海外，连带着司源集团在NSDK的股价也有所下滑。

戚屿不知道这些情况是否也在爸爸预想范围之内，爸爸又是否有余力应对……

这天下午，戚屿正在病房里浏览新闻，有一个意想不到的人来医院看了他。

戚屿见到来人，心里有些惊讶：“宋溥心？”

对方是司泽的助理，宋溥心，他身穿一件鸦青色的衬衫，扣子一直扣到了近喉结的位置，可能因为身材消瘦，整个人看上去似乎有一种正在生病的感觉。

“听说你受了点伤，司泽让我代他过来看看你。”宋溥心道。

戚屿有些意外，他以为自己差点被绑架的事情没被传开，想来是爸爸跟司伯伯说过些什么，司泽也知道了。

人都来了，总归是要接待，戚屿起身相迎。

宋溥心给他带了一束包装精致的蓝色郁金香，戚屿接过后，放在接待区的小茶桌上，道：“我让人泡壶热茶，你先坐。”

他交代完陪护人员泡茶，回身却见宋溥心静静地坐在茶桌边，偏头看向窗外。桌上那束淡蓝色的郁金香，衬着他清俊的侧脸和偏白的肌肤，莫名在他周身生出一股忧郁的气息……

戚屿想起那日他们开会，宋溥心在会议桌上埋头做记录，几乎没怎么发言。而后司泽请吃饭，宋溥心也只是安静地坐在司泽边上喝酒吃饭，全程没说上两句话，要不是还算出挑的长相，这简直就像个隐形人。

等他坐下后，宋溥心才回过神来关心了一句：“你现在身体还好吗？”

“身体没什么，就是受了点惊吓。”戚屿用轻松的语调讲述了一番那晚发生的事，道，“还好傅延昇及时出现，否则我都不知道现在还能不能待在这里。”

宋溥心：“你那个秘书？”

戚屿给他斟了杯茶，笑说：“他不单纯是秘书，还是我的老师。”

宋溥心好奇：“你真把他当老师？”

戚屿："嗯，在他答应来司源集团帮我之前，我们在网上已经认识了一年，那时候我就把他当老师。在工作方面，傅老师的经验要比我丰富很多，我有很多地方可以跟他学习。"

他在傅延昇跟前摆尽姿态，总想压对方一筹，但在外人面前却毫不吝啬地捧着对方，一点不希望别人看低了他。

宋溥心认真地看了他两秒，忽然笑了一下，虽然只是很短暂的一个笑，但那一瞬间他脸上像是冰雪初融，温暖得不像话。

戚屿看得一怔，忍不住问："宋先生主要负责司泽的什么工作？"

宋溥心眼皮微低："工作记录、检查文件之类……"

他说这话时，下意识地抬手抚上了自己的衬衫，修长而柔软的手指摩挲着领口边缘，虽然表情和语气都没什么变化，但刚刚那种温暖的感觉却消失得无影无踪。

戚屿感觉宋溥心并不十分想回答自己这个问题，以为涉及对方的工作隐私，也了然地不再追问。

他转移话题道："关于司源集团科技发展部的工作，以后是你负责跟我这边的人对接吗？"

宋溥心："应该是那个叫黄骏文的秘书跟你们对接，我更偏向负责司泽生活方面的事……比如代他来看你。"

才聊了两句，戚屿的手机就响了，是姜莹打来的，不知有什么急事，他跟宋溥心比了个抱歉的手势，走到一边接听："妈妈？嗯，我没事……别太担心……呃，不用来看我了，我明天就出院了……好，明天我会回家一趟的，到时候再细说……"

安抚好姜莹的情绪，戚屿舒了一口气。等他扭头，宋溥心已经站了起来，道："戚屿，你忙吧，我还有事回司泽那边，就不多叨扰你了，好好休息。"

戚屿颔首："行，代我谢谢司泽，过两天我就回美国了，之后有集团方面的工作我们再接触。"

傍晚傅延昇来到医院，瞄见桌上的花问："今天又有谁来看你了？"

"你记得司泽的助理吗？姓宋的那个。"戚屿道。

"宋溥心？"傅延昇来时手上还拎着一袋东西，此时边低头拆袋子边问，"你们说了些什么？"

"没说什么，就随便聊了两句，"戚屿闻见香气走过去，"你买了什么？"

"蟹粉生煎包子，刚出炉的，"傅延昇把盖子打开，一摆手道，"你的全职秘书亲自排队选购，送货上门，尽情品尝。"

戚屿被傅延昇逗得一笑，接过傅延昇递来的筷子，边拨弄那包子边道："我之前总觉得这个宋溥心跟你有点像……"

"哪里像？"傅延昇问。

"气质？感觉？"戚屿打量着傅延昇，又摇头道，"说不上来……接触了两次感觉又不大明显了。”

傅延昇吃了个生煎包，才说：“其实我以前见过他。”

戚屿有些意外：“工作上有过接触？”

傅延昇：“不是工作，是很多年前的一次数学竞赛，在T大举行，当时我在T大数学系，他好像还在念高中，暑假来参加赛前集训，就住在我们那幢宿舍楼。”

戚屿知道傅延昇比常人早上大学，略一推算，那宋溥心估计还比傅延昇大一两岁，他问：“你们一起参加的竞赛？”

傅延昇：“我没参加，我是帮教授审题的。”

戚屿面色古怪道：“能参加你们那个数学竞赛的人，是不是都特别天才？”

傅延昇：“这很难说，但至少数学水平都在各自省内排得上名的，国内有很多名校给数学竞赛上拿奖的人免高考保送名额。”

戚屿好像有点知道了，除了那种书生气，傅延昇和宋溥心身上大概都有一种独属于天才的气质？

他轻咳了一声，打住这些奇怪的联想，说道：“对了，宋溥心说之后科技发展部的工作会由黄骏文负责跟我们对接。”

“黄骏文？”傅延昇回忆了一下，“哦，那个擅长吹彩虹屁的啊。”

当时在饭桌上，就数那个黄秘书夸傅延昇和许敬最多，除了他还有一个姓姜的经理，两人一唱一和简直能上台说相声。

戚屿直言道：“我不大喜欢那个人。”

傅延昇比画了一下筷子：“虽然你刚开始未必跟他们有太多接触，但你要是觉得更喜欢宋溥心，可以跟司泽提议让宋溥心跟我们对接。”

戚屿：“这也行？”

傅延昇：“为什么不行，你是副总经理，这点要求司泽应该能答应吧，再说，司泽身边那些人都很全能，上回去开战略会，中午吃饭的时候黄骏文、宋溥心他们也跟我们坐一桌，我打听了一下，那宋溥心还是法学和财会的双学位硕士。”

“这么厉害？”惊讶之余，戚屿也有些纳闷，宋溥心这么有能力，怎么现在只给司泽当个生活助理？

吃过点心，傅延昇起身去边上的公文包里取了一沓档案递给戚屿：“白天我帮你找了些人，都比较符合我们团队之后的需求，你看一下。”

戚屿接过翻了翻，里头有熟悉互联网科技公司运营的人才，有做过合规和风控的人才，还有擅长数据收集、分析工作的资深分析师……

他大感意外：“你发招聘信息了？这么快就有人求职？”

傅延昇失笑：“这种人才发招聘书怎么能找到？你以为这是找吴双那种小助理？”

戚屿：“那你是哪里找来的？”

“问猎头要的呗，”傅延昇点了点那叠档案，说，“看看喜欢哪个，咱们就开高价去挖。”

这话说的，他怎么莫名有种皇帝选妃的感觉？

戚屿开玩笑道：“开高价挖就能挖得到？那我爸当初开百万年薪让你来给我陪读怎么就没见你答应呢？”

“我说的这个‘价’，可不单指价钱的价，还有代价的价，”傅延昇的手指往那资料上一划，说，“就算是这些天之骄子，也不过都是凡人，是凡人就有所求，有人要的是钱，有人要的是情，还有些人要的是精神共鸣，是自我成就……他们身在现在的公司、企业，但心里也未必感到十全十美，只要我们能把这些人的深层欲望找出来，去满足他们，不就能挖到他们了？”

戚屿有点明白了，对这些精英人才来说，问题的难点并非能否用钱买到他们，而是得知道他们想要的是什么。

越拔尖的人才，可能越不缺钱，他们有自己的精神追求，要满足他们，也许要自己与他们有相同的三观，或是说服他们和自己拥有一样相同的三观——虽然这确实有点难，但比起司航那套“有钱能使鬼推磨”的说法，戚屿内心其实更欣赏这样的人。

看着那一页页档案，戚屿捻了捻其中一份档案的页脚，指着上面的照片问傅延昇：“你觉得这个人怎么样？”

“叶钦如？”傅延昇瞄了一眼，笑道，“不错啊，一挑就挑了个最秀的。”

——叶钦如，三十三岁，本科毕业于国内排名第二的大学的信息科学专业，后攻读美国H大管理学硕士，曾在海外的LEN电脑、B-E电子商务等大型集团公司的市场营销和运营部门担任高级管理职务，三年前被华国南日科技招揽，成为其旗下零售部门的首席执行官。

戚屿问：“秀？是优秀吗？”

傅延昇莞尔：“优秀是优秀，秀是秀，两重意思，这人不但背景履历了得，还是个响当当的网络红人，你可以上微博搜一下他的名字。”

戚屿拿手机一搜，发现这叶钦如居然是个拥有三百多万粉丝的金色大V，但他的个人介绍栏里写的不是什么高管，而是个“情感博主”。

戚屿往下扫了一眼——

@叶钦如：“早上起床抬头看了一眼镜子，叹了口气，又老了一岁……怎么还是和二十岁那年一样帅。”

配图：对着镜子的帅气自拍照。

@叶钦如：“工作不是我生活的全部，爱情才是。”

配图：印着“渴望爱情”四个大字的手机壳。

@叶钦如：“一锅香喷喷的炭烧火锅烫死牛蛙们的人生理想。”

配图：炭烧牛蛙火锅。

@叶钦如:“哪有人喜欢单身？只是没时间在职场谈恋爱罢了。”

配图：办公桌上一对亲吻的小人偶。

……

戚屿随手点开评论，只见下方全是女性粉丝夸张的吹捧——

“叶大神你是最帅的，越成熟越有魅力!”

“你的爱情在这里，看我看我，叶大神考虑一下我啊啊啊!”

“没时间谈恋爱没关系，别忘了你在微博的三百万云女友！[比心][比心]”

……

戚屿笑说:“这人还挺有意思。”

傅延昇:“南日科技当时招揽他就是看中他这个亮点，每次有什么重要发布会，他微博一转发，写两句段子，就能省一大笔营销费用，还能时不时给公司带来话题度。”

戚屿:“不过这人已经是南日科技这么大一家集团的子公司CEO了，还愿意跳到司源集团?”

南日科技也是电商巨头，主营电子科技类产品的线上销售，国内几乎是无人不知无人不晓。

傅延昇架起手臂道:“我听说他在南日科技做得不大愉快，今年中旬圈子里就有人放出过他想跳槽的传闻，要不是这个信息，我也不会把他的档案拿来给你看，现在有很多大公司都在蠢蠢欲动，就看谁能抢占先机了。咱们要能说动他过来，那肯定是如虎添翼，但我丑话也说在前头，这个人恐怕是这摞档案里头最难招的一个，毕竟司源集团的科技公司连个影子都没有，你是要人家过来给你开荒，何况又是给你这么一个还没毕业的大学生当下属……”

戚屿知道傅延昇想说什么——那人未必看得上自己。

但那又如何？反正现在谈的不只是钱，不试试怎么知道他看不上呢?

戚屿为眼前的挑战感到兴奋起来:“没事，见个面聊聊再说。”

傅延昇笑了笑，似乎也很认可他这份志气:“行，那我去托人找关系，”他拿手机看了一下戚屿的开学日期,“你两天后开学？我看看能不能争取让你在回去前见上他一面。”

戚屿问傅延昇:“对了，除了微博，我还能在哪里了解到和这个人有关的信息?”

傅延昇的眼中又流露出一丝赞赏:“我回去找找，明天和你讨论。”

戚屿也知道时间紧迫，连夜给吴双发了消息，让他花一晚上时间把叶钦如的所有微博都看一遍。

吴双收到戚屿的消息有点愣:“看他微博?”

戚屿:“嗯，总结一下对方发的微博类型，分析一下对方是个什么样的人，明天晚上之前给我一个性格分析报告。”

吴双本来以为这是个和做财务分析差不多的工作，没当回事，结果上微博一看，彻底傻了眼。

这个叶钦如从七年前开始玩微博，平均每天都要发一到两条，累计发了六千多条微博内容……

一天？看完？还要写性格分析报告？他用Python都搞不来啊!!!

戚屿给吴双布置完任务，自己也上网搜了不少和此人有关的新闻，还看了个两年前对方代表南日科技参加的商业发布会的视频。

和微博上匆匆一扫呈现给戚屿的幽默风格不同，叶钦如在正式场合的态度相当严肃，不苟言笑，说出的话也格外让人信服。

发布会上有个记者问出了戚屿内心的疑惑："看过叶总的微博，总觉得很难把您本人和微博上的人联系起来，不知道叶总私底下更偏向哪一种性格。"

叶钦如看着她，用一本正经的语气说："你们看到的只是为了迎合成年人世界不得不假装严肃的我，而真实的我一直是那个热爱自由和渴望爱情的少年……你们难道不是这样吗?"

底下一瞬间掌声如雷。

叶钦如又面无表情地跟众人比了个"V"："谢谢捧场。"

观众又是一番欢呼哄笑，连戚屿都被对方这个反差表现逗得乐出声来。

第25章 炭烧牛蛙

次日戚屿出院，应之前对姜莹的承诺回了趟家，一进家门，姜莹就焦急地迎上来，为展示自己浑身无碍，戚屿还特地举起双手让妈妈围着自己看了一圈。

戚屿问："你怎么知道我出事了？"

姜莹道："我前天晚上和你爸爸见了一面，你爸告诉我的。"

戚屿一愣："你和爸爸见面了？"他印象中爸妈离婚后很少见面，有什么事不是让各自的助理和秘书传达，就是让自己来转述。

姜莹："也没什么，你爸想见见小枫，小枫不是出去玩了嘛……最近美薇出了这么多负面新闻，我就跟你爸爸见见，表达一下关心。"

戚屿心头一暖："妈，其实爸爸也很关心你，他这么多年都没再找别的人，就是心里放不下你。"

姜莹捋了下鬓发，面上流露出一股罕见的不自在。

戚屿环视一圈，又说："爸爸说他最近会针对美薇有动作，等小枫回来，你提醒一下他，让他平时出行尽量让家里的司机送，晚上不要出去玩了。"

姜莹揉着眉心道："嗯，你爸也叮嘱过我，这些事你就不要操心了，你也快开学了吧？"

"大后天开学，我最迟后天一早回加州。"

"你们父子俩也真是……"姜莹叹了口气，"要劳逸结合知道吗？"

从姜莹口中听到这种话，戚屿也感到十分新奇，他笑说："妈妈你不也半斤八两？"

"年纪大了，有些以前过于执着的东西，也是时候放下了，"姜莹摇头淡笑，无视戚屿的愣神，招呼他道，"吃饭吧。"

戚屿才吃了两口饭就接到了傅延昇的电话："戚屿，你吃过饭赶紧回酒店收拾东西，晚上我们出发去燕城。"

戚屿一愣："今晚就去？"

傅延昇："嗯，叶钦如就在燕城，我约了他明天中午吃中饭，他就给了我们两个小时时间，明早出发可能太赶。"

戚屿紧张道："可我大后天就开学了，回加州来得及吗？"

傅延昇："等明天和叶钦如见完面，看看明晚或后天的机票，我送你直接去燕城国际机场，从那儿飞加州。"

戚屿:“也行。”

匆匆扒完饭，戚屿就返回了酒店，傅延昇已经在那等着他了。

“回来了?”傅延昇看了眼手表，道，“今晚还有两趟飞燕城的航班，一趟晚上九点四十五分，一趟十点二十分，我们得加快速度了。”

戚屿“嗯”了一声，匆匆进房间收拾行李。所幸他要收拾的东西并不多，除了重要的文件、证件钱包之类，也就两三套随身换洗的衣服以及洗漱用具，房间里剩下的东西回头让吴双或者程丽君过来替他打包送回家就行。

不到二十分钟他就整理完毕，两人离开酒店上了车，戚屿问傅延昇:“我们去燕城的事，吴双知道吗?”他昨天让吴双看叶钦如的微博，吴双还没把分析报告交给他。

傅延昇道:“他也去，估计已经在机场了。”

几人赶上了九点四十五分那趟航班，在飞机上，傅延昇和戚屿又聊了不少和叶钦如相关的事，都是他白天从各个渠道收集到的资料。

凌晨抵达燕城机场，等众人辗转到了燕城市中心的酒店已将近两点。吴双将他们的信息登记完，把房卡递给戚屿:“这是1220号独立VIP大床房。”

之后三人一起去坐电梯，吴双在八层就下了，傅延昇和他上了十二层。

两人一前一后来到1220号房间门口，戚屿划卡进门，傅延昇也默默地跟着他进来。

戚屿一愣，心说傅延昇不会想跟他住同一间吧?这宾馆没房间了吗?

正胡思乱想，在房间里巡视了一圈的傅延昇重新返回门边道:“房间不错，行了，你早点休息，明天上午过来找你。”

戚屿:“呃，你住哪儿?”

傅延昇这才从裤兜里掏出另一张房卡:“我就住你隔壁，有急事叫我，晚安。”

次日戚屿是八点醒的，他给傅延昇发了消息，两人一起去酒店的自助餐厅吃早饭，傅延昇见他精神不济，问道:“没睡好?”

戚屿“嗯”了一声，不知道是昨天太晚睡，还是换了酒店他有点不适应，总觉得睡得不是很沉。他喝了口咖啡，问:“很明显?”

傅延昇察觉出他的担忧，笑说:“你还担心自己形象?放心吧，你就是三天没睡，往那一坐也是最扎眼的一个。”

戚屿挑了下眉毛，没再说什么。

吃过早饭，二人又和吴双在酒店房间里聊了聊一会儿中午和叶钦如见面时可能会遇到的问题。

吴双在经过一天一夜的努力后，终于把叶如钦的六千多条微博都看完了，昨晚还连夜写了份整整八页的分析报告。

此刻，他正顶着两只黑眼圈坐在沙发上向戚屿和傅延昇口述自己的分析:“叶总的六千条微博里有一半是转发各种业内新闻以及与他工作相关的内容，发表的评价都比较官方，不好做分析；另外三千条则是他发的段子、情感鸡汤和自拍，其中自拍占了六分之一，约五百条，包括各种角度、各种姿势、各种场景……”

傅延昇打断他问：“能看出他发的照片修图了吗？”

吴双：“应该没有，都挺自然的，而且尺度也都把握得很好，感觉就是个精英人物的真实日常生活。”

傅延昇忖道：“看来这个人还挺自恋。”

吴双狂点头：“是的！我全部看下来都快被他高级的自夸言语给洗脑了，觉得这个人好像真的特别牛，值得被人追捧、被人喜欢……”

傅延昇淡笑：“但自恋的人还能有能力让别人恋他，就比较有本事了，如果不是什么明星模特，发这种生活照，一旦表现得刻意就容易适得其反。”

戚屿纳闷道：“为什么不修图就代表自恋？”

傅延昇解释道：“如果他比较常用修图软件，说明内心还是无法接受真实的自己，反而凸显出自卑。当然，自恋也分很多种，包括浮夸型自恋、脆弱性自恋，还有自卑和自负矛盾型……《精神障碍诊断和统计手册》里有比较详细的描述，叶钦如应该属于‘表现型自恋’。”

戚屿一脸新奇地看着傅延昇：“你还看过这方面的书？”

“以前看心理学方面资料的时候顺便翻过，”傅延昇看向吴双道，“你继续说。”

吴双：“根据我总结发现，叶钦如工作顺利的时候好像比较少发什么‘爱情宣言’，反而常劝告网友们努力为自己的梦想奋斗，还说让自己实现梦想才配拥有爱情，具体体现在他给LEN当营销经理期间发的微博中……但最近两年他的言论有一点点变化，他开始发毒鸡汤，而且毫不掩饰自己对爱情的渴望，并对工作表现出一些消极态度……”

傅延昇眼眸微垂，不知道在想什么。

等吴双都说完，他又沉默片刻，才向戚屿说出今天的谈判策略：“我建议我们今天见他，就当普通朋友见面，天南地北地聊聊，摸摸各自的底，尽量不说司源集团科技发展部的事。”

戚屿：“我可能不大擅长跟人长时间社交性聊天。”

傅延昇：“没事，有我，你要不想说话，就坐在那儿听着就行。”

“那我要是不说，会不会显得……”戚屿欲言又止。

“显得你没什么用？”傅延昇笑着说出了他的担忧，道，“你一个大学生，本来就不需要你太能说会道，再说，老子有言‘水利万物而不争’，示弱从某种程度上来说也是一种谈判策略。”

傅延昇那副从容淡定的态度给了戚屿不少底气，他们和叶钦如约的是中午十二点到两点，地点就在他们酒店附近的一家高档餐馆，出席的仅他们三人，吴双并不在内。

傅延昇和戚屿先一步抵达餐馆，戚屿好奇道：“你是怎么约到他的？”

傅延昇回答："我之前在港城桓盛工作时，认识的一个客户和叶钦如是硕士同学。"

戚屿听了又忍不住钦佩了一番傅延昇的人脉关系，不知道是不是精英人士都比较准时，十一点五十九分，叶钦如就出现在了他们面前。

来人身穿一套量身定制的职业装，长得浓眉星目、鼻梁高挺，真人比在微博上的自拍更有魅力，举手投足还带着一股张扬的自信。

"叶总，久仰。"傅延昇和他握了个手。

"傅总客气，"叶钦如看向戚屿，"这位就是司源集团的'少东家'了吧？"

"不错，这位就是戚屿。"傅延昇道。

"您好。"戚屿不卑不亢地伸手。

"幸会。"叶钦如握着戚屿的手，打量了他两秒，才松开他落座。

傅延昇招呼服务员给叶钦如递酒单，让对方来点，叶钦如问边上的服务员："你们有什么推荐的吗？"

那服务员热情道："要不要来一瓶拉菲？"

叶钦如问："是1982年的吗？"

这话一出，傅延昇便笑了起来，好像叶钦如问了个很有意思的问题。

服务员道："呃，不好意思，我们店内目前只有1996年和2000年的拉菲，如果先生要，我可以现在给总经理说，最快半个小时应该能调过来一瓶……"

叶钦如摆摆手道："算了算了。"

他翻开菜单扫了一圈，挑了瓶法国某酒庄的红酒，报了名字，问傅延昇有没有听过。

傅延昇道："喝过一次，入口甘醇，不涩，还不错。"

"那就来一瓶这个酒吧。"叶钦如把酒单递还给那服务员，向傅延昇解释道，"我下午还有公事，不宜喝多。"

"没事，一瓶酒助兴足矣。"待那服务员离开，傅延昇才接着道，"其实叶总想喝1982年的拉菲也不是不可以。"

"不必不必，"叶钦如淡淡一笑，解释道，"平时出去应酬，在饭桌上经常有人拿1982年的拉菲开玩笑，我刚刚也是逗逗那姑娘，其实对于真正爱喝红酒的人来说，不少小酒庄上千块的红酒质量可一点不亚于那些知名品牌。傅总学过经济，必然清楚那些被炒到天价的酒背后是什么力量在推动，我们何必赶那个时髦？"

傅延昇笑道："叶总倒是个明白人。"

戚屿惊讶，刚刚这叶钦如和服务生说得这么一本正经，他还以为对方真要喝1982年的拉菲，没想到只是在逗人家？

叶钦如瞥了戚屿一眼，又说："再说，我和戚屿第一次见面，吃个便饭就要一瓶价值十万的酒，可不得把人给吓坏了。"

戚屿问："拉菲有这么贵吗？"

傅延昇解释说："1982年的拉菲在国内确实已经被炒到这个价格了，但比起红酒本身，更多的是被炒作起来的收藏价值。"

戚屿眼眸一转，似乎想到了什么，却没开口。

傅延昇和叶钦如继续围绕着红酒展开讨论，从葡萄酒的酿制、品牌到品酒的方法，再延伸到国外酒庄的投资，恍惚让戚屿觉得这是两大酒贩碰头，准备合伙做一笔有关酒的大生意。

两人还在饭桌上畅想了一番如何把一款不知名的葡萄酒炒作成名牌。

"首先这酒本身的质量要先过关，要好喝，"叶钦如举了举杯子，说，"我觉得这瓶奥兰酒庄的酒就不错，选中后去酒庄先见庄主，告诉他我们打算出钱投资炒作这瓶酒，谈好条件，如果这酒炒作成功了，我们要享有至少十年的溢价分红。"

傅延昇："再请一些知名人士做广告，不过，提升这款酒的档次可不能找普通的知名人士……"

叶钦如："不错，至少得是皇室级别的，比如在某王子订婚宴会时免费赞助这款酒……"

傅延昇："皇室关系不好打通，而且涉及政界比较敏感，还不如找渠道让人在和比尔·盖茨吃饭时带上这个酒，悄悄拍个照，回头再让媒体公开宣传，有了一定的知名度后，再找个知名导演拍个没人看得懂的艺术片广告。"

叶钦如："找个穿吊带裙的性感美女来拍？"

"性感美女？"傅延昇笑着摇头，"叶总对这酒的定位不准啊，咱们的定位是高档商务酒，目的是引起有钱有权人士的关注，你朝这方面一暗示这酒的档次就被拉低了。"

叶钦如："那你觉得怎么样合适？"

傅延昇："找一群身材不错的男性演员扮演西装革履的上流社会男士，拍《唐顿庄园》风格的画面，全程不露脸，只展示角色脖子以下部分的动作……斟酒，端酒杯，切牛排，姿势一定要优雅，不经意间让边上伺候的仆人碰翻桌上的红酒，洒主人一身，制造视觉冲击……"

叶钦如有些激动："我有画面了！"

傅延昇继续道："接着那仆人蹲下身来替主人擦，只露一个侧脸，主人也不能乱，就抬着手让对方擦，那仆人擦完再拍一个他如痴如醉闻沾了红酒的布巾的动作……"

叶钦如解读道："不露脸是为了让观众代入那些人物，光这仆人蹲下身来擦拭这一幕就能唤醒观看者内心对权力、地位的渴望，最绝的是仆人闻酒那一幕，他闻的既是酒的味道，也是权力的味道……绝啊，光听傅总这么一说，我都想尝尝这酒到底有多好喝了！"

戚屿坐在边上，被他俩这一唱一和搞得心情起伏，失神间，傅延昇和叶钦如已经转移话题聊起了别的。

两人从红酒炒作谈到国内的酒水经营，然后聊了些政治方面的话题，再回归南日科技的现状和未来的发展，终于稍微触及了一点他们会面的目的。

说到行业未来，叶钦如滔滔不绝，眼中满是冲劲，可他聊到兴起又忽然低沉下来，好像触及了什么心事。

傅延昇适时问："叶总是不是对现状不大满意？"

叶钦如反问："我是南日科技所有高管当中最年轻的一个，我还有什么不满意的呢？"

傅延昇："我看你前几天发了一条微博，挺有意思。"

叶钦如："什么微博？"

傅延昇："你那条微博说炭烧火锅烫死了'牛蛙'们的人生理想，牛蛙本身作为一种双栖动物是没有什么人生理想的，你却赋予了它理想，还说被烫死了。我以前看新闻把'牛蛙'形容从小都比别人优秀的小孩，不知道你是不是用这个代指自己，以及和你一样的人，借此隐喻理想被压制。当然，如果我解读有误，你也不要放在心上，就当开个玩笑。"

叶钦如看着傅延昇，淡淡一笑，举杯道："傅兄懂我。"

戚屿暗暗惊叹，原来这么一句简单的话在傅延昇眼里还能有这样的解读？！

叶钦如喝了口酒，感慨道："南日科技是国内科技巨头，这已经是我觉得我这种身份的人能达到的最高职业目标……法国作家勒庞曾说，'群体不存在自由意志'，我以前不理解，现在深以为然。就算在南日，我也是芸芸才子中普普通通的一个，我们所做的一切，只是为了为数不多的人的意志，蝇营狗苟大半生，你我皆是工具人，通过这一条道路是没办法达成个人理想的。"

傅延昇："所以叶兄是想出来自己单干？"

叶钦如："我确实有这个念头。"

傅延昇："叶兄勇气不小，可现在这个时代，想白手起家可不容易，毕竟国内的社会阶级也已经趋向固化，纵使是叶兄这样的人，想从大佬手里争取资源也无异于以卵击石。"

叶钦如眉心微蹙。

傅延昇："不过，你要真想白手起家，倒是和司源集团目前准备开荒科技领域的状态相吻合，我们现在也是一无所有，当然，我们有靠山。"

叶钦如颇感兴趣地看向傅延昇，傅延昇又简单说了几句司源集团科技发展部的现状，但说归说，傅延昇全程没有透露出他们十分想要叶钦如过来的意思，他还说："今天见面主要是想认识认识叶兄，交个朋友，就不多谈公事了。"

之后傅延昇又自然而然地将话题转到别处，聊了些风花雪月。

两个小时很快过去，那叶钦如显然还有些意犹未尽，但傅延昇也及时打住，说不敢耽误叶钦如的时间。

饭后戚屿说先去上个洗手间，包厢里剩下叶钦如和傅延昇二人，叶钦如才对傅延昇道："早就听说你是当年桓盛一等一的谈判高手，百闻不如一见。"

傅延昇："叶兄过誉了。"

叶钦如："不过，李清说你一直在券商工作不肯出来高就，她还奇怪你怎么忽然成了司源集团少东家的说客……我刚观察了半天，好像有点理解了。”

傅延昇：“怎么说？”

叶钦如的语气溢出一丝酸味：“刚刚在饭桌上，咱们聊天的时候，每次你一说话，那戚小少爷的眼睛就像是长在你身上了。”

傅延昇淡笑：“他确实有点崇拜我……”

叶钦如：“哼，我要有这么一个每天像看偶像似的小金主崇拜我，我也愿意为他赴汤蹈火。”

傅延昇伸出手道：“他很尊重有能力的人，虽然还在念书，但两年时间很快，现在正是他缺人手的时候，叶总如果愿意来司源，今后定能得到他的器重。”

他话说到这份上，叶钦如也早已了然：“改日详谈。”

两人握过手，傅延昇又低声透露道：“司源集团科技部管理团队还没完全组建起来，目前仅一个代戚屿在国内办事处负责对接事物的助理，那人是你的死忠粉。”

“……哦？”叶钦如新奇道，“男的女的？”

傅延昇：“男的。”

叶钦如眉毛一抬，女粉他不缺，但男粉好像比较少见。

不一会儿戚屿回来，也正式和叶钦如道别，说自己今晚可能就要回加州。

“对了，”戚屿想起来道，“说到1982年的拉菲，我在美国的家里倒是有好几瓶，是我爸的朋友早年送的，叶总要是喜欢，下次见面吃饭，我可以带两瓶过来我们一起喝。”

叶钦如一愣，忽然朗声大笑：“戚少真是阔气，那行，我等你的‘下次’。”

和叶钦如分开后返回酒店，两人又去戚屿的房间复盘了一下这顿饭上聊的内容。

戚屿没听见傅延昇和叶钦如在包厢里单独说的话，此时好奇道：“我看叶先生在饭桌上对我们集团的科技发展部挺有兴趣，你怎么不趁机邀请他？”

傅延昇看向他道：“在正式邀请他之前，我得先跟你确认你对他的想法。”

戚屿：“我的想法？”

傅延昇：“嗯，我当时话没有说得太满，就是想给双方一个回旋的余地，他的履历是很漂亮，可万一你见了他觉得真人不怎么样呢？”

戚屿恍然，原来傅延昇这样迂回也是在借机让自己考察对方，这做法让他心中莫名升起一股满足感。

傅延昇又说：“叶钦如这人比较自负，他在南日科技这么大的公司还不满意，说明他也是个有自我追求的人。我们在考察他，他也在考察我们，在没有面对面了解过之前，如果我们表现得太上赶着，不但自降身份，反而会让他觉得这热情打了折扣。”

戚屿颔首道：“我感觉他人挺不错的，聊起来也比较舒服。”

虽然自己在饭桌上说得不多，但他很认同傅延昇的分析。其实一顿饭下来，最吸引戚屿的不是叶钦如那微博段子式的抖机灵，而是对方聊行业未来时展现出的那种意气风发之态。

戚屿把这些想法告诉傅延昇，傅延昇评价道："他讲的那些东西确实有实料。"

戚屿沉吟道："不过，当时在饭桌上，我以为叶先生会问问我们美薇的情况。"

最近网络上到处都是和美薇那起网红潜规则以及高管涉嫌开假货店的丑闻，叶钦如作为商界人士，绝对不会不知道，可刚刚在饭桌上，对方却全程没提过美薇一个字。

傅延昇想了想说："不问也挺正常，他了解资本运作，从资本家的角度来看，这种事算不上什么大危机，毕竟现在事情已经爆出来了，明眼人都看得出这背后有公关团队在运作，说不定，他还会以为，这件事就是你在背后操作的。"

戚屿愣道："为什么？"

傅延昇："所谓知己知彼，他来见你之前，肯定也会查一查你的情况，你之前从未在国内露过面，偏偏这个假期来美薇海城分公司做临时总裁，美薇就爆出了这个事情，你觉得他会认为只是个巧合吗？"

戚屿摇头："那他恐怕会对我产生错误的认识，这件事是爸爸做的。"

傅延昇看着他说："不，戚屿，在你放手之前，你和你爸爸是在用各自的大局观做目的一致的事情，你别忘了，当初也是你下决定要引爆这颗雷，想要用正规手段处置邱家的非法经营，如果你爸爸不做，这件事你也会继续做下去，无非是你眼下还没想到股权结构危机这类问题。"

……这样理解好像也对。

傅延昇说回叶钦如的态度："你去上洗手间的时候，他已经透露出要和我详谈的意向，不出意外，下次见面我们估计就会谈司源科技部发展具体方向和能给予他的职权问题了。"

戚屿心中欣喜："那我们算是把这人拿下了吗？"

"如果没有其他竞争对手，继续聊下去，希望还是很大的，"傅延昇很保守，又夸他道，"你今天在饭桌上表现得也很好。"

"我好什么？我都没说上两句话。"戚屿心里有些对自己不够满意的焦灼，恨不得一夜之间把傅延昇身上的本事都学到手。

"这样显得你神秘啊，"傅延昇慢慢靠近他，"就是有一点……以后在公开场合，你看我的眼神能不能收敛一点？"

戚屿奇怪道："我什么眼神？"

傅延昇笑出声来："崇拜的眼神？虽然我是很喜欢你那样看我，但你可是我的雇主，这样在外面显得你有点没有威信力。"

戚屿咬牙反驳："你还说叶钦如自恋，我看最自恋的人是你。"

傅延昇摇头晃脑道："事实胜于雄辩，随你怎么说……"

戚屿哼道："你就自我陶醉着吧。"

第26章
漂洋过海

由于傅延昇还没完成原工作的交接，戚屿先独自返回加州，抵达当晚，戚源诚给他打了通电话确认他的安全。

父子俩在电话里又聊了聊美薇的情况，戚屿表达了自己对股市的担忧。

戚源诚说："这个是必经过程，你别担心，不过戚屿啊，爸爸有个问题想请教你。"

戚屿听戚源诚用"请教"这么夸张的措辞，觉得有点奇怪："什么问题？"

戚源诚道："你觉得美薇需要做出什么样的态度，能够最大限度地挽回品牌形象？这个问题爸爸也想征求一下你的意见。"

戚屿回想了一下自己之前和傅延昇讨论过的内容，认真道："邱如松开了三年的美薇高仿店，用B级布料替换了美薇的A级布料，这三年内肯定有不少国内的顾客花正品的价格买到了次品的美薇服装，这些人看到新闻后，如果反应过来，肯定是最愤怒的。"

"你的意思是对那些买到B级货的客户给予一定补偿？"戚源诚叹了口气，"但人心没有这么简单，有人本身买到的是正品服装，看到现在的新闻，也会对自己曾经买到的衣服的质量产生怀疑……这就是这起事件对品牌价值带来的不可逆的损失。"

戚屿理所当然道："那就出一个能打消绝大部分人疑虑的补偿方案啊，比如不只针对那些，而是针对所有美薇的顾客？"

他犹豫片刻，又说："我不知道这样一来费用会不会太高……爸爸可以让下面的人做个评估，看是否值得。"

"行……"戚源诚顿了顿，问，"傅延昇什么时候去你那儿？"

"他说交接工作差不多要大半个月，最早月底过来，我打算这几天找中介换个大点的房子。"

"你自己安排就好，"戚源诚叮嘱道，"不过就算在国外，出门也要带上保镖，注意安全。"

"知道了，"戚屿想起来，又问，"当时在丰贸试图绑架我的人，背后指使者查到了吗？"

"还在查，那个中介头目失联，所以暂时还没有结果……"

戚屿闻言心中一紧，不敢掉以轻心。

第二天就是斯泰福开学注册日，戚屿去学校做完登记就委托当地的房产中介帮忙找新房。

斯泰福大学所处的帕市人口密度远不及海城，戚屿担心傅延昇来了无聊，特地选了一处市中心的高档公寓。

一百多平方米的面积，三室一厅，其中两个房间是卧室，都自带卫浴，还有一间是是书房。公寓出门下楼就是大型购物中心，附近有电影院、音乐厅，还有不少餐馆，比他原先住的地方要热闹不少，就是距离学校远了点，他估计得每天让保镖开车送自己上学。

在安置新居这段时间，戚屿也时刻关注着美薇事件的进展。就他回来这短短十天里，国内就已经有了美薇将艾薇告上法庭，并联合公安机关对一众涉事高管立案调查的新闻。

与此同时，美薇还及时向公众做出企业在短期内会做出的整顿措施，包括严格把控质检、提高售后保障，回馈顾客活动等。

官方宣称在过去一年内，凡购买美薇正品服装的顾客如果自觉服装质量有问题，可以寄送至美薇售后质检部重新进行检测，如果在检测后确认质量有问题，可以得到服装原价格130%的退赔，或是免费更换一件同价值的正品服装。

此外，美薇官方还保证，从今年九月十五日起将旗下品牌所有无折扣服装的售后退换时间从原本的七天延长至十五天，在购买服装的十五天内，任何非人为损坏的质量问题，都可以享受全额退款。

这次售后公关大大拉了一波公众的好感度，也让业内对美薇愿意付出的代价感到惊讶，沸沸扬扬的舆论攻击在这次售后公关的助力下终于趋于平缓。

戚屿心中高兴，当晚给傅延昇打了个电话，把爸爸采取自己建议的事告诉了对方。可他说完后没有等来预想中的表扬，反而听傅延昇有点严肃地问了一句：“你有没有关注美薇的股价？”

戚屿愣了一下：“怎么了？”

傅延昇：“美薇最近的股价好像有点不对劲。”

戚屿问：“哪里不对劲？”

“……没什么，”傅延昇转移话题道，“你这几天怎么样，在忙什么？”

戚屿：“我租了套新的房子。”

“哦？”傅延昇感兴趣道，“什么样的？”

戚屿此时正站在新居的卧室里，租下房子后，他又购置了不少新的家装、厨具和床上用品，连书房架子上一个看似普通的小摆设都是他亲自逛饰品店选购的。

白天刚有保洁来打扫过，把这里擦得窗明几净，两间卧室里的床单、被子都已经铺好了，是他喜欢的水貂灰色，床头柜上摆着开了封的祖马龙松柏味香薰，整间屋子透着宜人的清香。

以前他从来不做这种琐事，在纽城家里他吃的用的都是Anne负责购置，这明明是第一次，他却像是无师自通，只想着要给傅延昇提供一个舒适的环境，就打造出了一套档次丝毫不亚于五星级酒店的二居室。

“你来了就知道了。”戚屿卖了个关子。他没和傅延昇分享过自己做这些事情的细节，怕傅延昇知道自己这么上心，尾巴该翘到天上去了。

傅延昇笑笑："你给我个地址，我先寄一些东西过去。"

"晚点发你，"戚屿轻咳了一声，道，"衣服什么不用寄太多过来，可以在这里买。"

傅延昇促狭道："你给我买吗？"

戚屿"嗯"了一声，故作镇定道："穿什么牌子有要求吗？"

傅延昇失笑："待遇这么好啊？"

戚屿："嗯哼……"

要不是爸爸当时说傅延昇提的待遇条件有点低，他才懒得管这个管那个。

两人说了一会儿便道了再见，挂了电话，戚屿低头看了眼脚下的地板，犹豫着要不要再在房间里铺点地毯……

过了一周，国内网上关于美薇的话题热度彻底降了下来，股价虽然相较高峰时有大幅降低，但在事态稳定后，数日内都呈现出小幅度波动回升的状态。

戚屿事后想起傅延昇在电话里说的美薇股价问题，又研究了几天股价的变动，可根据他目前所学的知识，实在看不出哪里不对劲，这些天他也没听傅延昇再提起这一茬，便渐渐地没往心里去了。倒有一件事比美薇的股价更让他觉得奇怪——开学到现在都快半个月了，自己还没见过章承宣。

由于二人有共同的选修课，戚屿给对方发了微信消息，问他是否已归校，章承宣也没有回复。有一天，在学校里碰上一位和章承宣相熟的学长，戚屿打听道："学长今年有没有见过章承宣？"

"他说假期回家出了个小车祸，现在还在医院养病，跟学校请了一个月假呢，估计要等十月份才能来吧，"对方奇怪道，"你们关系这么好，他没告诉你吗？"

戚屿愣道："没有，他什么时候跟你说的？"

"就八月底吧，我当时还在国内，还想去看看他，不过被他拒绝了，后面给他发消息都没怎么回了，也不知道伤得重不重。"

戚屿点头道谢，回去后又思忖了好一阵章承宣的遭遇。

上个月底自己和爸爸联手引爆了美薇这颗雷，致使企业整顿，自己还差一点被二度绑架，而那章承宣又恰好在这个时间出了车祸……这些事背后会不会有什么关联？

戚屿忍不住给戚源诚打了个电话，询问道："爸爸，邱如松被抓后有没有交代他和章家的人有什么关系？"

戚源诚沉声道："我也正要告诉你这事，前天邱如松已经在公安的审问下坦白了他开艾薇这家店的全过程，他承认自己当年确实受到了他一个章姓大学同学的怂恿，而且在开店初期，对方还给他支了不少招，包括如何替换美薇的原材料，抄袭美薇的设计，如何做假账，如何打通关系……邱如松说他一开始只是做少量，只是没想到这么顺利，这才捅出这么大娄子。"

戚屿皱眉："我们能不能连带追究章家的责任？"

戚源诚："暂时不能，因为邱如松拿不出任何证据，口说无凭，一旦公开可能还会被菲亚倒打一耙，说我们侵害他们的名誉权。"

戚屿纳闷道："那邱如松算是被利用了吗？"

"利用是一回事，但人心也确实易变，"戚源诚深深地叹了口气，这才告诉戚屿那天他和邱明阳见面时聊起的内容，"那天晚上邱明阳约我见面，就表示过他对邱如松盗取美薇的原材料做艾薇的事毫不知情，在我跟他说了这件事的严重性前，他只当邱如松自己开了间小网店，小打小闹，所以之前压根没放在心上……我当时也暗示过他，说邱如松很可能被美薇的竞争对手利用，所以邱如松现在那么交代，也有可能只在借我这句话为自己找脱罪的理由，甚至还能把其他利益共同体都摘出去。但你仔细想想，邱如松三年前只是个生产部底下一个物流线上的小经理，如果没有邱明阳撑腰和纵容，怎么可能把所有渠道都打通？"

戚屿明白，爸爸内心其实仍对邱伯伯的背叛感到受伤，他没有像自己想象中那样杀伐果决，也并不是一开始就打算将所有人一网打尽。

那一晚和邱明阳见面，也许是戚源诚给邱明阳的最后一次机会，但邱伯伯让他失望了。爸爸也想有情有义，但面对这样的局面，他不得不强压下心中的仁慈，逼自己拿起屠刀……

戚屿不由叹了口气，转而道："对了，爸爸，你还记得章承宣吗？就是当初透露邱如松这件事给我的那个同学，我听说他上个月出了车祸，还在医院，到现在还没来学校。"

戚源诚愣了一下："是吗？"

戚屿："嗯，说起来，虽然当初我们通过看财报也知道了生产线有问题，但如果不是章承宣告诉我邱如松和他三哥的关系，我恐怕也不能这么快锁定调查目标……"

戚源诚："我知道，不过爸爸还摸不透章家内部的情况，菲亚目前也没什么明面上的大动作，他没来也好，和章家扯上关系总叫爸爸放心不下，你自己要注意安全。"

戚屿"嗯"了一声，挂电话前，又想起什么，问道："美薇股市这边，都还正常吗？"

戚源诚："目前局势仍在爸爸能控制的范围之内。"

刚和戚源诚说完，戚屿的手机就响了起来。

"和谁打电话？打了你两次都是忙音。"电话那头传来了熟悉的男性嗓音。

"跟我爸爸，"戚屿语气不自觉地轻松起来，"怎么这个点给我电话？"

傅延昇："告诉你一声，我订了明天的机票。"

戚屿心一跳，喜道："明天几点？"

"明天中午十二点，十一个小时直飞你所在的城市，从现在开始算，你差不多还有三十四个小时就能见到我了，"傅延昇笑问，"期待吗？"

戚屿："你到的时候我估计在学校上课，让王猛开我的车去机场接你？"

傅延昇微微拔高音量："我都要漂洋过海去找你了，你还有心思上课？"

戚屿："你还想让我翘课去接你不成？"

傅延昇闻言似乎被噎了一下，闷声道："算了，你上你的课去吧，我收拾东西，挂了啊。"

"诶……"戚屿还想说什么，那边已经传来了忙音。

戚屿无语……傅延昇不会是真不高兴了吧？他盯着手机屏幕犹豫着要不要再打回去哄哄对方，但一想到傅延昇明天就要来了，以后都住一个屋檐下了，还用得着哄？

戚屿咬牙收起手机，心说人就不能惯着！

然而，自从这个电话过后，戚屿几乎就没能定下心来做什么正经事了。

他仔细检查了房间里的每个角落，看还有什么没安置周到的；他反复看墙上的挂钟，在脑海里推算傅延昇这会儿在干什么，什么时候准备去机场，并纠结着要不要亲自去机场接人。

而且，不知傅延昇是在忙还是真不高兴了，那通电话后对方都没有再联系他，直到过去一天一夜才给他发了条微信消息："我要登机了。"

戚屿松了口气，回道："一路平安。"

十二个小时后，旧城SF国际机场，戚屿坐在自己的保时捷车后排看手机屏幕中显示的航班信息。

——UA8XX号航班，延误一小时二十分……

"啧……"他收起手机，手肘抵着车窗，百无聊赖地看向车窗外的天空。

真是疯了，昨晚他失眠了大半夜，最后还是亲自来了机场。结果飞机延误，害他又在这里多等了一个半小时。

王猛在外头叩了叩车窗："戚少爷，傅先生的航班已经降落了，他是头等舱座位，应该会出来比较早，我去接机口等他，你在车里尽量不要出来。"

戚屿"嗯"了一声，想到什么，食指轻轻一划，"对了，你一会儿见到他，别告诉他我也来了。"

王猛："……好的。"

戚屿重新关上车窗，继续在车里数时间，也不知过了多久，期待相见的人终于出现在了他的视野当中。

只见傅延昇穿着一身黑色的休闲装，单手拎着一个商务包，款款朝戚屿的车座走来。

戚屿隔着车玻璃窗望着对方，只觉得四周的一切都成了虚化的背景，唯有傅延昇的面孔是清晰的。

王猛陪着傅延昇走到车边，对傅延昇说了句什么，"咔嗒"，伴随着车门打开的声响，傅延昇上半身率先探入后排。

看见坐在里边的戚屿，傅延昇身形一顿，忽地笑了。

"来了啊？"因为这一抹了然的笑容，傅延昇脸上的表情比刚刚更加生动了。

"不是你想让我来的吗？"戚屿状似漫不经心，可天知道他此刻是花了多大的力气才压制住上扬的嘴角。

傅延昇："不好意思，起飞时延误，让你久等了。"

戚屿漫不经心地说："也没等多久……"

傅延昇："所以你这是翘课了？"

戚屿："不然呢？"

王猛放好傅延昇的行李，坐进驾驶座，三人启程回帕市。

傅延昇看着窗外，问："从机场到你那儿有多久？"

戚屿："差不多一个小时，你要是累，可以再睡会儿，等到了我叫你。"

傅延昇"嗯"了一声，没过多久便开始闭目养神，戚屿瞥了他一眼，莫名觉得安心起来。

到了帕市的公寓，戚屿在楼下给傅延昇简单介绍了一下这里的地理位置，王猛停好车，尽责地护送他们上楼后才离开。

傅延昇关上房门问："你保镖住哪里？"

"就在楼下，随叫随到，"戚屿换了鞋子，拿起玄关口玻璃盘上的门卡递给傅延昇，"这是进门的门卡……"

傅延昇接过来收入裤袋，戚屿又领着他里里外外地参观了一圈，向对方展示着自己精心准备的新居。

"这是厨房，锅碗瓢盆都买好了，缺什么我们回头再去商店里挑，"戚屿示意道，"你空的时候可以在这里做饭……"

傅延昇挑眉："你还想让我给你做饭？"

戚屿："不行吗？反正你这里除了教我，闲着也是闲着。"

傅延昇无奈道："你是真想把我连本带利地榨干净啊……"

话虽这么说，但傅延昇也没对戚屿的安排提出任何异议。

参观完后，傅延昇在客厅里直接打开了自己的行李箱，极快地把自己的东西归置妥当，然后找出一个文件袋递给戚屿："那叶钦如我已经谈定了，不出意外他下个月就能来司源，除了他，我还给你招了几个资深分析师，团队人员的资料都在里边。"

戚屿接过文件袋放在一边，却不急着看："那你呢？工作都交接完了？"

"嗯，"傅延昇起身扫视了一圈，问道，"我之前寄来的东西你放哪儿了？"

戚屿："在储藏室里，我去拿。"

傅延昇："你没拆？"

戚屿奇怪道："你的东西我怎么拆？"

"哦，忘记跟你说了，那是给你的，"傅延昇脸上有点疲态，"你一会儿自己拆吧，我有点困，先补个觉？"

"好，"戚屿带着傅延昇去了他的卧室，指了指床铺道，"被子都是新的，我给你备了几套贴身居家服挂在衣柜里，都让家政来洗过了，你可以直接穿。"

傅延昇应了声“好”，就进了房间。

其实戚屿昨晚也没怎么睡好，可傅延昇的到来让他像是打了针肾上腺素，此刻精神得不得了。他将储藏室里的箱子挪了出来，拆了一看，只见箱子最上方摆着一张打印纸，上面印着四个大字——“教学道具”，里头是各种书籍和资料。

戚屿随手拿了本翻看，见是上次在那个“新附则”里傅延昇写到过的《逻辑思维训练》。不过书是旧的，里边还有些字迹飘逸的笔记，他认得，这是傅延昇的字。

戚屿收拾了一下，便去学校上课了。

傅延昇是下午四点四十分睡醒的，手机已经根据定位自动识别出他所在的位置并替他调整了时间，他打开微信扫了一眼，见戚屿在一个半小时前给他发了消息。

小鱼儿：“我下午去趟学校，大概五点回来，你醒了在家等我，别乱跑。”

他起床冲了个澡，洗掉一身的风尘，正要拿自己随身带来的衣服换上，忽想起戚屿说的话，走到衣柜前拉开，只见里头果然挂着不少衣服，T恤、衬衫、长裤，不同款式各有三五件。

戚屿挑衣服很有品位，不见得都是众所周知的名牌，但设计和色调都很符合傅延昇的审美。

九月的加州还有些热，傅延昇翻了翻，取了件T恤换上，又随手拉开组合衣柜自带的抽屉瞄了一眼，看见里边成打的内裤，不由眼眸微睁。

“这小子……”他笑着呢喃了一声。

戚屿从学校回来，见傅延昇坐在客厅的沙发上看戚屿随手搁那儿的金融杂志。

傅延昇闻声看向他：“一醒来就见你叫我别乱跑，我能跑到哪里去？”

只见傅延昇身上穿着和戚屿同款的T恤，除了一个暗蓝灰色一个象牙白色，牌子、印花全都一模一样。

戚屿满意道：“呵呵，还挺合身，去吃饭吗？”

晚上两人去附近一家中餐馆吃饭——傅延昇才刚来，戚屿当然不会让对方当晚就给自己下厨，吃饭时，戚屿又和傅延昇聊了聊司源集团科技发展部的事。

那团队人员的资料戚屿已经趁着傅延昇睡觉的时候看过了，除了叶钦如以外，傅延昇在来之前帮他招的另外三个人分别是一个风控专家和两个资深分析师，加上吴双，目前团队一共五个人，四男一女。

戚屿问：“你怎么把叶钦如谈下来的？”

傅延昇道：“叶钦如需要的是一个能够施展自己抱负的平台，而之前在南日科技，因为上边大佬斗争太复杂，他想法又太多，所以他表面上是子公司的CEO，其实就是一个被架空的吉祥物，一个营销符号……他一个堂堂总经理，实际上手中的权力还没有同等级总经理的秘书大，当然干得憋屈。”

戚屿想起他们在燕城见面时对方说的话，了然道：“难怪他会发‘烫死人生理想’这种微博，还说要出来单干……”

傅延昇：“但上次在饭桌上我也跟他说了，就算他有天大的才华，没有资本支撑想白手起家在现阶段根本不可能，而司源集团恰好能够给他这个资本支撑。只要他来司源，毫无意外会成为团队今后的主心骨，能够在短期内代你在国内进行主要的决策性工作，而且，你爸爸和司厉其实都是想借这个科技公司来栽培二代，所以这边目前没有南日那么复杂的高层斗争。”

戚屿想了想，道：“这家科技公司今后也不是我这边的人说了算的，不还有司泽那边的人吗？”

戚屿对形势的清楚认识让傅延昇颔首认可：“不错，现在名义上是司源集团全资进行这件事，但未来这家科技公司到底谁占大头还不好说，毕竟在推进过程中随时有可能出现股权结构变化，发展下去，司氏也可能会额外注资，抢占第一话语权。”

戚屿：“这些情况你和叶钦如讲了吗？”

傅延昇：“当然，他来之前必须对司源集团的现状有全面的了解，职场一如官场，这是没办法的，我只能告诉他司源集团的高层斗争相对简单，那叶钦如也不会天真到认为我们这里是个世外桃源。”

戚屿：“那他还是愿意来？”

傅延昇：“嗯，因为我说，你会认真听取他的所有想法，全力支持他所有合理的决策，给他最大限度的自由。”

戚屿笑了：“讲得这么好听？”

傅延昇：“我这不是实话实说吗，他一个H大名校毕业的管理学硕士，混迹职场多年，有想法有抱负，而你就一个大三学生，你不听他的难道你自己撸袖子上？他又不傻，当然也知道你现在只能听他的……但你放心吧，我也会帮你看着他，不会真让他自由放飞。”

戚屿嘴角一抽，心说自己在傅延昇眼里还这么没用吗？

“对了，”傅延昇问他，“关于和司泽那边工作对接人换宋溥心的事，你跟他谈了吗？”

戚屿点头：“谈了，但是司泽拒绝了。”

傅延昇一愣：“拒绝了？”

这件事还是戚屿在国内出院前做的，他当时给司泽打了电话，对对方让宋溥心来探望自己的事表达感谢。司泽在电话里的态度很好，在戚屿问起那件事时却态度坚决。

“他说宋先生只能当他生活助理，换其他人都行，但宋先生不行。”

傅延昇满脸疑惑，戚屿也觉得有点奇怪，但人家内部人员的安排，他也不好插手。

吃过饭，戚屿又带傅延昇在附近逛了逛，两人还去了超市，买了些吃的喝的和傅延昇觉得需要的生活用品。无论是吃饭还是买东西，结账时，每当傅延昇想掏钱包，戚屿就先一步刷卡结账了，还特地解释了一句：“以后你跟着我，出来就不要带钱包了，你想要什么我都会给你买的。”

傅延昇望着戚屿，一脸欲言又止。

戚屿："看我干什么？"

傅延昇摇摇头，好笑地收起自己的钱包说："没什么。"

逛完回到家，傅延昇就让戚屿把他在斯泰福今年的课程和课堂作业全告诉自己，尽心尽责地准备开始自己的"陪读"工作。

戚屿一边开电脑一边道："你不用休息一下调个时差吗？"

傅延昇："下午不是休息过了？"

戚屿打开学校官网的学生后台，登录自己的账号，说："我们专业所有的课程和教学文件都能在网上查到，你可以网上看，也可以打印出来。"

书房里有戚屿应傅延昇的要求配的台式一体机、激光打印机和投影仪。

"行，我先看看。"傅延昇坐下来，抓着鼠标快速进入状态，他下午补过觉，又没调过时差，此时还精神奕奕。而戚屿却因为昨晚失眠，不到十点就开始犯困了。

戚屿洗漱完晃到书房，见傅延昇还盯着屏幕，浏览他的课件，为他做教学大纲，心里又是一阵满足。

"我先去睡了啊……"

傅延昇目不斜视地"嗯"了一声，偶尔埋头在一张A4纸上写着什么，戚屿又看了他一会儿，才悄声返回卧室。

次日早上八点，戚屿走到傅延昇房门前，犹豫了一下，悄悄打开一条缝，往里瞅了一眼，见他还躺在床上沉睡。

戚屿没有打扰对方，直接让王猛送自己去学校，路上对王猛道："你一会去唐心买些早点，送到我住的地方去。"

唐心是当地一间粤菜馆，做的港式点心很不错，戚屿前两年早上没课的时候经常去那儿喝早茶。

王猛问："是给傅先生的吗？"

戚屿："是。"

第27章 反向卧底

傍晚回到家，戚屿见客厅里空无一人，唯有书房传来打印机“滋滋”的声响，他走到书房门口，眼前的场景让他一愣。只见地上铺着一堆打印纸，几乎让人无处落脚。

傅延昇单膝着地，手里拿着一沓刚打印完的资料，瞥见戚屿的一双长腿，他才抬眼：“回来了？”

“你在做什么？”戚屿好奇。

“帮你整理教材，”傅延昇扫了一眼边上的表格，问，“你今天上什么课？互联网经济学吗？”

“嗯，还有国际贸易，”戚屿蹲下身，见其中一沓资料上方印着“H大商学院课程内部教材”字样，他翻了翻，还看见了W大、L大……都是全球排名前十的商学院的内部课件。

戚屿惊讶道：“你这些资料是哪搞来的？”

“我自然有我的渠道，”傅延昇一边整理资料一边道，“你在学校有什么相熟的同学吗？”

戚屿：“干什么？”

傅延昇翻出一张纸递给他：“为了节省时间，这些课你接下来都不用去上了，找熟悉的同学或者直接花钱让人帮你做课程录音，回头你自己听一下就成。”

戚屿扫了一眼那张纸上罗列的大部分课程，愣道：“你要我把这些课都翘掉？”

“嗯，”傅延昇波澜不惊道，“等下个月叶钦如来司源集团后，咱们还要回一趟国考察几家科技公司，年底之前就要敲定收购公司的目标，你没那么多时间跟着学校教课的节奏走……”

戚屿瞅着摞起来差不多有二十厘米高的资料，心中有点虚：“可你让我翘课，还找了这么多额外的学习资料，我来得及看吗？”

傅延昇头也不抬道：“你对我就这么没信心？”

“……嗯？”戚屿没反应过来。

傅延昇问他：“你每年上斯泰福的学费要多少？三十万？”

戚屿：“差不多。”

傅延昇：“那你知道这三十万花在什么地方吗？”

戚屿：“知识？”

傅延昇笑笑：“一般人努力考上顶级名校，一是为了个彰显身份的文凭，名校文凭即出社会后的职业敲门砖；二是人脉，人脉即资源；最后才是知识……”他晃了晃手中的资料，“前两者对你这种资本大佬的小孩几乎没什么用，因为你自己反而是他人的资源。”

戚屿听得有些云里雾里，这和他的学费有什么关系？

傅延昇继续问：“你平时上课教授都和你们讲些什么？”

戚屿想了想：“也没讲什么，就一些经济学、商学方面的故事以及一些理论的来源。”

“这就对了，”傅延昇一心二用，慢吞吞地解释道，“人的大脑不是通过记忆来学习的，而是通过总结规律来学习的。总结规律有两种方法，一是亲身体验，二是听别人的故事。所以，好的教授一般都会在课堂上分享很多真实、有趣的商业故事，让你们了解书本上的原理，而非直接照本宣科……除了讲座型的，你们大概还有一些小组讨论课吧？”

戚屿：“嗯。”

“这种小组讨论课，其实就是在老师的指导下看书、自学、做汇报练习，也不见得老师会给予多少知识，”傅延昇快速将手上的资料按着不同的课程分类完毕，终于抬头正视戚屿，“你上斯泰福每年三十万学费，其中用来买知识的估计都不足五分之一，但你可是多花了五十万来请我教你，你要觉得还是得每天去上课才能学会，那花在我身上这五十万岂不是太不值了？”

绕了一大圈，戚屿总算听明白了，敢情这家伙是在自夸……

“我们制订一个计划，这周就先把互联网经济学学完，再搭配学一下证券投资分析，这些东西你下个月回去没准就要用到，”傅延昇叩了叩写字台桌面，对戚屿道，“好了，别傻乎乎地看着我了，过来上课了。”

以往戚屿要是听见傅延昇说自己“傻乎乎”，肯定会生气，但现在他脸色都没变，直接顺着傅延昇的话反问：“现在就上？”

傅延昇：“当然，我都说要抓紧时间。”

戚屿坐到写字台前，因为下午刚上过课，在傅延昇的引导下，他很快进入了状态。一对一的教学和在学校里上大课的感觉完全不同，而且比起去年那种网聊式的教学，现在能看见傅延昇，和他面对面沟通，随时解答疑惑，也大大提升了戚屿的学习体验。

这一学就从五点学到了七点半，直到戚屿感觉到饿，两人才一起下楼去吃饭。戚屿挑了间西班牙餐馆，特地点了两杯红酒。

酒菜上来后，戚屿问道：“傅老师，你也就比我大七岁，怎么知道那么多？”

傅延昇：“你说专业方面？”

“不止，”戚屿轻轻晃着杯中的红酒，道，“比如上次你和叶总聊红酒，我都感觉你是个红酒专家，这个和我们专业没什么关系吧？”

傅延昇：“红酒这块我也是应酬的时候听别人讲的，回来自己再找相关资料补充阅读一下就可以了。”

戚屿：“这样就算学到了？可我从小也跟着我爸走了很多地方，看了很多东西，但不见得都能记住，都能派得上用场。”

傅延昇：“可能是你还没建立好系统性的框架吧，比如品酒、品菜这些在我的框架里属于社交常识，卖酒炒酒是经济学和商业的范畴，你换个别的商品也是相似的做法……等你建好了你的框架，平时接触的一切信息都会不断完善这个框架，做到融会贯通……”

听了傅延昇的建议，之后整整半个月，戚屿都没有去学校上课，他委托同级学生帮自己录下了课程音频，平时就和傅延昇待在市中心的公寓里进行单独教学。

戚屿也开始在傅延昇的引导下建立所谓的智商框架，白天傅延昇会花一部分时间为他讲解专业课程，剩余时间戚屿自己看资料学习。

空的时候，傅延昇也会看看股票，帮他理财，甚至还会做饭给他吃。

戚屿无聊又枯燥的大学生活因傅延昇的陪伴变得丰富起来，这样日复一日，时间过得飞快，半个月后的某一天，戚屿正和傅延昇在书房里讨论证券分析方面的知识时，接到了章承宣的电话。

章承宣告诉戚屿自己已经返回了学校，问他在不在帕市，想约他见个面，说有些重要的事想跟他说。

戚屿挂了电话，把这事告诉了傅延昇。

“章家那私生子？”傅延昇才想起这个人，翻着资料问，“他怎么现在才回学校？”

戚屿快速解释了一下这些事的来龙去脉，傅延昇怔了怔，抬头看向戚屿：“他八月底出了车祸？”

戚屿道：“这还是别的同学告诉我的，我当时联系他，也没有回应，一起上的那个创业实践课到现在还在停摆呢。”

傅延昇：“他约你在哪里见面？”

戚屿：“学校附近的一间意大利餐厅。”

傅延昇若有所思道：“他出车祸这个时间和美薇出事的时间太近了，让你那两个保镖一起去吧，坐附近看着。”

“好。”戚屿起身去换了身衣服，返回书房见傅延昇还在里边帮他看一本专业书籍——为了节省戚屿的时间，傅延昇会率先帮他看一部分书，挑出精华的部分再让他阅读。

他站在书房门口整理着袖扣道：“晚上你自己吃点？”

傅延昇看得专注，闻言头都没抬，只说：“记得把餐馆地址发我，随时在微信里跟我汇报安全状况。”

戚屿笑笑：“知道了，等我回来。”

晚上七点，戚屿到了餐馆，章承宣已经在里头了。戚屿见他整个人黑了瘦了，额头上还多了一道刚长好的疤，看样子是真出过事故。

“你还好吧？”戚屿问。

“我差点就回不来了。”章承宣惨淡一笑。

“怎么会出车祸?”戚屿随口问。

章承宣望着他道:“你真以为是车祸?”

戚屿纳闷:“那是?”

章承宣:“戚屿，如果我说我的遭遇和你有关，你信吗?”

戚屿眼角余光瞥见保镖进来，不动声色地对章承宣道:“你仔细说说。”

章承宣迟疑了好一会儿，才像是做了什么决定，开口道:“自从美薇在海外打响名声，重新返回国内市场，菲亚就受到了极大的竞争压力，我二伯和我爸爸他们从四年前就开始谋划打击美薇，邱家父子只是他们渗透美薇的其中一个环节，除了他们，司源集团里还有章家安插的其他间谍，但我不清楚到底是谁。本来这件事跟我没什么关系，我只是家里一个不起眼的小角色，但三年前我考上了斯泰福，刚好两年前我二伯得知你也来了这所学校，就让我申请一年的Gap Year，留级一年来接近你，假意跟你做朋友，为他们套取美薇和司源集团的情报……”

戚屿打断他:“所以你当时说根据我的穿着猜出我的身份，是骗我的?”

章承宣:“嗯。”

戚屿:“去年一年，你也一直没告诉我章家早就在利用邱如松父子蛀空美薇，直到得知我今年暑假要回国，才告诉我邱如松和你三哥的关系，卖我这个人情?那你是不是也把我要回去的事，告诉了你的三哥?”

章承宣搁在桌上的手微微收紧，道:“抱歉。”

戚屿抱臂道:“没事，你本来也没有必要告诉我这些，我只是确认一下，你继续说。”

章承宣黯然道:“后面的事你也知道了，他们的计划失败了，八月底我在网上看见美薇高管爆雷的新闻，其实一直想给你打电话，我知道一些我三哥和邱如松见面和密谈的一些证据，当时我用手机微信给你发了很长一段话……但没想到我在做这件事的时候，意外被我二妹看到了，她直接把这件事告诉了我二伯。二伯以为我背叛了他们，找人打了我，还拿走了我的手机，在医院关了我一个月。他们这次放我回来，还是想让我继续在你身边套取信息，并威胁我如果再做吃里扒外的事，连书都不会再让我继续念。”

戚屿沉默了半晌，看着他道:“那你为什么还要告诉我这些?”

章承宣抬头，眼中透着一股恨意:“章家的人不把我当人看，我为什么还要做他们的走狗?戚屿，我跟你接触过，知道你是个聪明人，我只是想赌一把……”

他看向戚屿，从裤兜里掏出一个U盘，抓在手里，像是抓着最后的希望。

“这里边有我收集的一些关于章家对美薇做的事，可能有利于你们做出一些反击，我想拿这个跟你谈个条件。”

戚屿:“什么条件?”

章承宣:“虽然我恨章家人，但我现在也不得不依赖他们，如果我把这个东西给你，可能就回不去章家了。我希望你能资助我念完大学，并借我一笔钱……我妈妈身体不大好，我不想因为钱的事被他们拿捏在手里，所以想借钱先好好安顿我的妈妈，当然，在我毕业有能力后，这钱我都会还给你。”

戚屿看着章承宣孤注一掷的模样，心中又对这人升起了一股同情。

二十岁的年轻人，靠自己的能力考上了世界名校，本该成为天之骄子，无奈有那样的出生和那样糟心的家人——如果章承宣说的都是真的，这人确实是可怜可悲。

当然，也可敬，因为他没有选择深陷章家这个泥潭，而宁愿来与章家的对手谈判，这魄力也让戚屿由衷感到佩服。

他郑重道：“我考虑一天，行吗？”

章承宣：“可以。”

戚屿：“先吃饭吧，这顿饭我请了。”

吃过饭，戚屿结了账，章承宣瞄了眼不远处相继起身的两个男子，下意识问：“那两个华人你认识吗？”

戚屿解释道：“是我保镖。”

话音刚落，戚屿的手机又响了，是傅延昇。

“我过来接你了，在你车子边上等你。”

走到门外，戚屿果然见一个熟悉的人影远远地站在他车边抽烟。

章承宣认得他的保时捷，自然也看见了傅延昇，又好奇道：“那人也是保镖？”

戚屿手抵唇轻咳了一声：“是司机。”

章承宣低头苦笑：“我都跟我二伯他们说了，你出入都有人保护，身边还有一群智囊团……哎，也不知道他们太小看你还是太看得起我，居然以为凭我一个人就能搞定你。”

戚屿恍惚想起去年这个时候，章承宣还对他有过一些“不切实际”的猜测，没想到时隔一年，这些猜测居然都成了真。

他现在身边不但有保镖和陪读，在国内还确实有了一个正在组建中的智囊团……

和章承宣道别后，戚屿径直走到傅延昇跟前问：“你怎么来了？”

“有点不放心，”傅延昇吐出一口烟，看着章承宣离开的方向问，“就那个人？”

戚屿“嗯”了一声，笑道：“保镖都在，有什么不放心的……”

嘴上这么说，戚屿仍因傅延昇的到来心生感激。见傅延昇在抽烟，他也不着急上车，两人沿街散着步，王猛开着车跟在他们身后。

傅延昇问：“他跟你说了什么？”

戚屿把章承宣跟自己说的那些事原原本本复述了一遍，傅延昇闻言问：“你怎么想？”

戚屿：“我对他说的话保留一点怀疑……”

比如一整个暑假戚屿都没有收到过章承宣的消息，可章承宣偏说曾在试图联系他的时候被他二妹见着了——怎么就这么巧？背着家人给对手发消息本身就是一件危险的事，章承宣不会做得隐蔽些？这都算是比较显而易见的疑点了。

傅延昇颔首道："坦白说，我觉得他借此与章家决裂的想法也有点荒谬，就算他是个私生子，至少也已经得到了章家的承认，可他和你又能有多深的情分？不过是当了一年的同学，凭什么宁愿抛弃家族投靠对手？"

想到章承宣那张形容憔悴的脸，戚屿轻叹了一口气，说："我知道，可他确实也有打动我的地方。"

只是想好好念完书，照顾好母亲——这是戚屿最为之动容的两个点。这也说明，比起资产和阶层，章承宣更愿意仰仗真才实学。而后者则说明他是个孝子，若不是章家欺人太甚，想必章承宣也不会做到这个地步。

傅延昇偏头看他："心软了？"

戚屿："不是心软……就算没有背后那些故事，他直接拿那个U盘来跟我谈判，我也不觉得他提出的要求很过分。"

"如果那个U盘里确实有对美薇现状有利的情报的话……"傅延昇吸了口烟，道，"但你有没有想过，万一那里边的东西是假的呢？"

戚屿被傅延昇的提醒拉回思绪："你的意思是章承宣拿假情报骗我？"他想了想，又立即否定道，"不会吧，他希望我资助他念完大学，如果是假的，我也可以随时收回资助。"

傅延昇摇头："我是说，章承宣也可能是在被人利用……你怎么确定他的信息来源一定是真实的？万一这情报是章家人故意用来试探他故意设的陷阱呢？"

戚屿一怔，老师果然是老师，想得总是比他深……

"可好歹我们已经做了一年的同学，对彼此有了一些了解，我感觉他今天与其说是来找我谈判的，更像是来找我求助的，"他一顿，看向傅延昇说，"傅老师，如果我说我愿意相信他一次，你会不会觉得我不够理智？"

傅延昇低笑一声："小鱼儿，你是个真性情的人。"一根烟燃尽，他缓下脚步，把烟蒂丢进垃圾桶。

戚屿跟着停下来，反问道："真性情不好吗？"他不想拿利益得失去衡量一切，也做不到冷血无情。

"这很好，"傅延昇望着戚屿，冷静地提醒他，"可要保持真性情，却要付出很多的代价。"

戚屿与傅延昇相对而视，直到那辆保时捷缓缓停在他们身边。

"我想清楚了，"戚屿同样冷静道，"我愿意帮他，至于他到时候提供给我的信息，我也会自己去辨别真假。"

傅延昇眸中闪过一丝欣赏，他拉开车门道："上车说吧。"

待车子驶向市中心的公寓，傅延昇才接着道："所以，你想答应他提出的条件？"

戚屿："你还有什么更好的建议？"

傅延昇说："章承宣好歹是章家人，就算你想帮他，直接花钱买断这个线人，你不觉得有点浪费这么个资源吗？"

戚屿一惊："你想让他做反向卧底？"

"我只提供建议，是否要这么做，决定权在你，执行权在他，"傅延昇抱臂道，"照他的说法，章家人是想让他来你身边套取信息的，只要你时不时提供一些边缘信息给他，让他回去做交代，他估计就能重新获取章家人的信任；何况，他也姓章，章家的财产有他的一份，他就这么放弃了岂不可惜？他只有继续留在那里，持续为你提供章家的决策信息，对你对他才是双赢。"

戚屿皱眉道："但他说了，如果他给我那个U盘，他就回不去章家了。"

傅延昇："戚屿，你想一想美薇现在的处境是不是真有这么糟糕，糟糕到必须要借章承宣提供的信息来力挽狂澜吗？"

戚屿："那倒也没有……"

这一个月，虽然美薇事件在网上已经乏人提起，但对于不法者的审判却还在背后如火如荼地进行，倘若那U盘里真有可靠的情报，对爸爸来说绝对是极大的助力……但章承宣说章家人从四年前就开始谋划针对美薇，甚至还在司源集团安插了间谍，这都和爸爸之前透露给他的信息相吻合，也说明爸爸对现状已经有所察觉。

"这不就行了？"傅延昇语气从容，"咱们把目光放远一点，你没必要非拿这个东西，你只要他稍微透露一些关键信息就行了，比如邱如松那次，我觉得他还是帮到了你的，这样一来，他也不会在章家难做。"

戚屿："如果是这样，他也没必要让我资助他念大学了吧？"

"但我估计他还是需要钱的，不然也不会受到章家掣肘，沦落到连书都差点没法来读的地步，"傅延昇想了想，道，"你不是跟他有个创业实践课程吗？"

戚屿："嗯？是。"

傅延昇："你们这个创业方案我之前了解过，可行性还是很高。"

戚屿一点就透："我可以直接投资成立这家公司，让他在公司里享有一部分股份，算是变相资助？"

傅延昇颔首道："不错，你是课程项目的参与者，投资也合情合理，当然，如果你想做的神秘一点，也可以找个中间人做名义投资人，代持你的股份。"

戚屿："嗯，我明天就找他谈吧。"

次日，戚屿在同一间餐馆约见了章承宣，把自己昨日和傅延昇讨论的结果拿到桌上作为新的谈判条件。

他说完后道："章承宣，章家人毕竟与你血脉相连，如果你没法答应我的要求，我完全能够理解。我还是会投资我们创业期间的这家公司，作为你上一次提供邱如松信息的报酬，也希望借此给你一些资金上的帮助。"

章承宣认认真真地听完，看着戚屿的眼神透出一丝钦佩。他只考虑了几秒就道："我答应你……既然我昨天找了你，就已经做出了背叛章家的决定，我不介意背叛得再彻底一点……而且你说得对，我也想从章家拿回本该属于我的那份东西。”

两人顺利达成一致后，章承宣为表诚意也透露了一个关键信息给戚屿——在美薇高管爆雷事件后，菲亚已高价收购了美薇方振国手中5.8%的股份，同时还趁着美薇股价低谷时在二级市场吸收了不少美薇散股。

戚屿听到那个名字，心中大感惊愕……那方振国就是已不参与美薇事务却在秘密股东会上替邱明阳求情的小股东。

晚上回去后，戚屿也给戚源诚打了通电话，将这件事告诉对方。

戚源诚闻言叹了一口气：“我早知道他已经趁着股价低迷时出掉了手中的股份，但不知道他是卖给了菲亚……”

接连遭受两位美薇元老的背叛，戚屿也想不明白到底是钱的力量太大，还是真如爸爸所说，人心易变。

不过，戚源诚的反应似乎没有上次说起邱伯伯背叛时这么大了，他反问了几句戚屿是从哪里得知这件事的。戚屿清楚爸爸对章家戒备，没有告诉对方自己和章承宣达成的协议，只说自己是侧面跟章承宣打听到的。

戚源诚没有怀疑，又问：“小傅已经在你那边了吧？你们怎么样？”

“嗯……”戚屿悄悄瞥了一眼在书房里帮他找资料的傅延昇，心中升起一股暖意，“挺好的，傅老师给我做了全新的教学大纲，单独在家里教我，效率很高……”

戚源诚满意道：“那就好，我听说他替你从南日科技挖了个高手过来？”

戚屿：“是，叫叶钦如，很快就要来司源上任了。我已经把这件事告诉了司泽，下个月我和傅老师也会回国一趟。”

戚源诚：“下个月什么时候？”

戚屿：“月初吧。”

戚源诚：“正好，我那时候也要回去一趟，到时候我们见个面，顺便让小何带你去工商局做个股权变更登记。”

戚屿：“什么股权变更登记？”

戚源诚：“既然你已经开始做事了，有些属于你的股份以后就让你自己来持有吧，而且你这个假期在美薇做的事也算记一大功，爸爸重新收回来的股份都记在你名下了。”

戚屿：“所以我们现在一共有美薇多少股份了？”

戚源诚：“40.5%，其中21.3%是间接持股，19.2%直接持股。”

戚屿记得一个半月前爸爸手中的直接持股还仅有5%，通过这次美薇的事件收回这么多，而且都算在他名下？难怪爸爸听说方振国把手中的股票卖给别人后也没有这么大反应了。

戚屿：“那下个月国内见吧，我先休息了爸爸，晚安。”

第28章 红妆科技

戚屿和傅延昇又在帕市待了十来天，十一月初，两人结束了短暂的教学生活，一起返回海城。为方便工作，戚屿抵达海城后仍住在酒店，傅延昇作为他的商务顾问，自然如影随形。

这次戚屿回去除了进行上次爸爸在电话里说的美薇股权变更登记，主要还是参与科技发展部的工作。

叶钦如已于十月底赴任司源集团任科技发展部的首席战略官，由于他本人在网络上的名声，这次他转职跳槽又在业内引发了一阵轰动，也连带着让司源集团打算进军电商科技行业的动向为更多人所知。

集团为科技发展部在海城专门设立了办公室，到海城后的第二天，戚屿就先去公司见了叶钦如。

“欢迎叶总加入司源。”戚屿在叶钦如的办公室里和他见面握手。

叶钦如客气道：“也多谢戚总青睐，今后一起加油。”

戚屿扫视了一圈，集团的行政似乎也很重视这个新来的战略官，给叶钦如分了个五十平方米的大办公室。不过这间办公室除了叶钦如的办公区域和会客区域，其中一角还被隔了个小小的玻璃隔间，只见里边桌椅、电脑、书架一应俱全。

戚屿好奇道：“那房间是谁的？”

叶钦如：“就是你那个助理吴双的位置，我来司源一礼拜，觉得这小伙子特别机灵好用，刚好行政那边说这一层独立办公室有限，我就直接让他们在我房间里隔一块区域给他。”

正说着，吴双就敲门进来了：“戚总，你们来了？隔壁会议室已经准备好了。”

戚屿颔首道：“好，一会儿就去。”

既然来了公司，戚屿自然也要见见傅延昇为他招的另外三个人。

这三人分别叫曲衡、廖青山和冯妙，其中曲衡和廖青山是资深分析师，各自在知名的数据分析公司和科技公司工作，冯妙是位三十六岁的女性，之前在某国有银行做合规风控。

五个人的团队，平均年龄却还没超过三十。几人已在会议室里等候，除了叶钦如和吴双，另外三人都是第一次见到戚屿，虽然他们都隐隐听说过新上司的背景，但见到戚屿，几人还是被他俊美无俦的外貌震撼了一把。

“大家坐吧，不用拘束。”戚屿制止众人起身迎接的势头，在主位从容地坐下后道，“介绍一下，我是戚屿，是这个部门的副经理。”

他虽年轻，但因为从小养尊处优，又见惯了大场面，往那一坐，开口自有派头。

戚屿指了指自己左右两位大将，一一介绍：“坐我左手边的是我的商务顾问傅延昇傅老师，右手边的是叶钦如叶总，想必大家已经认识过了。我目前还在斯泰福大学商学院念大三，只能偶尔回来参与一些重要活动，平时团队工作方面的事，大家听从叶总的领导即可。”

待戚屿说完，几人又向他简单汇报了一下入职后的工作情况。

在傅延昇两个月的突击教学下，戚屿现在听他们说各种专业名词已经没什么障碍了。

和那些看重官场繁文缛节的老一辈不同，戚屿说话从来不玩那些腔调，他就事论事，效率极高，一场见面认识会不到四十分钟就开完了。

会议结束时，戚屿道：“难得与大家认识，今晚我在威斯汀酒店设了宴，希望大家都能到场。”

当晚七点，一群人重聚酒店包厢。彼时戚屿身上已经换了套浅色的定制西装，待众人落座，戚屿直接拍手让服务员呈上来两瓶红酒。

“八月底和叶总在燕城见面，听叶总说想喝1982年的拉菲，这次回来，我特地让家父替我捎了两瓶，一瓶宴请大家，”戚屿微笑着看向叶钦如，道，“另一瓶就送给叶总留个纪念吧。”

此话一出，不止在座众人连声称叹，连叶钦如都惊了。尽管他知道戚屿这种阶层的想拿出两瓶这样的酒并不算稀奇，但他当着众人的面说出这种话，意义又不同了。

“难为你还记着。”叶钦如看了戚屿一眼，眼眸里第一次透出了臣服之心。

戚屿笑道：“叶总，君子一言驷马难追，答应的事，我不会忘。”

开了酒，众人举杯相碰，戚屿又道：“我知道在座各位都是业内精英，从年龄上看，你们也都是我的前辈，今后有很多事情上我还要向各位学习。”

曲衡忙说：“不敢当不敢当。”

廖青山和冯妙也道：“戚总太谦虚了。”

一杯酒下肚，大伙儿之间的距离拉近不少，你一言我一语地分享起了各自的经历和之前工作上遇到的事。

戚屿除了开头多说了两句，之后依然以倾听为主，可尽管如此也没有降低众人对他的好感。

而且不知道是因为场合不同戚屿特地调整了态度，还是他换了身衣服，众人只觉得饭桌上的他比早上会议室里的他更有魅力了。

酒过半巡，戚屿感觉有点上头，傅延昇见他还喝，直接道：“陈年酒后劲大，别贪杯。”

戚屿一顿，配合地“嗯”了一声，眼看着餐桌道：“生蚝。”

傅延昇把生蚝转到他跟前，夹了一个，替他浇上了一些柠檬汁，才递给他。

在戚屿吃生蚝时，傅延昇又递上小毛巾，戚屿自然地接过掖了下嘴角。

叶钦如打量了一会儿戚屿和傅延昇之间细微的互动，又狐疑地看了看边上一脸冷漠的吴双，轻咳了一声，道："小吴，帮我再倒点酒。"

吴双："哦……"

叶钦如："帮我把那个生蚝也转过来。"

吴双蹙眉道："你吃那个不是过敏吗？"

叶钦如："哦？你怎么知道的？"

吴双："我看你微博好像发过。"

叶钦如看他的眼神带了点兴味："你关注我这么久了啊？我四年前发的微博你都记得那么清楚？"

吴双正想反驳，抬眼却见傅延昇盯着自己，他张了张嘴，红着脸闭了嘴。

叶钦如勾了下嘴角，觉得眼前的一切都变得美好起来。

次日，戚屿他们和司泽那边的人碰头，开了半天的会，了解了众人在之前一个阶段搜集的可收购科技公司。司泽那边的人员变动不大，还是那几个，会上戚屿又见到了司泽的助理宋溥心。

两个半月不见，宋助理似乎又清瘦了点，全程没怎么说话，只安安静静地捧着一个电脑替司泽做会议记录。

由于目前还未进展到确定收购目标的阶段，两方人马只是对会上展示的公司表达一下主观倾向性，制订下一步的分析和考察计划，所以会议没有太大的分歧。

会后司泽做东，说请所有人晚上去淮金路88号会所聚第二场。

一听淮金路88号，戚屿就想到了司航，出会议室时，戚屿随口问司泽："司航最近怎么样？"

自从戚屿和唐伟烨打了那一架，紧接着又出了股票投资失败事件后，他们就再没见过了。

司泽："挺好的吧，你不是有他联系方式？这次回国没告诉他吗？"

戚屿道："上次听说他投资股票亏了，之后一直没联系，也不知道他现在怎么样了。"

司泽一怔，意外道："那个股票你也参加了啊？"

戚屿摇头："我没有，但那天我在场。"

孟文辉八月底回美国时，为了瞒过孟叔叔这事，又向戚屿借了一笔钱，到现在也都没还。

"哦……"司泽点了点头，解释道，"那次股票投资是我这边在操作，本来就是让他随便跟着玩玩的，只不过中间出了点意外，所以稍微亏了点。"

戚屿依稀记得徐一舟说司泽那一波亏了几千万，见司泽此刻把这件事说得这样轻松，也微微有些诧异。

“我记得我弟每次拉上来的也就小几百万，”司泽摇摇头，无奈道，“就为那事儿，他还跟我闹了整整大半个月，说我害他在朋友面前丢了面子。”

戚屿：“他现在还好吗？”

司泽双手揣兜，漫不经心地笑了笑：“他能有什么不好，给他点钱就开心了。放心吧，这事早过去了。今晚咱们去淮金路88号，他十有八九也在那儿混着，他那个房间我让人包了年的，你可以抽空过去找他叙旧。”

戚屿对那地方已经很熟悉了，当晚就直接让保镖驱车载自己和傅延昇前往。

尽管是在同一个地方，但比起司航那种以娱乐为主的包厢，司泽这边显然更正规更商务一些。

会所内部的晚宴档次丝毫不亚于外边的星级酒店，众人吃过饭后分成两拨，一拨在包厢里玩德州扑克，另一拨围坐在沙发上继续谈科技公司方面的事。

如果说白天会上大家都只是正正经经地谈纸面上的数据，那么在这里，聊的就是各种软信息和八卦了。

比如哪家公司的合伙人或高管有什么背景，家庭关系如何，是否犯过事……似乎每个人都有属于自己的情报网，将原本只是因为某个头衔而存在的人呈现得更加多面且具体。

白天会上，他们曾提到目标收购公司里有一个叫红妆科技的，创始人叫苏竟，据说这个苏竟在上大学期间就被中达董事长雷宏亲自挖掘栽培，年仅二十五岁就坐到了中达研发部门二把手的位置。

当年的中达科技在国内是与南日齐名的存在，以做信息通信技术为主，业内都说苏竟被雷宏当成继承人栽培，前途不可估量，可谁都没想到，六年前苏竟居然背叛了中达和雷宏，带着一拨人和一些科技机密跳槽出来成立了自己的公司，公开叫板原东家，并争抢起中达的市场与客户。

这自不量力的举动让业内备受震惊，也让雷宏勃然大怒，之后中达在雷宏的示意下对苏竟的公司展开了长达两年的针对性打击，很快逼得苏竟穷途末路。

四年前，苏竟把当时创立的光神科技卖给了中达的竞争对手振明科技，自此销声匿迹。

直到去年，他才凭借着“红妆科技”重新出现在了众人视野当中，这家公司主做美妆穿搭线上交流平台，与司源集团想要成立的科技公司模式吻合度很高，也是司泽和叶钦如在会上主观层面最倾向收购的一家。

而这几年间，苏竟曾经效力过的中达也已经不断扩大并改制成了国资背景的知名企业，实力不能同日而语，别说南日，目前举国上下都没有第二家能与中达齐名的同类型公司了。

此时，一群人在包厢里聊起苏竟和他当年那些往事，唏嘘不已。

黄骏文道："苏竟这人也真够惨的，他当年要是没有背叛雷宏，现在绝对是中达一人之下万人之上的存在，哪用得着玩什么美妆公司，还得面对各方资本的虎视眈眈。"

冯妙："当初雷宏会怒也不只是因为他跳槽单干，而是因为他带着机密信息跑了吧？这是明显的白眼狼行径了。"

廖青山："他不说那些机密信息是他自己团队的人研发出来的吗？"

傅延昇道："这事我倒是有所耳闻，听说他还在中达的时候就找了个外边的人，把他们研发出来的东西去搞知识产权登记，算是钻了法律的空子。"

黄骏文："这操作真骚！"

叶钦如摇摇头："可这事一旦叫中达找到证据告了他，苏竟这一辈子就别想从牢里出来了。"

吴双："我听说四年前雷宏出了两个亿想直接收购光神科技来着。"

黄骏文："两个亿？靠，光神科技当时被打击得能值多少钱啊，他们掌握的技术一旦过了时效性，没钱搞新的研发就一落千丈了……何况雷宏四面压着他，他也搞不到别的投资。"

叶钦如："雷宏还让苏竟回中达，苏竟拒绝了，转手七千万把自己的公司卖给了中达的竞争对手……"

冯妙："他这是为了恶心雷宏吧？"

吴双握拳道："士可杀不可辱！"

叶钦如斜了他一眼，好笑道："还'士可杀不可辱'呢？前年中达不是把振明科技给收购了吗，也算是间接收购了'光神'了。"

黄骏文皱眉道："苏竟现在这个红妆科技，中达不会再来搞事吧？"

叶钦如："现在的雷宏哪还会再把苏竟放在眼里，你也太小看人家大佬了……"

傅延昇："坦白说，苏竟这人还是有一点手段和眼光的，短短一年就重新回到了风口。"

曲衡点头道："他那家公司最大的优势就是背后的数据分析，据说那套系统是他自己做的。"

黄骏文："但苏竟这人当年都敢和雷宏叫板，估计也不是个简单的角色，人家好不容易想东山再起，咱们出手就要收购他的公司，他不见得愿意……"

司泽笑笑："愿不愿意可不是他说了算的，是资本说了算，你觉得呢，戚屿？"

戚屿含糊地应了一声，这谈论中，他和以往一样秉持着自己的作风，甚少发言。可能是因为他年纪小，又还在念书，众人也不强求他发表什么意见。

中间听他们聊起了别的八卦，戚屿打算起身去上个洗手间。

其实包厢内部就有一个独立的洗手间，但戚屿主要是坐久了，想起来走两步，顺便出去透个气。

到了外边的大洗漱室，戚屿在隔间里听见外头有两人边说话边走进来。

“听说司航那家游戏公司打算上市，真的假的？”

“他吹牛的话你也信？上次亏得还不够惨吗？”

“嗐，别提了！说起那次我就来气！”

“他也就仗着他哥和他爸有能力呗，要是没有司家，他早晚有一天会被人绑在麻袋里打一顿！”

“哈哈，我怎么有点期待他被打？”

“诶，你还记不记得司航那个从国外来的帅哥朋友……”

“记得！说美薇他家的那个？”

“嗯，你看人家美薇出事，他就不跟人玩了，真是个势利眼！”

……

等两人的声音渐渐远去了，戚屿才微蹙着眉头从隔间里走出来，如果他没听错，这声音就是司航身边关系最亲近的两个朋友……

他万万没想到，这两人表面对司航这么友好，背后居然还这样说话！

自己和司泽共事，司航肯定有所耳闻，而说美薇出事不跟他来往也完全是无稽之谈，有大脑的人想想就知道不可能……

刚刚出来上洗手间时，戚屿还考虑过要不要去和司航打声招呼，现在却觉得时机不合适，他洗了个手返回原包厢，决定改日再联系对方。

众人聊到十点左右就散了，回去的车上，傅延昇才问他：“今晚他们聊的事，你怎么看？”

戚屿揉着鼻梁说：“我对他们发表的很多针对个人人品方面的看法不敢苟同。”

“哦？”傅延昇感兴趣道，“比如说呢？”

“比如他们说苏竟是个白眼狼……”戚屿顿了顿，似乎是在思考，“傅老师，其实我之前和司航他们相处时，也听他们讨论过别人的八卦。只不过，司航他们关注的是金钱和地位，所以聚在一起谈论的便是圈子里这些富二代家有没有钱，平时开什么车，和哪个小明星在谈恋爱……这些信息是他们判断一个人是值得被鄙夷或是被吹捧的标准。”

傅延昇：“嗯。”

戚屿：“我以前不大喜欢他们那种谈话，但今天听到我们这些人在司泽包厢里聊的话题，我又觉得，大家本质上好像没什么不一样，只不过我们关注的是别人的背景、商业手腕和职业黑历史，因为我们也需要依靠这些信息来判断某个人是否值得合作……可是，这世上并不是所有人都有机会通过亲自与某人接触、相处来了解一个人的为人，一个人也绝对不可能让全世界的人认识自己真实的样子，很多人都只是通过‘听别人说什么’来产生印象，甚至生成固定的标签……”

傅延昇：“所以呢？”

戚屿看向傅延昇道：“所以我不想对他们所说的那些事发表什么看法，包括苏竟。他和中达的那些事只是他人生中的一段经历，不代表他的全部，目前我只是对苏竟创立的红妆科技比较感兴趣，才想要进一步了解他。”

傅延昇面上露出一丝认可之情：“你能这样想很好。”

戚屿又说：“而且，我刚刚发现，你跟他们聊天时就很少发表什么主观看法，大多数时候你发言只是在陈述一些客观事实。”

傅延昇抱臂道：“不错，正因为大部分人很难做到你刚刚说的那样冷静客观，所以，在谈判桌上，我们可以抛出一些话题，通过观察他人对某一件事的反应以及发表的主观意见来判断对方的性格——是感性的还是功利的，是激进的还是保守的，是坚持己见的还是容易受人影响的……再借这些判断来变换谈判的策略。”

戚屿挑眉道：“所以你刚刚问我看法也是在试探我？”

对方极快的反应速度让傅延昇不由一愣，他不答反问：“那你觉得，经过今晚的聚会，那些人会对你产生什么看法？”

戚屿自我解嘲道：“大概会觉得我是个没什么见解的大学生吧。”

傅延昇瞥了他一眼，意味深长地说：“我以前在与别人谈判时，遇到过最难对付的一种人，就是像你这样很少发表观点，只是坐在那里，连表情都没什么变化的。”

戚屿失笑：“照你这么说，今晚咱们这些人当中，最难对付的应该是宋助理。”

不错，无论是白天开会还是晚上聚餐，宋溥心都没怎么说过话，要不是戚屿自己留心观察到对方的状态，总觉得这人好像不存在一样。

傅延昇道：“确实，你不好判断沉默的人都在想什么。但有话语权的人沉默和没有话语权的人沉默又是两种分析方法，后者可能沉默着沉默着就消失了，没有人会关注他怎么想；至于前者，他们大都有坚定的自我原则，很难被常见的话术洗脑，而当他们开口的时候，往往一件事就已经成了定局。”

这段话让戚屿再一次陷入了思考，他想到了自己的爸爸，因为爸爸就是傅延昇说的那种人。

戚屿从十一岁开始就跟着戚源诚出入各种场合，有时戚源诚开会，会让秘书在自己身后放一张椅子，让他坐在那里，只要不发出声音，干什么都可以。

出于对父亲的崇敬之情，戚屿总是有样学样，常和爸爸一样端坐着听他们说话，但小时候的他当然没那个兴趣听大人们在会上讨论什么，他也很难理解爸爸为什么能在会上安安静静坐这么久，他只知道，等爸爸开口说话的时候，会差不多就能开完了。

现在戚屿开始做和爸爸一样的事了，才知道，原来自己的行事作风早已经在潜移默化间受到了父亲的影响。

……

两人回到酒店，傅延昇洗漱完见戚屿还坐在那里出神，忍不住道：“还在发愣呢？该回魂了。”

戚屿看向傅延昇，说：“你还记得我之前问你为什么懂这么多，你跟我说的那个知识框架吗？我好像能体会到你说的那种感觉了……"

不知道是不是傅延昇教得好，戚屿近来在学习和做事时偶尔回想过往的经历，发现它们不再只是一些零碎的回忆，而会转变成让他深入理解某件事的案例，并让他产生恍然大悟的感觉——哦，原来是这么一回事！

正为自己的感悟而兴奋，门铃响了。

戚屿愣了一下，边起身去穿衣服边指示傅延昇去开门："可能是我爸……"

傅延昇："你爸怎么会来这里？他不是住在希尔顿吗？"

戚源诚比他们早两日回了国，不过之前有别的事要处理，一直住在希尔顿酒店。昨天何秘书给戚屿打了个电话，通知他明日一早去做股权变更登记，还说戚源诚为了方便见他，今晚可能会搬到戚屿住的酒店来。

结果戚屿今天忙了一整天，差点把这事儿给忘了，他也才洗过澡，身上只穿着一身浴袍。

傅延昇打开门，见来人是何秘书。

"傅先生，你也在这儿？"何秘书收起手机道，"我刚给戚屿发了消息，他没回我，我还以为你们没回来，正想打电话。"

傅延昇笑说："没，都在呢。"

何秘书："你跟他说一声，戚董在1820号房间，想和他见个面。"

傅延昇："好的。"

戚屿匆匆换了身衣服，自上次医院分开后，父子俩还是第一次见面。

戚源诚见了他，却先往戚屿身后看了一眼："小傅没跟你一起过来？"

戚屿一愣："你要见他吗？我叫他下来。"

戚源诚摆摆手："不用，也没什么重要的事，就想问问你最近怎么样，集团那边的工作有没有遇到什么难题，你跟我说也一样。"

他招呼戚屿坐下，又让何秘书泡了一壶茶，就让对方先回去睡了。

"这么晚还喝茶？"戚屿问。

"这是柏子仁制的晚间茶，睡前喝安神助眠的。"戚源诚笑说。

"你啥时候开始养生了？"戚屿见爸爸容光焕发，似是遇上了什么好事，心情也跟着轻松起来。

他把这两天的情况跟戚源诚简单做了番交代，还提到了今晚他们聊到的苏竟和雷宏。

戚源诚呷了口茶道："这事我当年也听说了。"

戚屿反问："爸爸对这件事怎么看？"

戚源诚抬眼："你是问我对这两人过去那一桩事的看法，还是问我对于收购红妆科技的看法？"

戚屿："可以都说说。"

戚源诚思忖片刻道:“过去这桩事，外边流传的各种恩恩怨怨的故事，你听听就算了，苏竟会离开中达要么是与雷宏立场不合，要么是二人有利益纠纷，具体问题要具体分析……至于红妆科技，你们要真想收购就得好好评估一下收购的核心是什么，是这家公司已经拥有的客户，还是做技术的团队，如果评估方向错了，到时候可能白忙活一场。”

戚屿颔首认同，两人说了半个小时，戚源诚告诉他次日早上要准备的东西，看时间不早了，也不再多聊。

戚屿起身时道:“爸，你这茶不错，还有吗?”

戚源诚满面春风地站起来，先去行李箱里找了一番，嘀咕着:“小何给我把茶放哪里去了……”

最后在茶水台上找着了，戚源诚从罐子里珍惜地掏出两小袋子来递给他:“你也觉得好喝?”

“还不错，”戚屿盯着掌中那两小袋子,“就两包?”

戚源诚捧着那只古色古香的小茶罐道:“我也就这么多。”

戚屿:“好吧。”

和父亲道了晚安，戚屿返回房间，傅延昇已经不在里边，他拿出手机，见对方半个小时前给自己发了消息。

F1S:“我先回自己房间了，有什么事你再叫我。”

戚屿揣着两包茶去隔壁按门铃，傅延昇给他开了门问:“你爸找你干什么?”

“就随便聊聊，”戚屿解释了两句，站在门口把茶包塞给他,“这个给你，问我爸讨的，挺好喝……”

傅延昇接过茶包:“你来敲我的门，就为了跟我说这个?”

“还有，”戚屿朝他眨眨眼睛，说,“晚安。”

等戚屿转身离去，傅延昇也回身，关上门，他看了一眼手上的茶包，笑了笑，又轻叹了口气。

第29章 陪读生活

次日戚屿跟着爸爸和何秘书去了趟工商局，傅延昇全程随行，在路上还和戚源诚聊了许久。股权变更后，戚屿以15.3%的控股比例一跃成为美薇除司源集团外直接控股比例最高的股东。

由于身份变化，戚屿今后也需要分心监管美薇的运营，当天下午他回了趟海城子公司，惊讶地发现公司的人事有了很大的变动，除了前台的郭巧，大部分都是新面孔。

秦总已经不在了，新上任的总经理姓费，戚屿在纽城见过，是之前美薇纽城行政处主管，今年才三十八岁。

费总热情地接待了他，戚屿问他："秦总去哪儿了？"

费总一愣，解释道："戚董没告诉您吗？据邱如松交代，他给秦总也送过礼金，秦汉尧被抓了，现在还在候审呢。"

戚屿问："什么时候的事？"

费总道："差不多有一个月了，八月份那起阴阳店事件暴露后，美薇海城公司包括销售部、生产部在内共有八位高管被查，秦总也是其中之一。目前这边新上任的管理人员几乎全是从纽城调回来的，而且最近这一个月，我们也应戚董的要求对公司内部人员任用情况展开了一番肃查与整顿。"

八位高管，连带着每个高管下面的部门整顿……原来在自己不知道的时候，爸爸已经对美薇的海城公司进行了管理层大换血。

费总又递上一份早已整理好的文件道："这是目前海城子公司人事任用情况，今后戚总若想了解公司的运营状态和季度财报，可以随时与我联系。"

戚屿接过文件边翻边问："邱如松给那些高管行贿总计多少钱？"

费总："听说总计五百万，邱如松给他们行贿都是先送薄礼，那些礼物本身价值不高，多是领带、皮带什么的奢侈品，够不上行贿标准，但他会在盒子里加塞银行卡，卡内价值十万到几十万不等。"

戚屿当即想起邱如松当初准备送自己的那对袖扣，以及暗中尾随的张俭，只觉背后一寒，心有余悸。

他追问道："那这不是诱导受贿吗？"

费总道："话虽如此，但那些高官收到钱后也确实使用了。"

之后，费总又带他在公司里逛了一圈，戚屿也见到了几个看起来眼熟的旧人，但那些人见了他，态度和暑假时有很大的变化。

暑假时他们看到戚屿都还会明目张胆地打量，眼神中的好奇大过于恭敬，但现在他们看见戚屿则是下意识地眼皮低垂，表现得肃然起敬。包括之前那位已经习惯主动和他打招呼的郭巧，这回见了他也缩着肩膀乖乖坐在前台的位置上，不敢造次。

当晚戚屿拒绝了费总的晚餐邀请，独自返回酒店。

戚屿去美薇巡查时，傅延昇接到叶钦如电话，说有关于红妆科技的事想与他沟通，中途离开了，等晚上七点半才回来，他按着戚屿微信发的信息在酒店餐厅找到对方。

只见戚屿坐在靠窗的位置，一手揣着裤兜，伸着长腿，正看着窗外出神。

傅延昇不由顿住脚步，从第一次在Skyline见到他，不知不觉已经过去一年零七个月了，他们从陌生人变成了网友，又从网友变成了相互信任的师生……

尽管每一步看似都在自己的计划之中，可随着与戚屿的相处，傅延昇又觉得对方就好像一颗不断凝聚着宇宙砂石的小行星，变得越来越耀眼，越来越有吸引力，而原本隐藏在黑暗中的自己也正受到这股引力影响，在不知不觉间改变了星轨……

结局是环绕而行还是坠毁其中，连他自己都无法预判。

傅延昇调整了一下自己的心境，抬步走向戚屿："一个人坐在这里发什么呆呢？菜也不点。"

戚屿看着对方坐下，淡笑道："这不是在等你来吗？"

傅延昇拿起菜单翻了翻："想吃什么？"

戚屿："随便，你决定吧。"

傅延昇简单点了几个小炒菜，又要了两杯酒，抬眼看戚屿："下午在美薇怎么样？"

戚屿道："费总给我介绍了一下人事变化，现在新上任的这一批高管几乎全是纽城调过来的。我听爸爸上次和司伯伯聊天，说有意把事业重心转移回国，这可能是个先兆。"

傅延昇点头："其实你爸也在借这次美薇股权变更向外昭示你的存在，估计不出几日圈子里都会知道这事，也会有更多的人把你和八月份发生的美薇爆雷事件联系在一起。"

戚屿"嗯"了一声，没有说话。

傅延昇："受到关注确实会带给你一些麻烦，不过这样一来，你无论是处理集团科技发展事务还是插手美薇的管理也会更加名正言顺一点。"

戚屿："我明白。"

酒菜上来，傅延昇又跟戚屿聊了聊下午叶钦如找自己讨论的事。

饭后返回房间，戚屿让酒店服务员泡了点消食的茶送来，两人在床边的沙发椅上相对而坐，傅延昇打量着他说："你心情不好？"

戚屿笑了一下："你会读心术吗？怎么每次都能看出我心情不好？别跟我说什么心情写在脸上，我不信。"

傅延昇拿出烟盒在茶几上轻叩："你这点道行，骗骗别人够了，想瞒过我，不行。"

戚屿夺过他的烟盒："说。"

傅延昇："因为我见过你自然状态下的高兴是什么样的，不高兴又是什么样的，有了真实的参照，再观察你平时对待别人，自然能辨别出什么时候的你是戴了面具的……比如你对待叶钦如，对待司泽，虽然态度都彬彬有礼，但你问问自己，和对我一样吗？"

戚屿一怔，想了想，好像是有点道理。

傅延昇接着道："既然不一样，你现在在我面前掩饰情绪，我不都能一下子看出来？"

这么说来，自己岂不是在开局之初就已经输了？毕竟在过去一年半里，他的喜怒哀乐傅延昇全见过了。

趁戚屿走神，傅延昇悄悄把烟盒从他手中偷回来，抽出一根烟来点燃道："戚屿，我虽然受雇于你，但也是你的老师，不管你在外边有多累，我希望你在面对我的时候都可以轻松一些，有什么心事、困扰也都可以跟我倾诉，我会尽力为你排忧解难。"

戚屿舒眉一笑，他自然为傅延昇这番话而感动，但他也听出来，傅延昇又在对自己使用话术了。

戚屿反问傅延昇："那你呢？傅老师，你有心事、有困扰的时候，会跟我倾诉吗？"

傅延昇语调轻松道："我有自己消化问题的能力。"

刚刚傅延昇说见过自己真实的样子，可戚屿反过来一想，却发现自己在和傅延昇相处中几乎没怎么见过对方为什么事愁眉苦脸过。他没见过，不代表傅延昇没有，也许是这个家伙在自己面前掩藏得太好。

戚屿问："你是觉得现在的我还帮不了你，还是你不能对我坦诚？"

傅延昇持烟的手一顿，果然被问住了。

戚屿笑了笑，戚源诚曾提醒他学着藏一点，不要什么都和傅延昇说，他可没有忘记。他们毕竟只有两年的合约关系，如果他在傅延昇面前彻底坦诚，什么都不掩饰，岂不是会被这个家伙看得更透？拿捏得更死？

何况，戚屿也不甘自己在这段关系中总处在这么一个被照顾、被保护的位置。

面对着戚屿的审视，傅延昇吐出最后一口烟，似乎在斟酌着怎么解释，但这时候戚屿却站了起来，他走向洗手间，背对着傅延昇道："傅老师，我也想学着自己消化问题。"

由于还在学期中，戚屿没法在国内停留太久，处理完阶段性的工作，便打算回去了。

返回加州之前，戚屿又惯例回家去看了看妈妈，到家后见妈妈在玄关处插花，戚屿凑近一看，有些意外："哪来这么多玫瑰？"

"朋友送的。"姜莹含糊着说了一句，嘴里轻轻哼着一首老歌，气色好得根本不像个已经四十六岁的女人。

"这么多五颜六色的玫瑰，男人送的吧？"戚屿开了一句玩笑。

姜莹瞠了他一眼，快速把插好的花摆在玄关架子上，招呼戚屿吃饭。

戚屿一愣，居然没有反驳？

母子俩边吃饭边聊了会儿彼此的工作和生活，姜莹便给他夹菜边关心道："我听你爸说，有个陪读的老师一直跟着你，你现在一边学习一边还要工作，挺累的吧？"

"还好，"戚屿瞅着姜莹，对妈妈的状态更好奇，"妈，你和爸爸一直在联系？"

姜莹垂眸道："就两三次，他回来也不多。"

戚屿算了算，爸妈上次见面八月份，距离现在才三个月，他跟爸爸都只见了一回，妈妈说见了两三次，那爸爸岂不是每次回来都见妈妈？

看着同样容光焕发的母亲，戚屿心中生出了一个诡异的猜想。

吃过饭，姜莹让保姆泡了点茶，叫戚屿去客厅沙发处小坐。戚屿一坐下就见茶几边堆着好几个古色古香的精致茶罐，他拿起一罐打量，越看越觉得眼熟，不由狐疑道："妈，这茶你哪来的？"

姜莹端着杯子走过来："哦，前阵子做节目认识一个茶商，这是他们自己制的柏子仁养生茶，晚上喝很好，他送了我一大箱，我觉得味道还不错，你喜欢也拿几罐去吧。"

戚屿嘴角一抽，越发确认了自己的猜想。

第二天一早，戚屿和傅延昇返回加州，投入了紧张的专业课学习。

转眼十二月中旬，戚屿参加完所有的考试，离校那天帕市大降温，戚屿只穿了件黑色毛衣，在马路边被寒风吹得浑身一抖。

加州的冬天比海城暖和一些，戚屿自诩身体不错，平日这么穿也不见得冷，不由皱着眉头拉了拉衣领。他坐进车里，透过车窗见商店门口装饰起红灯绿彩和红帽子老人，才恍然圣诞节快要到了。

今年他估计是没得在美国过圣诞了，傅延昇已经为他们订了后天回海城的机票，接下来三周冬假，他得继续回去参与科技公司的组建工作。

这阵子为了陪他回来应付期末考试，傅延昇也累得够呛，白天要帮着他一起复习、顺论文大纲，晚上还要熬夜和国内科技公司的人接触，审核他们做的各种数据分析，休息时间比他还少。

想起今天早上傅延昇还黑着眼圈起床给他熬粥煎蛋，戚屿不禁莞尔。

他指示王猛在公寓附近停车，去了趟附近的商场，随意地进了家奢侈品店。

袖扣、领带夹、皮带、打火机……男士礼品柜里总是就这些东西，戚屿转了一圈，挑了一块设计大方简洁的铂金手表让服务员包起来。

结账时接到傅延昇的电话，问他："考完了吗？怎么还没回来？"

"马上就到。"戚屿接过礼品袋，把发票折了塞进裤兜里，返回公寓。

一进门，戚屿就闻见一股食物的香气，他换了鞋绕过玄关，只见傅延昇站在开敞式的厨房里煎牛排，戚屿新奇道："咦，头一次见你做这个。"

傅延昇努努下巴："现学的。"

戚屿这才发现操作台边还立着个Ipad，上面显示着几张牛排照片，他动手一划，只见那图文教程的名字叫《法餐牛排做法详解》。

"怎么还学起新技能了？"戚屿笑问。

"这不是怕你吃腻了吗，"傅延昇偏头问他，"怎么样，考试还顺利吧？"

戚屿"嗯"了一声，直接从裤兜里拿出那块表，抓住傅延昇的手往上戴。

"干什么？做饭呢……"傅延昇瞥了一眼，哭笑不得，"怎么又给我买东西？"

"我乐意，不行？"戚屿挑了下眉毛，"挺不错的。"

傅延昇暗叹一声，专注牛排的火候，没再说什么。

一锅海鲜汤，两份牛排，配煎土豆和水煮西蓝花，傅延昇第一次尝试西餐，菜色不算丰盛。不过，只是在家吃简餐，戚屿也不挑，两人落了座，开了瓶葡萄酒，边吃边聊。

"味道怎么样？"傅延昇问。

"挺不错。"戚屿给自己盛了一碗汤，捧在手中慢慢喝着。

傅延昇边切牛排，边看自己腕上的表，问："多少钱？"

戚屿："没多少。"

傅延昇笑说："打火机、衣服、鞋子、皮带……我跟你在一起才四个月，你都送我多少东西了？还大都是奢侈品牌，我看这一年到头加起来，都抵得上你给我的工资了。"

戚屿："我没想这么多。"

傅延昇摇摇头："以后别买了。"

戚屿："你不喜欢？"

傅延昇抬眼看他："你要真想感谢我，还不如给我多开点工资呢。"

戚屿无语，这家伙怎么这么没人情味？

吃了会儿牛排，戚屿频频皱眉，傅延昇见状问道："怎么了，不好吃？"

"没，"戚屿揉了揉自己的喉结，道，"只是嗓子有点不舒服。"

他今天吃饭确实有点慢，傅延昇都快吃完了，他盘子里的牛排还有一半。

傅延昇怕他勉强，直接道："吃不下就不要吃了。"

戚屿又坚持吃了几口，解释道："我今天只是胃口不大好。"

傅延昇："没关系，晚上去外边吃吧？"

戚屿点点头，又问傅延昇要不要出去听个音乐会，他刚去买手表时经过音乐厅，瞄见了一个交响乐团的巡演海报，两人忙了这么久，难得他考完试，也想放松放松。

傍晚出门时，戚屿比早上多穿了件风衣，结果下楼一吹风，又打了个寒战。戚屿蹙了下眉，裹紧大衣。和傅延昇在外面吃过饭，听了一个小时的音乐会，等回到家，傅延昇也看出他状态不对了。

“你是不是在发烧?”傅延昇碰了下他的手背，问，“手怎么这么热?”

“是吗?”戚屿整个人都有些恍惚，难怪他胃口不好，还老打寒噤。

傅延昇赶紧让他去卧室躺着，又替他倒了杯热水，问：“除了头疼还有其他什么地方不舒服?”

戚屿恹恹道：“嗓子疼，发冷。”

傅延昇：“什么时候开始的?”

戚屿回忆了一下：“上午考完试出来的时候吧。”

傅延昇：“可能这阵子累着了，我去楼下找药店买温度计和退烧药……”

戚屿打断他道：“你打电话让王猛去买。”

傅延昇一愣，好笑道：“多大人了，生了病还非得人陪着啊?”

戚屿：“那你去吧。”

傅延昇见他倔强地抿着嘴，明明态度强硬得不得了，可那姿态偏偏透着一股子委屈劲儿，笑着叹了口气，揉了揉他的头发，说：“算了，我待这儿。”

戚屿闭着眼睛没吭声，听见傅延昇在边上给王猛打了电话，表情才稍微有些放松。

傅延昇挂了电话，又问他：“上午到现在这么长时间，怎么不舒服你都没说一声?”

戚屿把自己的侧脸埋入枕头，闷声道：“我很久没生病，没想到。”

等王猛买了药过来，傅延昇当即翻出温度计给戚屿量了下体温，38.5℃，戚屿懒得上医院，便说：“没过39℃，不算高烧，过一晚再看吧。”

“也行，不舒服就跟我说。”傅延昇收了温度计，给戚屿倒了热开水，让他把退烧药和维生素C服下。

吃过药没多久，戚屿就昏睡过去。

怕戚屿半夜温度上去，傅延昇没有回自己的房间，他拖了把沙发椅过来坐在边上，守了戚屿一整夜。

一整个晚上，戚屿体温起起伏伏，哼唧声不断，迷迷糊糊间还会抓着傅延昇的衣袖，低喃着“别走”。

看着对方这副样子，傅延昇心中滋味不明。

这孩子从小父母离异，跟着父亲在国外长大，又被当作继承人严格要求，尽管他性格要强，但不经意间又会流露出一种矛盾的脆弱感……

这脆弱感不让人觉得反感，反叫人心疼。

傅延昇每隔两小时给他量一次温度，不时用冷毛巾擦拭，等第二天清晨，戚屿的体温终于降下来了。

戚屿醒来时，只见傅延昇一脸憔悴地趴在边上，依稀想起夜里对方衣不解带的照顾，心里涌起一股酸涩的感动。

可能是察觉到戚屿的动静，傅延昇很快也醒了：“好点了吗?”对方的嗓音因为疲惫略显沙哑。

“好多了。”发了一晚上烧，戚屿浑身都有些绵软无力。

傅延昇起身道:“昨天煮海鲜汤还剩下一些新鲜的蛤蜊，我去熬点海鲜粥给你吃。”

戚屿叫住他:“你不累吗?”

傅延昇揉了揉他的脑袋，柔声道:“累什么，我是你的老师，照顾你不是应该的吗?”

戚屿被这句话哄得整个人都有些发傻，其实这会儿他无论想吃什么，都能让王猛跑遍整个帕市买来，但许是生了病，比起酒店大厨勺下的美味珍馐，他更希望得到一些真正意义上的关心与抚慰。

傅延昇这话简直说到了他心坎儿里，把戚屿从身到心都治愈得妥妥帖帖。

也许他早已在潜移默化间被傅延昇化解了心防，只是他嘴上还不愿意承认罢了。

【上册 完】

番外

看不见的对手

“高总有没有见过戚董的儿子戚屿？”

傅延昇看着眼前年逾四十的中年男子，此人名叫高阳，曾在司源高层工作数年，对集团人事了解颇深，不过，他已经于两年前跳槽到了一家日企做高管。

傅延昇通过组织提供的情报以及自己的社交网辗转联系到对方，聊了大半个小时，两人的关系亲近不少。

“见过的，他常跟他爸去公司。”高阳说。

“我听说戚董早年离婚，之后也没有再娶，现在就一个能继承家业的孩子，应该很重视培养吧？”傅延昇试探道。

“那是自然，这孩子从小被戚董带在身边，跟掌上明珠似的，前两年还在念中学，戚董就已经开始给他未来铺路了。”

“什么路？进美薇？”

“不，戚董的儿子心气有些高，不喜跟人打交道，他爸估计是觉得他不擅做企业，加上美薇现在的格局有些复杂，怕他驾驭不了，所以两年前就在国内给他成立了一间独立的投资公司。”

“你说的投资公司是不是山雨投资？”

“没错，就是那家。”

“我记得山雨投资的CEO叫许敬，这人好像还持有山雨一半的股份。”

“许敬？呵呵，是帮他儿子代持的而已，”高阳笑着摇摇头，“那许敬原本只是在美薇纽城公司当营销部副经理，就是仗着戚董的儿子喜欢他才有今天的位置。”

“怎么个喜欢法？”傅延昇好奇。

“他比戚董那孩子年长几岁，有事没事给人讲讲故事，带出去一起吃吃饭，小孩儿能不喜欢吗？几乎天天黏着他。进公司才半年，他就被戚董提拔到身边做了董秘，这几年下来，关系好得跟戚屿都能当兄弟了。”

“哦？那这个许敬人品、性格怎么样？”

“人品怎样不好说，性格倒是挺圆滑，擅长笼络人心，跟集团上上下下的人关系都处得不错。”高阳感叹了一声，笑道，“也是他有本事，公司上下也有不少人讨好董事长的儿子，男的女的，年轻的年长的都有，可那孩子性情高冷，偏偏只青睐他一个。”

傅延昇接着问:“戚董既然把他当继承人培养，就没想过多给他找几个有能力的顾问，早点让他出来锻炼锻炼?”

“怎么没想? 说起来，我在司源的时候，还听戚董提过让戚屿一边念大学一边开始接触公司实务呢，但被许敬给反驳掉了。”

“为什么?”

“他说戚屿还小，还是先学好大学的基础知识，打好基础比较重要，没必要太早接触人情世故和复杂的环境。呵，戚董估计也没料到身边这个秘书比自己还宠着儿子……要我说啊，人不磨不成器，戚董也不是个糊涂人，许敬现在被调任山雨投资，表面是升迁，在我看来，也算是外放，戚董就是怕儿子太依赖他了。”

傅延昇若有所思，结束与高阳的会面后，他给江晓打了个电话:“江队，下周五方胜集团举办的商业交流会，能不能帮我搞一个入场身份?”

“做什么?”

“听说司源集团几个高层会出席，山雨投资的CEO也可能会来，我想找机会接触一下。”

周五的商会上，傅延昇端着酒杯，远远地看了一眼交流会上那个身穿烟灰色西装的男人。

——许敬，毕业于沃顿商学院，二十五岁入职美薇纽城公司，半年后任司源集团董事长秘书，二十九岁转任山雨投资CEO，今年三十一岁。

那晚在Skyline酒吧，傅延昇没留意这个人，此时看对方的模样，也是个长相斯文、气质儒雅的人。

傅延昇暗忖，倘若戚屿欣赏的是这种类型，自己也不是不可以：论学历学识，他根本不在话下；论年纪，他比那个许敬年轻几岁；论长相，他感觉自己还比那许敬长得好看一点……但是，他要怎么绕过许敬获取戚屿的信任呢?

傅延昇端着酒杯慢慢走向对方，距离许敬还有两米远时，忽有一人先一步走到许敬身边，热情道:“许总，最近一切都还顺利吧?”

傅延昇认出这人是资料中美薇海城分公司的CMO刘琦，他顿住脚步，侧身倾听。

“几日不见，刘总倒是越发红光满面了。”许敬道。

“之前我推荐的那家桃艺公司投资款到账了，我还没找到机会好好谢你呢。”

“不用客气，都是一个集团的人，总归要顾着点面子。”

刘琦的声音压低了一点:“我跟那桃艺公司老总已经打过招呼了，按照行规，给您……”

后面几句话傅延昇没听清，但他猜到刘琦大概想给许敬什么。

许敬笑着推拒:“刘总不必多礼，我只是看了你推荐公司的升值潜力才投了钱，但要收了你这好处，你让我以后怎么给戚屿做事?”

“哈哈，没见过比许总做人更周全的了，难怪你年纪轻轻，戚董就让你管着集团的钱袋子，”刘琦恭维了几句，又问,“说起来，董事长的儿子也快毕业工作了吧?”

许敬笑道:“他才上了半年大学，还早着呢。”

……

傅延昇听了一会儿，没有再去见许敬，他走远后，拿出手机打了个电话:“一舟，下个月你能不能安排司航去一趟美国?”

徐一舟:“去美国干什么?”

傅延昇:“把我推荐给司源集团董事长的儿子，做秘书、助理，什么都行。”

徐一舟:“怎么推荐?”

傅延昇:“只要你能把司航送去美国，我自然会让戚屿去见你们，也会让他有求于我。”

徐一舟笑了一声:“这么自信?”

当晚回家后，傅延昇又上网查了些资料，亲手撰写了一份关于企业继承人培养方式的建议书，让身在海外的相关情报人员以官方教育机构的名义发送到戚源诚的邮箱。

六月底，戚屿结束一年的大学生活，返回纽城的家中，戚源诚将他叫进书房，把早已打印好的财报资料递给了他……

许敬翻了翻手机微信，和戚屿的上一次对话还停留在九月底对方告诉自己已经返校的时候，此时已临近十二月，戚屿居然有近两个多月没联系他了。

一开始他没怎么留意，山雨的工作很忙，他经常出差，和戚屿又有十五个小时的时差，十天半月不打电话也是有的，但戚屿很少这么长时间都没有一点音讯。

许敬看了眼时间，见戚屿那边还未到睡点，便主动给对方打了个电话。

“戚屿，最近忙什么呢?……没忙啥?你这家伙去年还每周给我打电话……”

戚屿的回答反倒让许敬失落起来，他故作轻松地调侃:“该不会是谈恋爱了吧?”

在他的追问下，许敬才得知戚屿在网上认识了一个“老师”，此人拥有百科全书式的能力，对戚屿几乎是有问必答，而且还只收取六万块钱一年的问答服务费，他本能感到警觉:“有这么厉害的人，你不会被骗吧?”

“我像是很容易被骗的人吗，”戚屿不服道，“我就付了他六万块钱，他能骗我什么?”

特殊的教育和成长环境让戚屿的确比其他同龄人更不容易被外界所诱惑，但他到底还是个单纯的学生，碰上那些擅使心术的商界老狐狸，哪可能是对手……

“他有可能是在骗取你的……”许敬差点下意识地脱口而出，他是在骗取你的信任。

戚屿虽然性格孤傲，也不喜社交，但面对信任的人，会无意识地表现出亲近黏人的一面，就像个好奇心得不到满足的孩子。

对一个未来会拥有雄厚资源的少年来说，信任是最珍贵的东西，一旦拥有他的信任，就能从他身上挖掘出无尽的宝藏……

这一点许敬深有体会，正因为深有体会，他没资格说这句话，因为戚屿并不独属于他一个人。

许敬尽量克制住自己对戚屿的占有欲，适度的包容也换得了戚屿的亲近，两人说了些体己话，感觉又回到了从前。

挂了电话，许敬摇头笑自己多心，戚屿十四岁遇见他，他曾形影不离地在对方身边数年，这份关系怎么可能被一个才认识戚屿三个月的“网友”超越？

几日后，许敬在线上跟戚源诚汇报工作，随口问道：“戚董，戚屿跟您最近联系多吗？”

“联系？呵，这孩子从小内向独立，你又不是不知道，没什么特别的事他很少给我打电话……说起来，他跟你联系应该比跟我还多吧？”

许敬含糊地应了一声，潜在的危机感让他无法控制地在电话里提及了戚屿的那位神秘网友：“前两天我给他打电话，听说他在网上找了一个朋友……”

“什么朋友？”戚源诚问。

“解答他学业问题的那种？感觉……戚屿很信任那个人。”

“哦？”戚源诚果然上了心，又追问了些细节，便道，“我知道了。”

海滩酒店的新派中式餐厅，戚源诚在这里第一次约见傅延昇。

“傅先生是吧？”戚源诚打量着眼前这位年轻的男人，只见傅延昇行止大方，眼神坦荡清亮，鼻梁上的一副眼镜并不能遮掩对方从目光里透出来的正直儒雅。

“戚董幸会，叫我小傅就好。”傅延昇微微欠身。

两人落座，戚源诚道：“圣诞节戚屿回家，跟我说起你，美薇财报的事他也告诉了我，你的分析和结论很有参考意义，之前不知道，不然应该特地酬谢你的。”

傅延昇谦虚道：“财报分析本就是戚屿花了钱请我做的，分内之事，谈不上酬谢。”

戚源诚笑道：“那我们今天就当是朋友见面，随便聊聊，这顿饭我请，你也不要跟我太客气。”

傅延昇：“那我就恭谨不如从命了。”

戚源诚：“我听戚屿说了很多关于你的情况，他说你不止帮他做过美薇的财报分析，还跟他签了份‘陪聊合同’，专门解答他一些专业上的问题，内容涵盖金融管理和公司实务……我看你年纪轻轻，也才没毕业几年，怎么有这么丰富的学识和经验？”

傅延昇：“我上大学比较早，十九岁就硕士毕业了，这几年一直在投行工作，平时需要审查各大公司的财报，了解市场动向，所以接触各界的信息也比较多。”

“十九岁硕士毕业啊……”戚源诚颔首道，“的确是少年天才，难怪戚屿对你这么推崇。”

“可能是物以类聚，我身边大都是和我差不多的人，并不觉得自己特别。”

戚源诚目露欣赏，又问：“但我有一点想不明白，以你的资历和能力，别说能抽出时间在网上解答他那些问题了，怎么还只收他这么点钱？”

“不瞒您说，那合同我本来就是跟他签着玩的，我愿意教他，就是看中了他身上这些特质。”

“什么特质？”

“我平日工作交际接触过不少富商权贵，其中不乏贪图享乐的二代纨绔，也不乏年少老成的重利新贵，但很少有人像戚屿这么……”傅延昇斟酌着评价，“纯粹。”

“纯粹，”戚源诚问，“你是觉得他太单纯了吗？”

“不，纯粹和单纯不一样，”傅延昇解释，“他身为富商之子，身处这么复杂的一个环境，可我跟他接触后，却觉得他跟这个圈子格格不入。”

戚源诚想到戚屿童年时遭遇的绑架，想到自己多年来无意识间对儿子的保护与约束，有些忧心道：“我有时也觉得，戚屿这个性格是不是不大适合从商……”

傅延昇立即道：“戚董，您是戚屿的父亲，不要这么早为自己的孩子下定论，我倒觉得戚屿有潜力成为一位优秀的商人。”

戚源诚好奇：“怎么讲？”

“我说他跟这个圈子格格不入，并不是贬损。罗曼·罗兰有一句话，‘世界上只有一种真正的英雄主义，就是认识生活的真相后，依然爱它’。戚屿出身优渥，从小跟着您出入各种场合，对圈子里的百态不可能没有所闻，他能不被环境所改变，正说明他内在的一种稳固性和纯粹性，何况，他对自己所学的领域还有十足的兴趣，也非常上进，如果能引导他建立一些好的原则，他会在这条路上走得比任何人都远。”

这番话说得戚源诚心中动容：“既然你这么看好他，那你愿不愿意现在就来他身边辅佐他？”

傅延昇微怔，看起来像是在顾虑什么。

戚源诚以为傅延昇在意报酬，又说：“你想要什么条件，可以直接跟我提。”

傅延昇猝然一笑：“戚董客气了，不是我说客套话，原本这事我是当个业余兴趣来做的，像戚屿这样的人，以后会从您手中继承很多资源，如果把他教好了，不仅我自己会有成就感，对社会也会有好处。在这之前，我对自己也有明确的职业规划，所以您刚问我，我一时有点不知道怎么回答……”

戚源诚感慨道：“坦白说，来之前我还有过顾虑，但跟你刚刚聊了几句，我也生出了一股爱才之心，如今这社会，像你这样有原则、三观正的年轻人太少了。圣诞的时候我和戚屿聊过，他自己也有邀请你的意愿，你不妨认真考虑一下。待在戚屿身边，对你而言也不见得没有前途吧？”

傅延昇试探道：“我以为戚屿这样的身份，身边应该不缺辅佐的人才。”

戚源诚：“戚屿从小就在国外接受系统化的精英教育，基本上不用我操什么心，早几年我也试着安排身边的商业人才带他，但我这孩子心气有些高，凡俗人等入不了他的眼，这么多年，他只跟我一个前秘书比较亲近，那人也是学识丰富，成熟睿智，很受戚屿的喜爱……”

傅延昇：“您说的是不是山雨的许总？”

戚源诚:“你知道?”

傅延昇笑了笑:“听戚屿跟我抱怨过一次，说原先身边有个很聊得来的朋友，可惜被您调回国内了。”

“我调许敬回国不也是为了给他铺路?”戚源诚顿了顿,“话说回来，许敬对我这孩子有点纵容，我之前担心戚屿长时间和他在一起，太依赖他，反而自己没了主见,”戚源诚又抬眼看向傅延昇,“现在见了你，我倒是放心了点，我看你对戚屿还有点要求。”

傅延昇笑了笑，真诚道:“戚董，您的提议我可以考虑，但就算答应了，我最多也只能承诺在戚屿身边待两年，今后要不要继续辅佐他，我想看戚屿的表现再决定；至于薪酬以及其他条件，我觉得让戚屿亲自来跟我谈会比较好，毕竟我这是为戚屿工作。”

戚源诚被傅延昇这番话说得心悦诚服:“好，我会把你的话带给他。”

丰贸大厦顶层的Skyline酒吧，许敬因约戚屿吃饭被拒，应了同楼汇丰银行的基金经理之约来此喝酒谈事。

“想不到许总这样的大忙人还能抽出晚九点的黄金时间来跟我见面……”

“王经理客气了，要不是明天一早我还要去燕城出差，晚上该请你吃顿夜宵的。”

“说到夜宵，临江街的海鲜砂锅粥不错，等你从燕城回来，我们可以再约。”

“临江街?”许敬想起戚屿爱吃海鲜粥，小少爷这次回国要在海城待两个月，倒是可以抽空带他过去吃……

正琢磨着，许敬忽然瞟见酒吧一角坐着一个熟悉的人影。

“稍等一下……”许敬放下手中的威士忌，起身朝那个方向走去,“——戚屿?”

对方扭过头来，还真是戚屿!

许敬看向坐在他对面的男人:“这位是……”

“呃，这就是我之前在电话里跟你提过的……复数。”

戚屿略显尴尬的微表情让许敬越发感到错愕:“那个网友?”

他又打量了对方一眼，只见对方表情从容，目光深邃，从穿着到举止细节无一不透露着精英人士的气质。

但许敬并未把对方放在眼里，他看向戚屿问:“你不是说今晚有事吗，就是来见他?……你爸爸知道吗?”

“知道，我爸也见过他。”戚屿说。

见过，什么时候见的，为什么自己不知道?

许敬心中涌起诸多疑问，但意识到这是公众场合，得给戚屿留面，他没能继续追问。许敬返回自己的位置，眼前妆容精致、谈吐优雅的白领女性却再也不能吸引他的注意力。

次日，许敬带着一丝自己都未察觉的失意前往燕城。

商业会谈时见到了传说中燕城首富之子林焕，两人交谈甚欢。

“我看许总眼光毒辣、行事果决，是个难得的投资人才，怎么甘愿屈居在山雨这种小规模的投资公司？”林焕问道。

“林公子过誉了，山雨才刚起步，司源集团的董事长对我有知遇之恩，我在这儿主要也是为太子爷打天下。”

“想不到许总还是个性情中人，呵，但我觉得吧，咱们商人可以讲诚信，讲利益，但唯独不能信人情，因为人情是最靠不住的东西……”

许敬听着林焕侃侃而谈，不由想起戚屿那天回答自己的那句话，想到戚屿去见复数，明明可以坦言相告，可他却选择了隐瞒。

过去的戚屿那么依赖他，什么事都与他讲，只不过分开这两年，他们之间那份信任感好像自然而然淡了……

难道人情真的是最靠不住的东西？

出差归来，戚屿约他吃饭，两人去了王经理推荐的那家海鲜砂锅粥，席间戚屿贴心的表现让许敬大感意外，也稍稍打消了他内心的一些顾虑。

戚屿说得是，今后他身边肯定是要用人的，不可能只有自己一个，他们多年的感情，怎可能被一个外人取代？

戚董也曾说，戚屿将来更适合做投资，既然山雨现在由自己管理，待戚屿毕业肯定是要跟着自己做事的，到时候什么“复数”“单数”不都得靠边站？

许敬自我安慰了一番，心态平和了不少。

可他万万没想到，两个月后，傅延昇竟然会以戚屿商业顾问的身份出现在司源集团的战略大会上。

“许总，又见面了。”

许敬紧盯着眼前的男人，这一刻他才发现，那股危机感从未消失过。

戚屿临时被叫走，他有了与傅延昇单独对话的机会：“傅先生只花一年时间就成了戚屿贴身的商业顾问，真是好手段。”

傅延昇听出他绵里藏针的试探，倏尔一笑：“许总这么紧张，看来对我敌意不浅。”

许敬：“我把戚屿当弟弟，对贸然出现在他身边的人态度自会严苛一些，见谅。”

傅延昇：“我听戚屿提过他和你的关系，也知道你在他心中的地位，放心，我不会跟你争什么。”

这话让许敬倍感舒适，但又对傅延昇所说的“不争”感到怀疑。

傅延昇接着道：“但有一句话我还是忍不住要说，戚屿是雏鹰，不是金丝雀，如果你真是为了他好，应该将他培养成一只雄鹰，而不是为他打造一个百害不侵的笼子，怀疑所有接近他的人都对他图谋不轨。”

许敬扬眉反问：“这样漂亮聪明的雄鹰，你难道没野心做那个熬鹰人？”

傅延昇看了眼不远处的戚屿，道："比起拘着他，我更想远远地看他在空中翱翔。"

许敬听出了傅延昇的言下之意，眉心微蹙："你的意思是你以后不会留在他身边？"

傅延昇略一颔首："等教完该教的东西，我自然会走，但我在的这段时间，还望许总多给我一份包容与尊重。我们各司其职，凭实力较量一番，怎么样？"

对方的大度与坦然反而让许敬觉得相形见绌，他好像有点明白了戚屿为什么会亲近这个人，受其吸引。对方身上那一股自信的魅力和恰到好处的神秘感也让他为之所动，叫他忍不住信服……

要较量什么不言自明，短暂的握手言和之后，许敬看着傅延昇离去的背影，从未像现在这样清晰地感受到对方的存在，感受到那个一直以来他刻意忽视的"外人"，变成一个看得见摸得着的对手。

【番外 完】

图书在版编目（CIP）数据

幕后猎手. 上册 / 羲和清零著. — 广州 : 羊城晚
报出版社, 2021.7
ISBN 978-7-5543-0934-6

Ⅰ. ①幕… Ⅱ. ①羲… Ⅲ. ①长篇小说 - 中国 - 当代
Ⅳ. ①I247.5

中国版本图书馆CIP数据核字(2021)第077483号

幕后猎手 上

MUHOU LIESHOU SHANG

责任编辑 黄初镇　张灵舒
特约编辑 刘兆兰　钟嘉丽
责任技编 张广生
装帧设计 麦　麦
责任校对 杨　群
出版发行 羊城晚报出版社
（广州市天河区黄埔大道中309号羊城创意产业园3-13B　邮编：510665）
发行部电话：（020）87133824
出 版 人 吴　江
经　　销 广东新华发行集团股份有限公司
印　　刷 恒美印务(广州)有限公司
规　　格 787毫米×1092毫米　1/16　印张 19.5　字数 300千
版　　次 2021年7月第1版　2021年7月第1次印刷
书　　号 ISBN 978-7-5543-0934-6
定　　价 49.80元